一日の光 あるいは 小石の影

森内俊雄

Moriuchi Toshio

アーツアンドクラフツ

一日の光　あるいは小石の影　目次

Ⅰ　百の記憶　五十の思い出

Ⅱ　エマオへの道で

III　一日の光　あるいは小石の影

Ⅳ　時の岸辺にて

一日の光　あるいは小石の影

Ⅰ　百の記憶　五十の思い出

シャトルバス

昭和二十四年、終戦からわずか四年の大阪、わたしが入学した明星《めいせい》学園中学校は、天王寺区餌差《えさし》町真《さな》田《だ》が丘にあった。運動場から大坂城が見えた。まだ復興が充分でなかったから高層の建築物はなく、展望をさえぎるものはなかった。空襲の焼跡に、トタン葺きのバラックが心細く点在していた。

その昔、真田が丘から城まで地下道が通じている、という伝説があった。さほど、熱心に耳を傾け、信じていたわけではないが、興味あることとして、子どもの空想の世界にあって、隧道は神秘のまま存在していた。猿飛佐助、霧隠才蔵や三好清海入道といった真田十勇士と同じで、実伝は不明である。ただし、真田幸村、出城の跡地は史実である。

また、城は教室の窓から望むことができた。授業に倦むと、教師が黒板に向かってこちらに背をみせているあいだ、寸刻、目を遊ばせて楽しんだ。

ときには、自分の視点を天守閣にあずけて、そこから校舎を俯瞰《ふかん》し、教室の窓をのぞいて現在の位置をたしかめる工夫もやってみた。高みから校舎全体は、丘の上で十字架を描いているはずだった。校庭は二つある。大運動場と小運動場に分かれていた。

中学、高校いずれともに、体育の授業にはサッカーをやった。雨天体操場があって、ここではハンドボールかバスケットをやった。ベースボールの経験は、ほとんどなかった。そして、これらの授業に先立って、かならず丘の麓を一周するマラソンがあった。タイムをあらそうことはしなかった。完走が目的であった。たいそう、くたびれる長距離競走だった。しかし、脱落したり苦情を言い立てて、放棄するものは一人としていなかった。

男子校で、鬱勃、殺伐の雰囲気が想像されるが、フランス聖マリア会のカトリック・ミッションスクールであったせいか、おだやかな校風だった。本校舎三階に聖堂があって、静謐な空間に聖体ランプが赤く鮮やかに灯っていた。その階には、廊下を磨くモップにしみこませた石油乳剤のにおいと、ミサのときの乳香の残り香がただよっていた。

学園の正門はエンタシス式門柱が支えていた。裏門は戦災に遭ったままで、露天に、角が欠けたコンクリートの門柱が建っているだけだったが、登校、下校のときには、もっぱら、こちらが使われていた。それは小運動場に直接つながっていた。正門、裏門ともに、ゆるやかな坂の途中にあった。

近鉄奈良線の終着駅が上本町六丁目だった。ターミナルは近鉄百貨店になっていて、書籍売場はよく利用した。ここから学園へ歩く。寺町を抜けて、高津学園、上宮高校をすぎると裏門への坂道がある。

のちに、わたしの家が引っ越してからは、丘の反対側の裾にある市電の終点、玉造《たまつくり》から学園へ通うようになった。こちらは地味な商店街を歩いて、坂をあがってゆく。いずれの道も通学路としては、恵まれていた。そっとキリストの受難、ゴルゴタの道を考えることもあった。

そのころ道徳教育は復活していなかったが、中学校時代には「道徳」の授業があった。カトリック神学二千年の純粋蒸留『公教要理』を、神父の指導のもとに一年をかけて勉強した。いまだ単純率直な心には、不可解と驚きにみちていた。われわれが楽園を追放になったアダムとイヴの末裔である、というのは理不尽だった。

　少年期で洗礼を受ける友人がいたが、わたしは、遙か成年になってからだった。「坂道」を登っては躓きをくりかえした。遠い道だった。丘のうえの学園への坂道を、しばしば思い浮かべたものだった。


　中学二年生のとき、のちに画家となった佐々木壮六と仲良くなったが、クラスは別であった。同級で机をならべて、親しくなった友人に横田君がいた。高校生になるのを待たずに転校したので、卒業生アルバムには記録がない。いつも目のあたりに微笑が漂っている小柄な友であった。この横田君と誘い合わせて映画を観に行った。校則では父兄同伴の約束を破っていた。

　映画は「ホフマン物語」だった。色彩豊かな幻想に満ちた画面にわたしたちは酔った。とうとう映画館に居座って、二回も観た。

「夢だなあ、夢だよ」

　横田君は嘆声をもらした。まったく同感であった。このような画面の記憶を、終生、忘れずにいたい、と思った。そして、共感するお互いが幸福であった。


　この横田君とは、いま一つのエピソードがある。とある日曜日、彼としめし合わせて近鉄、布施《ふせ》駅前で落ち合った。季節は盛夏であった。学園は夏期休暇にはいっていた。

　わたしはキサイチへ行こうと考えていた。漢字をあてると、「私市」という表記になる。そこがどのようなところか、まったく、わたしは知らなかった。片田舎を想像し、地名から海市、蜃気楼が連想された。ほんとうに、どこか知らないところだった。わたしの学園は英語教育に熱心で、副読本にシェイクスピアの「真夏の夜の夢」をチャールズ・ラムがリトールドしたものを、さらにリライトした英文を読んでいたころあいだった。そして、私市というところが、その舞台のオベロンの妖精国であるような気がしていた。もちろん、風土が異なっていることは承知していたものの、想像の翼を拡げるのは自分たちの勝手だった。

さて、ここからおかしな物語がはじまる。

わたしたちは、地図や磁石を持たなければ、水筒の用意もしていなかった。それどころか、ふたりはハンカチさえ持っていなかった。いつもの学校へ出かける恰好でいながら、制帽をかぶらず、弁当も持ってきてはいなかった。ポケットにアメ玉一つとてなかった。自分たちの行動を、両親、兄弟に打ち明けたくなかったから、ふたりとも内緒で出かけてきたのである。

良く晴れて、暑い日だった。郊外電車は混んでいたが、いつのまにか空いてきて、車内ががらんとなった、おやおや、と思っていると、わたしたちは目的の駅へ到着していた。吊り輪がそろって垂れ、前後の車両も空っぽだった。電車は空白のトンネルによって世界を分けた。

駅から離れると、わたしたちは叢林に囲まれた水田、畑地の道を歩きはじめていた。太陽は頂天にあって、雲影は一点としてなかったが、暑熱のせいか、靄のようなものが空にたなびいていた。しかし、それも見ているうちに消え、地上の熱気は息詰まるほどになった。そして、汗すら乾いてきた。目のまえに、つぎつぎと拡がる風景は、どこまで辿っても同じだった。農家が点在していたが、どの家も窓や戸を閉ざしていた。留守なのか、無人の空き家なのか見当はつかない。そこは大阪と奈良を分ける生駒山北麓の台地のはずであるが、四辺に山影はなく、人影もなかった。蟬や鳥の声も聞こえなかった。わたしたちはまさに、知らないところへ来ていた。しかも、もはや炎天下に無帽のままで、二時間を越えて歩いていた。

わたしたちはお互いに顔を見合わせた。彼は生真面目に唇を引き結んでいた。共同幻想とでも言うのであろうか。あるいは二人で観た映画「ホフマン物語」の続篇にまぎれこんだ心地だった。風景に変化がなく、目路、眼界が林で遮られるので同一の円周を時計の逆回りにまわって抜けられず、道に迷っているようだった。まっすぐに、一方向へ歩けないのが、パニックのもとになった。どこか知らないところは、おそろしい錯誤の迷路となった。下車した駅へは、どのようにすれば戻ることが出来るのだろうか。

困惑と疲労の極に達したとき、目を向けると、とある農家の軒先から「氷」一字の旗が力なくたれていた。その下に白いアイスボックスがある。わたしたちは夢中でアイスキャンデーを買い求めた。そして、天国的な清涼と甘美をむさぼりながら農家の主婦らしいひとに、駅への道方向を尋ねた。

向こうの林にそって、まっすぐに行けば駅がある、と指さして言う。古びた暖簾《のれん》のような女のひとである。手応えがない。

それは、わたしたちが既に歩いてきた道だった。一理あったし、また信じるしかなかった。教えられた林に向かい、その道なりにまがって行くと、これまでと、まったく同じ風景が拡がっていた。

しかし、それでも歩いてみるほかに方法はなかった。わたしは夢を見ている、と思い、覚めることを願った。もしも、覚めないのであれば、そのまま夢のなかにとどまればよい。そのうち、かならず覚める。平凡、安全の日常のただなかに目覚める。そこが相変わらずの夢ではない、という保証はないが。

そして、またもや、さしかかった叢林をめぐると、突然、経木の函をおしつぶしたような駅舎が見えた。数時間前、わたしたちが下車した駅だった。わたしたちは大急ぎで、わき目もふらず、切符を買い求めて、改札口から構内へはいった。もはや、確実によく知った日常へ立ち戻っている。切符に鋏を入れてもらった、その一枚が証拠、免罪符であった。それは、どうしても信じられなければならなかった。

その年から、六十年が過ぎた。

横田君とは、その日の彷徨の顚末以外に、思い出となることはない。その日を境として、お付き合いは絶えて（というより記憶が欠けているのだが）、こんにちにいたっている。先に記したように、彼は中等部を卒業するまえに、転校したのだろう。もちろん、何か特別のことがなければ、こんにちどこかで存命しているはずである。再会が可能ならば、よろこんで会いたい。しかし、いまのところ探索の方法がない。

そして、あの、どこか知らないところへの憧れは、微弱になったものの、わたしの心からいまだ消え去ってはいない。あるいは、インターネットが発達したおかげで、この地球上に関するかぎり、そのような場所は喪失してしまった、と言う人がいるかも知れない。だが、それはあやまりである。どこか知らないところは、いまだ、かならず存在している。

ここ四、五年、わたしは、しばしば、東京丸の内のシャトルバスに乗るようになった。この無料バスは、ビジネス街に勤務する人たちの往来手段であるから、なるべく、空いている午後二時から三時あたりの便に乗る。

シャトルというのは折り返しのことを言うが、ここでは、楕円形を描いて循環する。その一周を経験するのが、わたしの現在の知らないところへ出かける、いわば往時の夢の再現のバスである。

このまえの木曜日だった。ミモザの花が咲きおわって桜の開花が待たれていた。わたしは改修中の東京駅北口から、丸善の洋書部へ行った。注文しておいたハケット社のスピノザ全集一巻本を受け取り、同じ階にある喫茶部でコーヒーを飲んだ。眼下で新幹線が発着していた。誰かが鉄道模型の電源を入れたり、切ったりしているような風景だった。

表へ出て、新丸ビルの前の停留所からシャトルバスに乗った。いつものように進行方向右手の窓際へ坐った。こちらにいると皇居の濠端風景が眺められるからである。

わたしは膝の上にバッグを乗せていた。こうしていながら買ったばかりの本を拡げて、拾い読みをするのは、またとないよろこびであるが、いちどきに二つのことをするのは、かなりむつかしい。それで我慢して窓外を眺めていた。一周四十五分程度であることが分かっていたから、時計を気にする必要はなかった。

バスはいったん北進しながら東京サンケイビルの先から西方向へまがり、日経ビルから引き返してきて、日比谷通りを濠端沿いに南進しはじめた。太陽が黄道を横断する位置は、いまだ、やや低く、窓から光が射し込んでいた。三井住友銀行を過ぎて行幸通りをわたり、郵船ビルのバス停で、一人、客が乗ってきた。

窓の外は馬場先濠だった。皇居一周のマラソンの中年男性がいる。はるかな昔、大阪の天王寺区餌差町の真田が丘の麓を走っている自分を思い出した。屈託なく走ったものだった。とは言うものの、疲労はある。次第に思考力がそがれて、軽い陶酔がくる。早く広く白いグラウンドへ帰りたい。

陽炎のようなものが目の先にちらついた。貧血だろうか、とあやしんでいて、そのむかし、炎天下、水も補給せず、アイスキャンデー一本で四、五時間ほど彷徨をした日がよみがえってきた。

バスは日比谷濠を右に見て帝国劇場を過ぎ、第一生命の停留所の先から東方向へ転じ、ザ・ペニンシュラ東京を左手にして、再び北へ直進した。もとへ帰ろうとしている。そろそろ下車しなければならない。ビル影に午後の翳りが出てきた。

ふと、かたわらを見ると、横田君がきちんと坐って、前方を注視している。いったい、どこから乗り合わせたのだろうか。頭髪は記憶にあるまま、短く刈り込んでいる。あの独特の微笑もそのままである。バスは東京国際フォーラムと新国際ビルのあいだに停まった。彼にどこまで行くのか、シャトルバスに乗ったからには、尋ねるのは愚かだった。それに、わたしはめまいを覚えている。膝に置いたスピノザは〈永遠の相の下《もと》に〉を囁いている。

三菱ビルを過ぎた。乗車したもとの停留所、新丸ビルが来た。

失礼、ボクは降りるから、ね。

下車しながら振り返ると、わたしが今しがたまで坐っていた二人掛けの座席は空席になっている。バスは、わたしの錯覚を運んで、また、北を向いて直進していった。宙に、彼の微笑が浮かんだまま残っている。

　彼は何かを言いたくて、わたしと肩をならべにやってきた。何ごとを伝言しようとしていたのか、わたしには分かっている。彼とわたしは、いまだに、おなじところを歩いている。

　今日、シャトルバスは丸の内オフィス街の循環を、定刻どおり運行している。わたしは、もう少し、と思って歩き出した。


（「季刊文科」二〇一一年五月）

あれこれあれ

　七十五年前。場所は大阪市東区船場小学校室内プールの一角、栓の抜かれたサイダーのように、喚声が沸騰していた。

　一年生のプールの時間である。

　誰もまだ泳げない。

　室内プールの天井から爽やかな夏の光が落ちていた。

　プールの外は運動場で、幼稚園の砂場へ続いている。オルガンが水泳練習の子どもたちに声援を送って、鳴っていた。

それは、とぎれとぎれである。多分、幼稚園児が弾いているのだろう。園長の富田先生はにこやかで、やさしかった。歌の時間、わたしはしばしば指名されて独唱し、得意だった。

それがあるとき、なにかの拍子で音程がくるった。得意満面が崩れた。どうしたことか、それから声が充分に出なくなった。声は伸び切らなくなって、二度と戻らなかった。小学生になってからも同じだった。

ところが、プールの中では、その厄介な違和感を忘れることができて、大胆になった。同じ組に、キミちゃんという女の子がいた。

わたしには四つちがいの兄がいるだけで、女きょうだいがいなかった。わたしはキミちゃんが好きだった。

その七月の朝、水を跳ね散らかす大騒ぎにまぎれて、キミちゃんを背後から抱き締めた。瞬時のことであったが、身をよじる柔らかな感触に驚嘆した。弾力があって、快感をひそめ、天国的に柔らかだった。わたしは母親の乳房以外の皮膚感覚を、初めて経験した。

しかし、わたしの七十五年もの昔の記憶は、斑《まだら》模様のようなものであって、このあとは白地に抜けて消えている。いかなる努力をしてみても思い出せない。いらだたしく、ものかなしい気持があるばかりである。

小学校二年生になって、船場小学校が聾《ろう》学校へ改校になった。わたしたちは御堂筋を北方向に歩いて十五分のところにある愛日小学校へ転校した。ここは、いまでいう秀才校である。

合併したこともあって、生徒数が増えた。戦局は押し詰まって、警戒警報、空襲警報で授業が中断、避難壕で待機することが多くなった。

警報が出ると、家の近いものは帰宅避難になる。わたしは帰宅する組だった。このころ通学には編み上げ靴を履き、学校では運動靴に履き替えた。

帰宅避難のときは、ゲートルを巻き直し、編み上げ靴の長い紐を手早く結ぶ。ふだん、練習していて、慣れたはずのことが、いまひとつうまくいかない。

わたしは不器用であったから、間に合わないとみると、編み上げ靴二つの紐を互いにつなぎあわせて首にかけ、防空頭巾を被り、御堂筋を裸足《はだし》で本町方向へ駆け出したものだった。唐物町の家まで十分くらいで帰り着いた。

時代は切迫していた。通学時、不可解な経験をした。季節は梅雨にはいっていた。

傘持参の毎日だったが、ある下校時、右左、よたりながら歩いていて、片手の傘を振り回していると、勢い余って、傘が抜けて飛んだ。「や?」と慌てて、傘の行方を探した。

ところが、どこへ行ったか、探しても見つからない。帰宅の連れが三人いた。彼らも探してくれたが、傘はどこにもない。

場所は白昼の御堂筋である。側溝に銀杏の病葉《わくらば》が溜まったところを、掘り返すほどのこともした。だが、見つからない。銀杏の枝も勿論、探した。無い。狐につままれたようである。

しかし、無いものは無い。友だちは、変だな、と言いながらも、先に帰ってしまった。わたしもくたびれはてて、ついにとぼとぼ家へ帰った。

いぶかったのは、わたし以上に母だった。わたしと一緒に路を歩きなおし、学校まで行った。

警察は避けた。間抜けていて、なにやら怪しい話に、相手になってくれるはずがない。有るものが無い。面妖だった。

傘は手品師のシルクハットへ消えたまま、彼は傘を現実へ戻すことに失敗した。

母は、ついにわたしを疑って、つくづくわたしを眺めた。

結局、傘は消えた。

歳月を経た今は、メリー・ポピンズの傘を連想する余裕がある。そういえばアンデルセンに「赤いくつ」という童話がある。少女が手にいれた美しいエナメルの靴を履くと、踊り出して止まらず、ついには両足を切り落とされてしまう。恐ろしい話である。童話として意外な顚末だった。傘紛失も残酷であった。当時、わたしの頭は恐れもつれ、ひどく傷ついた。

傘の話は立ち消えになった。

理不尽な出来事は、この世にあるものだ、という経験をした。

翌年一九四五年、春三月十三日夜、わたしと兄と母は、家の前に掘った防空壕の中に避難していた。底冷えのする夜だった。燈火管制で真っ暗である。警報が出ているので、人の往来はない。

それでいて、空ばかりがサーチライト、照空燈で照らし出され、明るい。薄い雲が張っていて、それが光っている。

壕から身を乗り出して仰ぐと、銀色に輝くB29が低空飛行で空を横切っていく。わたしは無邪気にも、兄に話しかけた。

明日の朝、あいつらの行方を、探険に出かけよう。

兄は疎開で両親の郷里徳島にいたのだが、春休みで帰ってきたばかりである。

飛行機から、火の粉が、葡萄の房のようにこぼれてくる。あれは焼夷弾だ、と兄が教えた。

それは大阪の街の周囲を火で囲んでおいて、次第に中央へ集中してきた。

父は御堂筋を渡ったところにある繊維卸商鈴木商事へ勤めていたが、衣類統合令があって、東成区深江にある軍需工場の経理部にいた。その夜は近所の警防団に駆り出されていた。

このあとの記憶はもつれてくる。

壕を逃げ出して、最初は西へ走った。そこは西横堀川であるが、材木の集荷場になっている。母は川のそばが安全だ、と判断したらしい。ところが、水に浮かんだ材木が燃え出す危険がある。

このあと、親子であちらこちらへ逃げ惑ったが、怯えきって、途方にくれた。

いぶかしいことに、炎を背景にした人影を稀に見るだけで、雪崩《なだ》れる群衆に遭遇したことが無かった。混雑、雑踏、阿鼻叫喚《あびきょうかん》はなかった。ただ孤独な三人の親子が逃げ走るだけで、無声映画を観ている心地だった。

気がつくと道幅が広くて、炎の及ばない御堂筋へ舞い戻っていた。そこには地下鉄が走っていた。もっとも危険と思っていたところに、逃げ道があった。わたしたちは地下鉄の階段を走り下りた。

本町駅のプラットホームで朝を迎えた。表へ出てみると、煤まじりの雨が降っていた。あたりは焼野原だった。恐怖は去って、ひどく心細かった。この先はどうなるのだろう。何一つとして考えられなかった。

ホームは避難の人々でいっぱいだった。親子三人が思案していると、近所の顔見知りが声をかけてきた。父は無事で、わたしたちを探している、と告げた。

父が来た。災難のあとにもかかわらず冷静で、むしろ朗らかだった。父はわたしたちが逃げ出したあと、単身、家へ帰ったらしい。それからの父がおかしかった。

配給になったばかりの煙草だけを持ち出していた。それを朝になって、これも配給品の一升瓶を持ち出した人と、物々交換をした。父はかすかに酒気を帯びていた。

このあとまたもや記憶は混雑している。父はわたしたちを置き去りにした。

雨は止んだものの、余燼のくすぶる中、父は勤め先の安否を確かめに出かけた。歩くと、かなりの距離がある。

わたしと兄と母の三人は地下鉄本町駅の階段の踊り場で、所在なく休んでいた。心細く気の遠くなるような待ち時間だった。

人は一生に一度だけでもよい、無一物になって、道端に座ってみるべきである。それは生活を営むいまになっての感想である。

BK放送局の男女一組の局員が焦土取材にきた。わたしたちを見とがめると、竹皮に包んだ握り飯を置いて、立ち去った。その日、最初の食事だった。輝く白米の握り飯が偉大に見えた。

夕刻になって、悄然と大阪梅田駅へ歩いた。駅は混雑していた。御堂筋名物の乞食がたむろって、なにやら笑いながら、わたしたちを見ていた。

かれらにしてみれば、もともとで、何ら恐れ憂えるところがない。

駅の雑踏を歩いていて、櫛《くし》が落ちているのを見つけた。拾うと母が咎めた。捨てなさい、と言った。櫛は「苦」と「死」で縁起が悪かった。

この夜、汽車と船を乗り継いで、徳島へ向かったはずであるが、このあたりの様子は記憶から消えていた。大いなるものの手が、目をふさぎに来たのだろう。わたしには、目まぐるしい変化が、耐えられなかった。

四国徳島は秀麗な眉山《びざん》を控えた静かな城下町である。大阪焼尽は夢のようだった。父は大阪に残り、わたしたちは徳島駅そば、寺島町の母の姉の家に寄寓した。わたしは歩いて一分とかからない内町小学校へ転入した。

学校では少なからずまごついた。学科の進み具合がことなっていた。空襲の警報で、授業が中断されつづけた大阪と違って、教科書の進みが早かった。あれこれ思案したが、追いつくほかに方法はない。当時は塾など無かった。

城山には椿が咲いていた。花は豊かに蜜を貯めていた。甘いものに飢えていた従兄弟と兄の四人で、花狩に出かけた。花びらが無惨に散った。文字通り落花狼藉だった。

たちまち花びらは焔《ほのお》に変わり、あたりは燃える町と化した。

七月四日未明、徳島市も焼夷弾空襲にさらされた。城下町とて路地は入り組んでいた。吉野川の支流が流れて、川筋の豊かな町だった。多くの人が水辺に集まって、死者となった。大火で酸欠になって、溺死する人が多かった。わたしたちはひたすらに眉山を目指して登り、ようやく難を逃れた。山は夏の緑で燃えなかった。

今度は市の中心を離れた東吉野町にある母の実家に寄寓した。田圃の中に厚い槇垣があって、大きな橡の樹が灯台のように聳えていた。最初からここへ疎開していれば、死ぬ思いをしなくて済んだはずだが、そこらあたりの事情は知る由もなかった。

ここでまた転校になって助任《すけとう》小学校へ編入になった。校庭に一トン爆弾が落ちて、校舎が半壊していたので、わたしは分教場へ通った。実家の裏手にある日枝神社の拝殿が教室になっていた。生徒は十人ばかりで、臨時の代用教員が担任だった。

教科書が無かった。わたしは兄の「国語」の教科書で、芥川龍之介の「蜘蛛の糸」を諳んじていたから、前に出て暗誦したことがある。

空想癖が嵩じていた。たいていは、読んだ本にもとづいて空想した。グリム童話集を熟読していて、これも朗読して聞かせ、「国語」の時間を過ごした。わたしは笑止ながら、小さな語り部だった。ここでは他の授業がなかった。

広島長崎の悲劇を仄聞した。終戦の詔勅を聞いた。

終戦日を迎え、翌年一月、大阪へ帰った。父が勤務する会社の社宅へはいった。このときは実にうれしかった。社宅のまわりは廃工場町だった。さびしいところであった。

また転校になった。市立深江小学校で二部授業になった。滝川という名前の先生が担任になって、卒業までお世話になった。滝川先生は、のちに副校長になった。

この時代は、兄が貸し本屋で借り出してきた本をまわしてもらって、読んだ。停電続きの夜、鯨油の燈火のもと、江戸川乱歩の『パノラマ島奇談』は強烈奇怪な想像力を刺激した。兄はまた大阪の闇市に立つ外国人宣教師から、文語訳新約聖書を買ってきた。大福一個五円と同じ価格だった。

　わたしはこれをすみずみまで読んだ。この一冊が、そののちのわたしを決定した。一方、兄は七十一歳直前に肝機能不全で死に、真言宗の戒名をもらっている。聖書は人を選ぶようである。


　近年、電子書籍で読書することが多くなった。文字の大小が自在に決められるので、ありがたい。本一冊が安くなる。ことに洋書が安い。

もはや収録五千冊になった。聖書は口語訳、文語訳、新共同訳を収録した。不便は、ページを随意に転移参照できない点である。わたしが使っている機種は、ハガキ大の画面で手軽である。大久保明という写真家の「ヨーロッパシリーズ」がある。要らざる説明がはぶかれて、画像だけで旅行が楽しめる。ファンの一人である。

　俳句、短歌、漢詩の鑑賞に最適である。文字を画面いっぱいにしておいて、読むとなく眺めるともなく一人思案は、新たな発見もあって貴重である。


　早稲田の学生だったころ、教養課程の体育実技で、フェンシングを選んだ。休憩時間、隣に腰掛けた学生が尋ねてきた。相手が理工学部だということは、バッジで分かった。またわたしが文学部だ、と知れていることも理解した。彼が無邪気というか、真顔で質問した。

「キミ、小説なんか読んで、何になるの？」

わたしは絶句した。言葉を探していると、実技再開になって、会話はそのままになった。相手は授業が終わると、たちまち消えてしまった。そもそもこの質問は誤っている。しかし、その問いは、わたしの胸をえぐった。彼の剣の突きは、的を射ていた。

彼はいまだ生きているだろう。再会する僥倖に恵まれたならば、どうしたものか。小説というのは、建築においての空間のようなものである、とでも答えようか。わたしは今、彼が懐かしくてならない。もっとも、すれ違ったままがいいのかも知れない。

彼の問いは新鮮で、まだ生きて活躍している。

（「すばる」二〇一八年一〇月）

父の記憶

午後の光がさしていた。床のフェルトの敷物に、水銀の雫《しずく》が落ちている。大小さまざまに散って、美しく輝いていた。光の粒はみずから微細に緊張、振動していて、いまひとつと容易に溶け合おうとしながら、あやうく均衡をたもっている。見えない五線紙に置かれて、不安な旋律をかなでる音符のようだった。

その日、体温計が砕けて、水銀が散ったのである。私は四歳から五歳になろうとしていた。大阪御堂筋から西にはいった服地卸問屋の店先である。店頭で交わされていた会話が鮮明である。「たいへんなことになりましたなあ」番頭をしていた父と客の会話だった。

昭和十六年、一九四一年十二月八日、日本軍はハワイ真珠湾空襲を開始した。太平洋戦争、大東亜戦争がはじまった。その日のことが、頑是ない脳裏に刻まれている。まるで大人の背丈にあわせて目を見開き、聞き耳をたてていたようで、不思議な気がする。

しかしながら、それは現在の私が、正確に思い出すことができる父の最初の姿である。実直で生真面目な表情がありありと見える。計算高い商人らしからぬ、端正な鼻梁《びりよう》と思慮深く、やや憂いに沈んだおだやかな目の色が思い出される。愛想笑いはしたことがない。

質実温厚そのものの父は、こまめに立ち働く母とのあいだに二人のこどもをもうけた。すなわち、四つちがいの兄と私である。両親、環境、そして軍国時代からして私たち兄弟は、当然、立派な少国民であらねばならなかった。

ところが、私たち兄弟はしめしあわせたわけではないが、両親をはじめ、あらゆる観点からして、期待どおりにはならなかった。兄はまことに独創的、非国民的腕白をこころみていた。一例だが市街電車のレールに小石を並べて転覆をはかり大騒ぎになったりした。

私はと言えば、のちの母の証言によっているのだが、這《は》い歩きの時代に鏡台のベンジンを飲んであやうく死にそこねたり、ガラス窓にとまっているハエをつまんで食べたりしていたそうである。また、熱しきったアイロンを足の甲に落として、大火傷をしたらしい。その形見に、ながいあいだ火傷のあとが右足に残っていたが、いまではあとかたもない。

ある日、幼稚園から私はきれいで丁重な紙包みのお土産を、大事にさげて帰ってきた。いぶかった母が包みを開くと、中からウンコまみれの下着が出てきた。幼稚園の先生は、おもらしをした私に、イキなはからいをしたのである。

小学校にあがって、全校生そろって校庭で体操が実施された日がある。男の子は全員、いさましくも上半身ハダカである。私は隊列の最後部にいて、屈伸上下運動のたびに土をすくいあげては、前列の子の背中に泥をかけることに熱中していた。これはたちまち発見され、先生から猛烈なビンタを頂戴《ちょうだい》した。

思うに水銀は毒である。かの太平洋戦争勃《ぼっ》発《ぱつ》の日にきらめいていた水銀は自然蒸発し、私の両肺は微量ながら有毒ガスを吸ったので、脳細胞に影響がおよんだ。幼少から少年時代、青年時代にはぐくんだ思想、数々の愚行は、恐らくこれに原因しているに違いない。

こわれた体温計が、それからの時代を暗示していた、と言えば牽強付会《けんきょうふかい》になろうか。

私は、爾来《じらい》よきこどもではなかったが、父から小言をいわれたことがない。叱責《しっせき》、ましてや打擲《ちょうちゃく》されたことは一度もない。それが父のこどもに対する主義だったのだろう。大阪での空襲、疎開先の父母の郷里四国徳島での空襲、そして、敗戦後の困窮の生活にあっても、私たち兄弟はしっかり守られて、無事に生き延びた。

父は、戦火に二度も家を焼かれたので、奮起したようである。戦後に会社をおこし、家を建てた。自分の家ばかりではない。店に忠勤を尽くした人たちのためにも、それぞれ家を用意した。晩年の隠居にそなえての家をふくめて考えると、ことさら家に執着したように感じられる。寡黙で辛抱強く、かつ果敢に安穏のともしびが輝く家を設立した。

それは商人にしてはいかにもつましげな抱負だったが、いざ実現させ、これを維持するとなると、容易なことではない。それはいまさらあらためて、言うまでもない。しかし、私は父のつながない生活に寄せる心情を真実深く理解するまでに、その生きただけの年数を、充分に生きなければならなかったことを悲しく思う。間に合わなかったがゆえに。

そして、この歳《とし》になっても亡き父を恋うる心がある。その思いは、あたかも、かの日の午後の水銀のように冴《さ》えている。

話は現在に立ち戻る。

東西にのびる幹線道路がある。路《みち》は東のほうから登ってきて、おだやかに左右に曲がりながら西に向かっている。これを空高くから俯瞰《ふかん》すると、その路から南側が斜面になっていて、台地が波うちながらせりだしていることが分かる。

その東西の路の中心に駅がある。駅舎はつい最近新築になったが、昔ながらの面影を残して一階建てのままである。駅ビルがそそりたつのではないかと心配していた古くからの住民は、やれやれと安堵《あんど》している。往時のカステラの箱のような駅舎である。

この幹線道路を中心とした邸宅街には、いくつかの学園があつまって若々しい雰囲気が漂っている。欧米の人たちが多く住むせいか、駅近くに輸入食品の店がある。洋酒、チーズ、蜂蜜《はちみつ》、キャンディ、チョコレート、コーヒー、紅茶がぎっしりと並んだ店頭は、それらのラベルの意匠と色彩の氾濫《はんらん》のせいで、千夜一夜物語の世界のように見える。

駅を中心として、東西たかだか二キロばかりの範囲に、カトリック、聖公会、バプテスト、日本キリスト教団とキリスト教各派の教会が四つもある。そのせいかどうか奇跡が現出して、この駅前通りには目下のところパチンコ屋が存在しない。

私はこの街に住んで、四十余年にもなる。学生時代、いずれはここに住みつくなどとは夢にも考えていなかった。ふたたび、時空を超えて街の空に舞い上がる。見下ろしてみると、駅前の陸橋を挟んで、学生のころも結婚後も幹線道路の北側に暮らしてきていた。

駅前通りは、イチョウ並木である。四十有余年の歳月にもかかわらず、並木の背丈が変わらないと首をひねっている。この並木が歩道に落ち葉するのは、十二月なかば過ぎであるのも謎である。吹き来る風が銀色の季節に研がれ、ようやく鋭くなるせいだろうか。

都会の冬の爽快《そうかい》な冷気の訪れのなか、なにかにつけて駅前通りを往復する。お誂《あつら》え専門の紳士服の老舗《しにせ》が、しっとり落ちついた服地の感触そのままに静まっている。とある日、私に向きなおった父に出会うような気がして、胸を打たれることがしばしばである。

これも昔からの骨董屋の窓では、床几《しょうぎ》に腰を下ろした甲冑《かっちゅう》が黒い仮面の目で通りを見据えている。「どうかな、いでたつ用意はできたか」と父の声が聞こえる。「まだまだ、あれこれ思案、準備の最中です」と私は胸のうちで答える。水銀が閃《ひらめ》くような思いがする。

今年、私の母が卒寿九十歳の祝いを迎えた。やむをえない事情があって、私ひとりが大阪郊外の母のもとへお祝いに帰ることになった。

「あの子ひとりで、よう帰るのやろか」と母は言ったそうである。私はめったに笑わないが、これにはつい、頬《ほお》をゆるめざるを得なかった。すかさず「まあ、その笑い方はおとうさんにそっくり」と私の妻が呟《つぶや》いた。

（「東京新聞」夕刊　二〇〇〇年一一月二五日）

老女の化粧

しもばしら、こおりのはりに、ゆきのけた、あめのたるきに、つゆのふきくさ。

（霜柱　氷の梁に雪の桁　天の垂木に　露のふきくさ）

この短歌のかたちを借りた言葉の意味するところ、願うところがお分かりになるだろうか。案外に知れわたっていたらつまらないことだが、地元の古老でも知らぬそうである。

ねるぞねだ、たのむぞたるき、きけよはり、なにごとあらば、おこせとしょうじ。

（寝るぞ根太　頼むぞ垂木　聞けよ梁　何事あらば　起こせ戸障子）

これで分からなければ、いまひとつで見当がつくだろう。

どろぼうは、もんよりそとの、ほととぎす、うちにていしゅは、ありあけのつき。

（泥棒は　門より外のほとどぎす　家に亭主は　有明の月）

ご推察のとおり、この三つはおまじないである。最初が火の用心、二番目が戸締まり用心、三番目も同じようなものだが、夜盗除けのおまじないの言葉で、いずれも就寝前に唱える。どこかとぼけていて、面白い。これは、徳島県生まれの私の妻が、今年の五月満九十一歳で亡くなった自分の母方の祖母から、幼時に教えられたものである。着物を裁《た》って、大事な襟肩にハサミを入れるときには、こう唱える。

あさひめが、おしえはじめし、たびごろも、たつたびごとに、よろこびのます、やなぎのまないた、しゃくなげさし。

（麻姫が　教え始めし　旅衣　裁ったびごとに　喜びのます　柳の俎　石楠花差し）

敬老の日を機に、妻の祖母のことを記したくなった。というのも、これを書くのに、岳父と義母がカナダ旅行へ出かけるために上京してきて、一泊した折、話は祖母のことに及んだからでもある。妻の祖母は、中村チヨノという。このひとの老いの迎え方、過ごし方は立派だった。晩年をもてなされるに幸福なひとだった。血縁すべての人々が、老いを尊びいとしんだ。

この祖母の趣味は家を建てることにあって、女手ながら、その生涯に三軒の家をつくった。戦前、小学校の校長をしていた自分の夫の給与を生活費にあてず、石竹化《せきちくか》、キンセンカなどの花を作って売った金で暮らしをたてた。千円普請ということが立派な造作の家の意味であったころに、二千円普請の家を建てた。

では、生活を切り詰めて、ぎりぎりの暮らしをしたのかといえば、そうではない。自分の夫の師範学校時代の同窓会を家でひらくに、よろこんで酒肴をととのえ、苦情ひとつも言わず、いやな顔を決して見せなかったそうである。これは、私が結婚して、妻の実家に帰ったときの経験でも、本当のことだと分かる。

私は、この祖母から酒をたしなめられた覚えがない。ボラのミソ込み（煮込みではなく腹にミソを詰めて焼く）、スズキの焼き魚、ボウゼの姿寿司、ズイキのひたしなどといえば、珍しくも贅沢でもない料理だが、手早く整えて、遠慮から酒をまずくさせることがなかった。

その趣味というか、生き甲斐のようなものは、血を引いたのか、満六十六になる義母にもあって、元外国航路の貨物船の船長であった岳父の力を借りることなく、六十を過ぎて洋風鉄筋の家を作り、もう一軒建てようと、かまえている。

妻の祖母の晩年、常に身近にいて世話をやいた義母が言うには、老人がしばしば事あるごとに呟く「死にたい」という言葉を口にしたことがないそうである。生きることへの希望を忘れなかった。

もうひとつ、これは私も知るところであるが、亡くなるまで義母から髪を結ってもらうことを好み、外出時には化粧するたしなみを忘れなかった。もちろん、つつましやかなお化粧ぶりではあったが、それだけに気迫と威厳を感じさせた。精神が形をとるように、形が心をつくり、これを忘れたときから、いのちは弱まる。祖母のお化粧は、死への挑戦であったと思う。

このひとはまた信心深くあった。家の宗旨は真言宗であるが、朝、神棚に向かって手をあわせ、呼びかける神々、神社の名は十をくだらず、信仰を異にする私と妻をほほえまして止まなかった。だが、その信ずるところが何であれ、願望、希望、家内一族の無事を祈る愛のひたむきさが、老醜の魔手をしりぞけ、いさぎよく、時には子供のように無邪気な振る舞い——それが私には実に美しく見えた行いで、生をまっとうせしめたのだ、と思う。

（「毎日新聞」夕刊　一九八五年九月一七日）

結婚の頃

私は二十五、妻はやっと二十歳《はたち》になったばかりの春に、一つ屋根のもとで暮らしはじめて、早や二十年が過ぎた。いま、私には十八歳の長男を頭に、十一歳の次男と八歳の娘がいる。長男と次男の年齢に開きがあるのは、天の配慮であって、私たち夫婦が意図したものではない。三人というのは子沢山のうちにはいらないと思うが、狭く小さい家に住んでいるだけに、ことさら賑《にぎ》やかに感じられる。経済的に苦しく、つましい暮らしで未来が案じられるが、私はその賑やかさ、家族のぬくもりを有難く思いながら毎日を過ごしている。いまでこそささやかな改築をして自分の仕事部屋を確保したが、長い間、私は家族が寝静まったあと居間の食卓の上で原稿を書いてきた。おかげで、私は現在でも自分の部屋で仕事をするより、片付けられた食卓を机にすることを好んでいる。習慣というものだろうか。

ところで、結婚をして二十年が過ぎ、妻と暮らしはじめた当時をふりかえってみると、私には自分たちの幼なさが、ひとつの哀切感をともなって思い出されてくる。私たちは生活というものがいかなるものであるのか、生きる、暮らすということがどんな重さを持っているのかを、真実知ることもなく、無邪気に歩きはじめたのである。二十五、二十という組み合わせは、いかにも幼稚だった。ほんの子供であった。ままごとの暮らしだった。思い出すと、かなしく胸のうずくことがいっぱいある。

私はここ三年半ばかり、思うところがあって自らに酒を禁じているが、若い時から酒呑みであった。お金の不如意をよそにたくさん酒を呑んできた。妻と出会った頃、映画や音楽会に誘ったり、ハイキングに出かけたり、公園のベンチで語り合うなどといったロマンチックなことは何一つせず、未成年で、お酒を呑んだことのない彼女をバーや飲み屋に連れ歩いてばかりいた。そして、彼女は素直に逆らいもせず、私についてきてくれた。人を信じて、疑うことを知らない女の子だった。私たちの結婚記念日は四月の二日であるが、結婚をして間もない頃のことで思い出す一つのエピソードがある。

季節は晩春から初夏にかかっていた。四月の終わりか、五月初めの頃だっただろうか。燗酒《かんざけ》もさることながら、ビールやウイスキーの水割りが一段とおいしくなる日々だった。私は会社から戻ってきて、夕食時にウイスキーのオン・ザ・ロックを呑むのがきまりになっていた。氷はもちろん、冷蔵庫の製氷皿のものを使うわけだが、ある日、私はいたずら心から妻をかつぐ気になった。妻が作ってくれたオン・ザ・ロックの氷に、たまたま水泡《すいほう》が密にはいり、白く濁っていた。私は妻に向かって、深刻な表情を作った。

「おや、見てごらんよ。ほら、この氷、腐っているね。こんなだもの」

妻は、「あら」と言って、つくづく氷を眺《なが》めたあげくに答えた。

「ほんと。そうみたいね、いけないわ。ごめんなさい」

妻は即座にグラスを持って台所に行き、ためらいもなく中身を捨てた。私は一瞬、あっけに取られた。氷というものが、一体、腐ることがあろうか。私の妻は決して愚かではない。しかし、あまりにも早く結婚し、あらゆることに未経験で、料理にも不慣れな田舎育ちの彼女は、私の言葉を本気で信じたのである。私は、純な魂を土足で踏みにじっていた。

だが、その日、私は冗談だったことをあかして、笑いにまぎらわせただけだった。妻の純朴で、まっすぐな心の尊さに対して、頭を下げることをしなかった。後年、私はこのことをある短篇の一挿話としてはさんでいる。つまらぬことといえばそれまでだが、私は四、五月の季節になるとこのことを思い出す。もちろん、今日ではそのエピソードをむしかえし、ともども笑い合う。しかし、本当のところ、私の心はまだ痛む。

（「りぶる」自由民主党　一九八二年五月）

乃亜の季節

私たちは日のうつろい、光と影のたわむれ、季節の推移に敏感な国に生まれた。時代は変わってもこの感覚、感受性はまだまだ豊かに生きていると思う。加えて信仰のもとに暮らしている人々にとっては、典礼暦が月日を句読点のように刻んで、時を曖昧に過ごす恐れから救っている。大いなる計画の中に私たちは生きているのだと、確信が持てる。鋭敏な感覚が、はかなし、あわれと言わしめたものから私たちを守っている。

その安心のなかにあって言えることであるが、私は復活祭の頃が好きである。なにがなしにときめいて、うれしい。そこに復活の悦びが清冽な泉のように湧いているのはもちろんながら、この季節のこの日頃にからまる毎年の記憶がある。振り返ってみると、ある年にはさびしい、あるいはかなしい思い出がなきにしもあらずだが、復活を記念する日がすべてを浄化して、うつくしいものに変えてくれているような気がする。

毎年、復活祭の頃になると、ああ、乃亞の季節が来たと考える。これをお読みになってくださっている人々には、いきなりではなんのことかお分かりにならないだろう。乃亞と書いてその音読みどおり「ノア」は、三人いる私の子供たちの末っ子で、女の子の名前である。乃亞は幸せな子供で、一年に三日も自分の誕生日を持っている。昭和四十九年四月七日「枝の主日」に生まれた。復活祭は移動祝日で、それに先立つ聖週間のはじめの日曜日が、毎年乃亞の誕生日の記念となっている。これで二日の誕生日を持っていることになるが、もう一日は洗礼を受けた日である。これは七月にくる。霊的誕生日に、この子はルツの英語読みでルースという霊名を神父さまからいただいた。堅信の秘跡にはまだあずかっていないから、これにもうひとつの霊名がいただけるわけだが、それはまだ先のことである。

私と妻は、三人目の子供が生まれてくるまえから、名前を決めていた。男か女か分からぬうちに、今度の子供には乃亞という名を与えようと相談をまとめておいた。どうしてそういうことになったかといえば、一つには岳父のかつての職業がかかわっている。妻の父はその頃外国航路の船長をしていて、引退間際だった。私たちの上の子二人は男で、岳父は内心、海にちなんだ名前をつけたがっていたのを知りながら、意に沿う命名をしなかった。それでこのさい、人類最初の船長の名をつけようという心があった。

いまひとつ、その頃、私たちの生活は前途多難だった。あれこれ心配事をかかえながら、ここをなんとか乗り越えていかねばならない時期にめぐりあわせていた。救いの平和な安全の岸辺に、私たち一家を運んでくれる導きの手を望んでいた。その希望を命名に託そうと考えた。新しい生命の誕生が私たちの希望のしるしであってほしかった。考えてみれば身勝手だが、当時、私たち夫婦は真剣だった。神がノアと結びたもうた契約の虹が輝いて見えていたのである。

名前は、その人の性格と運命を決定すると考えるのは、姓名判断にこだわる私たちの国の人々だけではない。欧米の人たちも同じことを思うようである。偶然の符合か、私たち夫婦の思いこみなのかどうか分からぬが、果して暗示的な誕生の日がやってきた。妻が早期破水をして、乃亞は予定より一か月早くこの世に生まれてきた。その日は先に記したように、いまから十二年前の聖週間のはじめの日、「枝の主日」の明け方だった。花曇りの朝、私は早産の妻の躰と子供の健康を案じながら、新宿区下落合にある聖母病院へ出かけていった。乃亞は、箱舟ならぬ保育函の中にいた。生まれてきたものの片方の肺が充分に機能を果さず、いのちがあやぶまれた。こんなとき、うろたえてなすこと知らぬのは愚かな父である私だった。病院の廊下をうろうろして、ここに聖堂があるのを思い出していってみると、ミサは終わったあとだった。祈りにすべてを託す思いだった。その曇った「枝の主日」は翌日から雨になった。

雨に風が加わり受難の週日中、春の嵐は続いた。不思議なことだが、祈りは天に届き、復活の日曜日、空は晴れ、乃亞は命をとりとめた。乃亞の名前は、保育函に付けられ、シスターの方々の間で評判になった。誰しも思うことは同じとみえて、ノアちゃんだから箱舟に乗ってきたのよ、と言われた。この年の梅雨は長く続いて、四十四日降りつづいた。私たち夫婦は、これも乃亞の呼びよせたことだと考えた。梅雨がようやくあけて、夏の陽が照りつけてきた日、乃亞は受洗したが、この日、本当に空には虹がかかった。ルースの霊名をさずけてくださった神父さまは、事の次第を知っておられたから、それ以後暫くは、雨が降ってくると、今日は乃亞の日だと呟くのが口癖になったそうである。

早産で未熟児として生まれてきた乃亞も、いまでは大柄な子に育った。幼稚園から小学校低学年時代は、シスターになるのだと言い張っていたが、そのうち看護婦さんに変わって、いまでは理学療法士となり、リハビリの人たちのお役に立ちたいと言っている。いっそのことなら、お医者さんになったらどう？　というのだが、こちらのほうにはあまり気のない返事である。世話好きで、誰からも愛される子になったのは霊名のルース、ルツにあやかったのだろうか。

この季節、乃亞にはもうひとつ思い出がある。まだ小学校二年のときだった。四旬節のある日の夜、乃亞は段ボールの箱を引っぱり出してきて、ひとりで遊んでいた。最初、私は何をしているのか気が付かなかったが、妻がいちはやく了解した。乃亞は段ボールの箱を横にたおして、上半身をもぐりこませている。段ボール箱の底には窓がひらいていて、布切れがさがっていた。妻が私にそっと囁いた。告解をしているつもりなのよ、あれで、と。

私はいつまでたっても、告解に慣れるということがない。その秘跡もまたイエスとの出会いの場であると知りながら、苦痛を覚えている。よい告解が出来たという経験がいまだにない。そんな私だったから、妻に教えられて、眼を打たれる思いだった。私は段ボール箱にもぐりこんでいる乃亞を見ているうちに、そのそばに姿なき聴罪司祭がいて、私の愛娘の告解を聞いてくれているのだ、という気持になった。なんだか、そこらあたりが光っているような感じだった。それにしても幼くして、告解するべきどんな罪をおかしたと考えているのだろうか。私の胸は痛くもあった。

今年もまた乃亞の誕生日、彼女の季節がめぐってきた。私たちの一家のうちで、もっとも敬虔なのはこの子である。これを書いている今日の夜、ついさっき乃亞がお休みの前のお祈りをしている後姿を見てきたばかりである。私は何故か乃亞が祈っている姿を見ると、勇気と魂の安らぎを感じる。

（「声」聲社　一九八六年四月）

復活祭の頃

この季節になると、いろんなことを思い出す。とりわけ、もう十七年前のことになるが、とても苦しくて、切迫していた時期がある。四旬節にはいっていた。歯の治療をしていた妻が、四十度の高熱を出した。近所の内科医のお世話になったが、原因が分からず、熱も一向にさがらない。とうとう歯科医師が、感染症を心配して、自分の出身校である大学附属病院へ、妻を送り込んだ。

普段、健康そのもので、病気知らずの妻に病気になられて、大変困った。二番目の息子と末の娘は、田舎に預け、当時十歳だった長男と二人で暮らしはじめた。大学附属病院へ入院した妻は、いろんな検査を受けた。しかし、ここでも原因は分からず、熱はさがらない。ペニシリンを受けつけない体質で、医師は、どうしていいか分からない、と言う。私は途方に暮れた。もうお祈りするしか、ほかになすすべが無い。

十歳の長男がお小遣いで、十字架を買ってきた。私は、これこそ第二の「詩篇」だと思っている八木重吉の詩集を買った。私と息子はそれぞれ贈り物を持って、病院へ出かけた。お弁当も提げていった。卵の厚焼きを、私は上手にこしらえることが出来る。妻はベッドの上から、私たちが食事をしている様子を、まばたきもせず見守っていた。病院の外では、桜が満開だった。美しい幻の花びらが病室の中で散っていた。

大きな木の十字架を枕許に置き、妻は八木重吉の詩集を読んだ。この世の中に、こんな清らかな魂があるなんて、と妻が言った。泣けて泣けて仕方がないのよ、と呟いた。結局、妻は涙に洗われ、祈ることで救われていったのだと思う。私の貧しい祈りも聞き届けられた。復活祭の日、卵を届けにいくと、単純に色付けされたものを掌に載せて、喜んだ。熱がさがりはじめていた。

（「聖母の騎士」聖フランシスコ修道会　一九九二年四月）

貧すれば愛す

一つの灯の輝きを支えるのは、闇である。上の二人が男、末っ子が娘の三人の子供がいて、男二人は社会人となったから、わたしも家内も随分気が楽になった。将来、まだ気がかりなことがいろいろあるが、わたしたちは今日という日こそが最良の日と思って、毎日を過ごしてきた。今後もなんとか切り抜けられるだろう。

わたしがいつも幸福な気持でいられるのは、家族の結束が固いからである。皆それぞれが好きなように振る舞っていながら、一つに寄り添ってきたのは、特別な配慮や計画があってのことではない。この弱々しい共同体を守ってきたのは、わたしの家の貧しさである。加えて、わたしの家に降りかかった事故、わたしの病気が美しい顆《たま》をつなぐ糸の役目を果たしてきた。マイナスとマイナスが掛けられプラスとなってきた。

自分の家の貧しさを誇ると、誤解を招く恐れがあるが、これが本当なのだから、他に言いようがない。わたしは昔風の差別用語的表現を用いると、売文の徒である。ところが量産ができず、本は売れないから、ひっそり細々と暮らさざるを得ないでいる。そういうわけで、世の中が好況であろうが不況であろうが、一切かかわりなしでやってきた。

わが伴侶と子供たちが学んだことは、貧しい、ということがどういうことか、という冷厳な事実だった。これで挫《くじ》けて曲がっていく子供たちもいる、夫婦仲の不和で離婚もあると知ってはいたが、わたしの家ではそうならなかった。今、上手なたとえが見つからないので、間に合わせを言ってみる。深い川に氷が張っている。向こう岸へ家族揃って渡っていかなければならないのだが、足許の氷は薄い。お互いにそっと労りながら歩かないと、氷が割れて一家が沈む。つまり薄い氷が、わが家をひとつにつないできた。

たとえマッチの火でも、闇の中では太陽のように輝く。貧しい、ということはそんな輝き方をすることがある。ここまで書いてきて、「清貧」という言葉を思い出した。つい最近、この言葉をタイトルにした本がベストセラーになった。それでこの著者は清貧を失ったが、わたしは読んでいないので、どんな意味で清貧という言葉を使っているのか知らない。しかし、清らかな貧窮などというものはない。貧しい、ということは酷薄なもので、詩的要素など全くない。

ただ、貧しさが人格を研ぐ、ということはある。わたしが子供たちに言って聞かせたことを書く。普通、おいしくないものを食べざるを得ないとき、大抵の人は、その味わいを我慢し、味覚を殺して呑みくだすだろう。しかし、おいしくない、というのも一つの味わいで、これを味わうことがなければ、できなければ、本当においしいものの味も分からない。この世には、自分が貧しくなればなるほど豊かになっていく何ものかがある。それが感じられるような心を持ちたいものだ。

おおよそ、こんなことを言った。どの子もできの悪い禅問答を聞いているような顔をした。実のところ、わたしにもよく分かっていないのだが、これはとても大事で、いつも考えていたい、と思う。このことも正直に言った。部屋は空っぽでこそ、調度品を容れ、人が住むことができる。これは老子の言葉だが、貧しさとは受容の力に恵まれていることである。そして、受け容れる、とは愛の基本的な姿勢でもある。

そんなわけで長男は、従順と忍耐を己のものとし、次男は、失うものを持たない人間の勇気と進取の精神に富み、末の娘は分かち合うことのよろこびを知るやさしい子になった。いま、この子は幼稚園の先生になろうと勉強の最中である。このあいだ、幼稚園へ実習に行くと、ことごとに叩きにくる子に出会った。それはつまり、自分にかまって欲しいということの表現だと分かったので、他の子に倍して可愛がった。で、仲良くなったところで実習が終わり、学校へ帰る、とお別れを言うと、先生、どこの小学校へ帰るの？　と尋ねたそうだ。わたしの子供たちはこんなふうでいる。家内は只今、百年一日のごとく編み物をしている。彼女曰く。編むことは、お祈りに似ているのだそうだ。ならば文章を書く仕事も、祈りだと思いたい。

（「あけぼの」聖パウロ女子修道会　一九九四年一月）

冬の影

今年も、残すところ二か月無いのだと気がついて、寒い気持になった。夏、一家で四国の徳島に帰り、暑い半月を過ごして東京に戻ってきた。それが、つい昨日のように思える。そして、それから窓に木枯らしの声を聞く今日まで、机に向かいながら、時折、エッセイを求められて書くばかりで、とうとう小説は書かずじまいで日を送ってきた。

それほど激しい焦燥の思いはないが、空しい日々は、冬日に白々と照らされた長い登りの石段をながめる思いがする。自分は、これまでいつでも、そんな石段をうつ向いて登ってきたような気がする。私は、小説をはなやいだ思いで書いた経験がない。苦労はあたりまえだが、心は燃えていなければならない。「炎」が是非とも求められる。でなければ、いかにして人を暖められるだろうか。

この夏、徳島在住のオーディオ専門家であり、熱烈なモーツァルテリアンの三木芳彦さんから、オルトフォンのカートリッジをすすめられた。私は長年、サテンを愛用してきたが、これはどうかした拍子に機嫌を損じて、よく鳴ってくれない日がある。それを私がこぼすと、三木さんがオルトフォンをすすめた。この日、中古だが、カートリッジ用昇圧トランスを頂戴した。しかし、それを徳島から持って帰ってきたものの、まだトランスの接続をしないでいるし、オルトフォンも買うに到っていない。そもそも沈滞ムードで、レコードを聴く気にもならないのである。

九月末日、上野の東京文化会館へウィーン・オペラの「フィガロの結婚」を観に行った。初日で、ベームが指揮をした。生の音色と、目に映る舞台の印象が、あまりにも幸福なひとときを私に恵んでくれたので、いまさらレコードを、という気も手伝っている。だが、毎日、最低、一時間はレコードを聴いていた習慣が、ここのところとぎれているのは、心のどこかが荒んでいる証拠だろう。

五年前に約束をした長編が、まだ出来あがらない。半分ほど書いたところで底無しの泥沼に落ちこみ、這い上がれないままで四年が過ぎた。もちろん、そのあいだ何も書かなかったわけでもない。短編を書いた。難渋している長編が核になり、書けないでいることが逆に働いて、短編を生み出した感がある。その短編集が一冊にまとまって、集英社から出版されたばかりである。表題を『微笑の町』としたが、四年間の難渋を「微笑」にかえてしまったことは、我ながら苦い自虐と皮肉の総括のような気がする。随分、疲れた。

本は、担当の編集者永田仁志さんが心を傾けてくれたので、装丁に予期しない幻想の花が開き、愛着の思いしきりだが、未完の長編が私に歯止めをかけていて、素直に喜べないのは、不幸なことと言わねばならない。

ここ一年間、毎週木曜日の夜にハンドメイドのパイプクラブに出かけて、パイプを削ってきた。小説が書けないので、パイプを作っている。パイプを削ることの面白さは、原木の木目の流れに従うことで、木との出会いと対話が形をきめることにある。人間的なわずらわしさが忘れられて、楽しい。もう十本削った。そのうちの一本は、煙草を詰めるボウルと、吸い口のマウスピースを竹で継いだパイプだが、気に入りの作品になって、四六時中くわえている。

パイプクラブは、西武池袋線の練馬駅の近くにあるので、目白に住む私は自転車で最寄りの椎名町駅まで行き、そこで自転車置き場に自転車を置いて、電車に乗り継ぐ。クラブの帰りは大抵、夜なかの十二時が過ぎることになる。先週、やはり遅くなり、椎名町駅まで帰ってきて自転車置き場に行ってみると、街灯の下、自転車のサドルに夜露が降りて、凍るように冷たかった。ズボンが濡れると困るので、サドルにハンカチを敷いて乗って帰ったが、前車輪の両側についたランプの一つが消えて、点かない。頼りない片目の淡い光で夜道を走っていると、夜風が身にしみた。

そんなとき、束の間忘れていた小説のことが、また気になりだした。弱い光で夜道を照らしながら走っていたから、小説のことを思い出した。自分の小説の行く手は、はなはだおぼつかない。私の住む町に似て、路地が入り組んでいる。それでも、小説は書かねばならない、と思った。十二月に自分の誕生日を持つ私にとって、暮れが迫ってくると、何かと心がせくのは毎年のことである。人気のとだえた道を、すこしやけ気味になってペダルをこいで帰ってきた。長編の続きを、と思っているが、それが難渋して、この次に生まれてくるのも短編集であるかも知れない。

それから、私は考えた。いつまでたっても書くことの出来ない一編の作品があって、ついに書かれることのない幻の作品を待ち続けることが、創作の力になるのなら、それもいいではないか。しかし、これは夜道のひとり言で、誰に聞き届けられるわけでもない。つらいことだが、やはり長編に戻って行かねばならないのだろうか。

（「毎日新聞」夕刊　一九八〇年一一月一五日）

受賞、そして

私は昭和四十四年、文學界新人賞を受賞して、作家生活のスタートを切った。当時、小さな出版社で編集長をしていた。編集者の仕事は無数の雑用の積み重ねから成り立っている。忙しい毎日だった。夜はおつきあいにお酒を飲む日が多い。家へ帰るのが遅くなる。そんな日々にあって、私は小説を書こうと思い立った。

文學界新人賞は上半期、下半期二期に分かれている。私は上半期に応募した。締切りは七月二十五日で、当日消印有効だった。原稿を仕上げるのが遅くなって、最後には徹夜をした。丁度、アポロ11号が月から地球へ戻ってくる日で、徹夜の中継をテレビで観ながら原稿を書いた。朝の八時頃、ペンをおいて、会社へ出かける道すがら郵便局へ寄った。晴れて気持の良い朝だったことを覚えている。

ところが受賞の通知の日のことは、あまり覚えていない。十一月の中旬だった、と思う。選考会の席上から、夜になって電話があった。丁度、その時間に百科事典のセールスマンが来ていた。私は上の空でセールスマン氏と話をした。気の毒なことをした、と思う。

その作品が芥川賞の候補になった。これが第一回目で、以後、五回を数えた。大体、受賞をあてにしないで作品を書くのが本来だから、私はただひたすらに原稿を仕上げるので一生懸命だった。それでも五回も候補になると、くたびれてくる。その頃、妙な気分でいた。五回で芥川賞と縁が切れた。

縁が切れたところで、私は勤めていた出版社を辞めて、筆一本の生活にはいった。そして、新人賞受賞から四年が過ぎた昭和四十八年秋に、泉鏡花文学賞を受賞した。私は第一回の受賞だった。半村良氏と一緒だった。この賞は有難かった。なんとなく不安な毎日でいたから、元気が出た。

当時、夜と昼がひっくりかえったような生活をしていた。昼間は寝ていて、夜に原稿を書いたり本を読んだり、レコードを聴いたりする生活だった。コーヒーを沢山飲み、煙草は缶ピース一缶五十本を吸っていた。ところが、そんな生活のリズムが続けられない日が来た。昼間寝て、夜仕事をしている生活が耐えられなくなった。世間の生活から切り離されたように感じられて、ノイローゼ気味になった。私は早起きをして、日中に仕事をする生活をはじめた。

太陽が昇ると仕事を始めて、陽が沈むと休む生活が一番自然のように思えた。私はゆっくり仕事をする。遅筆である。筆は遅くとも、長く根気よく仕事をすればよい。そんなふうにして毎日を暮らしてきた。さいわいなことに私は良い編集者に恵まれた。私はずっと仕事を続けてきたし、今後を見渡しても予定はつまっている。それはとても幸福なことに思える。

鏡花賞のあと、私と文学賞は縁が切れたかに思えた。私は自分の手許だけを見ていた。そのようにして歳月が過ぎるうち、いまに芥川賞をおもらいになるからがんばってください、と言う人が何人もいて、私は閉口した。芥川賞は新人賞だと説明する気にもならなかった。

しかし、そんなふうにして仕事をしてきて、今年平成三年の春になって、二つの賞がいちどに舞いこんできた。一つの作品で私は読売文学賞と芸術選奨文部大臣賞をいただいた。これはまったく思いがけないことだった。予想もしていなかった。

私はいま自分の年齢を考えて、マラソンの折り返し地点をとっくに過ぎたと思っている。これからの毎日がとても大事である。抜きさしのならない日々を生き抜かねばならない。そんな時期に受賞は、非常なはげましになった。私はいま自分の父母の郷里である四国徳島を考えている。徳島を書きたい、と思っている。真実、大事に考えている土地のことだから、やり甲斐がある。


（「徳島の文化」8号　一九九二年六月）

レコード太平記

レコードのことでは、随分思い屈した。二十年前、会社に勤めながら小説を書きはじめた頃である。原稿料分だけ、生活に余裕が出来て、念願のオーディオを購入した。それまでは、もっぱらラジオの番組に頼るか、渋谷の名曲喫茶「らいおん」、高田馬場の「あらえびす」へ出掛けていた。不便で、ひどく情ない思いをしたこともある。それが一日にして装置が届き、興奮してしまって、手足はわなわな震え、喉がかわき、口がきけなくなって、家人が心配した。

スピーカーはクライスラー、プレイヤーはマイクロ、プリ、メイン・アンプとチューナーが合体したレシーバーはソニー、同じくソニーでオープンリールを揃えた。実に質素な装置であったが、客間が音楽に充たされたとき、私はもうすこしでなにかの発作を起こすところだった。私はアルヒーフ版でJ・S・バッハのカンタータ「キリストは死のきずなに着きたまえり」BWV4をかけたのである。

この日からレコード漁りの狂奔がはじまった。同じくして経済を憂える家内の悩みもいよいよ深くなった。ここまではいい。ここまでは資本の論理下で生きている人間の宿命である。ところが困ったことが起きた。マイクロのカートリッジの調子が悪い。高音域で音が割れる。静電気が拾った空中のゴミを針が盤上でからませ、音が濁る。タチの悪いことに、こちらの陶酔が昇りつめようとする瞬間に、これが始まる。

レコード・クリーナーは、まったく役立たずで、かえってゴミを付着させ、これを溝に押しこんでしまう。私はノイズと高音域の音割れを、ゴミのせいにして、レコード盤を水で洗った。洗剤液をつけてガーゼで洗うのである。乾かしてから掛けてみる。事態は変わらない。このまま放置しておくと、精神神経科に通わなくてはならない、と判断した私は、プレイヤーを同一機種で、一ランク上のものと買いかえた。ここにいたるまでカートリッジを六個買いかえている。無益に血を流している思いがしたものだった。

プレイヤーを買いかえてから束の間の平安が訪れた。このころ小説に専念することにして会社を辞めていたので、レコードを存分に楽しんだ。ところが貧しい装置で、これに満足していても、欲は段々深まるものである。私は絃の音が美しく鳴るカートリッジ、サテンを買い求めた。

サテンは、わが国が開発したユニークな発想によるムービング・コイル・カートリッジである。世界に誇ってよい、と思う。しかし、このカートリッジは、日により時により、機嫌が悪くなるのである。なだめつすかしつしながらでないと、うまく鳴ってくれない。レコードをかけるたびに、祈るような気持になる。こうして十年が過ぎた。オープンリールはこわれてしまったので外した。かわりに長男がお年玉を溜めてテープデッキを買ったので、オーディオは共同利用ということになった。

毎日、朝から晩まで鳴らしているものだから、レシーバーの出力が弱まった。また、FMを聴こうとしてダイヤルをまわすと、障子を叩きこわすような雑音がはいる。アンプのオーバーホールは可能だが、私の使っているようなレシーバーでは、どうにもこころもとない。我慢しながら私は徹底して聴きまくった。ひとつことに興味を持っていると、不思議なことに同じ趣味の友人が自然と出来る。これこそ天の恵みと言うべきだろう。

プレイヤーのベルトが切れた。十四年目だった。代替品を心配しながら買い求めに出掛けたら、さすがにマイクロである。予備はすぐに見付かった。この年に、私より歳上でオーディオに関しては専門家の知人が、中古ながらカートリッジをプレゼントしてくれた。デンオンの一〇三Sである。昇圧器も添えてくれた。カートリッジを取り替えると、装置全体が新品になったような気がした。

この間にCDが登場してきた。いろいろ試聴させて頂いたが、さして食指が動かぬ。音の深み、幅を求めるに不満がある。雑音の不安などに悩まされず、居心地よく音楽が楽しめそうでいて、何か物足りない。そんな不満もあってのことだが、実際のところは手に入れるにお金がない。頂いたデンオンのカートリッジに頼りきって三年は聴いただろうか。針の寿命が尽きてしまった。情けない日々がはじまった。サテンは暫くお休みにしている間に、鳴らなくなっていた。

私はFMを聴く生活に戻った。そして、いまひとつの方法はテープデッキを利用した。末の娘がかなり性能のいいCDデッキを持っている。CDを借りてきてテープにとり、これで聴く。ところが何もかもに寿命がきていて、テープデッキのモーターがこわれた。修理に出して、一か月もしてかえってきたデッキは二か月使うとまたこわれた。

何といっても、もう二十年が過ぎている。スピーカーに関して言えば、寿命は半永久的という人もいるし、十年から十五年が限界ともいう。私のスピーカーは、まだ鳴る。音の輪郭がやや甘くなっているものの使用に耐える。ヤセ我慢をすれば、まあ聴ける。だが音の出口がなんとかなっても、入口がポンコツになっては、もう仕方がない。で、テレビ番組の「芸術劇場」からビデオを撮り溜めた。LDを持っている知人が、VHSに撮りなおしてくれたものを楽しむようにもした。だが、なんといっても窮乏きわまり淋しく不自由で仕方がない。

運も尽きたかとあきらめていると、天与の恵みがきた。今年の二月、三月と続けて、読売文学賞と芸術選奨を頂いた。私はありとあらゆる人々に感謝を捧げ、それから舞い上った。家内の了解を得て、賞金でオーディオを買った。ぎりぎりに節約、経費をしぼった。

スピーカーはロジャース、アンプはプリ、メインともにクォード、プレイヤーはトーレンス、カートリッジはオルトフォン、CDプレイヤーはやはりクォード、チューナーはケンウッド。

人間の耳も歳をとる。ロジャースというスピーカーは、地味で、この世の苦労を知り尽くしたような安らかな品のいい音を出してくれる。はなやかさというものはないが、しっとりと落ち着いている。トーレンス、オルトフォンには文句がない。CD演奏のクォードも、ロジャースとうまくコンビを組んだ。いま私は、ウィーン・アルバン・ベルク四重奏団のベートーヴェン『弦楽四重奏曲全集』九枚組のCDを聴いている。そして、考えている。新しい装置はまた二十年は保つだろう。その時点で、病気の巣窟のような私は、すでに天国か地獄にいるはずである、と。しみじみ、いい小説を書かなければなあ、と思う。

（「文學界」一九九一年八月）

老人は夢を見、若者は幻を見る

私はいま五十七歳と五か月である。若いと思っていないし、さりとて老いたとも思っていない。老化の巧妙なところは、自覚症状を伴わないところにある。気付いてもたちまち忘れてしまう。心はこれを認めたくないのだろう。

ところが現実は、これにむくいるに大変手きびしい。昨年の一月末、明け方トイレに起きて階段から転落し、左手首の関節を複雑骨折した。この箇所と肩の付け根、股関節部の骨折は老人の三大骨折と呼ばれている。救急病院の医師からこれを教えられて、激痛より骨身にこたえた。レントゲン写真で見ると、ジグソーパズルのピースのように散らばった骨を修復してもらい、現在もなおリハビリ中である。

しかし、私は愚かで、ある大病院の入院手術待ちの間、札幌と小樽へ行った。札幌の街路はアイスバーンのように氷っているし、小樽もこれに加えて坂の町である。運動神経が鈍いので、滑って転倒の危険が大いにあるわけだからやめるべきであった。友人は皆、私の無謀をいましめたが、これに耳をかさなかった。さいわい、二度目の骨折をまぬがれて無事に帰ってきた。何故出かけたかについてはいろいろあるのだが、老人の三大骨折云々にさからう気持が無理をさせたのは確かである。

退院して一年、自転車に乗らなかった。片手ブレーキは危険だからである。だが、左手の握力がまだほとんど無いにひとしいのに、一か月前から自転車に乗りはじめた。ゆっくり走っていたが、先日、自転車が停まらず、歩道の先を歩く若者に追突した。老齢の人や幼児をひきたおしていたら、大事にいたっていただろう。私はやむなく自転車に乗ることをいま暫くあきらめた。これも愚かな抵抗がさせたことである。

私の老化はこれより早く七年前に宣言されている。老眼はその前にはじまっていたが、右眼がたえず涙ぐむ。わずらわしいので近所の眼科医の診察を受けたところ、白内障であることが分かった。老人性白内障が五十歳で発現した。視力左一・〇、右〇・八は眼鏡をかけての数字だが、七年経過した現在、左〇・八、右〇・三もしくは四になっている。白内障の診断だけでもかなりこたえたのに、加えて緑内障まで発見された。

緑内障での視野の障害、視力のおとろえは現在のところあらわれていないが、白内障と老眼の進行で眼鏡の力を借りても辞書で字画を見るのが困難である。私には上二人が男、末が娘の三人の子供がいる。真ん中の子が天眼鏡、ルーペ、書見用拡大レンズを買ってきた。小さな字を見るのに難渋している私に同情したのではなくて、癇癪《かんしゃく》を起こしたのである。彼は気が短く、ぶざまな父に我慢がならなかったのだろう。しかし、これは無駄なことだった。眼の水晶体が濁って見えないのである。

　それでも慣れるということは妙なもので、私は現在の自分の眼の状態をさして嘆かわしいものと思わなくなって、読書と執筆の量はかえって増えている。もっとも先日外出をしようと玄関で靴に足を入れるのだが、どうしても履けない。家内がやってきて、あなた何して遊んでいらっしゃるの？　と言う。よくよく靴を見ると誰が置いたのか右左が逆になっていた。

　外出で思い出した。ある日、いそいそと表へ出て歩き出したら見送りに出ていた妻が、あなたどこへいらっしゃるの？　方角が反対ですよ、と言った。ボケは忍び足で近寄ってきている。

　私の父は八十一歳で帰天したが、晩年ボケた。菊造りに精をこめて品評会へ出品することを楽しみとしていたのに、多くの鉢の移動の体力を失ってやめた。それが境だった。父は家に溜った古新聞、雑誌を束ねることを始めた。几帳面な性格だったから初めは誰も怪しまなかった。だが、新しいものであれ、新聞雑誌はもとより、本であれ重要書類であれ何もかも束ねて納戸へ仕舞いこんでしまう。

　これがおさまると、今度は母のあとをついてまわるようになった。どこへでもついてまわった。母がいないと、不安でたまらないようだった。十六歳で田舎から大阪へ奉公に出たのち独立独歩、二回の戦災で無一物になりながら財をなした。いわば立志伝中の人が子供のようになった。徘徊がはじまった。経営を私の兄にゆずった会社の方角へ歩いて行こうとして力つき、遙かな路端でかがみこんでいるところを見つけられた。このころ、それでも東京から帰阪した私を識別して、名前が言えた。思い出すまで、四十秒から五十秒かかりはしたが、記憶は残っていた。

やがて徘徊の元気も失った。食事以外は居室にこもって、終日テレビを観ていた。内容が分かっていたかどうかは分からない。端坐して黙然と眼をテレビの画面に向けている。そのうち坐っている力を失ってきた。昼寝をしていることが多くなった。部屋を出るのは、食事に呼ばれたときだけだった。ある夕刻、大阪へ帰りついて食堂へ行くと、父は家長たるものが坐るべき席に腰かけ、弱々しい視線を前方に向けていた。左手にご飯を少しよそった茶碗、右手には箸を持ったまま、わなわな震え、母が別な茶碗から箸で運ぶご飯を口で受けるだけだった。多くはこぼれてしまう。だが、父はそんなふうになっていながら背筋だけはきちんと伸ばしていた。誇りを失わない姿は驚嘆すべきことだったが、正視にたえず眼をそらそうとすると、母がたしなめた。しっかりと見ておきなさい。母はそう言った。ここから先の父について書くのは、ひかえることにしよう。父の死亡診断書には嚥下困難による肺炎とあった。父の死からはや七年が過ぎ八年目になろうとしている。

このあいだにおいて、ボケ、老人性痴呆症と老いについてぼんやり、あれこれ考えてきた。ぼんやりというのは老人性痴呆症の二つのタイプ、脳血管性痴呆症、アルツハイマー型痴呆症に対して、前者は若干の救い、後者にいたっては只今のところ医学は無力であり、老いについてはまったくさからいがたいので、確かでいられようがないからである。世界一の早さで高齢化が進んでいる日本では、痴呆症は次の世紀の最大の病いとなるだろう。現在、八十歳以上では、十人に一人の割合だという。

脳の神経細胞の異常死によって記憶を失うということは、人が己れの過去を失うことである。人は過去の積み重ねで生きているが、記憶を失って過去が喪失するのは、自己の存在を失うことを意味する。また老いることは現世において無力無用の存在となって、自己の存在の意味を失うことになる。アルツハイマー型の痴呆の始まりの典型症状は、物忘れであるという。これを言うと、私の目下の状態は、この痴呆症の始まりに最も近い。

単なる老化による物忘れと、痴呆症による物忘れは違っている。痴呆症は、全部忘れてしまうし、自分の物忘れに気付かない。簡単な暗算不能、これが更に進んで判断力喪失、自分の居場所の忘却など、知的機能のさまざまな障害へと進んで行く。

私はネクタイの結び方を忘れてしまって、ひとりで結べない。ネクタイを嫌って、怠っているうちにこうなった。もとはダブルに結ぶことが常にあったからシングルをまず忘れ、ついでダブルを忘れてしまった。家内に結んでもらうたびに覚えようとするのだが、新しいことを記憶する貯蔵タンク、海馬と呼ばれる脳の部位の神経細胞に損傷があるのか、まったく覚えられない。レンタルビデオを観ていると、家内が、それ、このあいだ観たばかり、と言う。近所の開架式図書館から、翻訳物のミステリーを借りて来て読む。読み終ってから何となく憮然たる思いにとらわれている。暫く前に読んだような気がするなあ、と思っているがはっきりしない。それで家内のところへ持って行く。大抵、表紙タイトルを見覚えていて、二度目であることが確認される。CD、文庫本の同じものを買いこんでくるときが最も困る。最近二度恐ろしいことを経験した。家内が絵画展を思い出して、いかにも楽しそうに話をし、私に感想の同意を求めてきた。一緒に行ったのである。ところが私は何一つとして覚えていない。私はこれをさとられまいとして、うなずくのに随分苦労した。もう一度は、写真を見せられた。窓を背にして私が写されている。その日、映画を観に行っての帰りに家内が撮ったらしいのだが、映画を観たという事実もそこがどこかということも忘れてしまっている。困惑が過ぎて、ただ恐ろしいばかりだった。

かつて私は記憶力に恵まれていた。証人には家内と友人がいる。私はおごりたかぶって、忘れてしまうようなことは、覚えておくに値しないことなのだから、忘れるにまかせておけばいい、と言ったものだった。これといって特異なことがあったわけでもない過去のある一日を言われて、その朝の食事の内容から一日の一切をことごとく思い出せた時代があった。旧約聖書の詩篇百五十篇を諳んじることが出来た。数字には弱いのだが、私は生きた電話帳のようなものだった。ところがいまは手帖が命綱で、これが日々をつないでいる。それと大学ノート、特製のメモ用紙、これに考えついたこと、記憶しておかなければならないことを、機会と必要に応じて書きこむ。録音テープは検索に不便で、実用に適さない。ノートは日記の役割も果していて、映画、音楽会のチケット、新聞の切り抜き、買いたい本の広告なども貼りこまれている。これが記憶をつなぎとめる役目をしてくれるのである。

一九八三年の十二月九日、私は胆石と左副腎部の腫瘍除去のため、五時間半の手術を受けた。開腹した跡が腹部に富士山の型で残っているので、忘れようにも忘れられない。腫瘍が癌と疑われて、多くの検査を受けた。気持の落ち着かざること甚だしかった。腫瘍が良性、悪性を問わず手術を必要としているのが分かっていて、喘息の持病がある私は全身麻酔の危険をも心配していた。気分がすぐれないことを訴えると、精神神経科の診察を受けさせられた。そこは大学病院で、教授診察の当日、大勢の学生が見学をしていた。

教授はかなりの年齢で、飲酒癖があるのか赭ら顔で鼻の頭がことに赤かった。この老人が言った。キミ、元気のない顔をしているね。かたわらに付き添っていた家内が応じた。このひとは、いつもこんな顔していますよ。学生たちが笑った。老教授が、では、元気が出る薬をあげましょう、と言った。これが私を鬱病と決める診察と処置のすべてであった。処方された抗鬱剤は、時として昂奮作用のあるトフラニールだった。

手術のことは、いま記すときではない。この鬱病の診断で、以降、十年間薬を飲み続けることになった。抗鬱剤ばかりでなくメジャーのトランキライザー、睡眠薬を服用するようになった。この間に飲んだ薬は屯単位になるのではないか、と思うほど薬漬けになった。私が鬱の診断を受けたとき、病室の私を受け持っていた研修医の先生が、疑問を呟いた。しかし、大病院の組織の中で、その声はただの呟きに終った。

手術のほうは無事に終わり退院したが、精神科へは二週間に一度家内とともに通った。三、四時間診察の順番を待ち、五分か十分くらいの診察を受け、薬をもらうのに更に一時間待つ。私は四十七歳になっていて、働き盛りにかかった時期だった。その時期を薬で呆けて過ごした。だが、呆けていながら生活をつなぐわずかな仕事をした。過去に溜めこんだものの食いつぶしをしていた。新しい知識、体験の吸収は不可能だった。経済はもちろん、心身は貧しくなる一方だった。いま考えると、さまざまな反省が浮かぶが、当時は転院再検査を考える心の余裕がなかった。そして私は向精神薬の副作用で、脳の神経細胞に悪い影響が出ることのみを心配していた。老年になって痴呆が早く出現するのではないかと危ぶんだ。そのことを私はくどく担当医に問いただしたが、返答は決って、心配ないということだった。

ところが内科医の先生方は、私の危惧にうなずいた。いいはずがない、と言う。この意見を再び精神科医にただすと、それは無視してください、向精神薬を服用し続けて痴呆になった症例はなく、私たちは自分たちが使っている薬に対する偏見で悩まされているのです、と言った。こうして投薬は続いたが、昨年の一月末、この文章の初めに記した事故で入院した病院で薬を貰う都合上、再診察を受けることになった。医師は十年前の状態も詳しく問いただした上で私の鬱病を否定し、投薬を中止した。それから一年以上も経過するが、何の問題も起きていない。睡眠薬も少しずつ量を減らして、半年後にはまったく必要としなくなった。

抗鬱剤の影響が今後どんなふうに現われるか、現在の私には分からない。しかし、はっきりしていることが二つある。薬を服用していた十年の間がすべて空白だったわけではないが、情報のインプットが停止して大部分の日々が、記憶から欠落している。いま一つ、これも先に記した緑内障は抗鬱剤の副作用である。

私は今、失った時間を取り返すために努力の限りを尽しているが、その私に素早い老化の忍び足が感じられている。仕遂げていない多くの仕事、読書、旅行が試みられなければならないのに、体力の低下は明らかである。あせってはならない、と思いはするが、一日を最大最長に使いたくて、ここにきて再び薬を使う愚行におちいっている。喘息の発作止めに、古典的な薬、塩酸エフェドリンがある。現在ではもっとすぐれた薬が出来て、これはほとんど使われないが、まだ薬は生き残っている。知ったふうなことは言えないが、発作を起こして絶息の危機にある患者に、この注射が有効だと言う。注射薬、散薬のほかに、丸Ｐの愛称で呼ばれる錠剤がある。一錠二十五ミリ、一日三錠七十五ミリを限度として使う。

これをいちどきに十錠から十三錠服用すると、昂奮作用が働き、眠気、倦怠疲労感が消える。疲労感、眠気を忘れて徹夜が可能である。もっともこれを言うならリタリンという薬があって、作用はもっと強いが緑内障の私には禁忌で使えない。塩酸エフェドリンも眼圧を上昇させるので要注意だから、眼科医のチェックを受けて使っている。困ったことに量を増やさないと効果が薄れる傾向があり、一晩のうちに三十錠も四十錠も服用してしまう。

内科医は、心停止の可能性、肝臓の負担、内分泌機能への影響、中毒をあげて反対している。私に直接感じられることは食欲の低下と、薬を切って眠ろうとするときに、強い睡眠薬を必要とすることである。時にいわれなき生理的感覚の不安が襲ってくる。それでもとにかく眠って、醒めたときの疲労感は実に大きい。そして、なおかすかに昂奮している。また視力が低下していることが分かる。この薬は、ただでも一日に十万個死滅していく脳神経細胞を更に多くほろぼしていると感じられる。

やめようと思いながら、仕事を急ぐときに使ってしまう。ただ目下の救いは、医師が一度に二週間分の薬しか出さないことである。つまり四十二錠である。これは一晩で失くなってしまうので、空白休養の十三日がある。中毒にはなっていなくて、薬がなければいたたまれない、というようなことがない。どうしても必要なら、麻黄湯を薬局で求めて服用する方法がある。麻黄は塩酸エフェドリンの原料である。だが、よほど大量に飲まなければならず、不快感がひどいので、一度でやめてしまった。私は薬を探すとなると、いろいろ情報源を持っているので、ある小児用総合感冒内服液を一気飲みすると、覚醒が来る、という話を聞いた。早速、試してみたところ、覚醒どころか私は眠りこんでしまった。表記されている薬の成分をあらためて読んでみると、塩酸エフェドリンがわずかにはいっていて、抗ヒスタミンが加わっている。塩酸エフェドリンに抵抗力が出来た私には、抗ヒスタミンの力のみが働いたのである。しかも、抗ヒスタミンも緑内障には禁物となっている。

私は痴呆症の本を読んでいて、多くの原因があげられているなかで、薬剤中毒を見付けた。またなりやすいタイプとして、わがまま、頑固閉鎖的な性格で社会参加が乏しいことがあげられている。私は自分が痴呆症予備軍の一員であることを痛感した。脳死をもって人間の死が断定される気配が濃厚である。そうなれば、痴呆症老人の生命が否定される恐れがなきにしもあらずである。私の恐れは只事ではなくなってきている。すべての老人が痴呆症になるわけではないが、七十歳を過ぎると大なり小なり痴呆の影が出てくると言う。健康に暮らしていてそうであるならば、私など何をか言わんやである。ある日、どこかの駅で下車して、自宅はどこかと尋ねまわっている自分の姿が見えるような気がする。

いつだったかテレビを観ていると、青年たちがボランティアで楽団を組織して、特別養護老人ホームを訪問しているところが写っていた。収容された痴呆症の老人たちに、メロディーというよりリズムを伝えて、脳の活性化をこころみているところだった。タンバリンを持たされた老婆が、カメラにとらえられた。私はその顔を見て、戦慄と激しい嫌悪感を覚えた。彫ったような深い皺が刻まれ、眼が何かを求めて実に意地悪そうに、かつ嘲笑的に光っている。尋常な眼差しではなかった。痴呆になっても、その最奥の芯の芯なる人柄は最後まで残り、それまでの生き方が素通しで見えてくることがある、と言う。では、この私は自ら気付くことなく、一体どんな顔をさらすことになるのだろうか。

とはいえ、痴呆症になれば自分のことがまったく分からなくなり、周囲への羞恥など一切無くなるというが、どうも怪しい。

父の痴呆化がかなり進行して、表情の変化がまったく消えた時期のことである。私はある問題を抱えて帰阪し、母と話をしていた。父が沈黙して、ただ坐っていた。私は母と話をしていて段々と語気が荒くなり、母を追い詰めていた。その時、ふと眼を父に移すと、無表情は変わらなかったが、怒りの色がかすかに眼に浮かんでいるのを見た。父は母が私に悩まされていることが分かったのだと思う。

父が病院で息を引きとり、その軀が居室に戻ってきた日、帰阪して初めて居室の壁が荒れているのに気が付いた。呼吸困難になって、苦しまぎれに爪で引っ掻いたあとだった。弱り切った指を立てたのだから、壁の傷は薄かった。だが、苦しみは甚だしいものだったのだろう。棺の中で眼を閉じている父より、壁の傷は沈黙のうちに多くの痛切な言葉を伝えてきた。

私はその時、老いと死に対して悟ったりなどしてはならない、と思った。何故、人は成熟と完成に向かいながら、ついには結局老いと死を迎えて終止符を打つのだろうか。このことに関して、あくまで謎、神秘として受けとめてこそ真実の糸口をたぐり得るのだと思った。父の亡くなった日は真夏の日曜日の朝で、空には雲一つなく激しい陽が輝いていた。生が盛んに活動している日だった。澄んだ空を見ていて、おのずと湧いてきた考えがあった。未来には現在との継続と、その断絶の両方がある。ならば現在から予測を許さない未来がある。では、どうして死によって未来が終わる、と言い切れるだろうか。未来の本質を、現在から予測のつかぬ断絶の時空と考えるならば、そこに希望がある。私はカトリックの信徒である。通常、そのような考え方はしない。しかし、その日私はその考えを否定することが出来なかった。私は眩ゆい青空に眼を向け、私たちとの別れを惜しんでその魂を遊ばせている父を望み見ようとした。

いま私は、老年がその先にある死とともに、希望もなく滅びを待つだけの歳ではない、と確信している。年齢を重ねるごとに、この確信は強まっていく。老年とは、失われてゆく生を実感しながら、真実〈生〉に目覚めるときであろう。老年は、生きていることを最も深く意識し、理解して生きる時である。永遠の夜明けを待機している時である。老年の夢は、超越への夢である。老年を社会的な能力、働きからのみ見ていては、老年の意味が失われる。〈時〉の盃で、永遠の美酒を飲む。老年にこそ本当の夢がある。余生などという言葉は使わぬことにしたいものだ。それは人間をただの能力として見ることから出てくる言葉である。生きている、そのこと自体に意味がある。

では、痴呆症をどう考えるか。精神は脳の働きであることは分かっていても、その起源は謎である。脳の働きが失われたからといって、人間の尊厳が消えるものではない。ただ存在していることだけにも神秘をひめて、意味があるのではないだろうか。痴呆を予期し恐れながら、青年時壮年時の己れの実力主義を考えるべきではない。生は本来、もっと自由なものではなかろうか。痴呆になればいさぎよく自分に頼ることを捨て、人を通して伸びてくる何ものかの力で生かされる、と考えよう。人は皆、老若を問わず、すべて一瞬一瞬を誰かによって生かされているのだから。

一つの病気で、二人の病人が出るなどという痴呆症だが、看護する人にも必ず救いがあるだろう。虚飾を捨てた裸の命そのものに触れて、生を見直す。人生には誰にも分からぬ運不運が秘められていて、自分の努力だけで生きているのではないことが分かるだろう。何ものかを信頼しながら生きる喜びを知の二つを合わせただけで生きているのでもない、ということが分かってくるだろう。また、老いて死を恐れなくなったという人を、信用しないほうがいい。それは生きる意欲の喪失でしかないときがある。死を恐れ、うやまうことが正しい態度であろう。死の謎こそ、生を豊かならしめている。

私にはこのごろ、靴音の幻聴に心を奪われていることがある。私の隣家の主人は、典型的な役人だった。実直一筋に生涯を生きた。いつか、その奥さまが言った。家にいても冗談一つ言うでなく、黙って時間を過ごしている。何を考えているのか、一向に分からない。私は会社を辞めて、家で仕事をするようになって、気が付いた。毎日決った時間に出勤し、決った時間に帰ってくる。背をかがめ俯いて、靴を引きずって歩く。冬の凍てついた夜など、その足音はよく響いて伝わってきた。胸にしみとおる音だった。私は遙かな気持になって、耳を傾けた。

もしかしたら、その音は私に何かを教えようとしているのではないか、と思った。この人の隣家に住んで三十年、その半分、靴音を聞いて十五年を過ごした。この主人は段々と老いてゆき、定年退職となった。そのあと今一度の勤めをしたが、ある日を機会に職を辞して家にいるようになった。姿を見かけるのは、庭の掃除か、新聞を取りに表へ出るときのみになった。洋服から着物姿に変った。長年、隣り合っていながら、言葉をかわしたことがなかった。そのうち、姿をまったく見かけなくなった。ボケてきた、という話が伝わってきた。それからまもなく、病院にはいった、と聞いてから、死を知らされるまでは短いものだった。

私は隣家に住むだけの他人で、この人を深く知る機会はついに無かった。私が靴音の幻聴を聞くようになったのは、亡くなってしまってからだった。この主人が私にその存在を知らしめ、何事かを告げていたのは、ただ靴を引きずってゆっくり歩く足音だけだった。仕事で困っているとき、あるいはただただ鬱屈しているとき、その靴音が聞こえてくる。想像、推測をめぐらせてみても、平凡をきわめた生活がしのばれるだけである。あの人は何を生き甲斐とし、何をよろこびかなしみ、怒って過ごしたのだろうか。それは私の知るところではなかった。老いて、自分の生涯をどんな感慨を抱いて振り返ったかも知らない。しかし、鬱などと言われ妙な薬を服用して呆けた日の空しさが耐えられたのは、まさにその靴音のゆえであり、今も不思議に私を慰めるのは、その音の記憶、幻聴である。それは人間の存在と老いの意味を深める役目を果している。そして、こういうことを考えさせる。

人は自分の自由によって生きていると考えるのは幻想である。隣家のご主人はこの世に束縛され、あのさびしい靴音を聞かせながら、いまひとつの自由から生まれる生の事実に出会い、これを静かなよろこびとして求めて生きながら、最も生々と人生を感じていたのではなかろうか。その自由とは、私の信じる神としか呼びようのないものである。そのような老年でなかった、とどうして言いきれようか。私はやがての未来に、かくのごとき老年であれかし、と願う。

（「新潮45」一九九四年六月）

我、蛇蝎の如く生んかな——自分と出会う

文学部校舎の地階に生活協同組合があった。私の二度目の下宿先は、ここで紹介してもらった。大学一年生の秋だった。訪ねて行くと、緑豊かで、ひっそり静まった路地を折れて、さらに木戸から露地をはいった家だった。

対応に出てきた主は、白鬚《ひげ》をたくわえていた。それが閉戸《へいこ》先生だった。丁重な挨拶で迎えられ、端座されては少々ひるんだ。古武士然としていた。数え合わせてみると、現在の私とほぼ同じ歳ごろだが、早くから隠居して、木戸から一歩たりとも踏み出さない生活をしていた。

この家の二階、南の窓が明るく大きな部屋で、私は卒業、就職、結婚するまでの七年間を過ごした。いまにしてつくづく思うのだが、私という厄介な人間を、よくぞとどめおいてくれたものだ。そして、重ねて、いまは亡き閉戸先生の記憶、その影が色濃く迫ってきていることに驚かざるをえない。

〝我、蛇蝎《だかつ》の如く生《いき》んかな〟というのが、閉戸先生お得意の台詞《せりふ》だった。いさぎよく生きるためには、いっそ嫌われもので通したい、と願っていたのだろうか。気性の激しい人だったが、愛犬日本種テリアをお供に、終日、庭木の手入れをするか、日誌がわりに俳句をしるしていた。原石鼎《はらせきてい》の謦咳《けいがい》に接し、「春泥を拭《ぬぐ》ふや指のルビーの紅」一句に眼をとめてもらったのが誇りのようであった。明治三十二年生まれ

の人であることを思うと、新鮮で、若々しい感覚というべきである。

一方、しばしば修養警世、座右の銘をつくった。曰く、愼獨而正行。曰く、得信自己心信仰之極也。なにしろ幼少にして『蒙求《もうぎゅう》』を諳《そら》んじた時代の人である。『千字文《せんじもん》』も文選《もんぜん》読みで習ったであろう。能筆の人であった。ひとり打ち興じて書き散らした短冊が、とてもよい。晩年、庭の葡萄棚の手入れをしていて、脚立から墜ちた。それから躯《からだ》が不自由になった。思うように筆があつかえなくなっての字が、不思議な味わいをみせている。

その閉戸先生の家に下宿したばかりのころ、私は色紙をお願いした。これには快く応じてくれて、即座に、〝怒者己之不足也〟と記した。この色紙は、いまでも私の手許《てもと》にある。落款は朱文、遊印が白文で、いずれも書家、印匠の手になったものとは思えないから、みずから刻したものであろうか。

ともあれ、閉戸先生が贈ってくれた言葉が自戒であったのか、それとも私のことを案じてくれてのことか分からないままである。何故なら私は、怒髪天を衝《つ》く、とか、怒り心頭に発するたぐいの性格ではないからだ。もしも私が、烈火の如く怒ることが出来る人間であったなら、こんにち余程まともなものであり得たであろうから。

〝熱くもなく、冷たくもなく、なまぬるいので、わたしはあなたを口から吐き出そうとしている〟と『ヨハネの黙示録』第三章十六節にある。

私は爽快、嵐のような怒りに荒れ狂ってみたい、と思いながら暮らしてきた。それは不発弾の信管を叩《たた》く試みに似ている。もしも、のときには自他ともに、無い。閉戸先生は、そこらあたりの事情を諭したかったのかもしれない。あるいは、さびしい蛇蝎をみずからのうちに飼うだけの人であったのかもしれない。ならば一層、先生が懐かしい。

多分、あのころに私は、自分と出会っていたのだろう。頑《かたく》なに閉じこもった人が木戸を出て、遠くへ行ってしまってから、もう二十七年になる。

読書家の故事にちなんで本名を避けたものの、この機会を記念として晩年の俳号が、俎鯉子であった、とのみ記す。


（「朝日新聞」一九九七年六月二四日）

壮六のいる風景

私たちの少年期を育んだ学園は、丘の上にあった。カトリックのミッション・スクールであることを考えるとき、それはきわめて象徴的である、と言える。私たちは毎日、路を登って勉強に通った。誰もが、キリストの悲しみの道を想起しながら歩いたわけではないのだから、ここに深い意味を、強いて読み取る必要もないのだろう。しかし、やはり何ほどかの符合の恵みをかんがえずにはすまないと思う。つまり、この丘の上の学びの生活から、私たちはそれぞれ世界を見渡すことを、覚えたはずだから。

校舎はTの字のかたちをしていて、横一の部分が本館になっていた。縦一筋は木造の長閑《のどか》な校舎だった。淡い緑色をしていた。この校舎をはさんで、大運動場と小運動場がある。小さいほうの運動場の隅には、深い地底の水脈をモーターで汲み上げるポンプがあって、どんなに乾いた日でもコトコト作動して、校庭に時ならぬ撒水の虹をかけた。神が洪水のあと、ノアと結んだ平和の契約の雛形を、つねひごろ親しむことができた。この小さいが、深くて神秘的な井戸のそばに、トタン屋根の自転車置き場があった。自転車で通学する生徒が、かなりあった。これにならんで大変素朴なバラックのような食堂があった。

中学部にはいったばかりのころ、それは昭和二十四年だったが、敗戦で焦土となった瓦礫の跡が校庭の隅ずみに見えた。堆積は断層になっていて、回想の現時点において壮六《そうろく》の記憶の中では、美しい抽象絵画となっているはずだ。一方、大運動場のほうには観覧席があって、見晴らしがよかった。真正面には大坂城を望むことができた。広い運動場の端は断崖になっていて、ニセアカシヤの樹が植わっていた。強い風が吹くと砂塵が舞い上がって、校庭を横切り、サッカーの無人のゴールへ、らくらくと見えないシュートを決めていった。私と壮六が出会ったのは、この校庭の一隅であった。丘の上にはいつも風が吹いていて、私たちの幸運な出会いも、その好むがままの吹き回しによっているようだ。

同じ学園にいたわけだから、かねてから見知っていたが、私たちを結んだのは中勘助の『銀の匙《さじ》』だった。中学部三年生のはじめか、二年生のときのいずれかだが、多分、低学年のときの公算がおおきい。あとになると、私たちはかなりこみいった本を読みだしていたからだ。中勘助をすすめたのは私だが、壮六はそのころすでに絵の才覚を現していた。

とはいえ、壮六はよくある早熟の天才少年、というふうには見えなかった。特異な感性と、これを表現自在な不世出の才能というふうにも見えなかった。また、人並みはずれて絵にたくみであった、と言ってかたずけられるか、というとなると、私は躊躇《ちゅうちょ》する。いまになって考えるのだが、こういったタイプとして分類出来るのなら、私は彼に関心をもたなかっただろう。壮六を、月並みな神話におしこめて、なんになろう。

むしろ、一つの才能があって他にゆずらないが、たえず錬磨の苦渋とせめぎあっている人間こそ魅力に富んでいはしないか。壮六はこの苦渋を背負い、またそのことが誇りであるような一途な単純さと、屈折の矛盾をときにはたくみに自己演出し、ときには見破られながら大望をいだく少年であった。それが私の彼にたいする親愛の淵源であったのだろうし、それは今後も変わらないはずだ。

校舎の本館の地階に、クラブ室があった。壮六が早くから所属した美術クラブも地階にあって、この部屋は一般の美術の授業にも使われていた。その地階のアトリエは、広くて、採光は運動場にかかった斜めの鉄格子の間からくる。地下室独特のにおい、絵の具、テレピンなどのにおいがないまざっていた。少年の眼には巨きく見えるデッサン用の石膏の塑像が、白く重い沈黙のうちに、試みを秘めてならんでいた。ミロのビーナス、アグリッパ、かの暴君ネロもいた。私の記憶では、壮六はこのアトリエに、授業以外の時間をずっと過ごしていたようだ。ここが、彼の本当の教室だったのだろうし、丘の上の学校のカタコンベ、つまりローマ初期キリスト教徒の聖なる墓地、礼拝所であり、ここの壁画、石棺が美術史上重要であるのとおなじく、壮六の尊い故郷、聖地と言っていいだろう。

高等部に進学したころの壮六はハンチングをかぶり、レインコートの裾をひるがえして歩きまわっていた。下駄《げた》履《ば》きがお得意だった。私たちは実にさまざまなことを口走りながら、あちらこちらに出没した。とにかくよく歩いた。千日前、道頓堀、心斎橋筋、中之島から梅田、曾根崎界隈からふたたび御堂筋を歩いて南へ戻り、難波をいきつもどりつしたものだった。それでもあきたりず、南から堺筋を北浜証券取引所まで、引き返していく日もあった。ここらあたりから薬問屋の町として知られている道修町《どしょうまち》は、中之島と同じく壮六が好んだ風景である。そこらあたり、戦災に遭ったにもかかわらず、木煉瓦舗装の路が残っていた。商業の都の中心にありながら牧歌的雰囲気があった。日本のどこにも見られない街の一隅だった。

昭和四十五年の万国博覧会が、戦災に加えて大阪のほとんどをこわしてしまった。ことに中心地を消し去ってしまった。南は長堀川、北は淀川、東は東横堀川、西は西横堀川に囲まれたあいだを島之内、船場と呼ぶのであって、その町名があるわけではなかった。そして、ここらあたりをうろついてまわるということは、水の都の八百八橋の往還を意味する。私たちの少年期は、「橋の時代」だった、と言ってもよい。これはきわめて象徴的なことであろう。私たちは常に渡ってきたのだし、それからもずっと〝橋〟を渡ってきた。それは最早、私たちの心のなかに架かっている神聖な橋である。そして、それはかの日、丘の上の小運動場の地底深くから汲み上げられた撒水の祝福の虹をまとっている、と思える。後年、私は壮六の展覧会の小冊子のなかで、彼の原風景としての橋のことを記した。それは確かに、よくスケッチを試みた中之島あたりが心象風景となっているにはちがいないのだが、もっと根源的、風土的なものによってきたっている、と考えたほうがよい。

さて、少年期の私たちはある日、長堀川の岸辺に腰をおろし、東京へいつの日にか出て行く相談に夢中になった。思ってもいないこと、考えてもいないことが、実現するはずがない。先ず、願わなければならない。壮六は画家を望み、私は文筆で生きることを願っていたのだが、そのためには上京が不可欠だった。そのころ大阪と東京は、遠かったが、交通事情のみの問題でないことはもちろんである。

しかし、私たちは一心であった。話に夢中になって舞い上がってしまい、とにかく、こころみに梅田の東海道線大阪駅まで出掛けていった。もう、夕刻になっていた。入場券を買うと、プラットホームへ上がってみた。そこには東京行きの汽車が、発車を待っていた。私たちは列車の端から端まで、下駄を高らかに鳴らして闊歩した。車内には夜行列車特有の情緒が漂っていた。光のとぼしい天井からの照明のもと、石炭の煙、便所のにおいがこもって、遙かな気持になるのだった。その通路の風景は、いまだ鮮やかに見える。

いつか東京での初のデパートの個展初日、私は挨拶の言葉として、その通路が遠くとおく続いて、こんにちただいま、この会場へとつながってきたのです、と言うと、純情な壮六が泣いた。

その輝かしきいつかは、今回、この画集でまたもや結実した。あの私たちの通路は、壮六をここまで導いた。ここに蒐《あつ》められているのは、代表的な佐々木壮六の全画業である。この切迫と混迷の時代にあって、彼の作品が多くの人々のなぐさめになりますように。

（『佐々木壮六画集』求龍堂、一九九七年一一月二一日）

ゆあーんゆよーん

わたしの十代は、躰をサボテンにたとえるとすると、神経の棘がさかさまに生えている状態だった。四六時中、チクチクして居たたまれなかった。路を歩いていても、電車に乗っていても、教室にいても、誰かの視線が刺さって来る。それが自意識過剰であることは自分でも気づいていた。ところが自覚は幸福な覚醒にはつながらなかった。

それでわたしは早くから、酒と煙草を覚えた。どちらも十五か六歳くらいに始めた。家は大阪の繊維関係の問屋で、出入りの人たちも中学を卒業すると、一人前に扱うのがふつうだった。口うるさくはなかった。もっとも、これは一九五〇年代前半の話である。

当時、内田百閒先生の随筆を読んでいればよかったのに、とくやまれる。なにしろこの酒造家の御曹司は、乳母車時代から煙草を吸っていた。酒はまさに生涯にあって一壺天《いっこてん》の人として暮らした。ある朝、枕もとのブランデーグラスに、シャンパンを飲み残して亡くなっている。うらやむべきかな、である。

高校三年生の五月、沖縄料理の暖簾がかかった店で、のちに画家となった同級の佐々木壮六と一緒に、泡盛を飲んだ。豚の耳が肴だった。泡盛には独特の香りがあった。

酒が安かったから、つい、飲み過ぎて人事不省になった。慌てた佐々木がタクシーでわたしを家まで送った。足腰が立たないので運びあげられて、布団の上で昏睡した。少し正気にかえると、枕もとで、佐々木は母からさんざん叱られていた。わたしは自分に責任があるから起き直ろうとすると、佐々木は素早くかばって、おさえつけた。もしかしてわたしが正気づくと、お説教が長引いて、面倒と考えたのかも知れなかった。

わたしと佐々木が通う学校は、風紀についてはうるさいカトリックのミッションスクールだった。当時はかつての商業学校時代の遺風があって、大学進学の体制をとっていなかった。勉学より操行にかんして神経質で、実際きびしかった。発覚すれば停学か、退学の処分必至だった。佐々木は上京して、美大の油絵科に進学のつもりだった。わたしも受験を考えていた。大事なときだった。しかも高校の期末試験直前でもあった。

佐々木壮六は紀元二〇〇〇年、六十三歳で早逝したが、かつてのわたしの母の小言を忘れることはなかった。よほどこたえたのだろう。念のために言い添えておくと、わが母はその後に禁酒を言い渡さなかった。上手に酒を飲む忠告をくりかえしたのみである。

この時代には急性アルコール中毒についての知識は行き渡っていなかった。救急病院での処置がとられることは、まず、なかった。わたしは無事回復したが、対人恐怖症が癒えたわけではなかった。この時代にトランキライザーは、いまだ開発されていなかったし、心療内科という言葉すら耳にしたことがなかった。いま仮に想定をして、名医に出会っていたならば、と考えることは、愚かしいかぎりであろう。

医師と治療薬によって人生の新処方ができるなど、下手なSFまがいで、考えただけでも身の毛がよだつ。それでも急性アルコール中毒になった十七歳とは、あわれなものだったが、このころわたしは中原中也を愛読していた。失意の人にはすすめたい詩人である。
中学二年生のころ、通学の事情から近鉄奈良線ターミナルで乗り降りをしていた。そこに近鉄百貨店があった。そして書籍売場が二階にあった。ここで新潮社版大岡昇平編の中原中也詩集を見つけた。角川文庫版で萩原朔太郎の詩集『定本　青猫』も同時に発見した。両方を愛読して、とりわけ中原中也の虜《とりこ》になった。もしもこの詩人と出会えていなかったなら、いわれなき羞恥心で消耗し尽して、わたしはどこかへ消えてしまっていただろう。伊東静雄と出会うのは、この後だった。とにかく中原中也で日々は安らかに明け暮れした。

汚れつちまつた悲しみに
今日も小雪の降りかかる
汚れつちまつた悲しみに
今日も風さへ吹きすぎる

このような言葉は、自然と覚えてしまうものだった。また「骨」と題された詩にも同調して、オキシドールのように沁みてきた。

ホラホラ、これが僕の骨だ、
生きてゐた時の苦労にみちた
あのけがらはしい肉を破つて、
しらじらと雨に洗はれ

十七歳を回顧する試みは、両刃のカミソリを素手で握りしめるような気がする。甘美で、あやうい心地である。

（「すばる」二〇一七年一月）

私を小説家にしたこの一冊――『シュペルヴィエル詩集』

設問は大変衝撃的で、本当にこのような幸福に恵まれた人がいるのかどうか、私には分からない。この文章を書くまえに、他の人たちの回答が気になっている。どんなふうな技巧をこらして、それらしく書くか腕前のほどを問われているのではないかしら、と思ったりする。生憎《あいにく》、私には器用な真似が出来ないので、正直なところを試みよう。

中学二年生の二学期あたりから、乱読の習慣が激しくなった。いっぽう、このころ私は学校では、「電気クラブ」に所属して、ラジオを組み立てることに夢中になっていた。随分、便利に時間が使い分けられていたものだと思う。

しかし、無理は出来ないようで、次第に読書だけに熱中するようになった。この時分、すでに岩波文庫で幸田露伴『五重塔』、山田美妙『蝴蝶』、中勘助『銀の匙』や角川文庫で萩原朔太郎『定本　青猫』、新潮社版で『中原中也詩集』を読んでいた。

中学三年生時代から高校生の時期が、もっとも多読だった。大学進学を奨励するような学校ではなかったから、そんなことが出来たのだと思う。フランスに本部を置くカトリックのミッションスクールで、昭和二十六、七年の時代に第二語学としてフランス語の選択授業があった。

そのような雰囲気の高校だったが、私には原書に取りつく力がなかったから、翻訳でフランス文学に親しんだ。いろいろ読んで多くのことを吸収したが、そのなかで今回の設問に答えられるような一冊をあげるとなると、案外、簡単である。

創元社版世界現代詩叢書の4で、クロード・ロワ編中村眞一郎訳の『シュペルヴィエル詩集』である。これは昭和二十六年に刊行されている。私はこの本を、当時大阪にいて、道頓堀の古書店、天牛書店で買っている。道頓堀へは自分の家から歩いて行けたから、この店にはよく通った。

この一冊はさいわいなことに保存状態がよくて、いまでも綺麗なままで手もとにある。巻末の遊び紙には、別な古書店のシールが貼付されていて下北沢とあったが、当時の私にはそれが東京の町名とは分からなかった。

シュペルヴィエルには堀口大学の訳本があるが、それを見つけるのはずっと後のことである。それはともかく、この詩集は私を虜《とりこ》にした。たとえば「運動」と題した詩がある。引用は長くなるが、それだけの価値と意味があるのでご容赦願いたい。

その馬は振り向いて、
誰も見たことのないものを見た。
それから、ユーカリの木陰で、

また草を食ひ続けた。

それは人でもなく、木でもなく、
牝馬でもなかつた
葉茂みをざわめかせた。
風の名残りでもなかつた。

それは、もう一匹の馬が、
二萬世紀以前に、
急に振り向いて
その時に見たものだつた。

そして、人も、馬も、魚も、蟲も、もう
誰も見ないに違ひないものだつた。
この大地が、腕もない、脚もない、頭もない、
彫像のかけらに
過ぎなくなる時まで。

甘いな、と片づけられそうだが、このわずかな行数で、しかも翻訳を通していながら詩人の心は充分に伝わってくる。私はいまでも思うのだが、文章でもって〈永遠〉を裁ち落としたい。そんな願いの端緒になったのが、『シュペルヴィエル詩集』の一冊である。

（「三田文学」二〇〇〇年二月）

『みづうみ』の彼岸

〃まだこの世を踏まぬ赤子の足はみなやはらかく愛らしいではないか。西洋の宗教画の神のまはりを飛んでゐる幼な子たちの足がそれだ。この世の泥沼や荒岩や針の山を踏むうちに銀平のやうな足になる。〃

〃さうすると、女の後をつけるのも足だから、やはりこのみにくさにかかはりがあるのだらうか。思ひあたつて銀平はおどろいた。肉体の一部の醜が美にあくがれて哀泣するのだらうか。醜悪な足が美女を追ふのは天の摂理だらうか。〃

『みづうみ』は川端康成氏、五十五歳の作品である。私はこの小説を単行本で読んだ。それまで私は氏の作品を一作も読んでいなかった。以来、氏の諸作品を洩れなく読んだが、この小説こそ、氏の文学世界を解く鍵なのだと、私は信じる。美の魔性を追うことで、逆に追われ堕ちてゆく桃井銀平が、秋口の軽井沢に姿をあらわすところから、この小説が始まる。淪落の銀平が、トルコ風呂を訪れる。

〃この湯女の声に、清らかな幸福と温い救済を感じてゐたのだつた。永遠の女性の声か、慈悲の母の声なのだらうか。

「あんたの国はどこ……？」

　湯女は答へなかつた。

「天国か？」〟

　この小文を書くにあたって、『みづうみ』を再読している私を刺す一節があった。

〝この世の果てまで後をつけてゆきたいが、さうも出来ない。この世の果てまで後をつけるといふと、その人を殺してしまふしかないんだからね。〟

（「新潮」6月臨時増刊　川端康成読本　一九七二年七月）

三島由紀夫と私

――「三島由紀夫」が好きですか、嫌いですか。それは何故ですか。

好き嫌いの次元ではありません。無視することができない存在です。人はこの人の作品によって、リトマス試験紙のように試されるのだと思います。率直になるべきでしょう。

――自決後の三十年間はどういう時間だったと思いますか。

安易、通俗への坂道転落一途の歳月です。

――三島作品のベストワンは。

昭和四十一年一月「文藝」に発表された作品「仲間」です。モーツァルトはグレゴリウス聖歌たった一曲と自分の全業を交換してもよい、と断言しました。三島由紀夫の全生涯の文業と、このわずか十枚足らずの短篇についても同じことが言える、と考えます。三島氏が嫌悪した太宰治に「駈込み訴へ」、氏が愛した坂口安吾に「桜の森の満開の下」があるように、「仲間」は白鳥の歌です。ワイルドの「幸福な王子」に匹敵する傑作です。

（「新潮」11月臨時増刊　三島由紀夫読本　二〇〇〇年一一月）

三島由紀夫の原稿用紙について

詩人の関根隆に案内されて、原稿用紙の満寿屋《ますや》のあるじ川口ヒロさんにお会いしたことがある。伝説中の人と思いこんでいたが、矍鑠《かくしゃく》として爽やかな女性であった。かりに、原稿用紙物語、あるいは原稿用紙による昭和文学史が執筆されるとしたならば、欠くべからざる存在とは、このひとであろう。

たとえば、舟橋聖一から鮮麗な赤の罫線の原稿用紙を、と特注されて、早速、刷見本を持参したところ、この作家は激して、こんな赤じゃダメだよ、血のように真っ赤な色が欲しいんだ、と叫んだそうである。これには面目躍如たるものがあって、ある時代のある作家の一途《いちず》さが感じられて、懐かしい思いがする。

その川口ヒロさんが、川端康成邸で三島由紀夫と出会ったときの話をした。

「三島さんはね、あたしの顔をみるなり、悪いんだけれど、ボクはコクヨしか使わないんだ、とおっしゃるのよ」

これを聞いたとき私は、

「気配りだったのでしょうね、たぶん」

と曖昧《あいまい》な答えをした。しかし、話にはなお丁寧なつづきがあった。

「そうそう。それからコクヨはね、満寿屋さんとちがって、どこの田舎へ行っても手にはいるから便利なんだ、と言ってくださるのよ」

この日、話題は移って三島由紀夫と原稿用紙の詮索はそのままになった。そして、川端康成がこだわったという緑色の罫線の二百字詰原稿用紙を見た。薄く透けるような和紙に印刷されている。紙は年数が過ぎて熟成され、独特の味わいがにじんで美しかった。文字は記されてはいないものの、この作家の文章の呼吸に触れるような気がした。

そのような次第で、川口ヒロさんとの面会のあと、私は改めて三島由紀夫にはその作家なりの用箋があるもの、と決めて過ごしてきた。例えば、コクヨの原稿用紙に書かれた「金閣寺」を想像するのはスリルに満ちてはいるが、はなはだ困難なことであった。

なぜなら、コクヨという商標は、ノート、便箋、原稿用紙といった筆記用箋の代名詞になっている。少なくとも私の世代ではそうであって、恐らくこれはこんにちでも変わってはいないはずである。では、たとえ三島由紀夫という作家が用箋に拘泥しない資性の人であったとしても、その代名詞のごとき商標の原稿用紙を、あえて使うだろうか。

さて、このようなささやかなことを細々と詮索してみても、これが三島由紀夫研究の発展的話題になるとは、とても思えない。しかしながら、頑固な一読者の思い込みと疑問を記す誘惑には抗しがたい。

たった一度だけであるが、三島由紀夫の肉筆原稿を手にとって、仔細に点検する幸福な機会に恵まれたことがある。昭和四十二年の八月初め、当時、私は冬樹社にいて『定本坂口安吾全集』の刊行を担当していた。全集には内容見本が必要で、推薦文を書いていただくお一人として三島由紀夫をえらび、執筆依頼の電話をさしあげることになった。

ふつう、礼儀として、先ず挨拶と依頼の書状をさしあげておいてからの電話が順序である。しかし、このとき私は失礼にもその手順を踏まなかった。とは言うものの、結果においてはこれが幸いした。氏は『豊饒の海』の取材のためのインド旅行直前であった。迂遠《うえん》なことをしていたならば間に合わないで、原稿はいただけなかったはずである。

電話の向こうの声は、八月の空のようだった。坂口安吾という大きな大きな作家のお蔭があって、私はたいへん嬉しい快諾を得た。原稿は旬日のうちに手もとに届いた。四百字詰一枚の原稿である。明るい橙《だいだい》色《いろ》の罫線の原稿用紙に、ロイヤルブルーのインクが相応《ふさわ》しかった。原稿用紙には同色の罫でかこまれた「オキナ」のマークがあった。

その内容については、本全集に収録されているから今更ここに記す必要はないだろう。銀座出版社、創元社からの作品選集が途絶えた長い空白のあと、快哉《かいさい》を叫びたくなる坂口安吾再評価の文章は、担当編集者であった私にはまことに有難く心丈夫なものであった。

加えて発見があった。三島由紀夫は優美、端麗な楷書で原稿を書く作家という自分の先入観を訂正する必要があった。よくよく見ると、スピード感のある行書と言うべき筆の運びである。それで、運動神経がきわめて発達した字だ、と納得する気になった。この印象は強いものだった。幸田露伴が愛した趙《ちょう》子昂《すごう》の「玄妙観重修三門記《げんみょうかんじゅうしゅうさんもんき》」を連想した。

同時に、三島由紀夫という作家が無造作に既成品、市販の原稿用紙を使うと知って、親愛の気持にうたれながらも、たいへん意外で不思議な気がした。それでいてオキナ印の原稿用紙そのものが珍しかった。それまで手にしたことがなかったからである。

そして、その日から既に三十六年が過ぎる。私はこんにちにいたっても、目にした例がない。つまり、オキナ印の原稿用紙は本当に「どこの田舎へ行っても手にはいる」便利な用箋だったのだろうか。

（『決定版　三島由紀夫全集』第30巻月報　新潮社　二〇〇三年五月）

微笑の人　椎名麟三

椎名麟三氏の作品の主題は、生と死と革命である。この三つのうちの革命という言葉はこんにち、注釈が必要であろう。これは単直に人間の自由を意味しているのであって、決して唯物史観に基づいたものではない。

では、その自由とはどのようなものであろうか。長編『永遠なる序章』を読むと、ここに描かれた主人公の内面によって、明快な定義がなされている。すなわち、自由とは次のごとき精神のことである。今あるがままの人間ではなく、あり得るためのものに自らを犠牲にする決意こそが、自由である。おのれは死して、他者において蘇る心が自由である。それは、愛と言い換えたとしても些かも不都合はない。『永遠なる序章』の生と死のカノンがあってコーダの部分、最終章にたたえられた主人公の死の微笑は、近代、現代文学、日本の文学が、ついぞ知らなかった微笑である。私はこの微笑に接して驚嘆した。長く印象に残って忘れがたい作品である。

この特異な、ひとたび触れると決して忘れることのできない微笑は、名作『美しい女』にもたたえられている。おおよそ凡庸であることに徹するのは、非凡への裏返しの憎悪である。それはドストエフスキーが『未成年』によって描いているところであるが、椎名氏は『美しい女』によって、平凡に生きることをもっぱらにする主人公を描きながら、ついにこれを超えてしまった。この凡庸は憎悪を知らず、絶えず平和に微笑している。

椎名麟三氏とドストエフスキーが、聖書に源泉を汲んでいることは誰知らぬものはないであろう。しかしながら、世にも美しい微笑をここから写し取っていることは、あまり知られていない。四福音書のイエスには、いずれにも微笑がある。どの章節が、という具体的な指摘は殆ど不可能であるが、福音書を丁寧に緩やかに読むと、それがよく分かる。

イエスの苦悩と悲しみを知ると同時に、その微笑を知ると知らないでは大きな大きな違いが生まれてくる。椎名文学を理解するにも同じであろう。

『椎名麟三全集』は昭和四十五年に、冬樹社から刊行が開始になった。現在、同名の出版社が存在するが、この当時の社を継承するものではない。したがって全集は残念ながら絶版である。

冬樹社は昭和三十八年に創立になった出版社である。矢田挿雲の『江戸から東京へ』を契機として、新書判、文芸物の出版社としてスタートした。編集長は作家の長尾良《はじめ》である。この人は檀一雄の舎弟といったほうが分かりやすい。その檀一雄も、檀ふみの父と断らねばならないかも知れない。時代であるから仕方がない。

私は創立とともに入社した。『定本坂口安吾全集』の企画はこの頃にまとまった。のちの『岡本かの子全集』は、書評紙「読書新聞」編集長の巌谷大四氏から私への提案だった。『山川方夫全集』は、新聞記者あがりの三十代の若い社長滝泰三の発案だった。ロシア語が堪能なはずであったが、決してその気配を見せない人だった。ところが千慮の一失をした。山川方夫の短篇が、この頃にしては珍しくロシア語訳になってプラウダに掲載された。社長はこれで啓発されたのである。この社長がかつて社会主義運動の一端を担っていた、ということを、ここに記しておくのは、『椎名麟三全集』刊行の名誉と栄光のえにしの為である。

私は『定本坂口安吾全集』を担当した。刊行が開始されるまで長い時間がかかった。坂口安吾という作家は豪胆な性格で自分の著作、特にエッセイの整理収集をしない人であった。戦後のカストリ雑誌に発表のものの探索は困難をきわめた。

これがゆるゆる進んでいるうちに、社員の大募集や社屋の移転、出版方針の変更、社長の交替などがあって昭和四十五年になった。三島由紀夫の市ヶ谷自衛隊駐屯地自決事件のあった年である。『椎名麟三全集』の編纂会議が開かれた。全集の担当は新たに入社してきた高橋正嗣であったが、私は編集長役を引き受けていたので、役目として会議に出席した。小料理屋の席を借りたが、高級料亭ではない。『深夜の酒宴』の作家にふさわしい雰囲気をそなえた庶民の店である。この席で私は初めて椎名麟三氏に出会った。お目にかかった、というべきであろうが、出会った、という表現がふさわしいので、敢えてこのように書く。私はまさに微笑の人に出会ったのである。

椎名麟三という作家はまことに含羞の人であった。目を打たれるような初々しい恥じらいを見せる人であった。そして、ほんとうに清潔で浸透力の強い微笑を浮かべていた。編纂委員としては武田泰淳、野間宏、埴谷雄高氏が連なった。作家自身の意向を充分に生かすために椎名氏にも、特に請うて出席してもらった。

しかしながら、椎名氏は会議の座敷隣の別部屋にこもって、座談には固辞して加わらなかった。そのような恥ずかしいことは出来ない、と繰り返し呟かれるのであった。ちゃぶ台のような小さなテーブルに向かって独酌だった。

椎名氏が孤独な酒盛りをしているあいだ、埴谷氏は司会役の私の正面で、高邁にして音吐朗々たる猥談をはじめていた。右手では武田泰淳氏は顔を伏せて沈黙のまま盃を口に運んでいる。酔いがまわるまで、どうして顔をあげられようか、といった様子であった。ポケットから薬包をおもむろに出してきて開くと、それはよく知られた頭痛薬の粉で白くきらきらと光って見えた。酒と交互に飲む。武田氏もまた含羞の人だった。

左手に席を占めた野間宏氏はと言えば、テーブルの上にカプセルや錠剤を一列に並べておいて、盃ごとに摘んでいた。「大丈夫ですか?」と私が尋ねると「このほうがね、心臓のためにはいいんだ」という返事だった。そして、ゆったりと「あんたがこんなに若い人だとは知らなかったな」と言う。私は前年の昭和四十四年に文學界新人賞を受賞していたが、その選者の一人が野間宏氏だった。ちなみにこの頃の選考委員の名を記すと、ほかに平野謙、開高健、吉行淳之介氏等がいた。

埴谷雄高氏の著作は難解をきわめていることで知られている。実を言うと、私は当時も現在にいたっても氏の著作は一冊一行たりとも読んだことがない。初対面の印象は、孤高の作家中勘助と詩人の田村隆一を合わせたような高雅な風貌の人であった。そのような人の猥談とはいかなるものか、ここに特記したい誘惑にかられる。だが、氏のイメージをそこね、かつ只でさえ難解だというその思想を混乱させるであろうからひかえておこう。

この編纂委員会の日、椎名麟三氏は私が作品から予想していたとおりに、その姿を現した。挙措発言すべてこの人はかくあるべし、と思い描いたそのままであった。ただ出会ってみて、ひとつ異なった印象を持った。たしかにドストエフスキーに多くを学んだ人と思いはするが、真の源泉はキルケゴールではあるまいか。

その真理、真実のためならば死してもよい、そのようなものの思索にのみ徹したい、とキルケゴールは言った。このデンマークのきわめて文学的な哲学者の著作を読むと、思考のうねりかた、屈折逡巡の仕方が椎名氏とよく似ているのが分かる。恐らく愛読したのではないだろうか。『私の聖書物語』などを読むと、その印象をいっそう強くする。

この頃、私は日本に紹介されたばかりのテイヤール・ド・シャルダンを読んでいて、随筆に書いたことがある。それを目にした椎名氏が心にとめたようだった。伝聞で私はこれを知った。マルティン・ブーバーの『我と汝』に初めて触れたときに等しい新鮮な読書だった。多分、椎名麟三氏も大いに関心を抱いたはずである。しかし、これは推測に過ぎない。

微笑の作家は編纂委員会のあった年から四年後に、その生と死と革命のテーマを完成させる永遠の旅路についた。今になって、あとにもさきにも一度きりの出会いが尊いものに思える。

（「椎名麟三研究」16号　椎名麟三研究会　二〇〇三年三月）

刀

〝よき細工は、少し鈍き刀を使ふといふ。〟

右は『徒然草』の二百二十九段に出てくる言葉である。この言葉を読むと、芥川龍之介の文業とその生涯を思う。鈍刀でよき細工は出来ぬと思うのは、ナイフ、カンナのたぐいをあやつって、木工をやるからだが、それでもこれは真実をついた名言だと思う。〈鈍き刀〉を使うすべを知っていたら芥川は、もう少し長生きをして、しかしいささか異った仕事を残して私たちの心をみたしてくれたであろう。だが〈鈍い刀〉を使うことも、実は危険である。鋭利な刃物を扱っている意識を無くして、鈍刀を使うと油断が出て、怪我をするのは、私のような余技に遊ぶものなら誰でもが知っている。

この一月、新潮社から『桜桃』と題する掌編小説集を上梓した。長いもので四百字詰原稿用紙で十五枚、短かい作品は四枚である。執筆にあたって、冒頭に引いた言葉をいつも考えた。私たちの〈生〉の断面を切り取ってくるにあたり、エンピツはHBを削り尖らせて、こまやかに硬く、柔らかに書こうと思うが、鋭く細い芯はすぐに折れる。かと言って柔軟なBの使い心地はあまり好まない。生きるに3Bくらいな図太いエンピツでなければ、生存の設計図は描けぬと思いながら、細きものを使った。作品集には二十三篇をおさめたが、各篇、薄氷を踏む思いで書いた。

私は俳句という文学のジャンルに深甚な関心を抱く者だが、俳人たる人はこの短詩形にどんな刀、エンピツをお使いになるのか、尋ねてみたきことしきりである。

柔剛よろしく使うことは、さして難しいことではないが、徹する心の人はいずれか一方を旨とされるのだろう。

能楽にあまり興味をお持ちでない方にも、『喜多六平太芸談』は、大変面白い本である。聞き書で、語り手の呼吸の様子も味わいがあるが、話が何かと当方の生き方なり、作品を書く上で参考になることへ及んで、良き一冊である。

〝しかし考えてみますと、皆さまから何の張合ももたれないようなところに、一所懸命力瘤を入れてる、

そこに能の生命と申しますか、真骨頂があるわけですね。これがなくなっちゃ、もうおしまいですね。〃

〃昔の人には馬鹿げたほど真正直な人があったんだね。だからやり通すとまた素晴らしいことも出来たんだね。〃

〃深い心持が根、技の働きはその上に咲く花のようなものだ。〃

また、こうも言っている。

〃先代、宝生九郎さんがよく、能はあまり盛んになると滅びますよ、と言っておられたが、大変味の深い言葉だとおもう。〃

昨今、その能楽ブームである。私は考えこんでいる。一方、文学、疑似文学ブームで、誰もが読むより小説を書きたがっている。また門外漢であるが今日の俳句の隆盛は、どのようにはかればいいのだろうか。

（「狩」186号　狩俳句会　一九九四年三月）

芸

私と家内は山形に住む医師一家を訪ね、車で案内してもらって雪のちらつく中を立石寺まで行った。その夜は蔵王山麓のホテルに泊った。翌朝、樹氷を見ようと思って温泉でうんとあたたまっておいてから、ケーブルで山頂に登ったが、山の上は吹雪で零下十一度である。視界の中に巨怪な亡霊のような樹氷を見定めておいて、ほうほうの体《てい》で山を降りてきた。

東京に戻ると、なんだか暖かいような気がすると思っていたら、二十五年ぶりという大雪が降った。夜、雪が降りやんでから、

「雪おろしをしないと、この家つぶれるのじゃないか」

と冗談を言い合った。三人兄妹、真ん中の息子はその日が土曜日であったのに雪で車が動かせず、

「頭がくらくらするほど暑い夏が恋しい」

と不平を言った。私は、答えた。

「どの季節が特に良いということはないね。いつの季節も、その年限りと思うから楽しいよ」

「つまり歳だな」

息子は悪態をついておいて、友人と酒を飲みに出かけてしまった。こんな夜の酒はうまいに決っている。一年前、禁酒の宣言をしていなかったら、私もしたたかに飲んだだろう。大変残念だったが、決心を崩すわけにはいかない。

それで今夜は遊ぼうと思って、古今亭志ん生の自伝『なめくじ艦隊』を読んだ。五代目志ん生の半生記で、ちくま文庫の刊行である。一冊を読む前に巻末の年譜を見た。八十三歳まで生きて、最後の舞台は上野鈴本で七十八歳となっている。そして眼を惹くのは、この人がその芸の花を咲かせるのは日本の敗戦後、満州から引き揚げてきた五十七歳からであることだった。

私は速読を決めこみ、一夜で読んで、ひどく感心した。落語というものは、もともと粋なものおつなものだ、と言っている。話をするほうも聴くほうも、人生の辛酸をなめつくした人の間でこそ生きる、

と言っている。
〃だいたい噺《はなし》てえものは、人の噺をきいてみて、「こいつは自分よりまずいナ」と思うと、それは自分と同じくらいの芸なんですよ。やっぱし人間ってえものには、多かれ少なかれうぬぼれてえものがあるんですからね。それから「こいつは自分と同じくらいだナ」と思うくらいだと、自分より向うの方が上なんですよ。だから、「こいつは自分よりたしかにうめえ」と思った日にゃ、格段のひらきがあるんです。〃
私はここを読んでいて、軒から崩れ落ちる重い雪の地ひびきを聞いた。二十年前、五島列島の福江島からマッチ箱の中に拾ってきたアスナロの実を庭にまいた。一本だけが残り、真実二十年もかかってやっと百四十センチの高さに伸びた。これが雪で折れたかと飛び出して行ってみたら、けなげに立っていた。志ん生の述懐とあわせて、私は感動して、暫く立ちつくした。

（「狩」187号　狩俳句会　一九九四年四月）

三猿茶話

見

〃書とは、呪能をもつ文字のことである〃という言葉に接したのは、二十年ほど前のことだった。白川静氏の著書で最初に読んだのは岩波新書『漢字』であるから、字がアニミズム、シャーマニズムの世界のものとは理解していた。字の背後に遙か古代の人の世界、宇宙観がある。これを忘れて、文字を乱用してはならない、と考えさせられた。

そして、「書」が呪のものであると教えられてからは、つとめて書跡墨跡を見てきた。腰をすえて眼を向けはじめて、四年になる。それで分かってきたことは、先にあげた白川静氏の言葉を支えにしている現代の書家がある。また、その言葉を耳に甘いものとして言い換え、書論の一つとしている書家もいる、ということである。ともあれ只今、書を見ている。

先頃、東京荒川区町屋で、植村和堂氏の個展が開かれたので、参上した。何故出かけたか、だが、特別展示として、和堂氏蒐集の貫名《ぬきな》菘翁《すうおう》書画五十点があることによっている。どういうことかというと、一方は幕末三筆の一人である。菘翁は現在の徳島市弓町出身、海屋《かいおく》の名で知られている方が多いかもしれない。同じ会場で、ご自分の作品をならべられる度量のほどが知りたかった。

だが、辿りついてよくよく見つめているうちに、会場の空気が快く、音叉の共振音に充ちている、と感じられた。柔和にして温雅、勁にして深でいながら、なじみやすいものが均衡している。最終日だったので、植村和堂氏が会場においでになった。細かい千鳥格子のツィードのジャケット、紺地にページュ模様のネクタイが洒落ている和堂氏は、壮健な九十歳である。この日、氏の「伊《い》闕《けつ》佛《ぶつ》龕《がん》之《の》碑《ひ》」臨書影印本一冊と、カタログを頂いた。カタログは既に持っていたので、頂いた分を徳島城博物館学芸部のお一人に送付申し上げた。和堂氏蒐集分未見の由だったので、約束をしていたからである。

徳島の書家田中双鶴氏個人設立の菘翁美術館と徳島城博物館所有の書画の点数を考えると、大変うれしい。近年の作家で、貫名海屋に言及したのは、故富士正晴氏が先達である。日をおいて、上野の博物館へ行った。菘翁八十三歳の六曲二双のいろは歌を見て表へ出ると、快晴の冬空に寛永寺からだろうか、鐘の音が流れ、同時にカラオケ大会のメロディと、冷酷な響きのあるアナウンスがないまじってながれてきた。公園の樹間に、水色の天幕小舎生活が増えている。いろは歌の意味と重ね見ていると、鳩尾《みぞおち》にナマコがうごめいているような気がしてきた。平成八年も暮のことである。

聞

「人間の軀を構成している細胞には」

と彼は言った。

「もう保ちこたえられないと分かると、自分で判断をして、自殺する能力があるのです」

彼は、病院付属の研究所に席をおいている学問の人である。にこにこして、教えてくれたことは、ここ十年くらいに判明してきた事実だそうだ。つまり、ながらうべきにあらざるにもかかわらず、なんらかの状況、事情で自殺出来ない細胞がいたずらをして、癌を生じさせる。

そこで、何故、細胞の自殺機能に故障が生じるのか、それが研究されている。

「で、ボクの仕事は細胞に餌をやって育てているわけです、毎日」

この若い友人とは、彼がまだ学生でいたころから付き合ってきた。現在、三十代の半ばにもならないのに、髪に白い霜が降りはじめている。長身でスポーツマンなのに、若白髪である。きびしい世界にいるせいだろう。

古くなったのに、自殺出来ない細胞の話については、ただ、うんうん、とうなずくしかない。

「キミは工学部にいたはずなのに、医学へ移ったわけだ」

「違います。学問に境界が無くなっている、と考えてください」

「そう?」

「それで先の話の続きですが」

彼は掌を見せた。胎内では掌に水掻きがある。しかし、誕生のとき、その部分の細胞が死滅してくれるので、指が出来る。指は生えてくるのではない。一粒の麦もし死なずば、である。

「お釈迦さまの伝承も、否定してかかるわけにはいかないでしょう」

奈良法隆寺の釈迦三尊を記憶の中から、たぐりよせてみた。親指と人差指の間に美しい弧を描いているものが、確か、あった。それは釈迦像をつくった昔の人の信仰、美学、とのみ片付けられない。

「なんだか、なあ」

「どうかしましたか?」

「いや……」

「細胞に、自殺を判断する能力がある、という証明の説明は、長くなり大変ですから止めます」

夜更け、彼は独身生活のアパートへ帰って行った。

言

「つまらない話をして、すみません」

と今ひとりの彼が言った。

「つまらないことなど、一つだってこの世にはないよ」

「夢見たのですけれど、喋りたいんです」

「どうぞ。陽にさらせば消えるでしょう」

いわれなく嫌いな猫が、右の腿に喰らいついている。つかんで放り投げたが、まだ噛みついている小さな猫がいる。それを掴んで、また投げる。脚から血が溢れていた。そこにまだ二十日鼠ほどの猫が、歯を立てている。繰り返しているうちに、骨が見えてきた。窓辺にいるのだが、ガラスの外はその骨の色のような朝だった。

「同じ夢を、このところずっと見るのです」

「喋ってさっぱりしたかい?」

「いいえ」

彼とはコーヒーを二杯ずつ飲んで、別れた。境界例、というのが自分の心の病いの名だ、と言った。ヘンな日本語だが、彼の造語ではなく、専門用語だそうである。区別がつかなくなったことが、いっぱいになってきた。


(「文藝」一九九七年二月)

還暦の手習いは不思議の朝までまっすぐ

この十月になって、東京お茶の水ニコライ堂裏にある文房四宝の店「榮豐齋」へ、月に二回通いはじめている。はるか四十年以上もの昔、ニコライ学院へロシア語を習うために通っていたころが、そぞろ思いだされる。

「榮豐齋」の二階に書道教室がある。私は還暦をむかえて、書家樽本樹邨《じゅそん》氏の生徒となった。樽本樹邨氏は日展会員、読売書法展理事、中京大学文学部教授であるが、私と同い年である。

いっとうはじめの日、入門するについて、相手は大家であるし、ほかの生徒さんの力量のほどがまったく分からなかったから、私はちょうど書きはじめた随筆原稿の冒頭二枚を持参した。私はこのところ、小筆で原稿を書く。

先生は私の手跡を見るなり、あまりのことに憂慮、震撼《しんかん》した、と想像する。

「習う必要ないな、このままで自分の字を作ればいいじゃない?」

と言った。意気ごんでいた私は、はやくも絶望しかかりながらも、食いさがった。立派な断りの正論ではあるものの、先生はどうやら、私を生徒にしたくない気分のようであった。ただし立場が逆だったら、私もまたおなじ忠告をするであろう、と思えた。

そこで、この歳になって、なぜ書を習いたいか、について出来るだけ簡略に説明した。私は日本語の文章を書いて生きている。そして、この国の文章をつづる文字は記号ではなく、文字自体が意味を持っている。文字のひとつひとつが、美と思想、歴史をになっている。漢字から派生した平仮名、カタカナもこれをひとしく受け継いでいる。

よって自分が理想とする文章を書くためには、極力、文字の意にかなう手跡で書きたい、と決心した。字形学とか文字学のことは一応おいて、本来、文字が望んでいるような書体につとめて近い姿で書きたい。そうすればここで私の文体、小説を考えなおすよすがとなる、云々……。要するに、文章を鍛えるために、文字をきたえたい。

「よう分からんなあ。むつかしうて、あなたの言うところが。まあ、見学してみんさい」

樽本先生は中学、高校時代、野球をしていたようで、ポジションを尋ね忘れているが、捕手と思える体型だった。猫背ではないが、どうかするとマスクの下から、構えてすばやく目を走らせる気配と頸《くび》のかたむけかたから、そう思う。身のこなしかたも早い。そして、さっぱりとしてにこやか、大きな人柄である。

で、私は教室へ上がって行った。七対五で女性が多く、十二人いた。ほかに世話役として新進気鋭の書家橋本玉塵氏が同席だった。本名は匡朗で、徳島市出身と知ってうれしかった。私は大阪生まれだが、両親、伴侶《はんりょ》は徳島を郷里としている。

教室では、すくなからずおびえた。私より年長の人が多いし、たずさえてきている清書は、ほとんどが半切である。米元章、王鐸の臨書が目につく。とてもおよばない。北魏の龍門二十品あたりと、張猛龍碑を書いている人もいる。私はこちらのほうに、敬愛の念しきりであった。影印本で見ると巨怪、峻《しゅん》険《けん》をはらみ、近よりがたいおもむきだが、臨書されてみると、雄勁《ゆうけい》、抜山《ばつさん》蓋世《がいせい》、方筆、逆筆、穂先をねじりこむ勢いの用筆、運筆である。

多分、あのあたりから始めると、楷書を書くためには腕力がつくだろう、と思う。しかし、思うだけで、いきなりここからはいる勇気はない。私はしばらく思案にくれて、教室を眺め渡していた。樽本樹邨氏と出会い、この教室へ足を運ぶきっかけをつくったのは、いま『書の宇宙』シリーズを刊行中の二玄社常務西島慎一氏である。

そもそもは四年まえ、歙州硯《きゅうじゅうけん》を探していて、西島氏から「榮豊齋」を紹介され、訪ねたことから始まっている。そして、結局のところめでたく樽本先生の教室へもぐりこむに成功した。私が習いはじめているのは、ごく穏当に虞《ぐ》世南《せいなん》の孔子廟堂碑、王羲《おうぎ》之《し》の蘭亭序、孫過《そんか》庭《てい》の書譜である。キルケゴールは『反復』のなかで、古いものには決してあきることがなく、人生は反復であり、そして反復こそ人生の美しさである、と記している。

そろそろ私も、人生の美――に触れるよろこびを許される、その年齢になったのではないだろうか、と思う。先日、少々歳月の過ぎた竹で筆筒と腕枕をつくった。表皮をそこねることなく、竹をすっぱり切るだけの単純なことがむつかしい。先達に助けてもらって仕上げ、これに尺八の手入れに使っているクルミの油をつけて磨きあげた。いずれ飴《あめ》色となるであろうが、たったいまの姿を筆の習いと同じくよろこびとしている。

宿墨は好ましくないので、毎朝三十分墨をする。ついでお手本をならう。初心でいても、書を習うは自己をならうことなり、と知った。これまた楽しからずや、である。無心になどとてもなれず、さまざまな妄念が湧《わ》く。文章を書く人間には、これがありがたい。

加えて『ピーターパンとウェンディ』物語でのピーターの合い言葉、「二つめの横丁を右、それから、朝までまっすぐ」を読者はおぼえておいでだろう。起筆、逆筆、転折、収筆までまっすぐ。そこに不思議な朝の世界がひらかれる。手習いは、この私をして童心へかえらしめるを、もっとも欣快《きんかい》とするところである。


（「読売新聞」夕刊　一九九七年一一月一七日）

ムクロジの樹の下で

町の中に、千坪ほどの森があった。庭木の生い茂るままにしておいたら、屋敷のほうが樹に包まれてしまった、といった按配だった。武蔵野の面影を残しているとは言い難い樹相だが、晴れた日の午前に通りかかると、つい深呼吸をしたくなるほど緑が豊かだった。

樹や藪に蔦が繁茂して、春にはその一角が桜花で染まり、夏には樹脂の匂いのするそよ風と蟬の合唱の沐浴が楽しめて、秋には紅葉、冬は木々の枝の清潔なレース編みで青空が透け、落ち葉焚きの煙が立ち昇り、住宅地にいながら深山幽谷の気配が感じられた。

ところが、屋敷の主の都合で、この森全部が手放されることになった。売却のあとは、お決まりの運命が予告された。建築予定の看板と、森を囲むにはきわめて非情な鉄板の塀がめぐらされた。殺風景なこと、はなはだしい。

このとき、森と隣接してアトリエをかまえている高名な画家森田茂氏が、町に森を残す住民運動の先頭に立った。近辺の人たちは、誰もがその森を愛していたようだった。署名運動には喜んで参加した。私も、その一人になった。

こんな場合、おおむね希望は実現しないものだが、奇蹟がおきて森は保存されることになった。森がそのまま残されるといっても、管理が必要である。どんなふうに整備して、維持するかについての集会が、いくたびか開かれた。

この集会に、私は参加をしなかった。森が残されるのだから、と後のことはもっとも近隣の人たちの意向にまかせたらよい、と思っていた。それから、かなりの日が過ぎて、気まぐれな散歩の足を向けた私は、自分の目を怪しんだ。

森は消え、真新しいログハウスが建ち、造園業者がはいって忙しく立ち働いている。そして、かつての森を縦断するかたちに、舗装のための敷石が運び込まれていた。原始の趣きは、一切排除されて、どこにでもあるような公園になりつつあった。

はなはだ遺憾で、腹立ちをどこへもっていったものか、残念でならなかった。どうせ保護するなら、厄介ではあろうが野趣をどうして残してくれなかったのだろうか。しかし、おそらく私の苦情は、贅沢というか勝手な好みの次元のことなのであろう、と思えた。

昨年、五月、〝みどりの日〟に開園になった。森はどうやら林ほどの規模になって、散歩道と人工の池、ベンチは二脚だけの庭園になった。鉄柵と門ができて、閉園の時間がくるまで管理の人の配慮が行き届いている。腐葉土をそのまま残した木陰の道がよかった。

土曜、日曜日以外は、庭園に人影を見ないときが多い。朝早い時間だとか、雨の日などに行くと、まったくひとりきりの散策ができる。庭園は南に表門があるが、私は好んで北の入り口からはいる。ここからの眺めの構図が、なかなかのものである。

小さな原っぱをはさんで、南と北に木製のベンチが向かい合っている。南のベンチは、ナラの樹の陰にあった。北側のベンチはムクロジの樹の下にあった。南方向を望むのは、人の自然な心のかたむきであろう。私はいつもムクロジの樹の下で、腰掛ける。

その位置から右に目を向けると、池のホテイソウがみえる。トンボをここから飛ばそうとして、ヤゴが飼育されている。去年の夏、私は一日、ここでシオカラトンボを見ていたことがあるから、今年は沢山のさやさやとした翅の音を聴くことになるだろう。

ムクロジの実は、追い羽根に使われたりするもので、つぶらな瞳のように無心で丸く、これを包んでいる黄緑の半透明の皮は、石鹸の代用になる。ベンチにもたれたまま目を空に向けると、この無邪気な実は案外頑固者で、しぶとく枯れ枝にくっついている。そして、春もたけて若葉のころようやく、もういいや、といった感じで地上に落ちてくる。

地面に散り敷いている実は、ただ見ているだけでもうれしくなるのは、なぜだろう。そのくせ、オヨシナサイナ強情ハルノハ、ネ。とたしなめられている気がしないでもない。私は別に意地になっているわけではない。ぼんやりしているだけだ。右手の池の向こうには、この庭園の発起人になった画家のアトリエが木の間に見える。

居宅と一緒になっている二階建てのおおきな建物である。かれこれ四十年も昔、私は雑誌の編集記者をしていて、ここに住む画家を訪ねてきたことがある。当時と規模は、殆ど変わっていない。建物の雰囲気も、さして変わらない。敷地は庭園と同じくらいである。

現在の私よりはるか若いうちに、一家を成していたことになる。いま高齢ながら、なお現役で制作活動をつづけている、と伝聞する。仕事は異なっていても、そのむかしと、その人と私をへだてている歳月と才能を考えると、つい、ぼんやりして、もっぱらあのフランシス・ジャムの詩集のような世界を夢見ていたい、とばかり思ってしまう。

（「三田文学」春季号　一九九九年五月）

去りゆく夏に

この国の夏は、意外に短い。梅雨があけて、おおよそ二週間もすると立秋がくる。七月から八月に変わろうとするころあいには、はや日暮れが早くなっていることに気づく。

それでも晴天のこのごろの朝、つめたい水で洗顔して仰ぐ空の輝かしく美しい色は、移ろいゆく季節の短さゆえに、このうえもなく尊い。

朝顔は、口をすすいでみたくなる花だ、と詩人は歌った。なるほど、それならば夏の朝は、命そのものを空の青で洗ってくれるであろう。そして、心は糊《のり》のきいた清潔なシーツのようにはりつめて、今日も新しい一日が始まるのだ、と思えてくるにちがいない。

真夏の朝にこそ、〈永遠〉が信じられはしまいか。そのように爽やかに屹立した精神のみが一日を帆走して、命の港、夕べの凪《なぎ》に憩い、暮らしの安らかな岸べに舫《もや》うことができる。その岸べには、静かな思索の道が、明日への希望の入江を抱いて湾曲しているだろう。

わたしたちの国では、暑中見舞いの挨拶を交換する習慣がある。これは本当によいならわしであって、大事にしたいものだ。他国にもこの慣習があるかどうか、寡聞にして知らずである。夏に、人は戦う。幼年、青年、壮年、老年を問わず、激しい季節に生きなくてはならないから、たがいに慰問しあうのである。

わたしもこれにならって、暑中見舞いをしたためる。なにはともあれ今年の夏は、千九百年代を記す最後の見舞状であることに、いまさらの感慨を覚えている人も多いと思う。世紀の訣別の夏にめぐりあうとは、また不思議の念しきりである。

わたしはいまから五十四年前、つまり昭和二十年の七月には四国の徳島にいた。その月の三日夜半から四日未明にかけて、降りそそぐ焼夷弾のなかを逃げまどっていた。よくぞ生きのびることができたものだ。大阪で空襲にあい、同じ目にあって疎開した先で、またもやであった。運が良かったから生きられたし、生きている。

それゆえ、わたしには二つの故郷がある。ふるさととは、真実の命をあたえてくれた土地のことを言うにきまっている。命拾いというけれど、拾うのではなくて与えられ、恵まれるものである。とりわけ、徳島の炎の夏が、忘れようにも忘れられない。

　あくまで青く澄んだ夏の空を言うとき、もはや伝説となりかかった、かの〈夏空〉がある。その日は、日本国中くまなく紺碧の晴天が訪れた、と言う。日本は破れた。わたしは、玉音放送を胸までそよぐ稲の田んぼの中で聴いた。あけはなった窓から、放送が流れていた。

　その歴史の青空の記憶を刻んで、わたしたちは世紀を越えてゆこうとしている。この夏は、ことさらに暑く苛烈だった。俊敏の論客江藤淳氏逝き、翰林《かんりん》の英才辻邦生氏、後藤明生氏も黄泉の人となった。

　いまは、明察の秋の砥石で研ぐべきものは研ぐべし、と思われる。どの分野においても、磨かれるものは磨かれ、削られるべきは削られ、聖賢凡愚適者生存、ともに時代の誕生の痛みを分かち合わなければならない時がきたのではないだろうか。


（「東京新聞」夕刊　一九九九年八月三日）

『短篇歳時記』によせて

　俳句十七字を題名とした短篇を、六年ばかりのあいだに百、書いた。月刊誌に連載したものであるから、算数をすると計算が合わないことになるが、二誌に重ねて書いていた時期もあるので、こういうことになった。小説の大、小を兼ねずと思いながら書いた。

　俳句をあしらった作品は自身で以前に書いたことがあるし、同様の趣向のものも見ている。また、作品中で俳句を借り受けて用いると場面転換の手法として、効果があるので私はこれを頻用する。

しかし、今回の試みのように、作品には一切題名を置かず、俳句のみがタイトルで、これと呼応するような作例は無い、と思っている。それぞれの短篇の発想を俳句から借りているもの、あるいは文章と俳句が相補って、作品になっているもの、ただ並行しながら拮抗して、そこで平衡をたもっているようなものなど、あれこれと工夫をしてみた。十七字という短形式の文学と競合を試みた。

俳句と小説との幸福な婚姻が成立している、と認めてもらえるならば作者冥利につきる。俳句と小説の結婚と言えば、この形式のものを書きはじめる端緒となったのは、幸田露伴の処女作にして出世作『露團〻』がある。これはアメリカの富豪の婿探しの物語であるが、全二十一章の各題名は芭蕉の発句でもって替えられている。

先駆者として、この大家あり、である。今になって考えてみると幸田露伴の『五重塔』を岩波文庫で読んだのは、中学二年生の終わりごろで、この連載のすべてにわたって挿画も描いてくれた同窓生の佐々木壮六と交互に読んでいるので、不思議なご縁である。

二人ともかなり早熟だった、と思う。佐々木は画家となったから幸田露伴を再読する暇は無いだろうが、私は自分が過去に手当たり次第に読んだものを、一体、どこまで読みこんでいたか、選択はどうであったか、若年の読書体験を検討にかかった時期である。

案外に正鵠を射ているもので、外れていないのは妙な案配であると頷けたのは嬉しかった。本能のようなものが働くのは、新刊本の売場の書棚の前に立ってみるときの、現在の私と同じである。

今回、一冊にまとめてもらって、春夏秋冬に分けた目次を組んで一望すると、大家、中堅、新人、男性女性と多様な俳人の作品が実に生き生きと輝いて、花畑を見るように絢爛としている。

これは俳句という文学形式の威力、というものだと感じ入った。選句をしたのは、気鋭の俳人遠藤若狭男氏であるから、この人の見識によっているのは勿論である。目次を読んでいただくだけでも、いわゆる歳時記の形式をとっていながら、一味も二味もことなった趣のものになっているので、充分に楽しんで頂けるはずである。同時に私の短篇が、俳句鑑賞の手引きとなっている仕掛けでもある。

遠藤若狭男氏には、本当にお世話になった。選句の苦心は、あとがきに相当する頁で、次第を書いてもらったので、重複を避けたいが、選句者の遠藤氏との駆け引きはスリルに満ちたものだった。

六年にわたって毎月欠かさずに、速達葉書が届いた。おおむね、十句、几帳面なペンの字で選句されてくる。それを読んでみることから毎月の作業が始まるのだが、だんだんと遠藤若狭男という俳人の手の内が分かってくる。私を試している、と思うときがよくある。

この人にしては、今月はこの句に飛びつくだろう、という読みがあって、その気配はただちに伝わるのである。で、私はそれをかわそうとして、別な句に執着して作品をまとめようと、ムキになることがしばしばだった。しかも、見当はずれの句は外す必要がある。

お蔭で選句の勉強をさせてもらったのも、この仕事のためならばこそであって、感謝している。また、今回の上梓にあたって作品掲載を快諾して頂いた俳人各位には、心から御礼を申し上げたい。

私は自分では、俳句がつくれない。しかし、私と俳句の出会いは番町書房版石田波郷編『現代俳句歳時記』だった。三十代のころ、これが常に座右にあった。外箱が破れ、各分冊もすっかり傷んでしまったものが現在、大事な記念として書棚にある。徹底的に読み、味わった。

この歳時記に親しむ機会に恵まれたのは、出版元がたまたま私のかつて勤務していた雑誌社の姉妹会社であったことによっている。単行本は出版されると、訂正原本作成の約束がある。私は頼まれもしない仕事を無償で引き受けて、今や大変な報酬を頂戴している。

（「本」一九九九年一一月）

遠藤若狭男『青年』

そもそも俳句に親しむようになったのは、番町書房から刊行された『現代俳句歳時記』を手にしたのが、きっかけだった。

番町書房というのは、主婦と生活社の姉妹会社で、これが歳時記を読む縁となった。編者は、石田波郷・志摩芳次郎である。初版が昭和三十八年だから、私は、当時、主婦と生活社の編集記者をしていたが、実際に入手したのは二版が出た昭和四十二年の春だった。

再版であればこそだったのか、誤植の多かった歳時記に、正誤表が挟まれていて、職業柄、誤植に神経質だったので、それぞれの箇所に訂正の書き込みをしていった。冬と新年が一冊となって、春夏秋冬全四冊だったが、書き込みついでに全冊読破した。

誤植を再発見する快感に誘われた、かなり意地悪な読書だったかも知れない。私は主婦と生活社から、創立されたばかりの小出版社の勤務に移ってかなり忙しかった。暇も余裕もなかったから短詩型の文学に移行した。

が、大変な慰めとなった。

全四冊函入りであったが、全冊、ほとんどボロボロになるまで読んだ。三年ばかり、読み続けたと思う。次いで購入したのが、新潮文庫『波郷自選句集』だった。これもよく読んでから、ついで川端茅舎に移行した。

遠藤若狭男氏に出会ったのは、二度目の会社も辞めていて、文筆のみの生活にはいったころである。句集の略歴を見ると、ほぼ十一歳、この人のほうが若いが、ふとしたことからお付き合いが始まって、こんにちに到っている。

鷹羽狩行氏の信任が厚い人である。篤実さのなかに、機知、前衛があり、抒情と思索の深さが伴っている。師は道を伝え、業を授け、惑いを解くゆえんなりというが、遠藤氏の作品には、鷹羽氏の謦咳が良きかたちで谺している、と思える。敦賀に生まれ、現在、高校の教職にありながら評論の領域にまで活躍している。三十歳を過ぎて、本格的に句作に取り組んだ、というのは、俳人として遅れて出発したわけではない。一句の味わいが熟するに、充分なものが整ったのだろう。

句集『青年』のなかから、私の好きな句を勝手に引用する。

螢 籠 吊 る し て 闇 を 深 く せ り

人たるもの魂の暗夜の登攀を試みざるを得ずして、己の闇を深めるしかない宿命がある。されば、

雲 の 峰 失 意 の わ れ の 前 に 立 つ

ということになる。そして、

百年を過ぎし証《あかし》の木下闇

がある。また、日常に立ち戻っては、

月曜の少しけだるき蟬のこゑ

となる。抽象が具象になり、具象が抽象、象徴となっているのが、この句である。そして、

郭公や道しるべなき道を来て

の諦念、いや断念に逢着せざるを得ないが、それで感性が鈍麻されてはいない。

菊剪りてしばらく菊の中を出ず

という一点がそうである。

白魚のひとかたまりのうすみどり

手のひらの少しつめたきさくら貝

月光に菩薩のごとし白牡丹

水甕に水を満たして秋を待つ

そして、暖かな眼差しとユーモアの、

寒木の手をつなぎ合ふ風のなか

がある。かと思えば、

浮子《うき》動くけはひも見せず春の昼

といった叙景にも練磨していて、

新緑の重なり合ひし暗さかな

もある。最近作の秀句は「文藝春秋」六月号の「京都」と題された八句であろう。とりわけ、冒頭に置いた句が私に震撼をもたらす。

　金閣にほろびのひかり苔の花

ここには、かつて炎上した金閣寺の華やかな姿が宿っている。しかし、絢爛が常にはらんでいる悲哀というものが、かそけき苔の花と化している。武田泰淳「ひかりごけ」の連想と、そのエッセイ「滅亡について」が思い浮かぶ。

一方、微笑ましさ、

　妻のこゑ薫風となる橋なかば

もある。句作佳境にはいり、未来が楽しい人だ。

（「俳句研究」富士見書房　一九九八年一一月）

百の記憶　五十の思い出

お酒と煙草《たばこ》をやめて、ちょうど七年になる。ただやめているだけで、きびしい禁酒禁煙の誓いをたてたわけではない。しかし、今後も中止を継続するつもりでいる。九十歳を迎える幸福があるようなら、再開してもよいかな、とは思っている。

お酒と煙草は、もはや人の一生分以上を楽しんだから、なに、百歳まで延期してもよい。このふたつから、しばらく縁切りをさせたきっかけがある。深酒をして階段から転落し、左手首を骨折した。ジグソーパズルのピースが飛び散ったような複雑骨折だった。

救急車によって運ばれた病院で、一徹そうな白髪の院長から、老人の三大骨折のひとつ、と指摘されたのが、ひどくこたえた。私はそのとき、まだ五十代の後半にかかったばかりだった。老いの翳《かげ》りを、まったく意識していなかったから、驚愕と恥辱感に打ちのめされた。

手術は大学附属病院でやってもらった。あいにく風邪から肺炎になっていた。しかも、私には気管支喘息《ぜんそく》の持病がある。全身麻酔は危険なので、局部麻酔だった。おかげで二台のモニターテレビで、手術をつぶさに見学させてもらった。それは決して気分爽快な映像ではなかった。また、テレビの視野には常に医師の手が映っていた。レントゲンにさらされている尊い手を見ていて、手術は私だけの場合ではないから、大変な職業だと思ったものだった。

手術の成功率は五〇パーセントと、あらかじめ言い渡されていたが、非常に優秀な医師と幸運に恵まれて、左手の機能は回復した。最初に味わった屈辱と、加えて手術のあとの反省が、お酒と煙草から遠ざかる思いを強めたようである。手首ではすまずに、頸骨《けいこつ》、脊椎《せきつい》の損傷もありえた。いわば命拾いをしているのである。

お酒と煙草の誘惑から逃れる心理的なトリックがある。明日からは、思うさまお酒を飲み、身体中の毛穴からニコチンタールが吹き出すほど煙草を吸う。だが、今日一日だけはやめておこう、と考える。その今日を、毎日続ける。笑止千万だが、案外、効果がある。

そのようにして七年が経過した現在、お酒への執着より、煙草への未練が強く残っている事実に気づいている。何か医学的な根拠があるのだろうか。不思議な気がするが、まるで分からないものでもない。パイプ煙草が好きだったから、蒐《あつ》めたパイプがちょうど百本、自分の仕事部屋のタンスで眠っている。これではいささか執念がくすぶるのも無理ないが、手放す気持は今のところ、まったく無い。私にはパイプにかかわる百の記憶がある。

ちなみに、ぐい呑みのいい作品を見ると、にわかにお酒が飲みたいと思いはする。こちらは数えていないが、おおよそ五十個が手もとにある。これにも甚大な思い出がある。しかし、陶磁器類を好み、鑑賞する性癖がお酒を呼んでいるのであって、それで実際に飲むまでにはいたらない。

そもそもこの世の中には、お酒や煙草よりはるかに味わいがあって、かつおもしろいことが実にたくさんある。そちらのほうへ気をくばるのに夢中で、目下、精一杯だ。しかもそれで、からだと心の健康に恵まれる。たとえば毎月、雑誌に俳句を標題とした短篇を連載した。一か月たりとも休まずに、百篇書いて『短篇歳時記』(講談社)として一冊にまとめることができたのは、健康だったからである。

小説にたいする考え方も変わった。光がおよんでいるがゆえに、即ち影がある。よって光を描くために、私はもっぱら、その影の世界を書いてきた。ところがいまは、率直に光を仰いで書きたい。太陽と死は、直視できないと言うが、私はこのもっともらしく、いかがわしい箴言《しんげん》を好まない。

文学をむつかしく考え、論じるのは批評家の仕事である。私は文章、あるいは、言葉と言ってもよいが、これでなければ表現できない世界をのみ、一心に求め続けていたい。文章という乗り物で、どのような世界へ遠出が可能かを考えているかぎり、今日流行らしき文学の衰退、頽廃を云々している暇はない。これがお酒と煙草から七年遠ざかり、醒《さ》めたところ、祝福と光の朝での感想である。

（「朝日新聞」夕刊　二〇〇〇年二月一日）

サクランボの実るころ

これからの季節、晴れた日ならば日没後、三、四十分ごろの光線は、まことに美しい。日本の白夜とでも言いたくなるほどである。雨もしくは曇った日ならば、この白夜は少し早い時間帯にやってくる。たそがれ〈誰そ彼〉とは、まことに言い得て妙である。

沖縄・奄美が梅雨入りをした。梅雨前線は北上しつつある。それはむかしむかし、この国に、稲作、水田耕作の文化がたどってきた同じ道をやってくる。降雨のカーテンは万緑を豊かに潤し、真夏の輝きのために、あらかじめ、すべてをさっぱり清めにくる。

いまごろになると、きまって懐かしく思い出す歌がある。ほかでもない。それはシャンソン歌手ティノ・ロッシの「小雨降る径」と「さくらんぼの実る頃」である。コルシカ島出身の歌手が、あたかも日本の季節の情感を歌っているようで、不思議な気がする。

いっぽう、日本のシャンソン歌手芦野宏がこのふたつを歌っている。しみじみとした味わいと同時に、知的でさわやかな抒情に溢れている。若いときに聴いて以来、忘れがたい歌手となった。山形県出身の人であるから、サクランボの歌が似合うのだろう。

おりしも、サクランボの季節になろうとしている。この小粒でありながら鮮烈、華麗な果実は、梅雨期を照らしだす灯のような感じがする。見ているだけで、そこらあたりが眩《まぶ》しい。おかげで、降る雨さえ、アルコール度の高い蒸留酒のように感じられたりする。現に、キルシュというサクランボの酒がある。口にふくむと、郷愁を伴った回顧の思いが閃《ひらめ》くような酒である。けだし名酒である。

このサクランボが実る枝を燃やして灰となし、それを釉薬《ゆうやく》とした急須《きゅうす》がある。蔵王へ旅行したときに見つけて、お土産に買って帰ってきた。ほんのりと青味をおびた灰色の地に赤い斑点が散っている。篆《てん》刻《こく》をする印材に、鶏血石《けいけつせき》がある。それと似ている。急須のふくらみと把手《とって》の具合がまことに良い。ながらく愛用していて、いまごろはこれで新茶を楽しんでいる。

さて、その山形市に住む医師ご一家と親しくなって、もはや、ひさしくなる。いつ、思い出しても明るい気持になって、では、わたしたち夫婦も毎日を大切にしようと、考えさせてくれる家族である。

大学附属病院に入院して、手術を受けたときに、研修医とお知り合いになった。わたしが受け持ち患者第一号だった。そして、たまたま趣味が一致した。互いにアマチュア無線の世界では同好の士であることが分かって、病気中のわたしは、うんと気がらくになった。

ふたつめは、焼きそばに関しての見解がさいわいに一致した。曰く。焼きそばたるものは、ソース焼きそばをもってして最高とし、青ノリがかかって、紅ショウガがひとつまみのっていることが必須で、ゆめゆめ、これを怠るべからず、云々。

腹中の握り拳大の腫瘍摘出という条件下において、このような会話を交わしあったということを考慮していただかないと、これらの話は少しも面白くない。そして何よりも謹厳な人柄自体が、おおいに関係している。

無事、退院してからもお付き合いがつづいた。結婚をされて、ふたりの子供に恵まれたところで、郷里の山形市に帰って開業医となった。それからも、わたしたちとの心の往来は、今日にいたるまで変わらずつづいている。

ちょうどこの季節になると、ご一家からサクランボの贈物が届くならわしである。そして、手術を受けてからの歳月は、四半世紀になろうとしている。ぎっしりと箱に詰まった果実の照り輝きを見ていると、それは生きる勇気のための声なき讃美《さんび》のように思える。

医学生となった長男のお名前が勇輝《ゆうき》さんで、高校生の妹さんは麻里《まり》さんと言う。両方ともサクランボをシンボルしていて、わたしの作り事のようだが、ほんとうの話である。

今年もサクランボの実るころとなった。

（「東京新聞」夕刊　二〇〇六年五月二二日）

音読のよろこび

音読のよろこびを発見して、わずかながら年月が過ぎる。新共同訳聖書の新約聖書を読みはじめたのは、二〇〇四年の十一月一日月曜日だった。たまたまその日は「諸聖人の祝日」万聖節にあたっていた。

これはあとで気づいたので、意識したわけではなかった。

それから、この文章を記している今日までを考えてみると、まるまる三年になる。三年三月《さんねんみつき》という成語、熟語があって、これは長い年月のことを意味する。しかしながら、わたしには、その実感がない。そうか、という思いはあるものの、長かったとは思わない。

なにしろ、いまだに全巻を読了したわけではない。一日、一章もしくは二章、まれに三章を音読する。なるべく毎日、早朝の習慣にしているが、やむをえず休む日がはいる。それで新約聖書を読み終わるのに、二年かかった。

それから旧約聖書にはいった。「創世記」からはじめて、現在ようやく「歴代誌上」を読んでいて、今朝はその第六章を読んだところである。わたしが使用している新共同訳聖書は、旧約聖書続編つきのほうで、いちばん最後はみじかい「マナセの祈り」でおわっている。ここまでたどりつくには、あと何年かかるだろうか。旧約聖書は、ページ数にして新約聖書のおおよそ三倍はあるから、たぶん、これから六年くらい先のことになろうか。そうするとわたしは、喜寿を迎える。気長な話だが、まんざら悪くはない。

とにかく、ゆっくりと自分に言い含めるように、区切りをつけながら克明に声を出して読む。頭脳の賦活《ふかつ》になろうか、と思っている。あるいはまた、わたしはどうかするといい加減な語調で話をする悪い癖があることに気づいているので、その矯正の望みもある。

それで当初はウェストンの『日本アルプスの登山と探検』やカエサルの『ガリア戦記』の音読を考えてみたが、自分にとっては日常の読書のなかで、聖書がもっとも親しく身近である。そこで、結局これに決めた。

ところが声を出して読むのは、最初、ついあたりを見まわしたくなって、はずかしいものである。また、いま時分の気候のよい季節などに、窓を開け放していると、ご近所の人たちを驚かせたりするかもしれない、などと気をつかったりもする。しかし、あんがい早くに慣れるもので、きわめて自然に読めるようになった。そして、気持をととのえるには、またとない、よい方法であることも分かってきた。

音読してはじめて気づいたことがある。基本的には、ふだん黙読の習慣が身についている。それを声に出してみると、読むという一種の労働に気をとられて、文章の意味を理解しないで、機械的に読み過ごしてしまうことがある。ところが、これとは反対に、慣れてしまってうかうかと読んでいるところが、まったく新鮮、痛烈な印象で響いてくるときがある。それは実にめざましい音読の収穫である。

たとえば、『旧約聖書』「列王記上」の第八章二十七節から二十八節のソロモンの祈りが、その一例である。

「神は果たして地上にお住まいになるでしょうか。天も、天の天もあなたをお納めすることができません。わたしが建てたこの神殿など、なおふさわしくありません。わが神、主よ。ただ僕《しもべ》の祈りと願いを顧みて、今日《きょう》僕が御前《みまえ》にささげる叫びと祈りを開き届けてください。」

ここを読んでいて、わたしはいきなり目が覚める思いがした。ここで言われている「神殿」とは、わたしが向かっているたったの今、自分の机があるこの場所、自分の信仰のありかたそのもののことではないだろうか。まことに聖書を音読すれば、すべて新しく、すべて美しい。

わたしはその朝、高濱虚子の句、

魂の一と揺るぎして秋の風

を思い出した。これからもこの習慣は終生、続けようと思う。（「東京新聞」夕刊　二〇〇七年一一月五日）

明日のジャム、昨日のジャム、今日のジャム

ことしの夏は、めまいにはじまって、めまいのうちに去ってゆくように思える。いまになって、よくよく考えてみると、五月のなかばあたりに、すでに自覚症状があったようである。それがひどくなって、困りはじめたのは六月になってからだった。しかしながら、わたしは黙っていた。

不定愁訴という卓抜な日本語がある。つねづね、わたしは心身の違和感を口にして、家人を悩ませる癖があるので、これを自戒し、反省し、自重して、しばらくは沈黙をまもっていたものの、とうとう、我慢ができなくなるほど、症状は悪化した。

地球という惑星が自転し、恒星である太陽のまわりを公転している。それが如実に実感される性質のめまいだった。症状は午後の三時、四時ごろから、はなはだしくなる。ちょうど、季節的にはコウモリ傘をたずさえて歩いてもおかしくはなかったので、外出時にはこれをステッキがわりにしてみた。

だが、しょせん、わたしは『日和下駄』を書いた永井荷風でもなければ、夏目漱石の『彼岸過迄』の好漢、啓太郎といった柄でもない。コウモリ傘、ステッキは似合わない。

そこで、六月も下旬になって、とうとう、検査入院をした。十八日を病院ですごして、退院すると七月は、はや、中旬になっていた。地球の自転と公転に敏感になった身には、季節の推移が痛感された。日ごと、一日が確実に短くなってゆく。病室の窓から街の景観を眺めていて、それがあたかも、気象情報を報道するような明朗さで分かるのは、なにやら、心細いものであった。さかんな夏から、見放されたような気になった。

しかし、七人同室の大部屋ですごしたことは、身にしみて、ありがたかった。チョーサーの『カンタベリー物語』の世界に立ち会っているようだった。

もっとも、わたし自身は経歴詐称をしたので、少々、気がひけている。自分は、書道塾の先生と見なされるがままに、あえてこれを訂正をしなかったからである。黒竜江美術出版社の綴《と》じ本仕立ての『趙《ちょう》孟頫《もうふ》 五柳伝』を、常時、枕もとに置いていたのが、誤解のもとであった。

同室の人たちは、世間の常識にしたがえば、だれもかれも重病であった。一人、糖尿病末期の八十歳の老人をのぞいて、それぞれ、癌《がん》とたたかっていた。

わたしのベッドの向かい側には、前立腺癌の六十八歳がいた。この人はいずれ対処しなければならない大問題をかかえながら、首にできた腫瘍《しゅよう》の手術を先にした。午後いちばんに手術室へはこばれ、夜、部屋にもどってきた。わたしたちは心配したのだが、おどろくなかれ、この人は翌朝には起き上がり、部屋を歩き回って、冗談を飛ばし、みなを笑わせるのだった。

世に深刻な闘病記、テレビドラマ、映画がある。そのいずれもが、真実さにおいて、うたがわしくなるような元気さで、屈託のない様子だった。それは、どこまでも自然であって、よそおい、つくろった陽気さなどではなかった。ありのままの姿である。二十四時間、およそ、プライバシーがない病室でいるのだから、人をあざむくことはできない。

　手術をうけて三日目の夜、消灯時刻が過ぎていた。夜更け、この人はイヤホーンをつけてテレビを観ていた。たぶん落語を観ていたのだろうが、ベッドの上で笑い転げている。おかしくて、こらえきれない。それが縫合した傷の痛みをいたわりながら、ひとり、膝《ひざ》を打ち、身をよじっている。わたしはこの人を見ていて、考えさせられた。しんじつ現実をうけいれ、落胆を知らず、朗らかに時間を克服するのは、むつかしいことだからである。

　ルイス・キャロル『鏡の国のアリス』に登場する白の女王の痛烈なセリフ「明日のジャム、昨日のジャムはあるが、今日のジャムは決してないのじゃ」が、しぜんと、思い浮かんできた。今日のジャムを、今日のものとして、いつわりなく味わうのは容易ではない。

　それは原因不明のめまいに悩まされる、今年の夏の、まことに貴重な経験だった。


（「東京新聞」夕刊　二〇〇八年八月四日）

奈良三彩三耳壺

壺という字は左右対称で、明快である。字画もさほど複雑ではなく、筆順にもためらうことはない。

ところが、いったん目を閉じるか、よそ見をして字形を思い浮かべようとすると、なぜか複雑をきわめた書体に化ける。壺の字は、現実の壺を正直になぞってみせながら、腹中に、一物隠した曲者のように思えて来る。しかしそれでいて、書に親しむ人にとって、壺は好個の字であるにちがいない。

行書、草書はさておいて、楷書で「壺」と書けばそれだけで恰好がつくから妙である。

墨書して画で囲まれた白は、外の白と冴え冴えと響き合って清浄をきわめ、墨の黒はあくまでも黒く深く、幽遠な世界をかいま見させてくれる一字である。

試みに冨山房刊、大槻文彦著『新編　大言海』を開いてみると「漆器、又ハ陶器ノ、體圓ク、口ノ窄《ツボ》ミタルモノ」とある。「狙フ所。見込ノ所。ヅボシ」ともあった。ついでに見ていくと「つぼいり」（壺入）という言葉が掲出されていて、その語釈には蒙を啓《ひら》かれ、いささか驚いた。壺入とは、「一　酒屋ニ入リテ、酒ヲ飲ムコト　二　転ジテ、うどん、そばきりナドノ、飲食店ニ入リテ、飲食スルコト　三　又、転ジテ、遊郭ニテ、揚屋《アゲヤ》ニ上ラズニ、遊女ノ家主ナドノ所ニ行キテ、遊女ト相興ズルコト」とある。

壺中の天地というのは、俗界とかけ離れた別天地のことであるとは、三省堂刊『新明解国語辞典』にも出てくるから、言葉の遠い淵源を同じくしているのだろう。壺の「亞」は『字通』（平凡社刊）白川静によれば「陵墓の墓室の平面形」とあって考えさせられる。

東京日本橋に骨董美術商「壺中居」がある。かれこれ十五、六年前、筆軸が陶磁の小筆を探索したあげくに、この有名な店にたどり着いた。かの室生犀星が令嬢と連れ立って、足しげく訪れた店である。

ちょうどわたしが訪ねた日、店には桃山時代の大壺が置かれていた。伊賀か信楽か見分けはつけられなかったが、迫力のある赤い土色に暗緑色の釉薬の豊かな流れが、雄大な景色をつくっていた。いかにも豪奢な時代がしのばれた。そして、その大壺を保証するかのように、歌人にして書家であり美術史家の會津八一の扁額が壁にかかっていた。

この日、店主から陶芸家の川瀬忍氏を紹介していただいた。磁器を専門とする作家で、わたしはいまなお、この人の酒盃を宝としている。酒は飲めないので、もっぱら玉露をたのしんでいる。盛夏、庭のキンカンから羽化したばかりのアゲハの翅に触れる思いがする、繊細をきわめた薄手の盃である。

ところで「壺中居」を訪ねてから翌年、わたしは壺を一つ買った。

その日、駅前通りにあるおなじみの陶磁器店へ、伴侶とともに散歩のついでに立ち寄った。この店は、先代からのお付き合いである。骨董ではない当代の陶磁器類に関しては、その女店主に相談するのがいちばんで、安心して買い物ができた。

雑談していて何気なく見上げた棚に、壺があった。高三十センチ、径二十五センチくらい、通常、丸壺と呼ばれるかたちをしていた。大きな西瓜一個と思っても、たいしてあやまたない恰好、雰囲気だった。人好きのする隣人といったあんばいでもあった。

爽やかな緑と朗らかな茶褐色、温もりのある白の釉薬がかかっていた。

となれば、奈良三彩風といっても差し支えはない。壺肩に三つ、ツノがある。

ところが壺には作者の銘はおろか、窯元の印もない。女店主にたしかめようとすると、それが持ち前のいたずらそうな笑い声を聞かせるばかりで、返答がない。唐三彩にならってつくられた古代奈良三彩の壺には、陶片が残っているだけで完成品の伝来はない。奈良時代から平安朝にかけて焼かれながら、窯はなぜか、平安朝末期で消滅してしまった、というのが定説である。

ちなみに女店主の笑い声に注釈をつけると、奈良三彩の壺の本来の用途は、貴人の骨壺である。壺は火前火裏、窯内の温度差から微妙に歪んでいて、悪役チャールズ・ブロンソンが微笑したふうだった。意地でも、と買い取って、壺はいまもかたわらにある。今日になって、この小宇宙とも言われる壺を覗きこむと、女店主の竹を割ったような笑い声が、また聞こえてきた。メメント・モリ。死を忘れるな、というたしなめであろう。

(「すばる」二〇一五年六月)

回想を紡ぐ

大阪の旧東区本町に船場幼稚園があった。そのころなかよくしていた子に、丸野実がいた。背格好、顔立ちも似ていた。丸野君の家は、ガス会社の営業所だった。わたしの家は繊維卸商だった。もっとも戦時中は衣類統制になっていて、父は別会社に勤務していたが、衣類を入手する道筋が残って、わたしと丸野君は同じ服装でいたりすることがあった。それでわたしたち二人は一層なかよくなった。似たもの同士はいつも一緒だった。

戦局が悪化して、丸野君は親戚のある岡山へ疎開していった。その直後、大阪は空襲にあってわたしも両親の故郷がある徳島へ疎開した。それ以後、丸野君とは連絡がとれなくなった。

それで、それきりになったが、文章を書いて暮らすようになって、「週刊新潮」の探し物、尋ね人の欄に短い文を書いたことがあった。

当然のように返事はかえってこず、探索はそのままになった。

わたしは自分とそっくりさんが、この世のどこかで生きている、という考えが楽しかった。丸野君に関しては楽天家になれるのが不思議だった。自分にうんざりする年ごろになっても、この幼い友人への親愛感は消えなかった。

空襲で消失した幼時の全世界が、彼の記憶とともに、いつまでも残っている。

わたしには、もはや幼稚園、小学校時代からの友人は一人もいなくなった。中学時代以後からはどうやら、わずかに残っているばかりである。

ところでつい最近、新潮社から『道の向こうの道』という本を出した。早稲田の露文科で過ごした大学時代四年間の回想を書いた。大学を卒業したものの、就職浪人になるところまで書いて一冊にした。六編の作品から成り立っている連作小説だが、なんと四年がかりになった。

続編を書くつもりで、用意を始めているが、年代が現在に近づくと書きづらいと分かってきた。回想を裏付ける時の材料が正確でなければならない。近い過去ほど、書くにむつかしい。日記を公開するようなものだ。

ところがわたしには日記がない。回想をすべて改めて、時系列のなかに組み込まなくてはならない。加えて、どの時点までを書くかという問題がある。

先に触れた本では、わたしはキリスト者としての自分の信仰生活をテーマに出すつもりだった。ところが仕上がってみると、悪あがきをしたわりには、空っぽであった。

次作はこれを補わなくてはならない。紆余曲折になるとしても、読者の納得が求められる。わたしは分かっていることを書くばかりではなく、分かろうと努力をしなければならない。

この前は四年だったが、次は何年になるだろうか。老年は年齢に愚かである。

（「東京新聞」夕刊　二〇一八年五月一八日）

II

エマオへの道で

エマオへの道で

旧約聖書イザヤの書第四十三章一節に、次の言葉がある。

「わたしはあなたの名を呼んだ。あなたはわたしのものだ。」

私は、この呼びかけを聞いたもののひとりである。しかし、私は聖書をひらいてこの章を読むたびに、畏怖の念を覚えずにはいられない。主なる神はまた、次に引用するようなかたちで、自らを現した。それも同じく、戦慄を誘わずにはおかない言葉である。列王記上の第十九章十一節には、また、このように記されている。

「その時主は通り過ぎられ、主の前に大きな強い風が吹き、山を裂き、岩を砕いた。しかし、主は風の中におられなかった。風の後に地震があったが、地震の中にも主はおられなかった。地震の後に火があったが、火の中にも主はおられなかった。火の後に静かな細い声が聞えた。」

キリスト教徒のうちには、劇的な回心を迎えた人も稀ではないのだろうが、多くの人々は、その静かな細い声を聞いて、信仰の道を歩きはじめるのだと思う。永遠は、時のなかにある。日常のただ中にあって、あるとき静かな細い声でありながら、聞き逃しがたい語りかけをする。

信仰のうちに生きる人々にとって最もよろこばしい祭日である復活祭は、ことしは三月三十日の日曜日だった。その日私は、かすかな声を、確かに聞いた。

私たちの国に、キリスト教が根付かず、拡がらぬことを嘆く人々がいる。信仰が強い力を持たぬことを、かこつ人々がいる。日本のキリスト教徒は、百万人にみたない。それにはいろんな理由があるに違いないが、私は、旧約聖書の精神を生きて、新約聖書に到らぬせいだと思う。旧約は神の正義の宗教、新約は神の愛の宗教である。神の義の裁きに服してこその信仰であるのに、愛と赦しの精神によりかかり、甘えているのではないだろうか。

神の義によって裁かれ、審判に服するとは、自己の絶滅において神の訪れを知り、その威力に屈してこそ、命の回復の希望があると信じることである。旧約なくして、新約はあり得ず、義に裏打ちされない愛は、曖昧に流れて溶け、いきいきとした力を持ち得ない。

旧約は、新約によって成就され、これを乗り超えはしたが、否定されたわけではない。イエスの十字架上の贖罪によって、救済はもたらされたが、だからといって義がないがしろにされてはならない。

父なる神と呼んで、神を恐れることを忘れたところに、日本のキリスト教の脆弱化がある。いたずらに愛を唱えて、人間的弱さの赦しを言うのは、安易に過ぎる。キリスト教は、単に生存の恐怖、存在の不安から生まれてきたものではない。神の前にあっては、ほろびるしかない人間を、救いあげんとしたところにおいて、福音がもたらされた。憧憬とほろびの嘆きのただ中に、この無比の宗教が生まれた。

イエスの甦りの日に、墓の空虚であるのを知り、エルサレムをあとにして、失意のうちにエマオへ向から二人の弟子に、復活のイエスは、旅路の同伴者として姿をあらわした。ルカによる福音書では、イエスは二人に聖書の教えを説きあかし、預言者の語ったことをすべて信じるように言った、とある。ここで言う聖書とは、もちろん旧約聖書のことである。そして、ルカによる福音書の記者は、そのとき、〈わたしたちの心は内で燃えていたではないか〉と記している。

預言者とは、神の召命にあずかり、その時代の腐敗、歴史の曲がり角にあって、神の意志を伝達した人のことである。旧約聖書にあって、神の義と裁きを訴えた預言者にアモスがいる。アモスは羊飼いであり、いちじく桑の栽培者であった。彼は民族宗教の枠を超えて、神の意志を説いた。アモスのあとに出たホセアは、愛と憐みを説いた。愛は高貴なものであるが、彼は自らの悲劇的な結婚生活の体験から愛をのべ伝えた。即ち、姦淫の妻をめとり姦淫の子を受け入れた。

驚くべきことは、神の命令によって、愛欲の泥濘に沈むところから、神の愛を説いた。その無惨な愛の姿の現実から、イエスの愛へと昇華される至純の真理を訴えた。幻視の預言者であるエゼキエルは、妻の死に出あって、悲惨のきわみにありながら、つぐないの精神、新約の心をあらかじめに生きた。旧約は、義の宗教でありながら、このようにきわめて痛切で、人間的な愛をも呈示している。イエスの愛は、その愛ゆえに十字架上で死したところで成就した。エマオへの旅人は今日も歩き、イエスは常に自らを現し、人の眼をひらかんとしている。救いはもたらされた。だが、私たちはなお罪のうちにあり、悪が力をふるう世界に生きている。しかし、不思議なことに、悪の働くところにこそ神は居たまい、力強く働いていると言ったのは、グレアム・グリーンである。

（「毎日新聞」夕刊　一九八六年四月一九日）

死にいたる音楽——モーツァルト

このところ、スイスの心理分析学者C・G・ユングの業績が再評価され、著作および研究書のたぐいが数多く翻訳紹介されている。入門、啓蒙書類なども賑やかで、多大の関心が持たれているようである。しかし、つい、四、五年前までは専門家、もしくは、ごく一部の人々から興味を寄せられるのみで、もっぱらE・S・フロムがもてはやされてきた。ユングの理論は、専門家には宗教的、神秘的であり過ぎ、宗教家にとっては、科学的であり過ぎた。

いま何故、ユングなのか。私にはユングの言葉で好きな章句がある。

「人生のなかばを過ぎてからも元気でいられるのは、人生とともに死のうとする人だけだ。」

これは、何も人生の半ばを過ぎた人、あるいは老年の人にのみ向けられていず、若い人にも意味のある言葉である。私たちはとかく、生と死を考えるとき、生にウェイトを置いて、死をマイナスと取りがちである。ユングはそのように考えなかった。人間の誕生が意味をはらんでいるのであれば、多くの年月を費して用意する終末、死がどうして意味のないことだろうか。ゆえに、ユングはこう言う。「人生のなかば過ぎたころにひそかに起ることは（上昇、発展、増大、生の充溢といった抛物線の）死の逆転だ。」と。

私はユングの死生観に大変興味があり、同感の思いを強くする。それと同時に自然と思い浮かんでくるのは、バッハのことだ。ヨハン・セバスティアン・バッハは、生涯を通じて、《死》をバロック時代の翹望《ぎようぼう》に駆られた魂で憧憬し続けた人だった。「死の誕生」を対位法的器楽様式と呼ばれる和声楽で、表現をした人だった。死は名誉と栄光であった。これは創作伝記の中の記述ではあるが、バッハの死後、第二の妻、アンナ・マグダレーナ・バッハも、彼は死をいつも、あらゆる人生の真の完成であると考えていた、と証言させている。日本人も《死》に対していさぎよかった。

ユング、バッハ、そして次に思い出すのは、モーツァルトの《死》にたいする考え方である。一七八七年四月四日、病床の父にあてた手紙の中で、《死》を人間の「真実の最上の友」であり、「死の姿を見てもすこしも恐ろしく思わない」し、「真の幸福への鍵」だと書いている。その同じ手紙の中で、「死は、ぼくらの生の本当の最終目標」とさえ言っている。

本当に美しいものの中には、死の影がある、そして、その死の影は同時に純粋をきわめた生そのものでもある。そうであるから、モーツァルト三十五年の短い生涯は作曲を通して、生のはざまを死に向かって駆けぬけていった音楽そのものの人生なのだと思う。

ところで先に述べたバッハの作品を知ったことが、モーツァルトの創造的活動に、革命と危機をもたらした時期がある、という見解を述べた人がいる。バッハの『フーガの技法』『平均律クラヴィーア曲集』などの楽譜を見た経験が、モーツァルトの創造における一つの革命と危機をもたらした、という。これをいうのは、アルフレッド・アインシュタインである。これに対して、イギリスの音楽学者スタンリー・サディーは、アインシュタインの見解が、ロマンティックな夢想に過ぎない、モーツァルトは、バッハの音楽を賞讃したかもしれないが、彼が生きた十八世紀後半の歴史的状況のなかにおいて考えるならば、私たちが今日バッハに対して抱く熱烈な感嘆と同じであるはずがない、という。

アインシュタインの説と、サディーの見解のいずれが正しいのか、音楽学者でない私には是非の判断が出来ない。私はただ、こんなふうに考える。モーツァルトは、バッハの音楽の中に、ひたすら偉大な《死》を感じていたのではないだろうか。

ともあれ、私はモーツァルトを三十年も聴いてきた。私の人生も半ばを過ぎた。そして実はこれを書いているいま、私は後腹膜部腫瘍と胆石の手術を同時に行って二か月半が過ぎたところである。私はいま、こんなふうに言いたい気持だ。〈人生のなかばを過ぎてからも元気でいられるのは、人生とともに、またモーツァルトの死への親しみとともに生きようとする人だけだ〉と。

（『モーツァルト18世紀への旅』第二集　白水社　一九八四年四月）

己に死して他者において甦る

そもそも、医学の知識に欠けるので、脳死の判断については疑問がつきない。現段階では確実に脳死と判定されたとしても、日進月歩の医学の世界では、近い将来に判断の境界線は移動するだろう、というのは考えやすいことである。それでは始まらないから暫定的に、というのは随分いい加減なことのように思える。そして、脳死を考えるより、もっと以前の問題であるが、医療の発達により、優生保護法の考え方が変わってきていなくてはならないはずである。受胎した生命の人格は、法律上において、どの段階から認められるのか、は考えなおされるべきであるが、この論議はいまだ耳にしたことがない。

臓器移植についての個人的な考え方としては、他人の臓器をもらってまで生き延びようなどというのは思い上がりで、私は好まない。しかし、仮に家族、肉親の命が危なくて、臓器移植で生き延びられるとしたならば、私の判断は簡単にくつがえってしまう。

まず、自分も生きられて、移植された側も生きられる可能性があれば、臓器移植に決断するだろう。この範囲ならば、容認できる。それでも、この考えの根底にあるものが、命というものを、人間の判断において自由にできる、という思いがひそんでいるとしたならば、いささか心しなければならない。

ましてや、これが医療行為として行われるとき、ただ単純に、生き延びさせることを最優先とする考えのうちには、どこか、あやういものがつきまとっている、と感じられてならない。たとえばだれが、いつ、どの命を大事と判断するのか、そのあたりのことを考えはじめると、思考の迷路から抜けられなくなる。

こんにち、脳死判定と臓器移植が行われるとき、だれかが交互に神の役割を引き受けているわけである。むつかしい時代に生まれあわせたものだ。抽象論を捨てて、極力、身近な問題にして考えてみよう。

私は、いま両眼の白内障の手術を受けて、眼内レンズを使用して世界を見渡している。これは他人の水晶体を譲り受けているのではないから、なんの抵抗も感じないでいる。眼科学の進歩に感謝して、視力の回復を喜んで暮らしている。

私の伴侶は口が悪くて、「入れ目」と言ってからかってくれるが、あまり痛痒《つうよう》をかんじない自分も、勝手なものだと思っている。こんな気安い感覚で、将来、臓器移植が考えられるようになるのではあるまいか、となれば恐ろしいことだ。臓器が人工のものなどではなくて、だれかから譲り受けたものとなると、そう生易しいことではないだろう。

ただ、信仰に生きる立場からならば、臓器移植の問題は容易に受け入れることができるのではないだろうか。つまり、私たちの信じるところでは、みずからは死して、他者において甦る、が生きる基本の姿勢である。そのように生きることにつとめるところにこそ、真摯な信仰の実践がある。

よって、すべての人々がキリスト者ならば、一挙に問題が解決されるだろう。脳死の判断基準についても、信仰のなかで謙虚にして慎重な命への信頼があるならば、さしたる問題も起きないのではないか、というのが私の目下の考えである。ほかに、これといった知恵はないような気がする。この世の議論では、どこまでいっても空転するばかりだろう。

（「あけぼの」一九九九年一一月）

空を指《さ》す梢《こずゑ》

ルターは、旧約の詩篇を「小さな聖書」とよんだ。プロテスタント訳の新約聖書の巻末には、大抵、旧約の詩篇が併載されている。カトリックのほうでも、フェデリコ・バルバロ訳の旧約詩篇がそれだけで独立して、ポケット判の本になって親しまれている。私も好んで、この詩篇を読む。失意のとき、不安のとき、絶望のとき、悦びのとき、それぞれに旧約の詩篇は輝き、心に響いてくる。祈れぬときの私にとっての祈りにもなる。そして、八木重吉の詩集もまた、私にはいまひとつの、小さな聖書である。詩篇である。生きることのつらい日、苦しい日にあっての支え、慰め、祈りである。私は八木重吉ほど一途で、純な魂をほかに知らない。かなしさ、さびしさ、貧しさを、これほど切なく美しいものに尊んで、花と咲かせたひとを知らない。素直に、しかし、激しく痛切にかなしいと言い、逆説の不思議、かなしみのはてに水のような透明で、静かな幸いを見たひとを知らない。八木重吉はキーツを熱愛し、ワイルドをあまり喜ばなかったひとのようだが、ワイルドの『獄中記』に、「かなしみの底に聖所がある」と書いたことを知っていただろうか。八木重吉は敬虔なクリスチャンであった。晩年、その詩をとおしてみるに、信仰はますます深く至純なものとなった。詩人の言葉はいずれも「肺腑へくひさが」り、「贖《いけにゑ》」であり、「ひとつひとつ十字架を背負」っている。

八木重吉の詩を充分に理解するためには、信仰が必要だとあえて言いはしないが、すくなくとも人は聖書において、イエスに出会い、その人格と交わりを結び、出来ることなら聖書を生きる試みの喜び苦しみを、知っていなくてはならないと思う。

きりすと
われにありとおもふはやすいが
われみづから
きりすとにありと

ほのかにてもかんずるまでのとほかりしみちよ、（「貧しきものの歌」所収）

こんな道を歩いた詩人の心を知るために、どうしてイエスをおろそかに見過ごしておいて、その詩の深奥が測り知りえようか。信仰の中心は、祈りである。八木重吉は祈りが何であるか、その深い意味を知っていたひとだった。『主の祈り』を散りばめた一篇の詩の最後の四行にはこうある。

いのりの種子《たね》は天にまかれ
さかしまにはえて地にいたりてしげり
しげりしげりてよき実をむすび
またたねとなりて天にかへりゆくなり（「み名を呼ぶ」所収）

ところが、また詩人は、こんなことが言えるひとでもあった。詩人は、かのニーチェのそしりのように、みずからが信じ得ないために、声高らかに信仰を説くひとではなかった。

うつくしいひとりの少女が
こゑもなく死んでしまつたことは
大哲人の生きて説くより
より価すくない出来ごとであらうか（「欠題詩群（一）」所収）

私は十七、八の頃から八木重吉の詩を読んできた。最初に手にした詩集は創元社版だった。これを永いこと愛読していて、人に貸し、返ってこなくなっていたところへ、妻が一、二巻本に分かれた新文学書房版の詩集を古書で求めてきた。このとき私は短命だった詩人が生きた生涯より二年も永く生きていた。この新文学書房版は編者も明らかでなく、あとがき、年譜もない本だったが、ながらく大事にしていて後にある人へ贈物にし、かわりに彌生書房版の、『定本　八木重吉詩集』を買い求めた。そのとき、私はもう詩人より十五年も永く生きていたが、購入を機会に通読して、自分の信仰がいまだこのひとにかなわぬことを思い知らされた。生きることについて、いかになまぬるいかを思い知らされた。今回、八木重吉の全集がまとまることになり、私はあらたに問いつめられることになったと思う。よろこばしくもあり、こわくもある。

いまから七年前、私の妻が原因不明の高熱を出して入院生活をしたとき、私は小康を得た妻への見舞いに八木重吉詩集を持っていった。まだ小学生だった長男は小遣いで十字架を買い求めて持参した。妻は病床にあって八木重吉の詩を読み、泣けて泣けて仕方がない、と言った。私には妻が泣いた理由が分かる。

そらを　指す
木は　かなし
そが　ほそき
こずゑの　傷《いた》さ　（『秋の瞳』所収）

八木重吉は、空を指した一本の、まっすぐな木であった。天を指したひとだった。その痛みは、永遠にキリストの十字架の釘となって人の心を貫きとおし続けることだろう。この痛さが分からぬ人に、八木重吉が分かろうはずがない。

（『八木重吉全集』第三巻月報3　筑摩書房　一九八二年一二月）

一本の樹をめぐる断章

I

人、という文字は互いに支えあうことで成り立っている。で、人は一致協力して生きていかねばならない、と説かれることがしばしばであるが、書道のほうの人たちは苦笑して、私たちの文字は象形で、これは〈ひと〉が歩いているところを、横からかたどって作られた字だ、と答える。いずれも美しい。

イエスが盲人を癒《いや》される奇蹟は、聖書の中でしばしば述べられて、教えられることが多いが、やはり癒されたひとりが、初めて見える世界に眼を向け、この人に、イエスが、

「何が見えるか?」

とお尋ねになる。いまだ視力さだかでない人が、

「樹のようなものが歩くのが、見えます」

と答える。

このくだりは印象的で、私は何度読み返しても飽きることがない。まことに、人は樹のようなものであろう。暗黒の地中に根を伸ばしながら、梢はたえず光を求めて天に伸びている。

いまひとりの盲人は、イエスに癒されたばかりにパリサイ人の質問攻めにあい、会堂から追い出されてしまう。この時代、会堂から追い出されるということは、今で言うとホームレスより悪しき状態に追い込まれることである。

社会的地位、財産、自己の在り方一切を剝奪され赤裸になることである。ただの一本の樹のごときものになりさがることである。しかし、聖書は教える。私たちがイエスに出会い、「あなたはキリスト」と告白するのは、この盲人のごとき状態において、初めて可能なことである。自己の一切を捨てたところで、イエスが見えるようになる。なまやさしいところで、イエスに会えない、会うまい、と私は思う。十字架のないところに、キリストは不在である。私は、とかく十字架を忘れて、イエスを考える。

春、三月、私は何がなしにうれしい。鳥はうたい、花ほころび、樹々は栄える。樹の光る幹、つややかにたわむ枝、美しい新緑のしたたりに夢中である。つい先頃まで枯れて死んだようであったものが甦《よみがえ》った。

しかし、『園芸家12カ月』（中公文庫）という楽しい本を書いたカレル・チャペックは、冬の枯れ果て、死んだような樹をごらんなさい。いまあの樹の中で何が行われているか、考えてみなさい。一年の季節のうちで、最も生命力に充ちて、春を迎える準備に大忙しなのは、まさに枯れ木に見える状態においてです、と言う。それはまた最も美しい、と言う。

植物を愛する人でなければ、こういうことは言えない。そして、チャペックは詩人であったから、つつましく言外にこう言っているのである。人にも春夏秋冬がある。人は生きてついに、冬を迎えるだろう。冬の樹のごとく、枯れて立つ日が来るであろう。一見、もうこれで終わりであるかのように。

しかし、事実は異なっている。老年の樹は、次に来たる世界の春にそなえて、命の樹液を活発にめぐらせて大忙しであるべきだろう。準備すべきこと、用意しながら心が最も充ちて、今一つの生命力に最も充ちているであろう。そして準備が終わって、もう何もなすべきことも無くなったら、ただ、祈って待つが良い。その姿は美しく、安らいでいる。

私もまた最近になって、忘れることの美徳が身についてきはじめた。自分で覚えられないことは、伴侶に覚えてもらい、ノートをとり、器械に打ち込む。

大体、忘れてしまうようなこと、覚えられないことなどは、大事なことであるはずがないから、放っておけばいい、というのが私の主義だった。

二十代のなかばの頃、私は取材記者をしていて、ある役所の要人に会った。この人が談話中、席をはずした机の上に住所録があった。私が知りたがっていた人名、住所、電話番号が四件読み取れた。ノートを取ることを禁じられていたから、一瞬で、これを覚えこんだ。談話三十分後、帰途において、すべてを再現、メモをすることができた。いまはこんな芸当は夢だ。

脱線をした。私は実のところ一人の詩人の名を思い出そうとして、悪戦苦闘をし、これをあきらめたところである。しかし、大事な詩の一節は覚えている。

もう何もできなくなった老いた手よ
しかし、おまえには、まだできることがある
祈りは言葉の最高の使用

手よ、何もできなくなったおまえ
ただ、手と手を合わせ、祈れ
これ以上、力強く美しきことがあろうか

私は祈りというものを、働くこと、労働と同じように考えている。この世に生活していくために、私たちは働かなくてはならない。魂を養うためには、だから祈りに心をこめて、日常苦労をしなければならない。こんなふうに考えることは、祈りから神聖なものを奪うだろうか。私はそう思わない。魂の労働としての祈りが、好ましい。祈りは夢想家の遊び、呟《つぶや》きではなく、〈力〉であり、創造的行為である、と思う。

祈りによってのみ、人は真実の自己を見いだすのである。自己と自己の完成をみるのである。私はきわめて利己的な人間なので、まず、自分自身のためにだけ祈る。しかし、不思議なことに、その祈りはかならず自己と自己の個人的な経験を超えていくことを覚えるのである。

多分、こういうことなのだろう。私は利己的に神の回答を求め、このことに心を奪われて、祈りをささげる。だが、神の回答はいち早くもたらされていて、祈りこそが神の賜物そのものであることに気付かされるのである。そして、また、たとえ祈りが答えられなくても、豊かな充溢感で答えられる。この祈りは自ら聞かれ、嘆願はわが人格、精神においてみたされる。祈りは答えを離れて、それ自身の報酬を得るのである。

ただ生きていることが、すでに祈りである。どんな人の生活も、絶えざる祈りをささげている状態と言えなくもない。生活の祈りとは、その生活を支配している情熱である。だが、情熱には、善きものもあれば悪しきものもあるであろう。では、悪しき情熱も祈りであるのだろうか。しかり、祈りである。しかし、自ら熱して、自らを焼き尽くす悪の情熱の祈りは稔《みの》ることがない。

私たちの祈りは、静謐《せいひつ》主義となって、戦うことを忘れてはいないだろうか。祈りは神との戦い、と言い得るような祈りを持つべきではないだろうか。そして、多くの苦しみ、生活のわずらいは、ひとつの財産である。この世では財産の多いものが勝つのである。亭亭《ていてい》たる大樹のように、祈りも育つことを望む。

Ⅱ

一九四五年（昭和二十年）、日本が敗戦を迎える年、私は九歳から十歳になろうとしていた。この年大阪で三月十三日夜、大空襲にあい、火の中を逃げまどって明け方ようやく地下鉄の構内に難を逃れて生きのびた。家を失って父母の郷里徳島へ帰って、徳島駅近くの母方の叔母宅に厄介になった。父は焼け残った工場へ勤務するために、大阪にとどまった。

同じ年の七月四日、またもや空襲にあい、今度も火の中を走って、眉山《びざん》という山中に逃げ登って、命を永らえた。このときの詳細は小説を書きはじめて間がない二十数年前、小説のエピソードとして記した。また、入信の動機について話すとき、一、二度この話をしている。いままたこの挿話を、簡略に記そうと思う。

徳島の町は焼かれるまで城下町で、道筋は入り組んでいた。夜、警報が鳴って防空壕に母と兄の三人ではいっていると、雨のようなものが降り出し、これが地面で燃え出した。急いで壕を出ると、駅のほうはもう燃えはじめていた。私たちは近くの小学校の校庭に逃げこんだが、ここは間もなくパン焼き器のようになると見当がついたので、走り出た。川のほうへ逃げたが、ここも危なくなって焼夷弾が降りそそぐ中、細い入り組んだ路地を走った。

このとき、空襲の経験が無い徳島の警防団員に路をふさがれ、「この非国民、火を消さずに何故逃げる」と詰問され、通してもらえない。そのあいだにも焼夷弾は落ちて、そばの家は燃えはじめている。困って押し問答をしているとき、後方から担架にのせられた重傷者が運ばれてきた。直撃を受け、火の照り返しの中で見るその人は、死に瀕していた。警防団員の屈強な男たちはこれを見て、担架を通すために道を開いた。私たちはこの人のあとについて、ようやく現場から逃げ出した。山の中へ逃げ登って、私たちは助かったのである。

罪なき人が死に迫られていて、その人のお陰で助かった。後年、聖書とその教えに触れ、イエス・キリストの死によって我々は罪をあがなわれた、という事実は、徳島でのこの出来事とつながって、素直にかつ実感をもって理解ができた。あの担架にのせられた死にゆく人の代償に、今日、私は生きている。山の中で一夜を過ごし、翌朝火がおさまってから見た町の風景は終生忘れることがないだろう。これは強引な連想と言われそうだが、私の中ではごく自然に結びついている。

私は聖書に記された事実を、時代を越え象徴を越えてそっくりそのとおり信じる根本主義者——ファンダメンタリストではないが、合理的解釈、現代の風潮に合ったように解説されることに、ひどく反感と疑問を持つ。

何年前のことだろうか。教理を再勉強するつもりで、ある教会の入信講座に出席をはじめたことがある。そのとき秘跡の解釈について、カテキストの人が言った。「秘跡とはマジックではありません。それはキリストと出会う場なのです」。この答は論理的に正しいのかもしれないが、秘跡にこめられた〈力〉が忘れられていて、いかにも合理的な解釈で終わってしまうような気がする。

秘跡からその神秘の力を取り去ると、カトリックは道徳倫理を教える思想となって、宗教ではなくなる。私たちが日々に繰り返し、しばしば心からの願いによって実現を祈ることが、単にキリストと出会い、その対話で終わるものであるなら、祈りとはなんと空しいものだろう。祈りは必ず聞き届けられ、答えられるものでなければならない。もちろん、沈黙が返ってくるときもある。しかし、その沈黙は実に雄弁で、私たちを生かしめる力強い命に充ちている。

そして、信仰によって生かされていることが、懐疑と表裏一体であることに気づかされる。この前の記事で、樹は光を求めて梢を空高く伸ばすほどに、暗黒の地中の根はより深く伸び広がる、と書いた。これは、神は死んだ、というニーチェの言葉である。私たちは相対の世界に生きている。この相対の世界を水平のものと考え、直角にまじわる絶対が十字架を形づくっていると考えてみる。私たちは背理を生きている。だが、私に関する限り信仰と懐疑は表裏一体である。懐疑が強ければ強いほど、その自覚によって神に招かれているのだと思う。懐疑の意識を抱く限り、神は私を離れ見捨て給うことはないであろう。懐疑こそ、私の日々の堅信礼である。

私たちはキリスト教徒であるなしを問わず、美しい習慣を持っている。手紙、葉書の末尾に、ご健勝、ご清栄をお祈り申し上げます、といったふうにしばしば結ぶ。何に対して祈っていようと、無意識の挨拶の結びであろうと、祈る、と記せることは素晴らしいことだ。祈るということが自然に出てくる、その心のもとは何だろう。私たちの生活は表面、平穏に見えていても、この現実の薄氷の下は深淵である。いつ落ちこむか、神ならぬ私たちは知らないで生きている。知らないでいるから生きていられるのだろうが、心の深いところで目覚めている〈存在〉の危うさの意識が、祈る、と言わせているのではないだろうか。

私の家では、朝と夕べ、祭壇に蠟燭をともす。日によっては二度ならず、三度、四度と蠟燭をともす。狭い家で、私は自分の仕事部屋を持っていたが、ここ二年、その部屋は増える一方の蔵書で一杯になり、本に追い出されてしまった。今は階下に降りてきて、居間兼食堂で仕事をしている。この部屋に祭壇がある。原稿を書きながら、あるいは読書をしていて、ふと顔をあげると蠟燭の炎が揺らいでいる。真っ直ぐに垂直に撚えているときもある。

これを目にすると、にわかに心が開け、よろこびに心が充ちる。焔が祈っている。私たち一家の者すべての望みやよろこび、ときにはかなしみを静かに燃やしている。八木重吉の詩に、

木は静かなひとつのほのお

という一行があった、と思い出したりする。木が焔のかたちをして、天に祈っていると詩人は見るの

だろう。

二十年前、私の三人の子供の末の娘が生まれたばかりのころ、五島列島の福江島へ旅行をした。あちらこちら歩いていて、アスナロの樹が実をつけているのに気が付いた。当時、煙草を吸う習慣があって、私はマッチ箱一杯に実を詰めて東京へ帰ってきた。育つかどうかおぼつかなかったが、ミカン箱に土を詰め実をまいた。何粒あったか数えなかったから分からないが、たくさんの実が一つだけ生き残った。アスナロとはよく言ったものだ。真実二十年が過ぎて鉢に移しかえた樹は、ようやく百四十センチくらいになった。今年の冬、東京に二十五年ぶりの大雪が降った。夜更け屋根の雪が落ちる音がしたので、樹が折れたかと飛び出していったら、けなげに立っていた。一つの祈りのように、すっくと立っていた。

Ⅲ

空を指す樹の
そが梢の傷《いた》さ

これは八木重吉の詩であるが、引用は正確ではない。筑摩書房版の全集があるので、確認は容易であるが、敢《あ》えて覚えたままに記しておこうと思う。あまりになじんで、まるで我が物のような気がするからだ。この〈樹〉は、いつのころからか私の心に伸びていて、痛みはついぞ消えない。この痛みが私に文章を書くことを強いてやまないでいる。

いい加減に使ってはならないが、かなしい、という言葉がある。漢字で表記すると、悲しい、哀しいという字があるが、愛《かな》しいという使い方もする。これは古語としての用法である。意味は字のとおり解釈していい。これらのすべてをひっくるめて、かなしさが少年の頃から私を捕えて、今日まで離れない。

　言葉は大切に、かつ慎重に使われなければならない。それは思想、意志の伝達の手段であるばかりか、何事かを考えるためには、言葉無くしては思考が不可能である。人間は、考える葦であるというパスカルの言葉は、中学生でも知るところだが、言葉無くしてはその葦も折れてしまう。私は文章を書くことを仕事としているので、あること一つを書くために、言葉を選ぶことへ全精力を傾ける。小説を書くときには、文章がすべてであると思っている。そして、表現とは思想である。

　これまで、しばしばお前の書く小説は理解に困難である、と言われ続けてきた。表現においても、内容においても、双方の意味で、そのように言われてきた。私の伴侶は、私が書くものを一切読まない。その理由を人に問われて彼女が答えるのは、書くものを読むより普段の私の言動が面白いので、読む必要を感じない、と言って済ませることに決まっている。喜ぶべきか、かなしむべきか。

　日曜日のミサのあと、聖堂の前庭であちらこちらに語らいの輪がつくられるのだが、ある日、あるご夫人が（お宅のご主人は）ヘンな小説ばかりお書きになって、と伴侶に向かって言った。彼女は当惑して私を振り向いたが、私は黙っていた。

　私は、文章の一行自体が小説としての世界を成立させることを望んで書く。光を書くために、その存在を証《あかし》する方便に、影を描く。きわめて単純な小説の方法論にもとづいて、書いている。それが分かってもらえないとしたら、ただただ非力の致すところであって、ヘンな小説と、私の人格とはかかわりがない。私は、空を指す梢の傷さを知るだけの人間である。祈ることの切実さ、一心の延長として、筆を執る。

しかし、小説を書く手法として理解にやさしい書き方もある。妥協に応じた訳ではないが、自分の声が、かなうことなら多くの人々に聞き届けられることを考えた。それでまとめた短篇集を今年の一月、新潮社から上梓《じょうし》した。『桜桃』と題した。この仕事を喜んでくれた人たちがいる一方、昔から私の作品を辿ってきた読書家が、こう言った。年齢が迫って、お前も自分の感覚、感性に耐える力が無くなってきた、と。いろいろと厄介な事ではある。この短篇集を書いている一方で、少年愛をテーマにした長編を仕上げた。七月中旬に河出書房新社から出版されたが、これも展開の早い、走るような筋の運びにした。どんな評価が返ってくるか、期待と不安がこもごもである。『谷川の水を求めて』をタイトルとした。私を責める人の顔が見える。「詩篇」の一行を引いたからだ。

私の伴侶が、私の小説を読まないことに賛同したのかどうか知らないが、三人の子供たちも私の書くものを振り向かない。これは随分と救われている。詰問に答える手間がはぶけて、さいわいこの上ないところで末の娘が、このところベートーヴェンの「テンペスト」を弾きはじめた。私はこのピアノ・ソナタのCDを十人の演奏家の盤で持っているが、娘がお手本に好んで聴いているのは、ゲルバーである。まあ、いいだろうと思っている。ハイドシェックはLP時代、地味な演奏をしてどこかに消えてしまったと思っていたら、神技的な演奏で復活してきた。ドラマティックもいいが少々ヘキエキする。彼を選ばなくて良かった、という感じではあるが、「テンペスト」を練習のテーマに選んだのは、読んでいないにしても〝ヘンな小説〟を書くおかしな父親に対する抗議のような気がしないでもない。

夏目漱石の『彼岸過迄』の中で、次のような一節がある。

「彼は碁を打ちたいのに、碁を見せられるといふ感じがした。さうして同じ見せられるなら、もう少し面白い波瀾《はらん》曲折のある碁が見たいと思つた。」

漱石はよほど昔に読んだのだが、この一節を覚えて、今も忘れない。私は当節の作家諸氏のように、行動派ではない。現在の仕事につく以前は、雑誌の取材記者をしていて、あちらこちらを飛び歩いていた。雑誌の世界から単行本の編集者になっても、方々へ出かけていった。仕事で動くほかに、若くて元気があまっていたから、いろいろやった。だが、中年になって小児喘息が復活をして、閉じこもるようになった。それで、先に引用した漱石の文章のような感慨にふけるようになった。

それでは私には傍観者の性癖があるのだろうか、という自問をするには、生きてきた年数から笑われる。そういうことは、とっくに見きわめがついていなければならないはずのものである。だから、この問題の追及はやめておこう。今日、見まわしたところ高等遊民などという種族は存在しないようである。もし、この国で最高の知的贅沢《ぜいたく》を尽くすことは何かというと、数奇者《すきしゃ》になることだと思うが、経済力のほかに修行、教養に加えて天与の審美眼が必要で、なかなかのことではない。一代では、実現できない。

閑話休題。一本の樹に戻ろう。今年の五月、府中市の大國魂《おおくにたま》神社のくらやみ祭に行った。お祭の見物もさることながら、境内の植木市のほうに興味があった。樹を植えるほどの庭もないのに、執着だけはあって、長いながい迷いの時間をかけて、私の背丈ほどの黒ロウバイを一本求めた。やや黒ずんだ赤い花をつけていて、淡い典雅な香りを放っていた。大樹になるとは思えないが、新しい長編の構想をつくったので記念に買った。書きあげるまでに、かなりの歳月がかかる。

樹の枝が張り、梢を伸ばしていくのを見ながら書くのは楽しいことである。忍耐の結果を待つまでに、花は咲いて香る季節のめぐりを繰り返し、時を数えていくことになる。空を指す樹を抱えながら、地上のきわめて日常的な樹の成長を見る。自分のこの世での持ち時間が少なくなっていくのに比例して、時を数え、何事かの成長への眼は敏感になっている。とにかく、空を指す樹がより高く空に届くまで、痛みに耐えて生きていくべきだろう。

Ⅳ

今年の九月の下旬を北海道の北端で過ごした。七月の終わりから八月の初めには、スカンジナビア半島を横断して北海を見た。どうも気持が北へと傾いた年のような思いでいる。

流れる水は腐らないというから、すこしは甦ったかもしれない。年々、重くなっていく持病の喘息を恐れて遠出をひかえてきたが、これではとてものこと、先が暗い、と思い切って動いてみると、案外に過ごせた。北海道では一日十時間歩いて、小休止時に食べ頃のバートレット種の洋梨を剝《む》いて渇きをいやし、行きつくところまで行ける自分に気がついて驚いた。

車は便利なものだが、いろいろ見落としてしまう。歩けるとしたら、歩くに越したことはない。眼で見るのではない。足で見る。宗谷湾沿いに歩いていて増幌川を産卵のために遡行するサケを見出《みいだ》し、忘れていた大事なことを思い出した。また、自分がそのサケの命の時期にあることも考えた。

この旅行で何人か出会った人々のうちに、臨済宗の僧侶がいる。こんなにすがすがしい人に出会うのは、随分、久し振りのことだった。四十年も昔、高校一年生から二年生になる春、大阪から和歌山まで、自転車の無銭旅行をした。白浜の富田村《とんだ》まで辿り着くのに三日を要した。やはり海沿いの真っ直ぐではない道だったが、二百キロは走らなかった。大きな台風の被害が残った翌年で道は荒れていたから、百五十キロくらいのものではなかっただろうか。

三日目の宿が、曹洞宗の寺だった。いま思いあわせてみると、このとき出会った僧侶は三十代の終わりか、四十代の初めの歳頃だった。〈隻手《せきしゅ》の音聲《おんじょう》〉、つまり片手の拍手の音を聴け、という禅の公案の一つを教えたのはどんなつもりだったのだろうか。もちろん、解答を出してくれなかったし、十七歳にはどんな答えもおくりかえすことができなかった。

紀伊半島の南端串本まで行こうとしていたが、体力がもたないと分かって、その寺から引き返したが、大阪までまた三日、自転車のペダルを踏みながら十七歳は考えた。悪い頭でも考えたがる年齢である。結論を急ぐ。

片手の音を聴く。考えるにも考えられない。要するに、考えることをやめろ、と言っているのだと結論を出した。日常の思考を一応断念させたところで、新しい考えの世界を紡ぐということだろう、と思った。

遠きみやこにかへらばや
遠きみやこにかへらばや
そのこころもて

室生犀星の詩句が浮かんだ。その日から四十年も過ぎて、また禅宗の僧侶に出会い、不思議の念を禁じ得なかった。もう〈無の字を運ぶ〉などと言われても驚かず、あまり上質ではないユーモアと思うようになってしまっている自分が残念だった。

この僧侶も四十年昔の人と同じ歳恰好だった。だがその人は、これまで知らなかった美しい言葉を教えてくれた。月光諷経。これは、「ふぎん」と読む。看経《かんきん》という言葉は知っていたが、経を、ぎんと読むとは恥ずかしいことに、未知の音読みであった。道元の『正法眼蔵《しょうぼうげんぞう》』で漢字に唐音があったと記憶していたが、にわかに思いあたらなかった。大辞林でさえ収録しているのに。

中秋の名月の光で経を読む。今年の九月二十日は、日本列島のどこででも月が見えたはずである。北海道だけ空が閉ざされていた。だから、月光諷経とはならなかったけれど、言葉を覚えただけで充分だった。

車に乗らない、と決めていたが、その僧侶が作務衣姿で運転する車で、宗谷湾のほうから日本海側に出た。地図の上では宗谷山脈とあるが、おだやかな丘陵地帯を越えて行った。草原は秋の色で、高速で走る路に対向車が無い。キタキツネが路上にいた。

ブナの林を見た。ブナは好きな木の一つだが、北海道の北部のブナは風と雪で一方向に傾き、互いに幹を寄せ合っている。それでいて、すさんでいなくてやさしく懐かしい姿を見せていた。何故かとても好ましい。林を見ているのではなくて、ブナの木の――人格というのは変な言い方であるが、ほかに言いようのない語りかけに接した、と感じた。ブーバーの言う、それ、あれ、ではなく、我と汝のかかわりを走り去る瞬時の窓の風景の中で結んだ。

海が近くなって、路端にハマナスの赤い実が鮮やかだった。車を停めてくれたので、熟した実を一つ取って、用心をしながら口にした。柔らかい感触で、リンゴの味に似ている。種を飲みこむと、大変困ったことになると教えられた。肛門掻痒《そうよう》感耐へラレズとなると、ほとんど種ばかり、食べられるところはわずかで、危く種を飲みこみそうになる。英語で、〈アダムのリンゴ〉という表現は、のどぼとけを意味すると辞書にある。マイナー・ポエットを三流の文士と訳さないで、小さな詩人と読んでみるやりかたで、ハマナスの実は、この国の北端にみのる知恵の実、アダムのリンゴと考えてみた。

そうすると東風《やませ》が吹き渡り、秋を教えている起伏の広野は、喘息でなくても呼吸の困難な都会に暮らしている人間には、創造のみわざの楽園と思えた。

天北原野の約五キロ手前の海岸に出た。わが隣人、臨済宗の僧侶は人に頼まれた流木を探しはじめた。茶人か、華道の人に求められているようだった。利尻島が眼の前にある。海からいきなり千七百メートルあまりの山が立ちあがっているのは、ここだけの壮大な風景で、利尻富士などと言って誇らないほうがよい。海岸には他に人影が無かった。

落日を賛美するに最上の場所にいたわけだが、陽は真上にあって、北極圏の透明度の高い空からと似た光の源になっていた。砂浜には波に磨きぬかれて綺麗《きれい》な石が散っている。拾わずにはいられなかったので、碁石より小さい石ばかり選んだが、ポケットはすぐに一杯になった。

輝く砂がある。歩くほどに針の先のような閃光が見える。星を踏んで歩いている。宇宙を歩いている。脚下照顧《きゃっかしょうこ》。しかし、反省をうながしているのは、かがやく砂であった。人類の歴史の始まりの遠い過去からの波が、打ち寄せてはひいていた。

本当に知る、ということは、本当に愛することだということが、またその逆のことも言えることがようやく分かってきた。愛と等質であるような知こそ学ばれなければならない、と思うのだが、ある大学のテキストで、『知の技法』という表題の本が書店に並び、ベストセラーになった。学問の体系は論理、技法で築かれておかしいとは考えないが、〈知〉という言葉にそえて、技法と言うような表題をかかげる感覚にはついていくことができない。

学ぶことの目的は、人生に退屈をしないためであると言った人がいる。教育について、こんなふうに考える人もいると知って、憮然としたことがある。上手に言ってのけたつもりのほどが、さびしい。

もう一度、あのブナの林が見たい。雪に包まれたブナに会いたい、と思う。東京の早朝に、早や冬が来た。

V

窓は海に向かって大きく開いていた。窓辺へ少し近づけた机の上に、前夜、磁石盤を置くと、真正面は西から南へ寄った方角になると分かった。真北にゼロが刻されて、これを読んでいくと、私はこれから二四〇という方位を直視しながら暮らしていくことになっている。ここへ到着したのは、周囲がもう暗くなった夕刻で、常々、方向感覚が怪しいものだから、東西南北がまるで見当がつかないでいた。

駅へ迎えに来てくれたのは、別荘を管理している親子の、娘さんのほうだった。終点の駅前から、五分くらいだと量ることができた。翌朝になって食事のあと、散歩をかねて表へ出た。街ではコートが必要な季節であったが、コートも上着もおいて、茄子紺の比翼仕立てのシャツに同系色のスエードのヴェスト、といった恰好で充分だと判断した。鍔の広いゴットマンの帽子とスニーカーが、明るい茶色をしていた。肩からはカメラを提げた。

とにかく別荘の前の路から、枯草をわけて浜へ降りた。海岸は夏の客が残していったもので荒れていたが、風がおだやかで入江になっている浜辺は、根気よい波に洗われていて、風波に砥がれた砂浜は、私を人類最初の人のように迎えてくれた。沖へ眼を向けると、浜の左手から突堤が、健康な女性の人差指のようにのびて、北を教えていた。突堤には、二人、三人、釣人がいる。突堤の向こうの海中に、三つ岩の島があって、一番大きな岩場に磯釣りの人が一人、背中をこちらに見せていた。

何が釣れるのか、管理人の野上さんから尋ねてこなかったが、多分、時間を釣っているのだろう、ということにした。たとえ、鯨を釣り上げたところで、その釣果は壮大な外洋の眺めには値しない。一方、突堤で竿をのばしている人たちは、みんなそろって陽に暖まるようにして、浜辺を向いている。それは天国的な眺めだったが、野上さんは、感心しない様子だ。がっしりとした体格にふさわしい風貌の短い髪は、もう白くなっていた。この浜で板前さんをさせておくのは惜しい人だが、十九年も暮らしてきて言うのだ。

「あぶないんですよ。海をちゃんと見て釣らないと」

沖合から、時々、高潮がやってくる。突堤にいる人たちは強固なもので守られているつもりでいるが、気がつくと海へ放りこまれている。さいわい、防波堤があるので、沖へさらわれていく心配はない。街の人たちは、ほどほどの授業料を払って、賢くなって帰って行く。平和な海の一撃だ。津波という日本語は、現在、英字新聞を読む限り、翻訳されないで通過する。恐ろしい彼女に、それほどまで著名になってもらいたくはない。この浜の高波くらいが丁度いい。

この突堤のつけねの岬へ出た。ここも岩場で、足許があまり安全でない。そこをまわりこむと入り江で、その奥は湿原地帯になっている、と聞いていた。つまり浜の一方はふさがれている。引き返して、その岬と対するもう一つの岬のほうへ歩いた。歩きながら海の様子を見ていると、海中に岩が隠れていて、遊泳にはむいていないようだった。定置網が仕掛けられていることも分かる。

陸のほうから溝が流れてきて、砂浜に小さな池をつくっている。水は汚なかった。池をかこんで五人の子供たちが遊んでいた。東京の自分の家から、歩行、電車の乗り換え、車の時間を合計しても三時間のところで、平成七年に昭和三十年代初めの、本当にこの土地にふさわしい服装と顔立ちの子供を見付けた。夏、おそらくこのあたりが混むころ、どこかへ姿をくらましていて、邪魔者が居なくなったので、舞台を得たというわけなのだろう。

彼ら彼女らを驚かしたくなかったので、そっとカメラを向けた。百二十ミリの望遠レンズでは充分ではなかったが、無いよりは役に立ってくれる。写しながら少しずつ近寄っていって、私もあまり綺麗でない浜の水溜まりの縁に屈みこみ、泥と水をこねまわし、山をこしらえている子のそばへ寄って、彼のこの日の労働を見守った。お互いに挨拶は抜きで、私もこの浜に生まれて、ようやく五歳になったつもりでいた。

そのうち実際に、私は自分が生まれ育ったのは、ここだ、という気がしてきた。で、私は言った。だれか、写真とってくれないか、ほら、ここのボタン押すだけでいいんだ。年長の女の子が泥で汚れた手を気にしながら、おずおず立ち上がった。子供は全部で五人、と記したが、そのうち二人は女の子だった。いま一人、小さくて、男か女かよく分からない子がいたが、髪をうんと短くしていたので、私は勝手に男の子にしてしまっていた。

女の子がためらっていると、撮影については確信に充ちた男の子が、私の手のカメラを預り、シャッターを切った。私は、自分が砂浜で水を汲む児の姿に変身して写っていることを願った。

それから私は返礼に、記念写真を撮るから、みんなそこへ並びなさい、と言った。子供たちは生真面目に唇を引きむすんで、横一列に並んで立った。ふざける子は一人もいなかった。ただ一人、あの男の子か女の子か判別のつかない子がそっぽを向いていて、奮闘したがついに正面を向かせることに成功しなかった。まあ、いいや、こんな子がやがてこの世界を面白くしてくれるのだから。

私は子供たちの名前も確かめずに、彼ら彼女らと別れた。この浜には百八十戸の家があり、これが三つの村に別れている。野上さんに写真を見せ、近所の二、三人にあたってみればただちにどこの子供たちか分かる。子供たちと別れると、突堤の指が示す方向へと浜を歩いた。さきほどの岬と対応する岬へ出る前に、浜は黒い岩の磯ではばまれた。

浜から上がると、海を囲んだ村の背後は見渡すかぎり野菜畑になっている。昨夕、私はどこから運ばれてきたのだろう。入江から抜け出る路が見付からない。浜へ登りおりする細道は迷路のように入り組み、季節ではないので人に出会うことがない。ロヴ・グリエそして未だ鮮列な印象の未訳の作品の多くを残して自殺したパヴェーゼに、流刑地を主題にした小説がある。この二人といわず欧米には流刑地を主題にした作品があって、アンソロジーが編める。私はどうやらこの国でいて実在の、あるいは想像力から生まれた隔離の季節の村に来たようだった。約束の仕事をはたすまで、ここから出ていけそうになかった。

別荘は木造二階屋の構造になっていたが、私にあてがわれた十畳の部屋一つが三階に位置していて、入江を見渡す望楼の役目をしていた。落日は真正面に見える。私は何を見守り、あるいは見守られようとしているのだろう、いまさら……と考えてみた。

VI

文字については色々考えてきた。文章を書くことを仕事とするようになる前から、つまり編集者として単行本を刊行するときから、いや、それよりもっと以前、少年であって詩を書いていたころからである。今年、二月に新潮社から小田久郎著『戦後詩壇私史』が刊行された。戦後日本の詩史に自分の名が散見されるのは、大変誇らしく嬉しい。その年代から文字を見つめ、思いをこらしてきた。文字学、字形学となると白川静という人の存在を無視するわけにはいかない。漢字圏は広く、その背景は深くて、今一度生きなおす時間が与えられるとしたら、自分は喜んで生涯をかけるだろう。ノーベル賞は、白川静のような人に贈られるべきだったという若い書家がいて、私はこの人と白川氏の研究について楽しい会話の時間を持った。

このごろ就寝前に見る本は、画集から『甲骨文字精華』になった。松本清張は晩年、美しい文章より、美しい文字を、という言葉を記した。その墨跡を見ると、顔真卿《がんしんけい》かあるいはさかのぼって褚遂良《ちょすいりょう》の書跡の影がある。立派な字なので感心した。西川寧《やすし》、青山杉雨《さんう》が亡くなってしまい、あとに続く書家がいない。その二人から信頼を寄せられて、この世界に通じている編集者が嘆く。碩学恐るべき同年の存在で、西嶋慎一、私は足許にも及ばない人が言うのだから本当なのだろうが、不安な事である。

現在経済の世界は冷えて、これから更にきびしい時代が来る、と言われ、関東大震災から世界大恐慌が日本に及んで、大戦へと突き進んでいった時代と状況が似てきたと指摘する人がいる。ほんの少々まえ、大変景気がよかった。そのころ清貧を説いた本がベストセラーになった作家のことを書いたな、と覚えているが、随筆に関しては、書き捨てでまとめたことがないので、どこに記したか忘れた。

ところが最近、この清貧の人が黄庭堅《こうていけん》の臨書を楽しみ、歙州《きゅうじゅう》硯《けん》二面を前に築山が中庭にある応接間でいる写真を見た。蘇軾《そしょく》と黄庭堅を対にして、臨書を趣味とする人は多いから別にそれが不思議ではない。また言行不一致をあげつらうつもりもないし、うらやむ気持もさらさらない。臨書するなら、もっと面白い書家がいる。

ただ、こんなことを考えた。作家は文章を書く以上、仮構の話であれ、私小説であれ、自己をさらすことを避けるわけにはいかない。しかし、さらけ出しておいて、隠している正体のほどがつかめない巨怪のマグマのほてりを感じさせるような存在に接したい。だが、ないものねだりのような気がする。

字の話に戻る。現在、文章を書く仕事の人の六割がワープロを使っている。この話は六、七年前に聞いたことだから、八割ほどが、と言ったほうが正確かも知れない。私も好奇心が強くて、案外に指は器用に動くし根気もある。中学生三年になって初めて腕時計を買ってもらったが、これを分解して再組立てをした。そのネジ巻式腕時計は二度と動くことはなくなったが、百を越す部品を元へ返してみた。顕微鏡的サイズのネジ一本が余ってしまった。まあ、その程度の器用さと根気ではあるが、ワープロが出現して興味が動かないはずがない。やっと手の届く価格の時まで待って、一台買った。

使いはじめてたちまち印字の書体の稚拙さに飽きた。機能の精度に技術を尽くすならば、文字もしかるべく作字するべきだと思えた。私の場合、ワープロを使うほど早く文章が書けないので、この機能を生かす便利はまったくない。それでも購入した代金をあがなう原稿を打ち、そのあとは子供にゆずった。グラフ、データの作図が必要な職業についていたから、在宅時資料メモを作るのに今でも使っているようである。何事も日進月歩の時代だから、書体がどうなっているか分からないが、手で書くほうが自分の思考と呼吸、血液が通うので、多分もうワープロを打つことはないだろう。

雑誌の記事を書いていたころ、インク壺にGペンをひたして原稿を書いた。エンピツを使うことはゆるされなかった。理由を尋ねると、エンピツは光線に反射して文選植字の人が困るからだと言われた。後に小出版社で単行本をつくるようになり、町工場で実際に立ち合ってみて納得した。

ところがこれを承知でエンピツを使うようになったのは、文章を書くことで生計を立てる生活になってからである。喘息の発作をおさえる薬のおおよそのものは、手が震える。ペンでは書くのが困難になるほど症状が重くなった。いま一つの理由は、エンピツで書く場合には消しゴムが容易に使えるので、編集者に綺麗な原稿が渡せるからである。

しかし、昨年の暮れあたりから万年筆を使うようになった。喘息発作をおさえる薬で、手が震えずにいられる種類のものを使いはじめて一年が過ぎ、筆ペンからはじめて今では小筆がどうやら使えるまで、しっかりしてきた。二十五年前、ある人からモンブランの一四九を贈物として頂いた。だが、これをタクシーの中で落としてしまった。厚意の人に対して申し訳ないので同一の品を買った。今、デパートで五万五千円だが、二十五年前には二万五千円だった。暫く使ってエンピツに替えたので、新著の署名、手紙、葉書だけに用い、ついには、水性ボールペンに切り替えてモンブランは仕舞いこんでしまっていた。

ところが、手の震えがとまってみると、万年筆の書き味が捨てがたくなった。エンピツからペンに替えた理由は、もう一つある。視力がおとろえて、いずれ白内障の手術を受けなければならない眼には、インクの色のほうが鮮明で、疲れない。

只今のところはモンブランの一四九とペリカン、アウロラの三本を使っている。東京の神田で有名な万年筆店がある。作家がこの店で買う、と聞いている。古書を探すために神田へはよく行くし、昔、この町で勤務していた。この店の前はしばしば通る。しかし、私は自分が作家に値する人間なのかどうか、いまだに分からないので、この店へは寄らない。なにしろショーウィンドーに直射日光がさしている。万年筆の大半の部分はエボナイトだが、これに日光は禁物である。またこの店では、買い手の書き癖に合わせてペンを調整する、という。自分で使いこんで、わが物にするところが万年筆愛好者にはこたえられない楽しみであるのに、妙なサービスをする。

良い万年筆は十年に一度調整すればいいそうだ。ということは三本交互に使っている当方は、調整をしてもらう必要はあるだろうが、新ペンを購入する必要はもう無いだろう。安心して使うに専念していればよいのだが、これに考えをめぐらせていると少々さびしい気がしないでもない。

文章書くものの作り話と思うならばそれでもかまわないが、三本の万年筆はデパートの売場でありながら、同一の女性店員から購入した。つまり最初の一本は若く美しい手で、ついで世慣れたもののやはり綺麗な手から、三本目はかすかな老斑の浮いた、それでも清廉透くがごとき手から買い求めた。こうなると万年筆といえど、縁が結ぶ亭々たる一本の樹に因っている気になる。

Ⅶ

植物学者牧野富太郎の名を知らぬ人はいないだろう。花や草木のことで分からぬ場合、この人の図鑑のお世話になる。また必要がなくとも、折にふれ、頁を開いて楽しむ。

何年前のことか忘れた。内臓外科の医師だったが、六十歳になって仕事から離れ、趣味に生きる、と決めた人がいた。趣味というより二つ三つの分野について、専門の人たちが敬意をはらうほどで、私もいろいろ教えていただいて、受講料無しの勉強をさせてもらった。

この人は植物学の方面についても詳しかったが、ある日訪ねて漆がけについて、いろいろ教えを乞うた。その元医師は、人間国宝級の師から学んだ。今は中断しているが、私はファンシータイプのパイプを原木から削り出す楽しみにあきて、木工、指し物へ興味が移っていたころで、学ぶべきことが沢山あった。暫く通っていて、雑談の折、図鑑の話になった。

牧野富太郎の図鑑は白黒版とカラー版の二種類がある。双方揃えているが、その元医師は、白黒版に教わるべきで、カラー版は……と断言した。私はいささかたじろぎ、内心、首をひねった。著者は生前、原色版を望んでいたし、オフセット印刷の技術は進み、カラー版のほうが美しいから、専らこちらを見ていた。

しかし、その元医師は年長の人であるし、当方は教えていただいている。大学の教壇に立ったあと、ある病院の院長として招かれた人である。教える、という立場で多くの歳月を過ごしていた。温顔、微笑のたえないお人であったが、詮索癖のある人間、私の常として書物、その他をあたり、別件のことで質問をすると、笑顔は消えないままで、頬がかすかに痙攣するのを見たことがあった。

以来、用心することにしていたから、牧野富太郎図鑑に関してのご意見については、沈黙した。というわけで、その所説が正しいということにしておこう、と思う。しかし、先に記したとおりで、今もカラー版を見ている。話が半端では困るから、付言しなければならない。この尊敬する元医師から私は破門されて、現在にいたっている。私の詮索癖は生来のものであらたまらなかった。遺憾千万であるが仕方がない。修養足らざるせいであろう。

これもいつだったか、忘れた。雑誌の取材記者をしていたころ、足を使ってよく歩いたものだが、タクシーのお世話になることも多かった。タクシードライバーの人々の多くは、その仕事につくまでに、実にさまざまな経歴を持っている。

大学教授をしていた、という運転手さんに出会ったことがある。植木屋さん――園芸店勤務あるいは経営というべきか――にも会ったことがある。これも先に記したごとく、あれこれ教えを乞うのが性分になっているので、尋ねた。冬期の落葉樹を見て、その樹を見分けるにはどうすればよいか。三、四種類、例をあげ、丁寧な答えがかえってきた。

音符を記しかけた五線紙をかたわらに置く人にも会った。運転しながら閃《ひらめ》いた楽想を記すのだ、と言った。四半世紀も昔、奄美の名瀬で乗せてもらったタクシーの人は、助手席にウグイスの籠を置いていた。ウグイスがその命を託している場所、風土その他あれこれ忙しく思いをめぐらせたが、この時は運転手さんの背中にある表情を見て、私は何も尋ねなかった。

今年のことだが、用があって仙台駅から郊外へ行くためにタクシーに乗った。仙台の町の人だが転勤の多い会社の営業部の仕事で、日本国中あちらこちらに移り住み、病に倒れた父の看護に退職して、郷里に帰ってこの仕事についた、と言う。

大変品の良い顔立ちもさることながら、声の質が違っていた。話し方が綺麗で、営業マン云々は都合上の口実と感じられた。私はカセットブックを買いこんでいて、眼が疲れて読書がつらい日に聞く。朗読に巧みな人、個性豊かな人もいて楽しいものだが、その運転手さんの話し方は、どの人にもひけをとらなかった。そのような存在に接すると、人は皆それぞれ天分で生きているわけだが、おのれは謙虚であれ、といつも思う。

植物図鑑のたぐい、辞書を引くことをよろこびにするのは、詮索ではない。いいことだと思っている。しかし、机上版サイズの辞書類で、何かの項目を探し出すのは、一種の肉体労働である。

暇にまかせて引く、というならばいいだろうが、原稿を書いている時（しかも急ぐ時）、いささか支障が無いでもない。流れていた水の方向が変わったり、停滞することもある。最近のことだが、一か月おきの連作短篇を書いていて、『拾遺和歌集』にあたって見る必要に迫られた。私が所蔵する昔の『岩波古典文学大系』百巻には収録されていない。近所の区立図書館は旧版も新版も無い。しかも誰かに問うには、深夜だから困った。

記憶する歌には、カササギが詠みこまれていた。無益なこととは思ったが、視力が落ちてから使うようになった電子ブックプレーヤーのソフトを入れ替え、鳥の名を引照すると、なんと鳥の解説について、探している歌が出てきた。大変有難く思ったが、同時に恐ろしい気持がした。便利なものを使って悪いはずはないが、つねづね反省もさせられる。音声発音の機能がある。珈琲を「コーヒ」と発音する癖のあったところをコーヒーと教えられた。関西生まれは「コーヒ」である。

パソコンはいまや、おおよその家に一台はある。ワープロを取りこみ、書体も幾分か良くなった。機種によっては一台で、テレビ、ビデオ、CD音楽も楽しめるし、今日、手にしてその日から充分に使いこなせる。

また古いことを記して笑われるだろうが、二十三年まえに買って、今は放置して場所ふさぎに役立っている一台がある。そのころマニュアルが難解で、日本語をまあまあ勉強したと思うのに、さっぱり分からない。アマチュア無線で遊んでいたころなので、ハム仲間に話をすると、輸出用の英文を読め、と言う。おかしなことだが、英文のほうが明解だった。

当時のことを考えると、なんだか変な気持になる。素晴らしい進展発達のパソコン一台で、おおまかなブックデザインができる。ノート、スクラップブックを溜めこむ必要もない。たった今、手書きの原稿すら、読みやすい字形にして送信もできるし、校正刷りも受信可能だ。情報があふれて溺れそうな時代には、頼みの浮き輪のようなものだ。

しかし、私は自分の仕事のために、これを使おうとは、今のところ思わない。一を知って十を知る、と言うが、十を知って一を知らなくなる、ということがあり得るだろう。とても大事な、非常に貴重な、一というものを見失っては大変だ。おまえの頭が古くて、もうポンコツだから、そんなことを言う、と決めつけられてもかまわない。一に徹底してこだわり、「一つ」である。

Ⅷ

一年ならず一日の終わりの時刻になって、その日を朝目醒めてから思い起こし、一体、今日一日は何だったのだろう、と考えこんでしまうことが、ままある。たとえば仕事なり、集中力が求められる読書の日、部屋の片付けをしておいて、と思い立ったのはいいのだが、結局のところ掃除整理だけで一日が終わってしまう。整頓はできたがくたびれはてて、もう就寝の時間だったりする。これが一日のこと、一年のことではなく一生であったならばとすると、慄然たるを禁じ得ない。

学生のころ下宿生活をしていて、しばしば経験していながら失敗を悔いなかった悪癖がある。期末試験が近付き、いよいよ勉強を始める日になると、気分をあらためるために、大掃除をする。窓ガラスを磨き、溜めこんでおいた洗濯もやってのける。すっかりいい気持になって机に向かうかわりに、映画を観に出かけたり、あまりに部屋が綺麗になったので、手枕をして昼寝をした。

私の一生は多分まだ少々続くだろうし、そう願いたいのだが、生涯の終わりに自己の生存の意味を問いなおすような、悲惨な反省の日は、ご免こうむりたい。充分な、とまでは言わない。わずかでも後に残る仕事をしたい。C・チャップリンのよく知られた言葉がある。あなたのこれまでの映画で最上のものは、と尋ねられて、この人は「ＮＥＸＴ」と答えた。映画の歴史で大きな人だからこそ、この答えも生きる。凡庸の徒が同じような言動を試みると、みじめなことになる。天与の才能の人だけが呟ける言葉だろう。

私はさもしい人間なので、とるにたりぬ言葉に躓《つまず》く。あるとき、私たち夫婦に向けて、慰めの言葉をかけた人がいる。今にきっと（あなた方の生活も）よくなりますよ。これを言った人がその場を立ち去ったあと、私の伴侶が尋ねた。私たちの暮らし、同情されるほどひどく見えているの？

私は答えた。よく分からないけれど、はっきりしているのは、あの人とその家族が私たちより恵まれた生活をしている、と思っていることだよ。世間なみに生活が営めていない、いや、充実とよろこびの日々を知らずにいる、と考えているんだな。私はあの人のほうが気の毒だと思っているのに。

私は忍耐とか忍従を、単純には信用しない。勇気がなくて戦わないでいることが、忍耐忍従としばしば混同されている場合が多いからである。昔、坂口安吾という作家がいた。今でもよく読まれている。この人の晩年に秘書役をしていた方と暫くおつきあいをした。残念ながら若くして亡くなったが、坂口安吾の、こんな言葉を教えてもらった。曰く。腹を立てるまえに、怒れ。

妙なセリフであるが、これは説明をして分かってもらったのでは、坂口安吾が嘆くだろう。私は三十代になって間もなくこれを聞き、以来、腹を立てるまえに、怒ることにしている。もっとも誰にでもおすすめすることではない。損失少なからずを覚悟しなければならない。

今にきっと、よくなりますよ、と言われて、私は立腹した。何故なら当時（今も）、自分たちは幸福だと思っていたからである。キリスト者ならば、一日の苦労はその日一日で充分である、という言葉を知らぬはずはない。一日は、完結する。それは二十四時間のうちの、どの一時間、分秒をとっても、そこでみのり輝くのだ、と教える言葉だと思っている。今に、とか、NEXTは贅言《ぜいげん》である。

たとえば、私の場合、ある朝目醒めて体調よからず、と感じる日が多い。一病ならず、万病息災と自ら言ってまわっているから、不調の日は珍しくない。

しかし、どの朝も私にとっては、生涯最高最良の朝である。何故なら、朝にあとさきはなく、一度きりであり、その朝より更に悪しき朝もあり得るのだから、たったいま、迎えている時間は祝福されているのだ、と思う。


先日、暫くおたがいの様子を知らぬままに過ごしてきた学生時代の友人から、電話をもらった。彼が言った。

「いよいよ収穫期にはいったね」

私は即座に答えた。

「いや、種をまかなければ」

彼と私とでは仕事、この世でなすべきことに対する考え方が、異なっているようである。私にとっては毎日が収穫の日であり、種まく日々だ。何事かを学ぶについて、もう遅い、などと呟く日は、一生無いであろう。一度耕した畑にまいた種は、早く芽生え、再収穫は早い。加えて、いまだ広漠たる未開の荒野がひろがっている。地平線は前進するほどに、後退するものである。世界を「永遠の相のもと」に見た十七世紀オランダ生まれのユダヤ系哲学者スピノザは、その眼に地平線を持つ人だった。

スピノザは、こんなことを言っている。後悔というものは、二重の意味で罪悪である。一つ、後悔をするようなことをしたこと。今一つ、それをあとでくよくよすること。

私の家の近くに、区立の中学校がある。もともとは、小学校だった。結構広いグラウンドに恵まれていて、日曜、祭日には校庭が開放になる。この中学校の体育の先生は、伝統的にマラソンがお好きなようである。週日、育ち盛り、疲れ知らずの少年少女が校舎のまわりを駆け続けているところへ、行きあうことがある。それはとても楽しい風景だ。

この中学校の正門脇に、一本のヒマラヤ杉が植わっている。成長が早い樹で、梢が三階を越し屋上にまで伸びた。教室は昼間でも照明が点《つ》いていたが、ヒマラマ杉のオオワシの翼のごとき枝影が邪魔になったのだろう。散歩に足を向けたある日、樹は半ばで伐られていた。乱暴なことをするものだ、と思った。枯れてしまう、とあやぶんだ。だが、杞憂だった。樹は今日もなお元気でいる。伐られた梢近くの枝が段々と垂直に伸びようとして、立ち上がりつつある。そのヒマラヤ杉の前を、今日も少年少女が駆けてゆく。

樹の種類と季節にもよるが、六、七メートルの樹は一日一トンの水を大地から吸い上げるという。私が見ているヒマラヤ杉もそんな奇跡をやってのけながら、かなり滑稽な姿をさらし続け、空の高みを目指して休まない。もしも誰かへこたれているならば、そのヒマラヤ杉のところへ案内してあげよう、と思っている。

年暮ぬ笠着て草鞋《わらじ》はきながら

これは旅の人、芭蕉の句である。われら地上を旅する民。その一人である私はこの句意を曲解、牽強《けんきよう》付会《ふかい》の説を立てて、年が暮れたからこそ今日は旅立ちの日、小手をかざして明日を見る。いつも、永遠を望み見る一本の樹のことを考えていよう。

（「あけぼの」一九九四年三月―一九九五年一二月）

夢魔の世界

もう六、七年前の頃だった、と思う。私は内田百閒の著作に親しんだ。最初は旺文社文庫で読みはじめたが、面白かったので講談社版の全集を全巻読んだ。こんにちの内田百閒の文業を再評価するきっかけは、旺文社の文庫版がつくった、といっても間違いではないだろう。もっとも、これより先に六興出版があったとはいえ、より広くの読者をとらえ、再評価させるに到ったのは、やはり文庫版だろう。私自身は、早くから随筆を雑誌で散見した覚えはあるが、若輩のせいもあって、軽く読み過ごしていた。向きなおって、じっくりと読む機会をあたえてくれたのは、エッセイストクラブ賞を受賞した早川良一郎氏である。このとき早川氏は、すでに経団連の広報部を定年退職していた。知己を得たのは、パイプを愛する趣味からだった。趣味は年齢のひらきを無にするものである。

日本たばこ産業株式会社が、専売公社だった時代のころ、池袋東武百貨店の二階に、専売公社の煙草試販コーナーがあって、市販されていないシガレット、シガー、パイプ煙草が陳列販売されていた。このコーナーには公社の人が常勤していて、煙草に関する情報や意見をかわす役目を引き受けていた。ここがマニアのたむろするサロンになっていて、私は早川氏と知り合いとなった。およそ、パイプを楽しむ人なら、早川良一郎氏の名前を知らないはずがない。早川氏が好んで吸うのはダンヒルの九六五だった。パイプは、ハンドメイド、マシンメイドも含めて数多くを所有していると思われたが、本数を尋ねたことはない。しかし、いつ会ってみても、その度に異なる一級品をさりげない様子でくわえていた。

私は、パイプについて教わるところ大であったが、読書においてもよき先達だった。この人のすすめがなければ、まず親しむこともなく過ごしてしまったはずの数冊の本を知った。内田百閒の著作を読むにいたったのも、この人のすすめによる。ただし、早川氏は内田百閒の随筆に限って好み、『冥途』や『旅順入城式』には惹かれなかったようである。この二つの作品集を随筆と区別して、小説と呼ぶには若干、抵抗がある。著者自身が、いずれも十年の歳月をかけてまとめたものを、短章と言って小説とは呼んでいない。随筆と同じく短章と呼んでいる。

しかし、いわゆる随筆集と『冥途』『旅順入城式』を分けて、同じ短章でありながら、この二つの作品集をはっきりと異なったものにしていることについて言うならば、これらが〈夢〉の集積である点だろう。私は、内田百閒ほどに〈夢〉に徹して多くの短章を記した人を知らない。

夢は現実と社会的な枠組みが外ずされた、ひとつの精神の活動である。内田百閒は、これに徹した。その夢には、現実との接点というものがない。異化された日常があるきりで、解釈の余地というものがない。夢は、ただただ夢として記されているきりである。読者は、自己の解釈を放棄してかからなければ、内田百閒の夢の世界にはいっていけない。薄明に真昼の光をあててはならないという。だが、そもそも、光のあてようがないし、照明をあてたところで、これらの夢は消えることがないから、恐ろしくもあり、不安でもあり、悲しい。また内田百閒が専門とした学問の分野から推して、ドイツの幻想文学の系譜に考えをめぐらせてみても無駄なことだろう。夢の源泉は内田百閒、その人そのものである。

夢には、夢の論理がある。夢も精神活動のひとつとして見るとき、夢が自己を語る。夢がおのれ自身を夢の中で語る。

『冥途』から、そのあたりの消息を引いてみよう。短章のタイトルは「波止場」である。

「私は段段悲しくなつて來て、涙が何時迄も止まらずに流れた。さうして、こんな事を考へた。眼玉の中から出る涙と、心の奥から出て來る涙とある。心の奥から出た涙でも心は涙の通るのを知らずにゐることがある。出て來た涙を見た後で、始めて心の奥の事を知る時もあるだらう。さうださうだ、どうやら解りさうになつて來たと思つて、私は猶の事泣いた」

作品集のタイトルとなった「冥途」から、もうひとつ引いてみよう。これは「道連」「柳藻」「石疊」とならんで作品中の白眉である。

「『提燈をともして、お迎へをたてると云ふ程でもなし、なし』

私はそれを空耳で聞いた。何の事だか解らないのだけれども、何故だか氣にかかつて、聞き流してしまへないから考へてゐた。するとその内に、私はふと腹がたつて來た。私のことを云つたのらしい。振り向いてその男の方を見ようとしたけれども、だれが云つたのだかぼんやりしてゐて解らない。その時に、外の聲がまたかう云つた。大きな、響きのない聲であつた。

『まあ仕方がない。あんなになるのも、こちらの所爲だ』

その聲を聞いてから、また暫らくぼんやりしてゐた。すると私は、俄にほろりとして來て、涙が流れた。何といふ事もなく、ただ、今の自分が悲しくて堪らない。けれども私はつい思ひ出せさうな氣がしながら、その悲しみの源を忘れてゐる。」

涙と、忘れた悲しみの源から内田百閒の夢が湧いてきている。「どうやら解りさうになつて來た」と思っていながら、「忘れてゐる」生存の根源から夢が噴き出ている。いま一冊の『旅順入城式』は、著者自身が序文で断っているが、初めの七篇は『冥途』とはつながっていない。「映像」は別として「旅順入城式」以下の短章がつながりを持っている。いずれにしても、これら二冊を読まずに、あとの随筆は分からないだろう。内田百閒という人が理解出来ない、と思う。今回の、恐らくこれが定本となる全集の第一巻に、この作品集がおかれたのは正しい。

（『新輯内田百閒全集』第11巻　月報13　福武書店　一九八七年一一月）

G・グールド　晩年の映像をめぐって

シューマンの「交響的練習曲」作品十三第一曲テーマ、アンダンテのような夕刻だった。暖房をしていたがなお寒いので、訪ねてきた年若い友人と妻の三人で、ジンを飲んでいた。もっとも私は酒を断ってしまっているので、すこし濃い煎茶を何杯も飲んで、覚醒が過ぎたのか、情緒の安定を欠いていた。

人と会っていて、会話の途中で話が途切れると、きまって訪れる苦手な空白恐怖症がやってきた。

「ビデオを一緒に観たいのだけれど」

酒を飲んでも普段と変わらず、寡黙な友人がうなずいた。長い間預ってもらっていた絵を運んできてくれたので、そのまま帰ろうとする彼をひきとめていた。六号の油絵だったが、重い額縁がついている。加えて、画面を保護するためのガラスがあるので、たずさえてくるのは面倒であったに違いない。梱包されていなくて、風呂敷に包んだだけであったから尚更だった。

「グレン・グールド……」

私は、少し口ごもった。

「亡くなる一年前の録画だと思うよ」

言っておいたほうがいい、と考えたから、念を押した。LP、CD盤だと試聴盤となるはずだが、映像については何と言うべきか分からなかった。

『ザ・グレン・グールド・コレクションⅡ』がLDビデオで、ほぼ一か月後にソニークラシカルから限定発売される頃合だった。プログラムは四部に分かれていて、届いていたのは第一部になる「ゴールドベルク変奏曲」だった。ワープロの文字の表示があるだけで、何の注釈もない。とにかく、デビューの一九五五年盤「ゴールドベルク変奏曲」当時のフィルムがあるとは思えなかったから、グールドが再録音をした一九八一年のものとは推測が出来た。

寄贈にあずかっていながら、私はただちに観る気にはなれなかった。八一年盤の「ゴールドベルク変奏曲」は、翌年の、まだ五十歳の死がからまっているし、同じ年のその季節、私は困った事態をかかえこんでいたから、この記憶も甦ってくるので、そっとしておきたい演奏だった。しかし、ビデオは是非とも観たい、観るべきだと思っていた。

グールドは、再録音をまったくと言っていいほど行わないピアニストだった。私にはまだ分かっていないことだが、小説を書く人は処女作から出発して、処女作に帰る、始発駅が終着駅となるものだと聞かされている。ビギナーズ・ラックという表現があるから、これが真実にして、初心の幸運に復帰が可能ならば、しかあれかし、と願われる。

だが、逆も考えられる。作家というものは、生涯をかけて処女作から逃走を試みて亡びるのだ、と言えはしないか。脱皮でもなければ、超越でもない。逃亡である。では、ピアニスト、グレン・グールドの場合はどうか。

音楽の歴史に進化はない、あるのは変化の諸相だと主張する音楽史家のパウル・ベッカーがいる。ダーウィン、テイヤール・ド・シャルダンには席をゆずってもらうことにして、私はこれにうなずく。グールドはバッハに、ほぼ二百年の時空を超えて、現代音楽を聴き取っている。大急ぎで言っておきたいのだが、音楽にかかわる人は、まぬがれがたくバッハを学ぶであろうから、という意味ではない。バッハにおいては、既に遥かな未来が先取りされていたということだ。

天《あめ》が下に新しきことはなし、という言葉の出典は旧約の「伝道の書」で、この奇怪異質な宿命論の一巻が旧約の中にまぎれこんだ謎を解くことが出来ない、と言う人がいる。しかし、人は必然の酷薄、極北に生きるべくして生きつくしたところで、自由、解放をわがものにすることが出来る、と教えている。

見きわめてしまうことと、断念は同じではない。グールドという人は、随分若いころから、このことが分かっていたのだ、と思う。

一回きりの演奏が勝負で、やりなおしのきかない世界では理想の創造が不可能だとして、グールドはステージを拒否し、録音、編集のスタジオで生きた。だが、録音のテープをどう切りはりしてみても、そこで完成されたとなれば、一回性の呪縛から逃れられるものではない。彼は録音作業で、完璧主義を貫き、複数の空間と時間の一体化を望んだのだろうが、多分、それも幻想だと思っていたのではないだろうか。再録音を好まなかったのは、幻想とは知りながら、その一回性の呪縛を拒んだからではないだろうか。理想などというものは、追えば自分の影を踏むがごときものである。

そして、そのグールドの演奏は極端に速いか遅いかの、いずれかだった。初めて聴く人は、まずこれに驚く。何故、速いか、あるいは遅いのか。このことについてはグールドが所信を述べているし、しかるべき人が言及しているので、私には、どうでもよいことである。長距離走者が、ある区間はゆっくりと、または速く走るが、結局のところは速く辿り着きたいがために、つまり勝者であろうとして、緩急を考えている。グールドも、これを考えた、と思うにこしたことはない。

彼は急ぐ人だった。追って走らざるを得なかったから、走った。グールドの才能は、彼の肉体を無視して回転していたのだろう。数字を並べるのは野暮だけれど、今は数学的構築の世界のバッハ（という表現も、陳腐で、いい加減であるが）の「ゴールドベルク変奏曲」について記しているのだから、まあ、ついでのこととしてもらいたい。

五五年盤の演奏は、三十八分二十九秒である。グールド二十二歳。ところが八一年盤のディスクは五十一分十八秒、約十三分のひらきがある。しかし、これでも「ゴールドベルク変奏曲」の演奏では（これを記している時点までの録音盤において）、速い。ランドフスカが晩年、自宅の書斎で録音した四十九分九秒、レオンハルトの四十七分二十三秒は例外として、いま私の手許にある十九人の演奏家の録音のうちで最も速い。反対にゆっくり演奏する人で極端なのは、タチアナ・ニコラーエワの八十三分二十三秒である。長時間録音が可能なデジタル盤でも、二枚組みになっている。

ニコラーエワは残念なことに先年亡くなったが、二回きりではあるものの演奏会で接する機会を得た。その一回は「ゴールドベルク変奏曲」であった。全三十二曲、休憩なしだった。おおよそ同じ時期に、小林道夫のチェンバロでの演奏に接しているが、この時は第十六曲で休憩をおいている。演奏会場で時間をはかるような愚かなことは出来ないが、ニコラーエワは聴いた限りでは、録音盤と変わらぬ速度だった。バレンボイムのライブ盤も長くて、ほぼ同じである。もちろん、反復の指示を守るかどうかの問題、また収録時間に制約があったLP時代の録音のCD収録盤を考えると、時間のトータルで演奏家の解釈を云々することは軽率のそしりをまぬがれない。しかし、グールドの二回の録音の演奏時間の差に、何を見出すことができるだろうか、と考えたとしても、見当はずれではないだろう。

グールドは抜群の記憶力に恵まれた人のようだが、最初の演奏録音と二回目で最後となった演奏の間には、二十六年の歳月が流れている。五九年にザルツブルク音楽祭でステージ演奏をしてはいるものの、長い空白がある。デビュー盤を嫌いだと言ってはいるが、何回か聴きなおしている。分析を更に分析しつくさずにはいられない人が、再録音にあたって勉強をやりなおさないでいたはずがない。

では、つづまるところ、生涯の終わりに、グールドは、作家が処女作から出て、ここに帰るという伝説を例証して見せたようなものだから、耳で聴いた限りでの印象は、どうか？　私は先に逃走のことを言ったから、グールドはデビュー盤から、逃走に成功したかどうか？　しかし、実のところ、答えたくない。答えられない。

ビデオは、何故再録音をする気になったか、という対談で始まった。グールドは問われて答えているのだが、そもそも問いも答えも無意味なことだった。モノラルからステレオの時代となり、ドルビーが発明されて、音質的に古びた過去の演奏が不満で、新しい試みがしたい。簡略化すると、こういう意味のことを述べた。

グールドは痛々しく老けていた。最初の、いくたび聴いても、誰が弾いても美しいアリアが鳴り出した。ピアノの蓋は外され、ハンマーが透けて見えている。ながらくスタインウェイを愛用し、晩年は中古のヤマハを弾いていたそうだが、画面のこわれたように見えるピアノに、マークはなかった。

老眼鏡をかけ、例によって低い椅子に腰かけている。濃紺のジャンパーの袖から、同系色のシャツの袖が覗け、ボタンは外ずされていた。異常に肥満しているようにも見えるし、骨格が変形してしまった人のようにも見えた。他者のまなざしにこだわる気配などというものは、どこにもうかがえない。

私は脈絡もないことを想像した。木の葉を巻いて身を隠したミノムシが、自らの糸で枯枝にぶらさがっている。妻は画面を見つめ、友人はジンを飲み続けていた。ビデオに集中していながら、私の妻のグラスが空っぽなのに気付いて、ジンをつぐ。酔っぱらわせようという魂胆らしいが、それは無駄なことである。知らないはずはないのだが、アルコールをついでいる相手は酔うことがない体質である。

グールドは演奏しながら、空いているほうの手で指揮をする。特に左手は私が知る限りでは人なみはずれて強靭で、この左手が彼の演奏を支えてきたと思っている。その手が宙にあって、震え、鍵盤に降りていても、小刻みな震えが見えるような気がした。

家の近くで、犬が遠吠えをしていた。私は、犬が虚空に向けて吠えるのは、人に飼われてもなおはるかな遠祖の同類を呼んでいるのだ、と思っていた。本能の記憶が、過去に向けて呼び求めている、とばかり思いこんでいたが、意外な答えは飼い主から返ってきた。犬は、私たちには聞き取れない、遠くを走る救急車のサイレンに反応しているのだ、と言う。これは後に証明される出来事があって、確認させられるところとなった。その犬が吠えている。誰かが緊急に、医師を求めていた。

病む人は、私たち三人が見つめる画面にいた。

彼が電話なくしては生きていられない人間であったことは、よく知られている。晩年のホテル暮らしにあっても、ホテル側の回線を切って、専用の電話線を設置した。請求される通話料金は、想像するにあまりがある。グールドは終生独身を通したが、三十代の半ば、カナダとニューヨークをつないだ回線で女性と長電話を重ね、お互いに受話器を耳につけたまま眠った。生きていながらもう伝説の人であったグールドのためには、切なくて、よく出来たお話ではある。伏せられるべきことで相手の実名があげられているから、共謀で、あるいは相手が黙認して作られたエピソード、と思うのは、私の人間知らずのしるしとしておこう。

「ゴールドベルク変奏曲」の主題は、『アンナ・マグダレーナ・バッハのための音楽帖』の中に収められた、「汝われとともにあれば」の歌につづくサラバンドである。つまり、愛が主題の変奏曲と言える。

ランドフスカは膨大な著作を残した人だが、「ゴールドベルク変奏曲」を、〈黒真珠の首飾り〉と呼んだ。バロックの語源は、歪んだ真珠を意味するポルトガル語であるから、いかにもふさわしいたとえ方だ。自然の真珠は、完全を望んで、選りすぐられていても歪んでいて、かえって歪みが尊ばれている。真珠は異物を身中にした貝の痛みから生まれてくるものだから、歪んでいて、かつ耐えたものの輝きを宿しているのである。

私がオーディオ（と呼ばれるほどの代物ではないものの）を買ったのは、一九七一年（昭和四十六年）のことである。勤務をしながら、小説を書きはじめて二年目、五篇目の作品が百五十枚の中篇だった。当時の集英社で、松島義一氏が「すばる」の編集にたずさわっていて、私の担当者だった。給与を貰える身分でいたから、百五十枚分の稿料をそっくりつぎこんだ。文芸誌と駆け出したばかりの人間の事情が分かれば、どの程度のスピーカー、プレーヤー、アンプを揃えたか推測は簡単だ。

装置は手にしたが、レコードは一枚も無かった。当時、酒を飲むのに忙しかったし、乱読家だったから、毎月のいずれの支払いにも苦慮していた。しかし、そんな話を松島氏に洩らしたわけではない。ただ、稿料でオーディオが買えた、と言うと、彼は非常に喜んでくれて、私をレコード店へ引っぱって行くと、「欲しいレコード、一枚だけならプレゼントするよ」と言った。私はためらわなかった。アルヒーフ盤で、シュッツの「十字架上の七つの言葉」を選んだ。

「おや、この人は迷わないんだ……」

松島氏は少々いぶかしげな眼で私を見たが、仰望が歓喜となった耳は、聞こえないふりをして、そそくさと家へ帰った。松島義一という編集者は、不思議な人だった。寛厳硬軟百面相とでも言うべきだろう。この時期の恩人の一人だが、そのレコードのプレゼントほど、うれしいものはなかった。二枚目は暫くして自分で買った。モーツァルトのピアノ協奏曲中、最高の曲二十七番と二十六番。三枚目はリパッティのピアノで、バッハのカンタータ第一四七番のコラールの編曲が冒頭にはいった盤だった。スカルラッティ、ショパン、リスト、ラヴェル、エネスコと続いていた。その冒頭の曲は「主よ、人の望みの喜びよ」と言えば、大方の人がうなずくだろう。リパッティはわずか三十三年しか生きられなかった人だが、その死に近い日に録音された曲である。

四番目に買ったのが、ジャケット二冊に分かれ四枚組みのバッハ『平均律クラヴィーア曲集』一巻と二巻で、このピアノ演奏がグレン・グールドとの最初の出会いだった。私は吉田秀和という人の名を創元社版の『モーツァルトの手紙』の翻訳者として若い時代から知っていて、このピアニストを早く紹介した氏の評論の文章にも触れていた。だからグールドを手にする気になった。レコードのライナーノートは、角倉一朗、馬場健氏のお二人だった。それから私はグールドを、息せき切って買い始めた。当時、モーツァルティアンのつもりでいたから、グールドのモーツァルト・ソナタに非常な興味を抱いたが、何をおいても「ゴールドベルク変奏曲」は聴くべきだと判断して、先に買った。二十二年も前のことで、レコードは二千円だった。

初めてグレン・グールドの「ゴールドベルク変奏曲」を聴いた私の印象はといえば、既に「平均律」を聴き、このデビュー盤についてもあらかじめの知識があったにもかかわらず、奇妙に響いて、動顛した。オーディオ装置を持たなかった頃、大学時代から通いつめた高田馬場駅近くの音楽喫茶「あらえびす」で、ヴァルハ（当時のレコードジャケットの表示の伝統にしたがえばヴァルヒャ）の演奏を聴いていて、これを正典と信じていたからであろう。

ランドフスカが〈黒真珠の首飾り〉にたとえた曲は、糸が切れて、真珠が床にはずんで散乱していくようだった。曲に追い追われて、散らばった貴いものをあつめるのに、這いまわるような気になった。一連の首飾りになるまで、時間がかかった。だが、それは何故か一種無邪気な美しさがあって、明朗で鮮かなタッチは魅力に富んでいた。しかしおかしなことに一方では、不快な気分をおさえきれない代物だった。これが正直な感想だった。さらに重ねて聴いていると憂鬱になった。それでもなお私をひきつけて、離さない。

とうとう私は、シャガールの「わたしの芸術は、正気を失った芸術です」という言葉を思い出さざるを得なかった。当時もいまも、私は正気を失った文章、小説らしきものを書いているから、これは近親憎悪なのだ、と自分に言い聞かせた。だからその頃、私は単純に感嘆をしてみせて、グールドを吹聴する役を引き受けたわけだった。


それから九年が過ぎて、CBSで八一年盤が再録音され、現在観ている映像の録画も同時期に行われた。このあとピアノ曲の録音は翌八二年九月二日、R・シュトラウスのソナタが最後となっている。グレン・グールドは一九八二年十月四日の午前、満五十歳で亡くなった。グールドは、九月二十七日に脳卒中で意識不明となり、七日後に生命維持装置をはずされて死を迎えている。

その九月二十七日、私は大阪吹田市の千里中央病院にいた。八月三十一日、一か月ぶりに旅行から帰ってきた。当時、ヨーロッパへの往復については、北と南まわり二つの空路があり、航空券の安売りが既にはじまっていた。南まわりを選ぶと時間がかかるが、費用は安くてすんだ。しかし、帰途、南まわりでも、より経済的なパキスタン航空を選んだのは、失敗だった。そもそもヒースロー空港で八時間待たされて、羽田空港へ着くには五十時間を要した。ようやくのことでわが家に帰り着いた夜、兄、危篤の電話がかかってきた。

翌朝、朝一番の東海道新幹線に乗った。病院へ駆けつけてみると、兄は肝性昏睡を起こしていた。昏睡とは言うものの、解毒の力を失った肝臓が悪い血液を脳に送って、大声を出してあばれている。点滴のチューブを引きちぎり、瓶を放り投げ、ロッカーから自分の服を出して着換え、病院から逃げ出すつもりのようだった。非力ではあったが私はまだ四十五歳でいたし、兄は華奢《きゃしゃ》だった。怪我をさせないように組み押える役目は、誰にまかせるより血縁の私が適任であるに違いなかった。成長してから兄弟喧嘩は一度たりともしたことがなかったのに、この日から私は兄と戦うはめになった。

医師は、もうダメだと言う。回復は見込めない、とあっさり言う。それにしても、よくもあばれられるものだ、と思った。兄にしてみれば、もう死ぬのだからと、思うさま力をつくそうとしているようだった。惜しみなくあばれる。疲れると、灯が消えかかるようなまたたきの表情を見せ、昏々と眠り、油断をしていると、力を回復してまたあばれる。そういう日々が続いて、とうとう二十七日になった。ついに、兄が弱りはてて、静かになった。私も疲労困憊していた。旅行も一か月となると、かなり疲れる。その疲れに重ねての毎日だったから、これでは共倒れになりそうだった。

私はつくせるだけのことをしたと思ったので、あとは義姉にまかせて帰京する決心をした。私は一九四五年、三月と七月、大阪と疎開先の徳島で空襲にあって、焼死体を多く見ている。消耗し尽した兄の全身は、火に焼かれたように黒ずんで小さくひからびていた。これで見おさめになるな、と思って、もう一度眠っている兄の顔を眼におさめ、東京へ帰った。

画面では、「アリア・ダ・カーポ」が流れている。回帰の曲になって、一本のマイクだけが闇を背景に輝いている。グールドの生涯を収めきったマイクだった。弾き終ったグールドは力つきた背中を見せ、鍵盤から剝ぐようにひいた両手を合わせて祈る人の姿になり、それから両手を膝の間に落としこんでしまう。もう終ったのだ、何もかも、というふうに。

人は選択に生きるのではない。必然に生きる。ただ生きねばならぬように生きる。ブーメランは投げられて、獲物の血に染まって返るように、命の飛翔も鋭利な〈時〉の刃を研いで虚空に血を流して返るだけだ、命そのものへ。こわれたような身体のかたちでピアノを弾いた後ろ姿はうなだれて、そう言っている。一体、それはどういうことなのか、筋道が通るように言ってくれないか、と問うてみても駄目だ。グールドは死んだのだから。

雄弁に語り得るのは、約十三分のびた、その長さだけの八一年の「ゴールドベルク変奏曲」である。なんだか薄気味悪い訴えにみちている。この演奏は旧盤に対する克服である、と言えるだろうか。一九八二年八月、つまり死の一か月前トロントで収録されたティム・ペイジとの対談の中で、グールドは第二十五変奏をめぐって、微妙な躊躇のあと、新録音での演奏が「悲劇」の仄《ほの》めかしの誘惑に耐えたことの自らの尊厳を肯定してはいる。しかし、映像を見終ったいま、この白鳥の歌で谺《こだま》しているのは「悲劇」

の再確認だとしか思えない。

表では、また犬が遠吠えをしている。誰かが医師を求めていた。酔いざましにザルソバを食べ、今度は私だけではなく三人とも濃くて強い茶を飲んだ。誰も黙っていた。おいしいソバだ、いい茶だな、とも言わなかった。まして、それ以外のことは語られようもなかった。

二日して、電話のかわりに友人はファックスを送ってきた。「一昨夜のジンは、ボクには強過ぎたようです。昨日は苦しい朝でした。奥さまは、いかがでしたでしょうか？」

私はそれを妻に渡し、アナトリー・ヴェデルニコフのテープを聴きにかかった。昨年一九九三年七月、七十三歳で没し、旧ソ連の体制下にあって、知られざる巨匠のままで過ぎたピアニストが、バッハを弾いている。イギリス組曲第六番、七つのコラール前奏曲、イタリア協奏曲、パルティータ第四番。死んだはずのグレン・グールドがロシアで甦り、バッハを弾いた、と思えた。特にイタリア協奏曲については、そう思う。このヴェデルニコフは『ザ・グレン・グールド・コレクションⅡ』発売の頃に、ＣＤ盤シリーズで発売される。ちなみにグールドの発売日十二月十二日は、私の誕生日である。この符合は誰かがいたずらをした、としか思えない。そういえば、グールドは、いたずらで知られていた。彼は信号を送ってきたのだ。「キミもそろそろ……」と。


（「文學界」文藝春秋　一九九五年一月）

私の好きな歌

湧きいづる泉の水の盛りあがりくづるとすれやなほ盛りあがる　窪田空穂

昭和十一年版改造文庫自選歌集『槻《つき》の木』の冒頭にある。全集第一巻収録、四十歳の作。この歌集では、〝明け昏《ぐ》れにほのかに光りさざれ波流れて來るを見つつ飽かぬかも〟の一首も強い印象をきざんで忘れられない。

いずれの歌にも、宗教的な深みのある悦びがたたえられているが、ことさらに技巧をこらすこともなく、助詞が六曲一双の屏風の如く大きく、古風典雅、拡がりと変化を見せている。

現在、このような歌の泉はもはや、涸れてしまったのだろうか。誰にもかえりみられず、詠われることがない。飾るでもなく、わざわざの屈折もしないで、率直な歌心は、捨てられてしまったのかもしれない。

ついでのことだから、今一首。

夏川の水に見とれて忝《かたじけな》ものおもひ忘れ我がありけるか

これも季節を超えたところで川は流れ、清冽の流れは象徴の域にまでたかめられている。

現代歌人の仕事への展望が充分にできていないので、偏見のそしりをまぬがれないが、当代の歌詠む人たちは、近代、現代詩人が切り拓いた言葉の世界を、ひとえに短歌というかたちにととのえてみせているだけで、この国の雅びな文学形式の言葉の調べ、姿の美、思いの深さの伝統をふまえる勉学をおこたっているような気がしてならない。

いま私の座右には、原色版の『関戸本古今集』がある。平安朝仮名文字が爛熟期に達したものとされている。現代の印刷技術は、連綿の際の意図的な筆の命毛のこぼれまでひろっている。

これを読むともなく眺めるともなくたどりながら、私なりに活字体では味わえない歌の息づかいについての思索の散歩を楽しんでいる。私は散文しか書かないが、おかげで文章をみちびく、遠いところでもまぎれようのない案内の灯を見る思いがする。言霊を呼び醒ます石鼓文、金文、甲骨文とおなじ働きをする。日本語を捨てるなら話は別だが、この淵源を採掘していったところに隧道が抜けられて、沃野がひらけるだろう。古典にかえる、という次元のことではない。

上代の言葉のその奥のところに興味がある。たとえば、窪田空穂は『万葉集評釈』を完成させているが、国文学者であると同時に歌人であればこその仕事で、音楽にたとえると素人が聞き落としてしまう微妙なピアニシモ、演奏されていないところで鳴っている旋律の指摘、鑑賞、解釈をしている。折口信夫の現代語訳万葉集の特異さも大事だが、窪田空穂ならではの評釈を高く再評価するべきであろうし、そのような素養に培われた感性を大事にする才能の歌人が期待される。

敷島の日本《やまと》の國のことばもてこころいふからに心ゆきにけり　空穂

（「新潮」一九九八年一月）

現代文学への黄金の釘——鷹羽狩行『俳日記』

日本の近代文学の歴史のなかで、日記文学の成果は残念ながら、まことにとぼしい。近代から現代文学までの全集をひもとけば、読まれることを意識したと推定される日記が、存在することは確かである。しかし、文学としての結晶の純度を問うとなれば、ほとんど、例を見なくなる。結局、永井荷風の『断腸亭日乗』をあげるにとどまってしまうのだろう。

外国文学ならば、フランスにかぎってみてもルナールとかジイドの日記といったふうに、すぐれたものが文学史を飾っている。

日本で日記文学が成立するに困難な理由は、私小説の伝統とかかわっているのではないだろうか。現代文学のなかで、私小説はもはや影が薄くなった趣があるが、「私」が三人称となっただけで、私小説の伝統は根強いものがある。

それでいて「私」がひとつの試みの「場」としての真摯な小説は、ほとんど姿を消してしまっているのだが、日記文学の代替をする小説があるので、あらためての成立が困難であるような気がする。

つまり心境小説とか、随筆と一線をひくには微妙な事情がからむ小説が横行してきた。そのおかげで、日記という叙述形式の力が衰えてしまった、と言えよう。

鷹羽狩行氏の『俳日記』は、このような現代文学の死角、盲点、弱点、あるいは衰退と言ってもよい部分をついて現れた、挑戦状のような作品である。

この時代にあっては、生きる、という言葉がもはや生ぬるくて「生存」とでも表現されるべきであるように感じられるとき、一個の生命、魂のありようが、一年三百六十五日を、その日数分の季語をもって、ゆるぎなく象嵌されているところが驚異である。

それがどんな驚きであるかといえば、一年、と区切って日記が開始されるために一月一日がある。この日の記録としての一句は次のごとしである。

汲みあぐるほどに湧き出て若井かな

これはどんなふうにも読み解けるのだが、小説を書くことを仕事としている自分には、創作にかかわる心の働き、精神の営みを見る。つまり、もっとも美味であるのは、自分自身の井戸からの水であるに決まっている。それは汲み尽くして、涸れはてたかと思う井戸の底に直面して、なお噴き上げてくるものを発見する心の神秘を表現している、とも読み取れる。

そんなふうな感慨でもって、この一年のドラマがはじまっているのである。言い換えると、このような一句の黄金の釘を打たれていると、どのような展開が今後に来ても、いずれの方向へも疾駆して行ける身構えが読み取れる。

小説のプロットをたてるとき、この仕掛けを企むのであるが、大変むつかしい。そこを巧みにやってのけている作者に脱帽せざるを得ない。したたかな人だな、と思う。

一月を受けて、作者の多忙な生活の消息は、二月になって遥かな夢想へ誘われている、とうかがい知らされる。

　鶯の遠音のままにゐずなりぬ

この一句は、三好達治「春の岬」へのすぐれた反歌である。

　春の岬旅のをはりの鷗どり
　浮きつつ遠くなりにけるかも

「日記」は犀利で幽遠な世界をはらみながら、春三月を迎える。小説でみられるディテールは、十七字で削られて象徴へとたかめられている。

　水の中にも日向あり水草生ふ
　春の夜や影曳くものにかがり毬

こんなふうに一日一日の句が置かれてみると、日々の暮らしの曲折、苦渋が浄化されて、読み手はいま一つの人生と交差しながら、共感とともに安らぎを覚える。絶対で真理のままにあること、恁麼《いんも》とはこのような境地を言うのであろう。

そして、四月となってみれば「生」の軌跡は、おおきく弧を描いて翹望となる。

　颪の出て満帆となる白木蓮

ついで作者は、素顔を見せる。実に巧みな手法である。

　春の灯やものの書く手にも影うまれ

つぎに、波瀾。

　ひと枝にはじまるさくらふぶきかな

五月、創作する者の悦びと、みずからの重さへ傾く心理。
　書けば血の濃くなるおもひ麦の秋
六月、幻想の宴。
　這へば黄にとべばみどりの初螢
それでいて、壮麗爽快へと転調してゆく。
　鮎を釣り上げてみ空のしたたれり
はや七月。
　眠りへの扉いくつや夜の秋
この句を受けて八月の悲哀、
　ひぐらしやどこからとなく星にじみ
となる。それは九月にいたって抒情は、天からの葡萄の房のようにたわわに実り、したたる。
　一湾の空をあふれて帰燕かな
　去るかまへして止まりけり赤とんぼ
　露の世の露の一夜も更けにけり
さて、十月、作者は人をして不思議な思索へと歩ませる。
　踏切のほの明るくて秋の暮
「日記」は十月二十七日にいたって、鮮やかな映像を結んでいる。一月一日から辿ってきて、読者はここで感動を覚えずには居られぬだろう。私たちの生活にあって、この踏切のある風景は、一種の既視感をともなって切ないものである。

思うに、『俳日記』中、ぬきさしならないのが、この一句であろう。この句の味わいが理解されるためには、充分に生き尽くしていなくてはならない。

このようにして、十一月二十一日、峻烈な一日が屹立している。

鶏頭の直立のまま枯ほむら

おそらく、この十七字と桔抗し得るのは、詩人田村隆一の長編詩「立棺」だろう。全編を引用出来ないので、遺憾千万、抜粋をせざるを得ない。

わたしの屍体を地に寝かすな
おまえたちの死は
地に休むことができない
わたしの屍体は
立棺のなかにおさめて
直立させよ
（中略）
地上にはわれわれの国がない
地上にはわれわれの死に価いする国がない

そして、ついに「日記」は十二月へと行き着く。ここにいたってこの類稀な精神は、ニイチェの「超人」と肩をならべる。

枝々を星にあづけて冬欅

こうして、この記念碑的名作は、大団円を迎えている。

（「俳壇」本阿弥書店　一九九九年一〇月）

Ⅲ　一日の光　あるいは小石の影

グッド・バイ　Good-by

開口一番、のっけからお別れのご挨拶でどうかと思いはするが、この話からはじめることにしたい。シャーロット・アームストロングというアメリカの女流ミステリー作家に『毒薬の小瓶』というまことに楽しい作品がある（小笠原豊樹訳　早川文庫）。展開が早くて、ユーモアとウィットに溢れた長編である。登場するいずれの人物も善意の人たちばかりである。意表をついたストーリーを少々紹介したいのだが、ルール違反になるので沈黙を守らねばならない。しかし、次のような女性による会話の一節のみなら問題ないであろう。

「〝さようなら〟というのは、〝神様があなたのそばにいらっしゃるように〟って意味だそうですね」

私は就寝直前、枕辺の読書をしていたのだが、ここを読むにいたって大急ぎで机のそばへもどった。新ポケットオックスフォード辞典第九版のページをくってみると、たしかにGood byの語源としてGod be with you! とある。こういうことは中学、高校の先生からは教えていただかなかったので、（あるいはまったく忘却したのかも知れないが）なるほど、と感心した。それから思い出した。

井伏鱒二の『厄除け詩集』にあるカタカナ詩篇は有名である。

　コノサカヅキヲ受ケテクレ
ドウゾナミナミツガシテオクレ

ハナニアラシノタトヘモアルゾ
「サヨナラ」ダケガ人生ダ

これは『唐詩選』から于武陵《うぶりょう》の「勧酒」を翻訳したもので、いまや、人口に膾炙している。東洋的無常観の境地とでも云うべきであろう。ところが、この「サヨナラ」を英語で表現すると、がらりと意味合いが変わって、美しい祈願の詩篇になる。

さて、この井伏鱒二を大先達とした作家に太宰治がいる。この人の未完の絶筆に『グッド・バイ』がある。

これは女性につぎつぎと別れ話をもちかける男を主人公とした軽妙、早口な新聞連載小説であるが、あいにく連載は中断した。入水自殺によるこの作家の遺体発見は、奇しくもその誕生日でもあった。その早逝がいまだに惜しまれている。『グッド・バイ』というタイトルは、どうかするとなげやりでさびしいが、実際の作品からうかがわれる味わいは、からっとしている。もし、完成していれば、と改めて考えさせられる。

シャーロット・アームストロングの『毒薬の小瓶』を読み、深夜に一滴、蘇生の妙薬を服用したようだった。人生、物事はグッド・バイから始まって、少しもおかしくはない。

天使が通る

天使と言えば、どのようなことを想像するだろうか。

聖トマス・アクィナスの『天使論』は、別格である。とにかく、救済史において、神の使者が天使である。絵画、彫刻、文学などいろいろある。わたしなら、いちばんに思い浮かんでくるのは、倉敷の大原美術館にあるエル・グレコの「受胎告知」である。

ついで、リヒテルが演奏するハイドンのピアノ・ソナタがある。これは、天使が飛んでゆく、としか表現のしようがない名曲だからである。これと同時に、シャガールの挿絵がはいったロンゴスの『ダフニスとクロエー』の豪華本のことを考える。

ところが、美しく貞潔な存在、清純きわまりない若い女性を意味している場合がある。さらに、金髪の巻き毛があって可愛らしく、翼があり、弓矢を持つキューピッドを天使にしてしまっている人もいる。なに、まあ、いいではないか、となれば、それまでである。

しかし、タイトルにかかげた、〈天使が通る〉、というのは、フランスのことわざである。座がしらけた状態の比喩、たとえである。これは日本語としての権利を獲得していて、小学館の『日本国語大辞典』第二版、三省堂『広辞林』第二版に文例まで収録されている。だが、特殊であって、ふつうは用いない。通じないからである。

わたしの友人に、ネッコさんがいる。もちろん、これは仮名で、松の大木の根っこのように無口な巨漢なので、ネッコさんであって、シェイクスピアの権威である。ディケンズなら、ずいぶん扱いやすいのだが、それはわたしの勝手である。

格式を誇るホテルのバーで、ネッコさんと話をしていた。彼はトマトジュースとウォッカのカクテルを飲んでいた。血まみれのマリーという名のカクテルで、もう一つ、言い方があるが、下品なのでよしておく。

わたしとネッコさんは、どちらも若かった。

ピカピカに磨き上げたバーのカウンター、油脂分がまったく残らないように熟練の技で清められたグラス、氷より冷血なエチケットをまもるバーテンダー、教養、経済に恵まれたエリート客、などなどのバーである。

ネッコさんが、ムッツリつぶやいた。

「ボクの天使ちゃんが、ネ、言うんだ。アナタ、アマリ、オ飲ミニナラナイデ」

わたしは、あぶなくグラスを落とすところだった。つまり、天使が通ったわけである。そして、この場合の天使は、むろんエンゼル・フィッシュのような彼の令夫人のことである。

そのときから、四十年が過ぎた。そして、思い出している。たった今、机のそばを、天使が通ってゆく。しかし、それは夢のように若く、純一無雑な、かの青春の天使である。

味わう

味わう、ということは一生ついてまわる。病気とか事故、あるいは何らかの理由による断食の場合は例外である。精進潔斎、大斎、小斎のときも、おおよそ味わう、賞味するなどといった心持ちからは離れている。しかし、それ以外は、味わって暮らしている。

では、いったい、その味とはなんであろうか。あらためて考えはじめると、分からなくなってくる。

そもそも食べないでは生きられないにもかかわらず、これは奇妙なことと思える。そこで、こころして食、美食、食通の本を読んでいる。

これには古典となった書物があって、西洋ならばブリア・サヴァランの『美味礼讃』、東洋では袁枚《えんばい》著『随園食単』、日本では柏木如亭『詩本草』がある。これらはわたしも読んでいる。ただし、この三著作に関しては卒業するということがなくて、今後もくりかえし読むだろう、と思う。加えてもう一冊『三銃士』で知られているアレクサンドル・デュマの『デュマの大料理事典』がある。これも反復読書をするだろう。いずれも義務としてではなく、楽しくて、しかもいろいろ教えられることが多いから読むのである。

こういった基礎資料からはじまって、渉猟の範囲は茫漠として、果てしがない。そのようなわけで、食に関する読書をしていて、つい、聖アウグスティヌスの言葉をかんがえる。

「時間とは何であるか。何人も私に問はなければ、私は知つてゐる。しかし問ふ人に説明しようとすれば、知らないのである」（『省察と箴言』ハルナック編　服部英次郎訳　岩波文庫）

味についても、おそらく、誰もがおなじことを言うにちがいない。したがって、あれこれ読書をしてみても、結論は出ないのではないだろうか。しかしながら結論はともかくとして、貴重な教訓を学び得ることはたしかである。

中公文庫で秋山徳蔵『味』を読んだ。サブタイトルは「天皇の料理番が語る昭和」となっている。秋山徳蔵という人の名は子母澤寛『味覚極楽』で既に存じあげていたが、読書は初めてである。わたしは次のような言葉に接して、真実、目が覚める思いがした。

「ものを食うのは、せんじつめてゆくと、口や舌でなく、魂が食うのだ」

「それで、料理を修行する者は――他の技術、芸術でもそうであろうが――決して不器用を嘆いてはならない。不器用なものが、懸命に魂を打ち込んで、ジリッジリッと上がってきた、こういう人には、器用一方の人は必ず押されてしまう」

この稀代の料理人は、また、当然のことをすこしも恐れないで言ってのける。曰く「年とっても、おいしいものを食べたい人は、若いときから歯を大切にすること」

このような明快単純な要諦は、ブリア・サヴァランや袁枚、柏木如亭やデュマですら述べなかったことである。味わうというのは、丁寧によく生きるということのようである。

祈り

神さま、いろいろ、お忙しいところ、あい済みませんが、どうか、わたしのほうへ、おん目を向け、お耳をかたむけて、いただきたく存じます。けっして、ああでもない、こうでもない、無理難題を申したり、いたしはしません。わたしには、その権利、資格など、ありはしません。いったい、何をねだったり、できるでしょうか。われらに、すべてをゆだねられたのですから、われらは、あなたさまが設けられた宴の席で、われらが仇のまえで香油をそそがれ、われらが盃はあふれるばかりです。われらは、とこしえに、あなたさまの宮殿に住みたい、とねがって、やみません。ところが、われらはその宮殿、地球をめちゃめちゃに、しようとしています。それどころか、あなたさまのお住まい、無限の宇宙へ、お騒がせ、しております。もってのほかです。

神さま、これらのことは、おいおい、われらが謙虚になって、反省をし、力をあわせて改善してゆくべきもので、もちろん、あなたさまのお力添えがあって、実現のかなう地球と宇宙環境保護の、運動であります。

きょうは、神さま、別件のおたずねを、させていただきたいのです。いましがた、申し上げた、根本にかかわることでありますからして、もっともだ、と、うなずかれて、どうか、この貧しい質問をおゆるしください。そして、その前置きをも、おゆるしください。

神さま、あなたさまは、おのれを愛するがごとく、なんじの隣人を、愛せよ、と、おおせになりました。これは、まことに尊く、人類はじまって以来の黄金律であります。これをおいて、われらは、いかように、生きられましょうか。このお言葉こそ、人間のいのちであります。

いま、わたしは、人間、と申しました。この国、われらが国では、人のことを、人と人の間、と、表現いたします。そのあいだがあって、それを大事にして、はじめて、われらは、にんげん、なのだ、と、この日本語は証言しております。

さて、どうも、くねくね、前置きが、ながくなりましたが、神さま、あなたさまに、おたずねを、いたします。おのれをを愛するがごとく、なんじの隣人を愛せよ、ですけれど、いったい、人は、そもそも、おのれを愛しているでしょうか。ほんとうに、おのれを愛することが、できるのでしょうか。おのれを愛せよ、さればこそ、隣人が愛され、生きられるのでは、ないでしょうか。じぶんが愛するにたりる人間でない、にんげんが、どうして人を愛することが、できましょうか。いいえ、それは、できません。

神さま、わたしの考えは、あやまって、いましょうか。神さま、どうか、わたしの人格を完全ならしめて、そして人を愛したいのですが、おたずねします、間違いでしょうか。

夢を見る

よい夢を見たい、と思う。

人が眠っているあいだに見る夢は、第二の人生であると言う。ならば楽しい夢がのぞましいに決まっている。しかし、あいにくながらそれは稀な経験であって、たいていは楽しからざる夢である。ときとして凍りつくような悪夢を味わって、覚めてから、やれやれと胸をなでおろす朝もある。おおむね、釈然としなくて、さっぱり忘れようとおもったり、あるいは多忙な日々にあって、いちいち夢にこだわっている暇がない、というのが実情かも知れない。

じっさいは、よきにつけ悪しきにつけ、夢を克明におぼえていられるものだろうか。あらためて考えてみると、かなりいい加減である。むきなおって点検しはじめると、ぼんやり薄れてしまうのが夢の正体のような気がする。

精神医学の分野に夢判断がある。夢を分析して、心の病の治療とする。わたしにはこれが不思議でならない。だいたい、夢を正確に記憶していて、医師にただしく報告することができるものなのだろうか。創作がないまざっていると分かっていて、それを承知しての診察をするのであろうか。とすると、人が悪いのはどちらだろうか。

なぜ人は夢を見るのか、という説明として、夢は眠っているあいだにも生命を維持するための機構、と教えられたことがある。そうかも知れない。だが、俗人であるわたし個人としては、夢というのは精神のゴミ処理場なのだと思っている。眠って夢を見ることで頭の掃除をしているにちがいない。

そして、きれいさっぱりするについては、ときどき大事なものさえ誤って捨てることがあるかも知れない。それで、よい夢を見たいと思っていても実現しないのであるならば、健康のためだから仕方がない。悪夢も元気になるための天の配慮であるにちがいない。

この世のことは、いっさい、夢まぼろしである、と主張する人びとがいる。その人たちを論破することは不可能である。論理に論理をかさねても、これを破ることはできない。すくなくとも、わたしにはできない。この世を夢というのであれば、それも結構、それならば立派ですこやか、壮大な夢を生きればよい、と答えるしかない。

しかしながら真実、偉大な夢がある。まことの救済、われわれの紀元は夢からはじまっている。旧約聖書、新約聖書がそれを教えている。「マタイによる福音書」第一章イエス・キリストの誕生は「夢」によって告げられている。この文章を書いている今、太陽は黄道を一周して、出発点へ到達しようとしている。クリスマスがやってくる。新年である。

メシアンの夜

これからしるすことは、長崎の人たちを嘆かせるだろう。しかし、ほんとうなのだから仕方がない。

わたしたち夫婦は、自称、隠れキリシタンである。信仰を問いただされる折々に、そう言って暮らしている。信仰と行いについて足らざることが多いからである。

二〇〇八年十一月十九日の夜になっていた。わたしはメシアンのオルガン曲をLPで聴いていた。トーレンスのターンテーブルがまわり、ロジャースのスピーカーが鳴っていた。輝く光の鍾乳洞にいて、清らかな泉が湧いていた。ミロの色彩が溢れている。「スペイン出身、日本国籍のユウキリョウゴ神父さまを、あなたご存じ?」と言って、妻は夕刊を持ってきた。訃報欄に認印くらいの小さな顔写真がある。結城了悟というお名前は、わたしにとっても初見であった。だが、次の瞬間、写真は実に雄弁であった。

「あ、わかった。ほら、一尺たりとも譲りません、あの神父さまじゃないか」

「まあ、なんてことでしょう」

妻は絶句した。オルガンの音色がダイヤモンドダストのように降っていた。長崎の日本二十六聖人記念館の館長を長年つとめてこられた神父がわたしたち夫婦を静かに見返している。十三年まえの夏がよみがえってきた。

一九九五年、平成七年七月七日、長崎は梅雨まっただなかの東京とうってかわって、紺碧の空であった。カトリックセンターに宿をとった翌日、長崎訪問がはじめての妻とともに記念館をたずねた。わたしたちは子どもの霊名として、殉教の少年ルドビコ茨木とトマス小崎のお名前をいただいている。

わたし自身は、記念館を訪れるのは二度目であった。一九七七年、昭和五十二年二月五日、二十六聖人記念の野外ミサにあずかっている。館前の広場には粉雪が舞う寒い日であった。その日の記憶からすると、広場が狭くなったと思われた。敷地が削られたのかとあやぶまれた。このときとかのときの間には、歳月がある。雪の日と真夏の隔たりがある。

そこで受付の女性に尋ねてみた。かたわらに神父さまがおいでになった。

「いいえ、一尺たりとも譲りはしません」

断固たる口調であった。異国の人が、われわれ日本人も使わなくなった尺貫法を用いて答えた。わたしたち夫婦はその人が館長だとは露知らずだった。ただただ、その確固とした声音に心打たれるばかりだった。記念館のホールには、白百合が咲いていた。

「ほんとうに、なんというめぐりあわせでしょう。でも、じっさいにお会いしていて、今夜またお会いしましたね」

「そうだね。今日が告別式の夜に、このメシアンのミサ曲が捧げもののような気がする」

わたしたち夫婦は今さらに自分たちが隠れキリシタンである心地がしてならなかった。無知が恥ずかしかった。それでも信仰によって結ばれている。尊い追悼の一夜となった。

墨磨るあいだに

作硯《さくけん》の時代を表現する常套句に、明末清初《みんまつしんしょ》という言葉がある。ざっと六十年のひらきがあるけれど、なにしろ白髪三千丈の国であるから、これでもきわめて穏当な表現のうちであろう。その時代の玫瑰紫《まいかいし》澄泥硯《ちょうでいけん》を使っている。筆は臙脂色の木軸の倣古玉蘭蕊《ほうこぎょくらんずい》である。羊毫筆《ようごうひつ》としては、もっとも安価であって、使い勝手がよいので年来愛用している。

墨は静盧《せいろ》珍蔵《ちんぞう》と金箔が鮮やかな唐墨《とうぼく》である。手にあまるほど大きくて、膠《にかわ》の性質がことなっているせいか、非常に固い墨である。この墨についてはいくら磨ってみても濃くならないなあ、と憮然として呟く人がいる。ところが、そうは言うものの決して捨てられることがない。それこそこの墨の特長、持ち味だからである。以下にしるすことは、この墨の色調を理解してもらうための比喩である。

冬の落葉樹林を眺める。晴れた日であると、遠景では、仄かに淡紅色をふくんだ紫褐《しかっしょく》色の靄がたちこめているように見える。葉が落ちつくした枝は、やがての春の生命をはぐくんでいることが、よく分かる色をしている。ほんとうに美しい色合いである。なるほど静盧珍蔵という表記がうなずける。そのような発色を見せるのが、この墨の本領である。

半紙は毛辺《もうへん》と呼ばれているものを使っている。これ以上廉価なものは存在しない、と極言してよい紙である。しかし、十年もまえに、まとめ買いをしたので、いまや年代物である。紙もまた自然発酵をするらしく、手触りがミンクかカシミヤのコートのようである。

そして習字のお手本は、『梅雪《ばいせつ》かな帖《ちょう》』と松本芳翠《まつもとほうすい》の「千字文《せんじもん》」にきまっている。ここから迷い出たことは一度もない。百年一日のごとしである。

墨を磨る。

それだけに、おおよそ四十分をついやす。人、墨を磨るにあらず、墨、人を磨るというのは、蘇軾《そしょく》の有名な言葉で、しばしば引用される。通常、磨墨することによって人格がみがかれることと解釈されている。しかし、本来は、名墨の蒐集に骨身を削られる嘆きであって、少々、意味が違う。それはさておいて、墨を磨るあいだに、ときたま訪れる多幸感とでも言おうか、至福の境地とでもいうべきであろうか、たかぶったり、うわずったりの気持はまったくない幸福の時間がある。

そのときは、もはや習字のことなどは忘れてしまって、ただ無心に墨を磨っている。たとえ天地が覆ったとしても、そのまま墨を磨っている心地である。わたしは、もっぱら、その時間を感受したいがために、習字をするといってもよい。

父なる神、いましたまいて、われ、み手のうちにあり。

墨に含まれている龍脳《りゅうのう》の香りに包まれた忘我のときがある。人が神と出会うのは、必ずしも祈りの場のみではない。その不思議に打たれるのが、わたしの墨磨るあいだである。

コンビーフのキー

わが国では、私の知るかぎりのむかしから、コンビーフの缶は等脚台形のかたちをしている。その等脚台形の二本の対角線の長さは等しい、という幾何学を身をもって証明しているわけは、中身を崩さないで取り出すための偉大な発明である。

そして、底辺をひっくりかえすと、童話的な鍵がハンダ付けになって留められている。これを外して、缶のベルトをまきとっていく。ときには、側面にトンボのようにとまっていることもある。いずれにしても慎重にやらないと、ねじくれて、そのあと始末におえないことになる。ましてや、どうかしたひょうしに、この鍵を失ってしまうと、もはやゼッタイゼツメイである。

そんなわけで、なんでもないように見えて、ひじょうに大切なもののことを、コンビーフのキーと言ってみてもよいであろう。

一九五〇年代後半に自炊の下宿生活をしていた学生の私には、コンビーフは鮭缶とならんで大ご馳走だった。タマネギをスライスして水にさらしたものに、薄切りを添えて食べる。これとトーストパンとパーコレーターのコーヒーがあれば、バンザイだった。

ある夕刻、この至福の晩餐の準備をしていて、私はコンビーフの鋭利な開け口で指を切ってしまった。どんな拍子か、それは右手中指の第一関節のところだった。筆記具をあつかう学生にとって、大事なかなめである。傷は深くて、血がとまらなかった。

しかたがないので、両手をかかげるかっこうで、急勾配の階段を下りて（これまた非常に危険な姿勢だった）下宿のおばさんに、助けを求めた。

「潮時があるのよ、あなた」

おばさんは消毒と血止めをしながら教えてくれた。人間の躯にも干潮と満潮があって、私はあいにくなことに、満ち潮どきに指を切ったようであった。

その夜、私はコンビーフの正確なスペルと意味を初めて知った。塩漬け牛肉と辞書であらためてみて、納得した。では、いったい自分は今までなんと思って食べていたのだろうか。あいた口がふさがらなかった。そして、それからしばらくコンビーフのキーについての思索にふけることになった。

その日から半世紀の歳月が流れた。いま、種類にもよるが魚より牛肉のほうが安価になった。しかし、コンビーフはあいかわらずご馳走に思える。そして、台所に立って缶を開ける役目は、もっぱら私がつとめることになっている。それは、まことにささやかながら、楽しい作業である。私はあたかも尊い時間を巻き取っている気分になる。この疑問符「?」に似たキーシステムを発明したのは、どこのどなたさまであろうか。

つい、このあいだまで残っていた右手中指の傷痕が、もはや薄れたのは、残念である。

一日の光

吉田健一という人には、いろいろな肩書がつく。英文学者、翻訳家、批評家、小説家、食味評論家、そして宰相吉田茂御曹司など、と。いずれにしても、たいていの本を読んでしまって食傷気味の読書家が行き着いて、ホッと安堵する文筆家が吉田健一である。この人の短篇「航海」に、次のような一節がある。

「夕方つていふのは寂しいんぢやなくて豊かなものなんですね。それが来るまでの一日の光が夕方の光に籠つてゐて朝も昼もあつた後の夕方なんだ。我々が年取るのが豊かな思ひをすることなのと同じなんですよ。」（新潮社『吉田健一集成』第八巻）

この短い文章は、キケロの『老年について』（岩波文庫）を連想させる一節である。遠いむかしからの爽やかで雄々しい叡知の声、と感じられる一冊である。それとじゅうぶん対抗し得るのが、この吉田健一の希望にみちた言葉である。つまり、人生を一日にたとえるならば、夕方の光には一日の輝きのすべてがこめられている、と述べている。

人それぞれと思われるが、わたしのとぼしい経験からも、これはうなずける言葉である。わたしは五十代にはいって、これまでにも増して、世の中がいちだんとおもしろくなりはじめた。それは目が覚めるような感覚だった。それで黙っていられなくて、ある老年に話をしてみた。

わたしは「エルの会」と名付けられた旅仲間の一員である。この「旅」を意味するドイツ語、ライゼの頭文字から由来している一行《いっこう》とともに、どこやらに出かけた日、一緒に肩をならべて歩いていた大先輩に、わたしは自分の感想を言ってみた。すると、即座に返事がかえってきた。

「なんのなんの、あなた。六十、七十になってごらんなさい、もっともっと、おもしろくなってくるんだから」

わたしは、遥か道の先にいる年長の人に話しかけている、と思っていた。しかし、わたしはすでにその年代にはいっていて、いま、あらためて、真実そのとおりだ、と感じている。

ユーゴーの『レ・ミゼラブル』には、この変転悠々たる大小説にふさわしく美しい言葉が所々方々《しょしょほうぼう》にある。吉田健一の表現と共通する言葉を引いてみよう。

「太陽が傾いて没せんとする時、小石さえその影を地上に長く引く頃……」（豊島与志雄訳　岩波文庫）

なんでもないような表現であるが、広野を想像し、かなたへ延びてゆく道を思うとき、小石の影の描写が非常な力を持っている。ここでは風景の広がり、時間、人の生涯の神秘さえが象徴されている。小石の存在感の冷厳さに心うたれもする。

一日の光、あるいは小石の影、そこには真実のよろこばしさ、恵みがみちている。まこと老年の現在を感謝して、豊かな思いを確かに享受したいものである。

サキの帽子

帽子がたいへん好きである。それで自分がかぶるだけではなく、作品の主人公の趣味にまで押しつけている。この主人公は、自分の年齢の数とおなじ帽子を所有している。そして、誕生日が来るたびに買い足している。そんなわけで廊下には一週間分、日替わりの帽子がならんでいる。つまり、私は自分の夢を物語で実現させているわけである。

いま、かぞえてはいないけれど、いくつか大事な帽子がある。そのうちの二個は、長男が弟と妹と相談をし、小遣いをあつめてのプレゼントである。これから機会があって、経済がゆるすならば、まだまだ買うであろう。

なぜだかよく分からないが、いつのころからか帽子をかぶると安心するようになった。私は鍔《つば》のひろい帽子が好みである。路を歩いていて、人と目を合わせたくない時など、庇《ひさし》をさげると重宝である。にわか雨のとき、避難のコーヒー店まで悠々としていられる。その他、安全、衛生的見地やら、いろいろ、ご利益《りやく》がある。

ただ、どうにもソフトが似合わない。もっと年齢を重ねて、蒼古たる風貌になれば、なんとかなるのではないかと、一縷の望みをつないでいる。しかし、その帽子の台がそれまで無事にもつかどうかは、保証のかぎりではない。

英国の作家サキの全集一冊本を持っている。分厚いペンギンのペーパーバックの背と表紙には、帽子をかぶった作家の写真が出ている。細面の煙ったような眼差しのサキは帽子を斜めにかたむけて、粋である。おそらくわが日本人では、その真似はムリである。それをやると、こうもり傘を待ったブラウン神父の出来損ないになってしまう。では、シムノンのメグレ警部になるのも、かなりむつかしい。例外は、詩人で翻訳家の田村隆一くらいなものであろう。しかし、『四千の日と夜』のような詩集が誰にでも書けるわけではない。

銀座に帽子の老舗がある。有名であるが、その屋号と表記がそっくりおなじ帽子店が都内某所にある。よほど前になるが、あるときその銀座の老舗で尋ねてみたことがある。もちろん、先刻承知で、店の人はこう答えた。

「いいんです。帽子の好きな人が、増えればいいんです」

私はそのときほど、自分が狭量な人間であることを恥じた経験はない。これではいつまでたってもソフトはかぶれないであろう、と深く反省したものだった。

手紡ぎ、手織りのツイードの帽子を持っている。よれよれ、ひしゃげていて、かぶるたびに形を整えなければならないが、断固として丈夫で全天候型である。公園のベンチではシートのかわりになる。服装については、きちんとしなければ怪しまれて、通報されかねない帽子ではあるが、自負の志をふるいたたせんがために、あえてかぶって歩いている。これがいまのところ、わたしのサキの帽子である。

浅学の幸福

瀟洒なショートショートの星新一の人気はすたらないようである。私もファンの一人で分厚い三冊本を化粧箱におさめた『星新一ショートショート一〇〇一』新潮社版を愛蔵している。千夜一夜物語になぞらえているのだろうが、実際に収録されているのは、一〇四二編である。偉業というべきだろう。

もちろん文庫本もあるが、私は大部の二段組の本で、その日の気分まかせに、二、三編ずつ読んでいる。その星新一には、これとは別に『進化した猿たち』という著作がある。この人の外国マンガのコレクションに、これまた奇想天外の解説がついたもので、早川書房の単行本のほかに三分冊になった文庫版がある。残念ながら、いずれも絶版になっているが、古書店探しとか、ネット検索で、探求はむつかしいことではない。

その『進化した猿たち』のなかに、「アダムとイヴ」の項目がある。実に豊富な笑話が提供されているが「意表をつかれて異色なものでは」と星新一自身が注釈する次のような話がある。

「(いろいろあるなかで)探検隊が砂漠でアダムとイヴの墓を発見するという漫画があった。これは盲点だ。アダムとイヴの死について、ちょっとでも考えたことのある人は、まあいないはずである。」

まさにご同感。これには私も異論がない。また、おなじこのエッセイの中で、私は初めてアダムとイヴにヘソがあったかどうか、という、まことにおかしな議論に接した。あってもなくても、いずれともに奇妙奇態である。これもまた盲点をつかれて、しばらく私の頭の中がにぎやかになった。私としても

「解答なし」で笑ってすませるしかなかった。たぶん、欧米では古い歴史をもつジョークなのだろう、と考えたりした。

ところが話は一転した。

たまたま『フラミンゴの微笑―進化論の現在』（スティーブン・ジェイ・グールド著　新妻昭夫訳　ハヤカワ文庫）を読んだ。その中では、この問題が論じられていて、ヘソ、ギリシア語で「オムファロス」というのだそうだが、生涯をこの研究に捧げたフィリップ・ヘンリー・ゴッスというイギリスの学者が紹介されている。実在の研究者である。結局、ゴッスは論文『オムファロス』を刊行したものの、誰からも相手にされず、晩年は孤独のまま、炉端で幼い息子相手に世の中の悲惨、恐怖の話ばかりをして余生を送った、とある。私は暗澹たる気持になって、とうとうゴッスの不幸を書いた著者までがきらいになった。

いっさいを徹底して証明、説明しようとすると、待ち構えているのは悲劇である。『進化した猿たち』の親戚でいなさい、というのが星新一のファンへのすすめのようである。

バス停にて

駅前通りでバスを待つ。幹線道路なので、流れの激しい大河のようである。ここらあたりは大丘陵地帯であるが、この町へはじめて来た人たちは大抵気づかず、平地を歩いている、と思っている。どうかすると、昔からの住人でさえ、うっかりしていることもある。

いま南に面したバス停に、日がさしている。待っているバスは、三つ向こうまで来ているらしい。表示灯がそれを告げている。停留所のベンチに、幼児の靴が紺と赤の片方ずつ載せられて、落とし主を待っている。そして、柵には透明なビニールの袋がかかっていて、布教のための小冊子が、つつましく人を待っている。

もはや、五十年、私はバスを待っている。道路の向かい側は、チョコレート屋である。窓辺にクレヨンで描いたような少女の人形が飾られていて、それがいつのまにか、トレードマークとなった。その左隣は洋服店である。重厚で典雅な服地の反物《たんもの》が見える。誂《あつら》えてから、仕立て上りまで七か月かかる。すこしもあわてない店である。

真正面には、美容院がある。いましも、杖をついた女性が出て来た。お洒落な老年である。ワンルームマンションをおいて、二十四時間営業の弁当屋が、炊きたての湯気の気配をただよわせている。歩道を行き交っている人たちは誰もかれも、それぞれ舞台へ登場してきたように颯爽としている。

銀杏並木は、先のほうでゆるくカーブしている。道路は駅前を過ぎて、ずっと遠くのほうで下り坂にかかる。東京カテドラル聖マリア大聖堂は、その手前に位置している。私はこの大聖堂を思い浮かべるたびに、伊東静雄の詩「八月の石にすがりて」を連想する。あたかも、巨大な蝶が、河原で白銀の鱗翅を呼吸させているようである。シスターが静かに歩いている。

つまり、大丘陵の裾から上ってくる人びとは、青空を指さすモダンな鐘楼と蝶のような大聖堂に遭遇してからのち、私たちの町へはいってくることになる。私はいま、そこへ出かけようとして、バスを待っている。

私は、祭壇の背後に巨大なヤコブの梯子《はしご》を聳《そび》えさせた聖マリア大聖堂が、たいへん好きである。ただ、十分、二十分と坐っている。時として、待ちもうけていなかったパイプオルガンが鳴り出すことがある。ヤコブの梯子の天空から、光の爆布が奔騰してくるようである。あるいは、輝く葡萄の房が垂れているようにも思える。そのようなとき、人間が土の器にたとえられることが、いかにも正当であると感じられる。聖ヨセフにならって、一切を受けとめるべきであることが、よく分かる。いつでも、そのこころでありたい。

いま、バス停の表示灯がゼロとなった。さあ、バスが来た。

灯台の話

このごろの就寝前、枕もとへ持ち込んでいる本は、原文がフランスで出版されて翻訳された写真集である。B４判の写真集である。成山堂書店から刊行された『世界の灯台　写真でみる歴史的灯台』で、いかめしくも海上保安庁交通部監修　国際航路標識協会編纂とはなっているが、眺めていて夢想がつきることのないロマンにみちた本である。ついつい我知らずに、夜ふかしをしてしまう。

とにかく世界中の灯台の写真が原色版であつめられている。航海技術の進歩、宇宙衛星の開発などで世界遺産の指定からも忘れられ、廃棄、解体されてしまうのを惜しまれて作成された写真集である。

近所の開架式図書館の書棚を見てまわっていると、この一冊があった。題名だけを見て楽しそうなので借りだした。期限いっぱい眺めさせてもらったあと返却した。しかし、しばらくして忘れられないので、再度、借りだそうと思って出かけてみると、そのたびに貸出中になっていた。それで、とうとう、一冊、版元から新本を郵送してもらって、無事、わが手もとへやってきたというわけである。

壮麗典雅、中世の修道院を転用したかのようなフランス共和国のコルドアーン灯台がある。かと思えば木とレンガで築きあげられた五重塔そっくりな中華人民共和国マオタ灯台がある。あるいは岬の突端、二階建ての別荘屋上に装備されたかに見える小さな木製のノルウェー王国ヘミルンゲン灯台がある。

アメリカの現代SFファンタジー作家のレイ・ブラッドベリ作、孤独な灯台と海底奥深くに棲む恐竜の恋物語をテーマにした、抒情的な傑作短編「霧笛」を連想しながら眺めてゆく。

あれこれ見ているうちにスコットランドのベルロック灯台に目がとまった。このまえ充分に見たつもりで、見おとしていた。初点灯は一八一一年、塔高三十六メートル、設計施工者はロバート・スチブンソンとある。その孫が同名の『宝島』の作者である、かのスティーブンソンである。この写真も高緯度特有の白雲が張り出した青空を背景にしているが、旅行好きのスティーブンソンであるし、病弱で転身したとはいえ、もともとは灯台建築技師になるために工学部に学んでいるほどだから、訪れているはずである。

わたしはあらためてこの写真を眺めているうちに、『宝島』再読をかんがえた。わたしの手もとにあるエヴリマンズライブラリー版の挿絵を描いているのはマーヴィン・ピークである。知る人ぞ知る、で、このマーヴィン・ピークには三部作のファンタジー『タイタス・グローン』『ゴーメンガースト』『タイタス・アローン』がある。

こうなると、この三部作も読むであろう。すると夏もそのうち冬になるであろう。

主はわがために宴をもうけたまいて

真夜中に路地裏で、屋台のノレンをくぐって過ごすひとときを持たなくなって、ずいぶん歳月が過ぎる。あのような商売は、コンビニや二十四時間の店がこんにちほど行き届いてしまうと、もはや成り立たないのであろうか。見かけなくなったような気がするが。

ホテルなどでの立食式パーティーなどで屋台がしつらえられるときがあるが、それはまったく別物である。それは趣向をこらした贅沢というもので、風吹く路地角の風情からは程遠いものである。

眠られぬ夜、服を着替えてチョット出かけよう、と何度か思いながら、月日が過ぎてしまった。じっさいのところは、もはや、その体力と気力をうしなっているのだろう。また、他の文筆業の人たちは昼夜転倒した生活をしているらしいが、わたしはそれをやらないから、夜なかに空腹や渇きを覚えることなどもない。つまり、必要がない。

もっとも、きわめて最近のことだが、お正月の二日の深夜、コーヒーをきらしてタクシーで飲みに行ったことがある。お目当ての店が休んでいて、タクシーの運転手さん推薦の店へ行った。たったいっぱいのコーヒーが、きわめて高価で高貴な飲み物となった。

むかし、月刊誌の編集部に勤務していたころ、挿絵原稿や連載マンガの原稿を頂戴して帰るのは、たいてい、夜明けがただった。原稿は安全を期して、会社へ持ちかえったあと屋台へ出かけて行く。夏もよし、冬もよし、晴れても雨でも、それぞれに楽しいものだった。その時間帯には、社費でタクシーが使えたから、帰宅時の交通の心配は無用だった。

最終校了の日は、これまた楽しい一夜であった。編集部のある階の洗面所にガスこんろがある。その日はもう宵のうちから仕込みにかかっている。洗面器を鍋にして、おでんを煮る。この日にかぎって、苦情は社内のどこからも出ない。

大体、午前三時ごろには、詰めきっていた印刷会社の営業部の人たちも用が終わって、帰ってしまう。いつ、どこから、誰が仕入れるのか、机に据えられる酒は〈剣菱〉ときまっていた。場所としては安全であって、気兼ねなく酒肴をたのしめる。わいわい、さわいでいるうちに、慰労パーティーが次号の編集会議に変じたりして、ムダ話も決してムダにはならなかった。

その日ごろは、仕事で遅くなる日が連日の後なので、くたびれているはずだが、だれもかれも疲れ知らずだった。洗面器のおでんは、考えてみるといい加減なにわか仕込みで、衛生面のことなど誰一人気づかうものはいなかったが、味わいのほどは天下一品だった。あの酒宴こそ神さまにねぎらわれていたようで、さわやかな活気にあふれ、なおかつ仕事への喜びに満ちていた。いつまでも忘れたくない、さやかな思い出の一つになっている。

頭を空っぽにする

このまえ、読書について書いたが、今回も本の話である。

夏目漱石の門下生で地球物理学者の寺田寅彦の随筆を愛読していて、文庫本五冊の撰集を大事にしている。わずか五冊の随筆の文庫が、わたしの百科事典でもあって、なにか相談事、思案にあまったとき面倒をみてもらっている。その寺田寅彦の随筆のなかに、つぎのような言葉がある。

「頭を空っぽにする最良法は読書だからである。」

読書に没頭、われを忘れて読みふけるのは、またと得がたい幸福である。わたしは、いつも、自分の頭を空っぽにしていたい、と願ってやまない。

去年の秋、二、三日横臥して、何もできない日がつづいた。まるで心の胃酸過多のような状態になってしまった。テレビ、ビデオ、ラジオも受けつけない。読むべき書物は山積しているのだが、頭の中は風化した消しゴムのようになっている。

まったく、とほうに暮れてしまった。そこで決心して出かけることにした。サンテグジュペリの『星の王子さま』の冒頭に、ゾウをのみこんだウワバミの絵が出てくる。ちょうどそんな恰好の帽子をかぶって、わたしは駅前通りにあるブック・オフへ行ってみた。

じつは、ブック・オフへ行くのは初めての経験だった。文庫本一冊が百円で買える店だとは知っていたが、税金がかかって、百五円であることを初めて知った。また、かならずしも百円ではなくて、二、三百円から七百円の文庫本もある、と知った。

で、その日は原則として百円本に限定して、店の入り口にある籠に山盛りいっぱい、買いこんで帰った。てあたりしだいに、ふだんなら、けっして振り向きもしないような本を買った。読書の博愛主義者になったわけである。

さて、枕もとに文庫本を山とつんで、とにかく、三日をついやして全部、読んだ。とすると、まあ、所期の目的を達成したわけである。感想は、というと、ふたたび寺田寅彦の言葉を借りることになる。「間違いだらけで恐ろしく有益な本もあれば、どこにも間違いがなくてそうしてただ間違っていないというだけの事意外になんの取り柄もない本もある。」

ざっと、そんなところであろうか。しかし、お隣の韓国で翻訳されて、日本へ観光、買い物に来る人たちのあいだで人気があるという文庫本を一冊みつけた。面白かった。

文春文庫『日本の名薬』山崎光夫著。これは日本の伝統名薬、たとえば太田胃酸、トクホン、中将湯、亀田六神丸、龍角散などといった薬の紹介をしていて、われわれにも役立って、人なつかしい気がする。意外にも「頭を空っぽ」にしてくれる発見だった。

夢の跡

夏草やつはものどもが夢の跡

これは松尾芭蕉の『奥の細道』に出てくる一句である。高校生のころ、国語の教科書で習って、印象深いので、いまだに覚えている。背景は岩手県平泉の義経居城跡で、義経主従の悲劇と、奥州藤原氏三代の栄華がむなしく廃墟と化した風景が感慨となっている。

しかし、大阪に生まれて、大坂城に近いところで育ち、城郭を日ごろの遊び場にしていたわたし自身は、豊臣秀吉の生涯とその興亡の跡というふうに読み替えて、記憶に刻んでしまっている。わたしは中学生時代の親友で、のちに画家となった佐々本壮六と徒党を組んで、当時、出入りが自由であった天守闇と濠のうちそとを、駆けずりまわって遊んで暮らしたのである。したがって、そこらあたりが、つわものどもが夢の跡である。

つい、最近、わたしは白寿を迎えた母のお祝いと見舞いのために伴侶とともに大阪へ帰り、ホテルニューオータニ大阪に宿泊した。七階の部屋は南に面して市街を一望し、眼下に寝屋川と水上バスの発着場がある。そして、西方向に大坂城がそびえていた。東に遠く生駒山がある。

ようするに、わたしはプルーストの『失われた時を求めて』をホテルの窓に読むような気がした。

巨大な窓いちまいのガラスが外界をさえぎっているが、おもてには大阪市内の人たちが生駒おろしと呼ぶ木枯らしが吹いている。御堂筋のイチョウ並木の木の葉を散らすのは、この風である。わたしは市部の丘の上にある母校の明星学園を探した。どうやら、それらしい建物が視野のうちにあるが、残念ながら、確信がもてない。だが、それはそれで、よかった。見いだせないものの、かならず存在しているからである。

やがて、わたしたちはティータイムをすごすために、一階に降りた。ロビーにウェディングファッションの一組がいる。はてな、と考えた。チェックインのとき、見かけてすれ違ったので、おめでとう、と言ったはずだが、まだ、うろうろしている。花嫁衣装の長い裾がロビーのフロアーを掃いている。小さなステージがあって、白いピアノとベースがジャズを演奏している。

彼、彼女は、実はモデル撮影の最中である、と、やっとのことで判明して、わたしたちは自分たちの迂闊《うかつ》さに笑ってしまった。しかし、まあ、いいではないか。それはそれで、よかった。わたしたちは、ほどなく金婚式を迎える身だと思い返したりした。

ティールームで午後の紅茶をたのしんでいると、わたしたちを芭蕉が見守っていて、夏草やつはものどもが夢の跡、と微笑しているような気がした。

午後の曳航

わたしは大阪生まれだが、両親とわが伴侶は四国の徳島出身である。先日、ひさしぶりに伴侶の実家で滞在した。徳島市は吉野大川の幾筋かの支流と、三角州によってできあがった町である。その町の中心に眉山《びざん》がある。このまえの戦争のおり、わたしはこの町へ大阪から疎開していて夜間空襲にあい、一夜、火中を逃げまどい、眉山に登ってようやく難をのがれた。眉山こそ、わが救いの山である。この体験をもとに昭和四十五年、文芸誌「新潮」に小説『眉山』を書いた。かけがえのない山である。

実家は、眉山を仰望する助任川《すけとうがわ》の岸辺にある。南に面した二階のベランダは、茶室に通じる露地仕立てになっている。そこから対岸の松並木を見おろすことができる。両岸は阿波特産の青石が堤防になっている。向こう岸は木道で、散歩をしていると舞台を歩いている心地がする。ながらうべきか、ながらうべきにあらざるか。シェイクスピアの有名なセリフを、つい、考える。

堤防のそちらがわに、白いモーターボートが舫《もや》っている。もはや、何年になるだろうか、すくなくとも二十年は、そこで停泊している。動いたところを見たことがない。潮の干満で上下し、風波に揺られるのみである。しかし、ボートはいつも白く、綺麗で、軽快な感じがする。こちら側、実家の庭には桜の大樹がある。これをそえると、窓からの風景は完成する。

この景色を、わたしも白いモーターボートと同様、長いあいだ親しんできた。ボートは繋留されているのだが、いまにも川面を疾走するようである。

いつのまにか、このボートの映像が現実を離れ、自然と脳裏に浮かぶようになった。象徴として、いつ、どこにいても、ボートは水波を蹴り立てて、彼方へ走っている。

結婚をして、三人の子どもに恵まれ、三人の孫がいる。つまり、それだけの歳月が流れたことになる。白いモーターボートは、二十年どころか、四十年以上もの航行をしてきたわけである。

先日、子どもたち一家が、実家へ大挙して押しかけてきた。彼ら彼女たちは見慣れて珍しくないのか、あるいは風景と調和して、特に目にとまらなくなっているのか、ボートは無視されて話題にはならなかった。

それはそれでよかった。わたしは眉山にまつわる話もしなかった。白いモーターボートは、その日もいつものように、川風を受けて揺れ、かすかに上下していた。陽は西に傾く美しい午後であった。まもなく夕映えがくるであろう。ボートは、そちらに舳先をさだめて、その日もおおいなるものに曳かれて航行をつづけているようだった。

仕事のよろこび

七年ほどまえ、『十一月の少女』と題した長編小説を書いた。執筆途中で県立徳島書道文学館が開館する間際の短期間、館長役を引き受けたりして、手間取りはしたが、たいへん楽しい思いをしながら書き上げることができた。夢の国の王様にでもなった気分だった。

十一月は、十月と十二月にはさまれた神秘の月である、というふうに書きはじめた。とはいうものの、十一月が、なぜ神秘な月であるのか、カトリックの信徒には説明は無用であるが、クリスチャンが我が国全人口の一パーセントに過ぎないので、そのままでは何のことか分からないから、少々、言葉をついやした。

十一月は、死者の月である。日没が日毎に早くなり、日によっては朝から夕刻のような気配の日がある。どこか、ひっそり静まりかえったところがある。地球は太陽のまわりを一周して、その旅を終えようとしている。しかし、いろいろな収穫は貯えられ、用意万端で、冬が待たれている。灰色に煙る幻想の日々である。

そのような十一月を背景に、時間の扉を自由に出入りができる、ヤという少年とウという少女を主人公にして、物語を書いた。わたしは、読者に約束をした。この物語を読んでいただいているあいだ、あなたの幸福を保証いたします、と。たぶん、それは成功したはずと、自負している。何故なら、すくなくとも作者は書きながら充分に幸福であったし、それはそれ自体が読者の幸福を約束する大事な条件だからである。結果として、評判も悪くなかった。

わたしは、そのあと、続編を書こうとした。使った万年筆のペリカンのキャップには、西独という刻印がはいっていた。その時代の新品の万年筆を保存していて、おおよそ、三百五十枚を書いた。そのペンは親しい人にさしあげ、続編はラミーのブルーインクのボールペンで書きはじめた。ところが、百六十枚あたりでストップしてしまい、こんにちに到っている。そのあいだに、短編は書いているが、長編は一作もない。ずいぶん、悩んだ。

こんかい、いろいろな都合と制約があって、ある月刊誌に一年に一作、六十枚の予定でまったく新たな構想のもとに、気長な作品を書きはじめることになった。六百枚を要するので、完成まで十年かかる。わたしは、用心をして大学病院で健康診断を受けたが、どこも悪くない。また、周囲の諸事情を慎重に点検し、整えもした。しかしながら、なにごとが起きるか予断はゆるされない。人間万時、塞翁が馬とやら言いもするし、かいもく、五里霧中、分かったものではない。つい、襟《えり》を正す。

ところが、先が分からない、未来を読めていないということが、物語を展開、すすめて行く上でのスリルで、これがあってこその、仕事のやり甲斐で、不確定未来こそが生命躍動の動力そのものである。つまり先の分からないでいることが、わたしの心の支えであって、何よりも生きる悦び、物書き、とやらでやってきた、これが本当のさいわいである。

青の時代

なつかしい気がするので、テイヤール・ド・シャルダンの著作集から『現象としての人間』をひっぱりだしてきて、再読した。いや、読んで見たい、と思ってページを開いてみた。しかし、もはや素直な心はうしなわれていて、文章についてゆくことができなかった。そらぞらしい感じがして、とうとう本を閉じてしまった。

シャルダンの進化論をふまえた、壮大、宇宙的な世界観、終末思想は、バローズのスペースオペラ、「火星のプリンセス」シリーズのように、世にも美しい物語と思えた時代は過ぎてしまった。わたしの感性も枯渇してしまったにちがいない。

〝生の哲学者〟ベルクソンに一大ベストセラー『創造的進化』がある。わたしは昔の三笠書房版松浦孝作訳で読んだ。テイヤール・ド・シャルダンはベルクソンの弟子であり、その哲学継承者である。個性的な解釈、思想の展開をした神学思想家である。

しかしながら、いまや、宇宙を見渡す目は変化をしてしまった。シャルダンの時代にあって、宇宙の百三十七億年の先は見えていなかった。量子論のナノテクノロジー、SF作家お好みの多世界解釈、パラレルワールドも想像外であった。進化の方向も不確定である。

何年まえだったか、忘れてしまったが、博多にある西南学院大学から呼ばれて、三日連続の講演をしたことがある。講演は授業の一部で、ホールいっぱいの学生さんたちは、たいへん、真面目であった。講演が終わると、教授のメンバーをまじえて昼食会になる。蒲原有明を研究しているというドイツの女性教授がおいでになって、わたしは仰天した。そこへ、学生さんの講演についての感想がコピーされてまわってくる。これも仰天である。

二日目のことだった。昼食会に出席する前の短い時間に、神学部の学生さんに会った。三十代後半の年齢と思えた。この人は、テイヤール・ド・シャルダンに感動して、一念発起、牧師をこころざした、と言う。わたしは、このときも仰天した。ああ、そうですか、で？　と向き直りはしたものの、まことに往生して、絶句した。あの人は、いま、どうしておられるだろうか。

「おい、おい、あんた」と、わたしはわたし自身に向かって言う。「いったい、なにごとかに感動して、生涯が一変するような思い詰めかたが、いま、あんたに、できるかね?」

年齢は関係がない。〝思い〟という、一徹なものが、大切で尊い。あの大学のキャンパスは海辺に近く、校内にクロマツのずっしりと、根をはった並木がある。そのマツの緑が実に綺麗だった。だが、歳をとると、緑色への視神経の反応が衰えるという。つまり、青春の青が見えなくなる、という。ほんとうであろうか。

もういちど、いま、あのマツの青が見たい。針葉樹のようにひたすらな青が見たい。

路がやってくる

巨大過密都市、東京に暮らしていると、いろいろな災厄が考えられる。まず、いちばんに考えられるのは、地震である。これは避けようとしても、人の力のおよぶところではない。ただ、そのとき、どのように安全、無事にやりすごすか、あれこれ思案し、救急のそなえをするのみである。しかし、万全を期するわけにはいかない。だいたいは、気休めの対策で終わってしまう。

いつだったか、わりあい最近のこと、ある午後、二階の自分の仕事部屋で読書していると、ゆさゆさと、揺れ出した。揺れが非常に長い。階下にいた伴侶が駆け上がってきた。わたしは、部屋の入り口の柱を両手で突っ張って、おい、とまれ、とまれ、と怒鳴った。そのようなことで地震がとまる、とは思っていなかったが、いまいましくはあるし、恐ろしいし、ほかにすべはないので、つい、叫んでしまった。

この一件は、正直なわが伴侶がお友だちに、うっかり報告したので、わたしは近所界隈で、すっかり有名になってしまった。もう二度とやらない。頼まれても、やらない。

ずっと昔、まだ子どもが伴侶のおなかのなかにいたとき、どうか地震は子どもが生まれてからのことにしてください、とお祈りした。そして、無事生まれてくると、こんどは、子どもが自力で走って逃げられるまで、どうぞ地震がおきませんように、とお祈りしたものである。

いまや、三人の子どもたちは成人し、それぞれ一家をかまえて、郊外に暮らしている。やれやれであるが、すっかり安心しているわけではない。彼ら彼女らには、それぞれに、また、小さいのが生まれているからである。

大都会で暮らしていてもう一つ、疑心暗鬼でいることがある。それは、庶民の人智にはうかがうすべもない都市計画の立案と施工の次第である。いつのまにか道路計画ができていて、路はみるみる住宅を掘り起こし刈り込み、町を横断してゆく。行く手にあたったものは災難である。

近所に、路がとおっていて、工事がとまったままのところがある。もう、二十年、工事はストップしたままである。いや、三十年になるだろうか。路は伸び悩んでいるが、工事反対の気配もない。そのうち、この道路にそって、大劇場が完成した。文庫本サイズの最新版都内地図でみると、この道路に「劇場通り」と名前がついているのを発見した。地図だけでは、洒落たふうな路になっている。

しかしながら、路は通り抜けなくては、路ではないのだから、いつか路は、のしのしと通り過ぎてゆくのではあるまいか。いまのところ安閑としている住宅街に、路がやってくる。人が忘れて、平和に暮らしているところを、驚かせることになるのではあるまいか。

どこかで見た顔

――だな、と、その若い男が、ぬっと近づくなり言った。洗顔したばかりのつるり、さっぱりした童顔である。シャツのボタンを上から二つ、はずしている。手が切れそうな純白のカラーだった。そこから胸の刺青が、わずかにのぞいていた。髪は短く刈りつめていた。

おやおや、と思ったが、こうなった以上、しかたがない。常識は無効、けっして逃げ腰を見せてはならない。なにげない不感症がいちばん、ナマコのごとき心境がよろしい。

「そこらあたりで、お茶でも飲もうや」

しずしずと先手を打った。場所は新宿ではあるが、歌舞伎町ではない。ところを明かすわけにはいかない。おのずと縄張りが特定されて、さしさわりが出てくる。ある写真家にモデル撮影の背景を教えるべく案内していて、この奇禍にあった。彼とモデルの女の逃げ足は、実に素早いもので、立派なスプリンターぶりだった。商売替えをしたほうがいい。

その坊ちゃん顔の若者は、手下を一人したがえていた。初老、猫背で、痩せて長身だった。無口、無表情でいつもあらぬかたを眺めていた。田舎の役場で庶務課につとめる古参の役人といった風貌だった。おそろしい感じ、恐怖感が漂ってくるのは、こちらのほうである。ほんとうに善良なる公僕に見える。奉仕の精神に徹底している。このなんでもやってのけそうな無表情の下地にある、人生にくたびれた微笑がおそろしい。まさに、ニヒルの化身だった。

「なんだ、物書きか」

若者はコーヒーを固いもののように飲みこみ、それから、かたわらのノッポを振り向いた。

「この店、たたんでやろうか」

わたしはわたしで、日本文芸家協会の会員証を取り返すと胸ポケットにおさめた。このカードが役立ったのは後にも先にも、このときばかりだった。そして、俗に物書きなる存在のもてなされようを、しみじみ実感した。若者は、わたしの扱いように困ったようだった。絞ってみても、何一つこぼれないし、ほかに利用の方法もない。逆に、そろそろ、あれこれ、質問してかかる好奇心は、しつこくて、まこと始末がわるい、と判断したようだった。小一時間ばかりでわたしたちは別れた。

その日から四半世紀が過ぎた。わたしはその若者が名乗ったので、今でも姓名を覚えている。たぶん、相手も同じのはずである。ヘンなヤツは忘れられるはずがない。どこかで見た顔だな、だからである。わたしはどこにでもいる人間でしかない。しかしながら、あの若者は、いまとなると、単純さの偉大を持ち合わせた希少の存在だった、と思える。

電子書籍について

家からゆっくり歩いて三分とかからないところに、開架式の区立図書館がある。この図書館が開設されて以来、近所のよしみで、わたしはずっと利用させてもらっている。同じ区内の図書館と連携しているので、いろいろと広範囲に便利である。

一昨年、改築されて館内は明るく清潔で、広々としてきた。児童図書室も整備されて、子どもたちが安心して利用できるように配慮されている。以前は南方向にアーチ型の張り出し窓があって風情がそなわっていたが、駐輪場を設ける都合からフラットになってしまった。しかし、これは仕方がない。

地上二階、地下一階である。地階は閲覧室と集会室だったが、改装なってからは降りたことがないので、様子が分からない。以前はここの集会室で、子ども向けの映画が上映されたりした。講演会が開かれたこともある。

実をいうと、この図書館が開設されたばかりのころ、講演会の講師に任じられて少々おしゃべりをしたことがある。正直なところを言うと、わたしにとって、はじめての講演だった。人前で話をするのがきわめて苦手で、それまで遠慮をしてきたが、まあ、これも近所のよしみで、引き受けることにした。

この講演会のことが区報に出たおかげで、同じ区内に住んでいた大学時代の同級生が読み知って、会場を訪れ、旧友再会という場面があった。相手は女性で、いまや、主婦となっていた。やあやあ、ということになったが、バツの悪いこと、はなはだしかった。とはいえ、わざわざ来てもらったわけで、なつかしくもあり、モゴモゴとアイサツをした。

この図書館の地階には、もう一階がある。それは災害非常時用の巨大な貯水場である。建設当時の工事の段階から、この図書館と付き合ってきたわけだから、それが分かっていた。足もとは暗黒の水槽である。わたしは、昔の友だちと対面しながら、立っているのが不安な気がした。そしてまた、いったい、いま、じぶんは何者としてかつての友人と相対しているのだろうか、などと考えたりした。

ところで、iPad、iPhoneの時代になった。電子書籍時代に図書館、あるいは出版はどうなるか、という問題がある。新聞、雑誌や規格化された新書判、文庫本の未来は分からない。たぶん、吸収されるだろう。しかし、単行本というのは、書籍形態自体が独自の文化所産で、過去の膨大な蓄積をあわせ考えると、電子書籍とは別次元である。図書館、書物は、かわらず存続するだろう。「ニューヨーカー」四月十九日号の第四面、裏表紙は一面、iPadの広告だった。誰かが気楽に脚を組んで、カラー版のニューヨークタイムズを読んでいる。いいな、と思ったが、書物と悦楽とは別世界のことだと感じた。

眠れないあなたのために

枕もとに、半円形のCDラジカセを置いている。いまはありがたい時代で、性能のすぐれた製品が、安価に買うことができるので、うれしい。イヤ・ホーンはメガネのツル耳かけ式のものを使っている。徳川夢声の『宮本武蔵名場面集』という新潮社CDを毎晩、就寝前に聴いた。安眠用として聴いているうちに、夢中になって、かえって眠れなくなったりして、何をしているのか、と、ひとりで苦笑した夜が、まま、ある。

アメリカのSF幻想作家レイ・ブラッドベリの長編『何かが道をやってくる』を作者自身によるラジオ版に編集したものがある。二枚組み、二〇〇七年、コロニアル・ラジオ・シアターによる放送版である。原作は邦訳があって、ストーリーは、よくわかっているので語学音痴のわたしが聴いていても、なんとなく理解できる。なかなかの雰囲気で、まことに楽しい。繰り返し聴いて、徳川夢声と同様、あきることを知らないでいる。

ずいぶん昔に買ったテープでＮＩＶ新約旧約聖書がある。これはたいへんな録音で、朗読のみではなく、効果音まではいっている。どこまでも劇的で、時として、おびえおどろいたり、させられる。それでさいきんは「詩篇」のみを聴いている。「詩篇」にかんしては、ヘブライ語詩篇テープを持っていて、なんと、一語として聞き分けられないにもかかわらず、言葉のリズム、響きだけを聴いている不思議な恵みの夜もある。

定番は、けっきょくのところ、『グレゴリウス聖歌集』ではないだろうか。ＣＤで七枚あるので、つぎつぎと聴いている。これは、本当に音楽のお祈りで、しずかなしずかな心に立ち返らせてくれる。聴覚は嗅覚をともなっていて、乳香をたいている幻の匂いがする。

クラシック音楽では、ＥＭＩ盤、マリア・ティーポ「ゴールドベルク変奏曲」とショパンの「夜想曲集」を聴く。山ほどたくさんの演奏があるなかで、こればかりはたとえようもなく美しい、気品のそなわった録音で、このよろこびを是非わかちあいたい、と思って宣伝役を買って出る。

モーツァルトのオペラハイライト盤があるが、これは就寝用にはむかない。たとえば、「コシ・ファン・トゥッテ」のあたまがはじまると、いきなり、イタリアの青空が拡がってきて、たちまち、目が覚めてしまう。昼間、病気で横臥しているときなら、話は別である。カゼをひいて、ひっくりかえっているときなどは、メランコリーの妙薬であろう。

ヘンなのは、ジャズを聴くと、わたしは眠ってしまうことがある。ソニー・ロリンズの「サキソフォン・コロッサス」など、麻酔薬である。なぜだろうか、腑に落ちない。

女友だち

タイトルの意味をカタカナ英語で表記する方法が一般的であるが、女友だちというほうが、まっとうで、おだやかな感じがする。わたしは、ただいま七十三歳と八か月である。

並木睦枝さんは、早稲田大学露西亜文学科在学時代からのお友だちである。専攻課目からすると、スラブ的、ボルシチ的、ウォッカ的、ウツボツとしてくるが、彼女はワンダーフォーゲル部員で、冬に大雪山脈を単独登攀、熊よけに、歌をうたって雪漕ぎをするようなひとである。小さい時から宝生流できたえているから、美声は澄んで、よく透る。

群馬県のひとだが、なにしろ、屋敷のうちに能楽堂があって、祖父から指導を受けている。一芸に秀でて、といったレベルを通りすぎてしまっている。いまや謡のお師匠さんであって、能笛の名手でもある。凛然という言葉は、このひとのためにある。

わたしが結婚してまもなく、不意に近くの駅から電話をしてきた。

「これから、行くわよ。あなたに会いたいからじゃないわ。わたし、あなたの奥さまにお会いしたいの」

並木さんはやってきて、わたしの伴侶と談合した。「思っていたとおりの奥さまだったわ」と言って、彼女は帰って行った。

以来、夫婦で付き合っている。深夜の電話交換がもっぱらで、時として、金沢の作家で作品中にしばしば能のことを書く泉鏡花について質問がある。わたしは文学辞典ではないので、立ち往生をしたりする。並木さんは独身でとおしているが、五十年を越えるお付き合いというのは、脂気が抜けきってしまっていて、いい味わいである。電話で声だけを聴いていると、青春時代そのままで、なにひとつ変わらない。つい、昨日、早稲田の校内で、さよなら、を言ったばかりの気がする。

いつだったか、真夜中の電話でお喋りをしていた。

「あの、ね。くるぶしに部厚な座りダコができてしまってるよ」と座業のわたし。

「座りダコ？　あら、あたしだって」

電話のむこうでは、仔細につつましく点検の様子である。

「ある、ある、うっすらと、あたしだって」

この会話を伝え聴いている伴侶が、ぽつり、感想を洩らした。

「なにやら、お色気があるお話」

わたしは我が伴侶が、お色気と言った意味が即座に分かった。想像力の問題で、それを汚いというか、あるいはお色気と表現できるか、これは感性ひとつの差である。

並木睦枝さんは、いま、加齢黄斑変性に困っている。実はわたしもである。おたがいに、仲良くそのような年齢になってしまった。この眼疾治療法はないようで、苦にしても仕方がない。並木さんにならって、大声で歌い、老化の態を追い払いたい心境である。

こだまする部屋

原則として、まいにち六時間、小さな部屋にこもっている。和机二つ、パソコンデスクひとつをおいて、それぞれの机では別個なことをするようにしている。南面した窓辺の大机が好きだが、このところはもっぱら、東方向へ向いたパソコンデスクにむかっている。北にある入り口に「一壺天」と書いた簡易表装の半紙を掲げている。別天地の意味で、飛白《ひはく》というかすれ手法を使っている。擦筆《さっぴつ》ともいう。部屋ではエンドレステープで、モーツァルトのピアノコンチェルトを終日、鳴らしている。カール・バルトの説教集を愛読し、この人の小塩節訳『モーツァルト』を常に繙読するひそみにならったのである。ピアノコンチェルトの鳴っているところ、そこに神の指が働いている、と思う。

原稿を書き、読書し、考え事をする部屋には大したものはないが、壺が三個ある。一つは加藤綱助の鉄釉がかかった紺青の壺、もう一つは作者、年代は不明の大壺である。奈良三彩風の釉薬がかかり、胴がふくらんで呼吸しているようでもある。もう一つは、壺とよんでいるが、実際は巨きなベネチアングラスの花瓶である。これらが音に共振共鳴する。

しばらくまえから、聖書の音読をしている。毎朝、二、三章を朗読する。もはや、六年になる。音読をすると、内容がしっかりと頭にはいらないときがある。そのときは、くりかえして読む。

しばしば聖書の日本語表現が適切ではない、という意見を耳にする。わたしは、それはいったい、どの箇所なのだろうか、と思う。現に新共同訳聖書は六年後に改訳版が出る。ほんとうに、その必要があるのだろうか。昔、作家丸谷才一が批判したのは口語訳である。それは、ともかくとして。

音読の声は、ふつう対談する程度の音量で、それでないと朗読は長くつづかない。そうしていて、ある朝、深山幽谷にいるかのようなこだまに気づいた。かすかな、小さな、小さな反響に、我が身が包まれている。もちろん、このときはテープをとめている。わたしは誰かに呼ばれているような気がする。一日の元気が湧いて出る瞬間である。壺が鳴っていた。

この部屋で、尺八を鳴らす日もある。自分の実際の力量以上の音が出るような気がして暫く、余韻に聞き入ったりする。音孔を指で半分、もしくは半分以上をふさいで音を出すメリという手法を使うとき、世にも霊妙な音がする。尺八がうまく鳴っているときは、管そのものが共振して、その振動が手に伝わってくる。音が音を呼んで、そこでもこだましているのである。亡くなった岳父ゆずりの尺八で、調整はしているが、百年の尺八である。

これでも琴古《きんこ》流につながっているつもりで、腹式呼吸で鳴らすので、持病の気管支喘息の治療法でもある。こだまは聴覚を超えた遥かな世界を感受させてくれる神秘な力である。

キョウソウについて

競走と競争では、意味がことなる。しかし、あらそうことでは、どちらも変わらず、おなじである。百メートル競走と生存競争とでは、いっぽうはのどかな感じがして、いま一つは深刻であるが、きそいあらそうことでは、ひとしくかわらない。

わたしたちはこの世に生をうけて死ぬまで、キョウソウからまぬがれるわけにはいかない。どのような場所、状況にあろうがキョウソウのうちにいる。そのような考えかたは好まない、といってみても事実はすこしも変わらない。では、いっそ喜んで身を挺したほうが、よほどいさぎよく愉快ではなかろうか。そこで、それぞれにみあった方法、努力を各自につくすことになる。どうもなにほどか、苦い思いをかみしめながら、あるいは襟をただして、そう言ってみざるを得ないが、それでも釈然としないところがある。

キョウソウという事実を朗らかに、あっけらかんとして言ってのけられる人は、この世の勝者である。だが、現実にはもろもろの事情で、やむなく敗者もいるわけで、よくよく考えてから、周囲に接しなければならない。

都会の中心のラッシュアワーを知らぬ人には通じない話だが、先日、わたしはうっかり通勤通学のラッシュ時に遭遇して、たいそう難儀した。そもそも駅の構内にあってから、怒濤のごとき人波の中で危険を感じる始末だった。わたしはまだ七十代の前半であるが、もはや世間に伍してゆくことができないのか、と思って情けない思いになった。競争社会で、自分はすでに弱者になってしまっている、と実感された。

わたしは自分に腹を立てたが、これはわたしのあやまちで、不都合な状態に身を置くまえに、前後を慎重に判断して、別途な回避の方法をとり、他人の邪魔にならないようにするべきであった。キョウソウからはずれたならば、はずれたなりに思慮をつくさなければならない。それもつつましやかな、しかし、まことのキョウソウではあるまいか。

中学生のころ、運動会で障害物競走に参加した。いろいろ先生方の考案があって、辞書競走があった。長い長いスペルの英単語を記した紙片をにぎらされて、コースの中途においたコンサイスで正解を引き当てて、ゴールするのである。ちょうちん競走は、風が吹く野外でロウソクをともすのは困難で、けっこうおもしろかった。スタンダードなものでは、コースの途中にネットが張られた競走があった。網を上手にくぐるには、シリを高くあげて頭、肩をさげていればいいのだが、まるでコッケイなカッコウはしてみたものの網を抜けるのは容易ではなかった。観客は、おおいに笑った。

キョウソウのことを考えていると、今、その風景がありありとよみがえってきた。あのころの障害物競走のような心境にでもなれば、よほど明朗で、生きやすいのではないだろうか。

神はすべてのもの

これを書いているのは死者の月十一月の上旬である。縁あって、わたしの「生」とかかわりあった、少なからざる故人をしのぶ。喜怒哀楽をともにして深くまじわりをむすんだ人、閃光のように記憶を焼き付けて、交差し、瞬時にして去った人など、さまざまな亡き人がいる。

たまたまハルナック編、服部英次郎訳、アウグスティヌス『省察と箴言』岩波文庫のページを開いた。そこには書き込みがある。二〇〇一年二月二十日、岳父通夜、深き淵にのぞんで、とある。わたしはその一ページを徹夜して、反復読書したことを思い出した。

およそ百畳ばかりの鉤《かぎ》の手になった斎場の広間がある。通夜の客が帰ってしまって、照明の光度は落とされていたが、祭壇の灯明は明るかった。義母と故人の長女になるわたしの妻の三人が柩《ひつぎ》をまもっていた。しかし、目をさましているのはわたしだけだった。円錐形、螺旋状の大きな線香が時間をはかるように、浄化と慰藉の煙を立ちのぼらせていた。いったい、何千何百の夜がここで、こうして過ぎただろうか。眠れないわたしには、助けが必要だった。

そうして遭遇したアウグスティヌスの言葉は以下の通りである。旧字旧仮名、句読点をあらためて、そのまま引用する。

「神は、汝が愛するものにかんして、そのすべてであるがゆえに、すべてのものが汝にとって神となる。可視的なものに注意するなら、神は、もちろん、パンや水や地上の光や衣服や家屋ではない。これらはみな、可視的な、個別的なものであるから。パンは水ではなく、衣服であるものは家屋ではない。そして、それらであるものは神ではない。それらは可視的であるから。だが、神は汝にとって、これらすべてのものである。汝が飢えているとき、神は汝にとってパンであり、汝が渇いているとき、神は汝にとって、水である。汝が暗黒にいるとき、神は汝にとって、光である。汝が裸であるとき、神は汝にとって不死の衣服である。すべてのものは神について語られることができる。しかも、なにものも、適切には、神について語られない。このような表現の欠乏よりも、はなはだしい欠乏はない。神にふさわしい名を求めるとき、ふさわしい名は見いだされない。なんとかして神を呼ぼうとするとき、神はすべてのものである。」

わたしは、この最後の一行に心うたれた。とつぜん、薄暗い森閑としたあたりが輝くようだった。わたしは何を思いわずらい、悲しみ、ひるむことがあろうか。眠れないでいることが、そのまま、わたしの慰め、やすらぎであった。

「なんとかして神を呼ぼうとするとき、神はすべてのものである。」

集まるすべての肉親たちを

プルーストの『失われた時を求めて』井上究一郎訳、ちくま文庫版全十巻のうち、第八巻をとって、ページを何気なく繰っていると、次のような言葉と出合った。

「われわれはある時期がくるとむかえなくてはならないのだ、われわれのまわりにはるかな遠方からやってきて集まるすべての肉親たちを。」

わたしは、まばたきをする思いで、ここを読み返してみた。これまで、うっかり読み過ごしてきて、立ち止まって考えるなど、したことのない箇所である。初読の人には、もしかしたら、分かりにくいかも知れない。念のため、言い換えてみよう。「われわれはある時期がくると」は「老年になると」というふうに読むと、分かりやすい。年をとると、われわれはすべて肉親に似てくる、と読む。あるいは、それ相当の年になると、回想が鮮やかになって、亡くなった血縁の人たちの姿が親しいものになる、とも読める。

わたし自身はこのとき、自分の肉親と同時に、昔の友人をも思い出した。ついで、親しく立ち現れてきたのは、中学生時代の先生だった。わたしの学校はカトリックのミッションスクールで、いっとう最初の国語の先生は、神父だった。短く刈りつめた頭髪には白いものが目立つ老年の先生だった。教科書の丸暗記に徹する教授法で、句読点にいたるまで正確に覚えこむ。いまになって、このやりかたが国語力の実力をつけるのに、最上の方法だった、と思う。ニックネームは「小芋」だった。頭髪の様子、風貌の骨格からの連想であろう。この先生は司祭であったが、歌人でもあった。校内誌に作品を発表していた。

わたしの記憶に残るのは、ご自分の母を詠っていたことである。中学生だったわたしには、先生のような年齢にいたって、なお母を恋うることが、つよい印象を残した。わたしは素直に感動した。小杉嵐翠が、先生の歌人名である。

そして、この嵐翠先生は、「国語」の時間の一部を使って、聖書物語を伝えるのをよろこびとしていた。泰西名画の複製のようなカラー印刷の図版を使っての語りであった。わずか一年間の授業で、入り組んで複雑な、しかし、興味つきざる旧約聖書を語り伝えるのは、たいへんな技量だった、と思う。新約聖書はイエスの誕生から受難と復活まで、限られた時間で、よくも語り尽くせたものだ。中学生ともなると、そろそろ知恵がまわりはじめて、あれこれ言い出すころあいだが、わたしたちはだれもかれも、おとなしく話をきいた。嵐翠先生はたいへんな才能の持ち主だった。一年の終わりごろ、嵐翠先生は校舎の三階にある聖堂へ、わたしたちを引率していった。きわめて自然で、わたしたちはよろこんで従った。聖堂へつながる廊下に、ゼラニュウムの鉢植えが並んでいた。その真紅の花が、今日になって、あらたに生き生きと回想の中で咲いている。

梨の花咲く町で

十年か、十四、五年まえになろうか。四国徳島県鳴門市大谷を訪ねた。ここは大谷焼で知られている陶器の里である。のどかな駅舎を出ると、駅前はいちめんに梨畑になっていて、白い清楚な花が満開だった。宮廷の官女がつどうているようだった。梨畑沿いの路には、地卵の自動販売機が立っている。後宮警護の宦官《かんがん》か、と思えた。

窯元の森浩さんから談話取材するために来たのだが、訪問の約束の時間より早く到着してしまったので、山辺の林を歩いた。なにげなく足もとを見ると、屋根瓦の破片が土に埋もれていた。風雨にさらされ、歳月が過ぎた風情を見せていた。ほぼ掌の大きさだったので、記念に拾い上げて土を落とし、バッグのポケットにいれた。

大谷焼は大壺、たとえば藍染の染料をいれる大瓶《おおがめ》などに、伝統の特色があるが、近年はさまざまに工夫された陶器一般で親しまれている。森浩さんのところには巨大な登り窯が敷地の一角にあって、森家と大谷町のシンボルになっていた。

森さんはあいにく、病み上がりの養生中で、着流し姿で応対に出た。ゆったりとした人柄で、相手を包みこむような話しかたが、いかにも好ましかった。資料を拝見するために部屋から部屋へ移動していて、小部屋の棚に古伊万里の蕎麦《そば》猪口《ちょこ》を見つけた。欠けた縁を金継《きんつ》ぎしているのだが、無造作なやりかたで、専門家の修復のあととは思えなかった。しかし、この猪口《ちょこ》はなんとも言えない味わいをにじませて、人目を惹いた。つい、見とれて立ち止まっていると、森さんが笑いだした。それは、ガラクタ市で買ったものですよ、と言った。そんなにお気に召したのなら、差し上げます、持っていきなさい。森さんは、真顔になった。躊躇《ちゅうちょ》すると、かえって失礼になりそうだったので、わたしはその言葉にしたがうことにした。この日、半日をついやし、あれこれ楽しくお話をうかがって辞去した。

森浩さんは、まことに残念なことに、その後まもなく他界した。

いま、わたしは就寝前に、香をたく。沈香のスティックになったものを愛用している。乳香やラベンダーを試みたこともあるが、鎮静のためには沈香がいちばんであるような気がする。香炉として、森さんからいただいた古伊万里の蕎麦猪口を使っている。猪口に上質の灰をいれ、香炉台としては大谷町の林間でひろった瓦を敷いている。

ぜいたくな趣味のようだが、それほど経済の浪費ではない。わたしのような貧乏人でもできることである。しかも、これは寝る前のいっときばかりでなく、翌朝、目覚める時の残り香が、またとてもよい。いまごろ、暖房のエアコンをタイマーで切ってしまったあと、朝の冷気の中で、こんどは香りが覚醒につながって、わたしはかの梨の花咲く町で朝を迎えることになる。さあ、尊い一日を充分に生きるべし、と思う。

すべてがわたくしの中のみんなであるやうに

表題にかかげたのは、宮澤賢治の詩の一行である。

宮澤賢治の愛読者は、どの時代にもたくさんいる。こんごもけっして絶えることはないであろう。少年少女層から八十、九十歳の老年まで、その読者の範囲は広い。わたしは、この作家の全集をそろえているが、電子書籍で読めるならば、そのためだけに、端末機器を入手し、重ねての全集購入をしてもよい、と考えて、先日、機器販売の売場へ見学に行った。しかし、この原稿を書いている時点では、まだ入手不可能だった。宮澤賢治全集がポケットにおさまるようになると、どんなにうれしいことか。まあ、もう少し、長生きしていれば、たぶん、夢はかなうだろう。待っていよう、と思う。

わたしが宮澤賢治の作品と出会ったのは、八歳のときだった。その出会いは、本のかたちにおいてではなかった。ラジオ朗読が、いっとう最初だった。女性のアナウンサーが朗読していたのは、どなたもおなじみの「やまなし」だった。

そのころわたしは大阪の船場にいた。御堂筋を西横堀川方向へちょっと、はいったところである。路は木煉瓦で舗装された静かな町だった。それは、とある日の午後だった。遊びに出ようとして、玄関口で靴を履いていると、その美しい声がささやきかけてきた。小さな谷川の底へ、月の光が射し込んでいる。二匹のカニの子が幻灯のような川面を見上げながら、話し合っている。

「クラムボンは笑ったよ」

「クラムボンはかぷかぷわらったよ」

「クラムボンは跳ねてわらったよ」

「クラムボンはかぷかぷわらったよ」

それは、まこと、夢見るひとときであった。記憶のなかでは、朗読放送は中断した。それから焼夷弾の大阪空襲があって、わたしの子供世界は焼尽した。そして、両親の郷里である四国徳島へ疎開した。ところが、そこででも空襲にあって、家は焼かれた。敗戦になって、ふたたび、大阪へ帰ったが、迎えてくれたのは戦後の困窮、混乱した冬だった。

実を言うと、わたしは、そのラジオの放送台本が宮澤賢治作とは知らないままで、記憶にとどめ、荒寥とした時代の心の慰めとしていた。判明したのは、成人した、ずっと後である。わたしは、それはそれでよかった、と思っている。

筑摩書房版の『新校本宮澤賢治全集』は、別巻、上下巻をいれて全十九冊ある。ずしりと重く、ずいぶん場所をとる。しかしながら、それは「すべてがわたしの中のみんなであるやうに」心のなかにある。電子書籍より軽く軽く、どこまでも軽く。

ふしぎなひとびと

それなりの年齢になったので、もはや、ゆるされるだろう。知り合いになった女性のことを書こう。淡きこと春の雪のごとし、そのようなひとびとであるが、忘却が訪れてあとかたもなく溶けて消えてしまうまえに。

はるかな昔、そのころは酒を飲み、煙草を吸っていた。京都の私立大学の自治会から講演に招かれて、でかけていった。階段教室のようなところで話をしたが、下手な講演であったことは、いまさら断るまでもない。

係の女子学生は、初夏であったが黒の長袖のセーター、黒のスラックスだった。ほっそりとしていて、ハンチングをかぶっていたと覚えている。暑くはない？　と尋ねると、札幌生まれなので、年中、この恰好です、と答えた。それは、答えにはなっていなかった。どうやら留年生らしかった。

自治会室は、校舎の地階にあった。廊下と部屋は、壁はもとより、床と言わず天井と言わず、過激なスローガンのビラでいっぱいだった。どうかすると、上下左右の感覚が狂ってしまいそうだった。地下室は叫んでいた。

講演のあと、この女子学生に誘われて、新幹線の上りの時間を考え考えしながら、お酒を飲みに行った。四、五人と一緒だった。女性ばかりだった。

そのなかのひとりが、のちのち、わたしの誕生日がくるごとに、カードを贈ってくれるようになった。どうやら美術史を研究するひとのようで、歴訪する国々からカードやカレンダーが届いた。そうしているうちに、突然、それがとぎれてしまった。関西で、大きな鉄道事故があって、住まいはそのあたりなので、事故に巻き込まれたか、と心配していると、便りがあった。結婚して、姓が変わっていた。ちょっとのあいだお便り交換のあと、今また消息が絶えている。つかず離れず、風が舞い去ったようだった。

そしてまた、一世代にもなろうという昔。わたしは左後腹膜部大動脈副交感神経節由来による腫瘍手術のために入院した。四時間におよぶ手術だった。診断があって、入院を待っている日々のことだった。わたしは四十五歳から六歳になろうとしていた。しかし、どうも、満四十六歳は迎えられないのではないか、という気がしていた。死者の月、十一月が終わり、十二月にはいって、待降節《たいこうせつ》第一主日近くのある日のことだった。

鬱々として過ごしていたその日、いっさいの予告もなく、見知らぬ女性がわたしを訪ねてきた。若く美しい女性だった。わたしの読者ということだった。このひととは、いまだに年賀状を交換しているが、住まいはだんだん遠ざかり、姓が二度ばかり異なっている。

さて、いずれの存在も謎めいて懐かしい。これらのひとびとは実際、何者だろうか？

フリージアの花

アメリカの作家の小説に『幸福の黄色いハンカチ』という題名の作品がある。そのストーリーは、別途の話とするが、幸福は色彩であらわすと、黄色である。赤、橙、黄、緑、青、藍、紫、あるいは、黒と白が幸福と似合うかどうか考えてみる。

そうしてみると、幸福はやはり黄色でないと、どうもしっくりしないような気がする。なるほど、バラ色の人生とは言う。これはフランス的感覚なのであろうが、はなやいで生き生きとよろこばしい感じを表現してはいる。しかし、幸福はもっと静かでいながら、匂やか、かつ、澄明、平和な生命観の色彩、黄色である。

ところが、黄色にもいろいろ種類というか、グレード、段階がある。また、見る人の感性の違いもあるので、簡単に片づけられないが、明るく朗らかな色合いとしての黄色が、幸福の色であろう。

わたし個人としては、黄色いフリージアの花の色を考えている。わたしは、フリージアの花が好きである。季節がくると、花屋の店頭に、かならず咲いている。その花の香りは品がよくて、心が自然となごむ。そして、決して高価な花ではないから、ムリをしなくても買って帰ることができる。

この花が店頭に出まわる季節に、わたしたち夫婦の結婚記念日がある。わたしたちは、お互いに、この花を記念日に贈りあうことにしている。カトレアでなくバラでなくユリでなく、フリージアであることを、わたしたちはひそかに誇りにしてきた。つつましやかでいて、なんと、幸福感に満ち満ちていることだろう。年甲斐もなく、可憐な風情が好きで、よくまあ頑張っているネ、といった感じの、この自画自賛は大目に見て欲しい。

この日、わたしたちはもう一つ、買い物をする。シナモンのはいったシホンケーキである。その店の名前は「家族」という意味のフランス語である。段々と、有名になってきたが、それで味わいが変わった、ということはない。このシホンケーキに生クリームを添えると、豪華なものになるが、わたしたちはプレーンのままで、北欧紅茶とともに楽しむ。

今後とも、よろしく。

と、わたしたちは挨拶をかわす。

数えてみると、今年は四十九回目である。ということは、来年は金婚式である。はじめのうちは、子どもたち、孫たちと一緒に、どこか、レストランを借り切ってパーティーをしよう、と考えていた。いちどきに全員が集まる機会というのは、あるようでいて滅多にないことである。しかし、黄色いフリージアの花のすがたを思い浮かべているうちに、花にたしなめられて気が変わった。例年どおりが、もっとも祝福されているような気がする。

ファーブルとともに

ことし二〇一一年のゴールデンウィークには、どこへも出かけなかった。どこへも出かける気がしなかったので、ずっと家にいた。三月十一日、東日本大震災以来、意識変革が起きていた。ありていに言えば、ウツ状態である。地震と福島原発事故のしからしむるところである。新聞の論説委員をしている若い友人に、率直なところを尋ねると、同じ返事が返ってきた。なにもかも、アホらしい、と彼は言った。三日、憲法記念日は終日、東京は冷たく曇っていた。意欲喪失ははなはだしく、新聞、テレビ、ラジオ、ネット、活字関係はおろか、レコードすら聴く気分にはなれない。しかも、おそろしい無力感がある。

これはいけない、と感じた。そこで重い腰をあげ、バスに乗って、池袋の大型書店へ出かけた。八階に美術書コーナーがある。廉価版、小型、造本強固な画集を三冊買った。クレー、カンディンスキー、ミロを選んだ。店はたいへん混み合っていた。みんな同じような気持の人たちではないか、と思えば、うれしかった。

この日は夕刻から雨になった。熱い紅茶を飲みながら、むずかしく深遠な解説は遠慮して、画面のみを次から次へと楽しんで、とうとう深夜におよんだ。こんなに夢中になったのは、ひさしぶりだった。日常を遥かに超越、飛翔をした。多元宇宙旅行の夜となった。

翌日は、画集鑑賞疲れか、ぐったりしてしまった。読書疲れというものはあるが、画集疲れの経験は初めてであった。しかしながら有難いことに、これがきっかけで読書欲が回復してきた。

手はじめに読みはじめたのは、ファーブルの『昆虫記』だった。ずいぶん昔から書棚の一部を占めているものである。山田吉彦、林達夫訳、岩波文庫全十巻である。ファーブルを選んだのは、正解であった。逆境にくじけない、ファーブルの反骨精神がまことに好ましい。しかも、ユーモアを忘れない心がよい。昆虫の偉大な神秘に触れて、進化論をてんで相手にしないところが、実によろしい。思わず快哉を叫びたい。エックハルト、シュライエルマッハーはおろか、プロティノスの神秘思想も、たった一匹のとっくりばち、どろばちにかなうまい、とファーブルは言いたいのであろう。わたしは全く同感である。

こんかいの大地震、原発事故は国難である。くわえて三十年以内、八十五パーセントの確率で震度八の東南海地震の予報がある。まことに重圧を感じる。地図で改めて点検した日本列島の姿が痛々しく、心細い。それはいつわりようない実感である。しかし、人間はファーブルが喜々と記述する一匹の狩蜂より、劣った存在であろうか。はるかに優れ、偉大なるものとして創られているのではないだろうか。これもまた、ゆるがぬ実感である。

絵のある絵本の風景

いま、手もとに『アルウィンの楽しい水彩教室』という、題名のとおり楽しいA４判の一冊がある。著者は英国の画家アルウィン・クローショーで、訳者はやはり画家の山本宏一、出版社は岩崎美術社である。初版が一九九七年で、二刷になった二〇〇〇年七月のものを持っている。

水彩画入門書であるが、どのページを開いてみても鑑賞にあたいする。最初のほうに、三原色からさまざまな色彩をつくりだすカラーチャートが載せられている。それからして既に、目のよろこびである。カドミウムイエローペール、フレンチウルトラマリン、アリザリンクリムソン、この黄、青、赤からはじまる変幻自在の色合いがたのしい。

そして、手本、参考課題として描かれた町の広場、港と桟橋、広野、山あるいは牧場の風景が、実にいきいきとして人なつかしい。それはこの画家の手腕である。南仏プロバンス、フォーカルキェのサンミシェル広場、セザンヌでおなじみのサンビクトワール山、デボン州ドーリッシュの荒れた波が打ち寄せる、しかし、郷愁をさそってやまない海辺の風景、フィレンツェのシニョリーア広場の時計塔に舞う鳩と空の青さ、あるいはマーケット小路の賑わいなどと、いろいろな場面に富んでいて、興趣は尽きることがない。

とりわけこの一冊の圧巻は、おしまいのほうの見開きのページにある「雲間のダートムア」と題された絵である。そこを開くたびに、わたしは息を飲む。荒涼とした花崗岩台地が視野のかぎりにひろがっている。人影はまったくない。煙霧に包まれた景観に水彩絵具が効果をあげている。シャーロック・ホームズ登場、コナン・ドイルの長編小説『バスカヴィル家の犬』の舞台としておなじみの丘陵地が迫っている。だが、アルウィンの絵の風景は、けっして陰惨ではない。明け方のまどろみに人が見る茫々とした夢のようである。

絵具は多いめの水で溶かれ、乾いたところで重ね塗りがされている。ボカシやニジミがうまく利用されている。巨石と丘のスロープが描かれているばかりである。たいした技巧もないようであるが、誰にでも簡単にできるわざではない。大自然とそこにある自然の仕組み、そのゆるぎなく厳粛な必然性が感じとられる。人はなぜ、これを憧れるのだろうか。

スピノザは『エチカ』のなかで「自然の中には自然の過誤のせいにされうるようないかなる事も起こらない。なぜなら自然は常に同じであり、自然の力と活動能力はいたるところ同一である。」(岩波文庫、畠中尚志訳）と言っている。ここでの自然は、単なる景色ではない。人をもふくむ宇宙万物一切の営みである。

このようなことをいつか知らず考えさせる『アルウィンの楽しい水彩教室』は、東日本大震災のあとになってみれば、恩寵と摂理への謙虚な思いが向かってゆく一冊である。

時の使者

わたしたちの国では、四季それぞれ、蝶にしたたしむことができる。

東海大学出版会から刊行されている『フィールド図鑑』は、新書版タイプの堅牢で使い勝手のよい本である。毎ページの生態写真には、蝶がどのように飛翔するかがしるされた「飛跡」が黄色い線で印刷されている。あたかもラテン文字の達者で素早いサインのようである。たとえば、日本全土に分布するモンキチョウの飛跡は、パブロ・ピカソのもののようである。また、タテハチョウ科のホシミスジのように、理路整然とした幾何学図形をおもわせるものもある。

そして、それらの背景は青空のもと、花咲きみだれる野原や林間、あるいは民家の軒先であったりする。かと思えシジミチョウ科のウラナミシジミは、クヌギ林の梢の虚空を背負っていて、そこからのいなびかり、鋭い閃光のようである。

この本は軽便な一冊で居ながら、学問的には正確をきわめている。しかし、そのようにむつかしく考える必要はまったくない。ページを繰るまま、思うがままに、日本全土、蝶を追って駆けめぐることができて、楽しいことはこの上ない。

こうして見ると、蝶というものは飛びめぐる生きた花びらのようだが、まこと、旧仮名遣いの「てふ」と表記するにふさわしいと思える。空中を飛んでいるさまが、そのまま言葉となっているような気がする。しかも、どうかすると、時間、時というものが化身すると蝶になるのではなかろうか、と思われたりもする。刹那の結晶といってもよい。

キアゲハは、町なかで暮らすわたしたちときわめて親しい存在である。いたるところを飛んでいる。このまえ、銀座四丁目の交差点を飛んでいるのを見た。振り返って見ようとすると、人の肩の向こうにまぎれて消えてしまった。しかしながら、羽の黒と黄色の鮮やかなストライプが信号のようで、いつまでも消えない残像が美しかった。

近所の公園にムクロジの大樹がある。ベンチに腰かけて何気なく見上げると、梢のあたりで、蝶が二頭もつれあっていた。最初、逆光になって見分けがつかなかったが、キアゲハだった。縄張り争いをしている最中だった。ゆらゆらひらひら、ジグザグの飛び方を見慣れている目には、いかにも激しい直線の追跡飛行だった。青空の指揮台にあって、交響曲の劇的な楽節のタクトが振られているさまを見るようだった。

毎年、六月下旬から七月上旬あたり、燃え立つ太陽の季節のはじまり、その開幕の報せのように、キアゲハは舞って来る。黒と黄色のストライプの手旗信号でもって、さあ、生きようよ、と、すべての人のために合図を送りにやって来る。

それは、今年の夏は今年かぎりの夏である、という、きっぱりとした報せである。

書画骨董について

書画骨董の趣味という。この言葉にはどこやら、からかいとあなどりの響きがある。さらに突き詰めると、その奥に、うらやみの気配があるようである。なぜなら、この趣味は経済のゆとりと審美眼の教養が必要とされるからである。

わたしの母方の義理の伯父は呉服商を営むだけあって、歌舞伎役者のような風貌の人だった。色白、小ぶとりで押し出しがよかった。だいの甘党で、梯子酒ならぬ汁粉屋のはしごをしたし、羊羹《ようかん》を賞味するとなると、いちどきに丸ごと一本を平らげて平気だった。

この伯父は、古美術のうちで絵画、軸物の蒐集に心をかたむけたが、となると、避けがたい真贋の問題に直面せざるを得なかった。そして、その悩みもまた楽しみの一部であったようだが、つれあい、つまりわたしの母の姉になるひとにとっては、かなり深刻で、冗談事ではなかった。伯母と母とのやりとりを、わたしは、しばしば漏れ聞いたものだった。

わたしは大学へ入学した年の夏期休暇に九州一周を思い立って、まず、別府の伯母宅へ寄って滞在した。店舗は目抜き通りにあった。店の浴場には温泉がひかれていた。隣り合わせる二軒が一つの広い浴場をたがいに共用するようになっているのが珍しかった。

ここに二日いて、町はずれにある別宅へ移った。新築なったばかりの家で、二階からの見晴らしがよかった。午後、窓辺によって、時刻表片手に、これからの旅行の思案をしていると、階下で伯父が謡をうたっていた。さまになっていて、おもむきがある。聞き惚れて放心しているわたしに、既視感が襲ってきた。いま初めてのこの瞬間が、いつか味わったある日ある時とそっくり重なっているという不思議な感覚に囚われていた。

めまいにも似たその日その時から、奔流のように歳月は流れ半世紀が過ぎた。伯父、伯母ともに今は亡い。わたしは別府から宮崎の青島へ行き、さらに足をのばして、東京のここ、いまこうして回想している現在へと辿り着いている。

伯父と書画骨董について話をしないままになって、いかにも残念である。いまごろになって、この伯父の心のあり方をあれこれ思いやってみて、非常な懐かしみを覚える。いつのまにかわたしは身近に陶器の壺や絵皿、茶碗、硯を置いて楽しむようになった。溺れる気持はさらさらない。たとえば壺とは対話をする。そうすると壺もまた育って変化をとげる。硯は実際に磨墨、洗硯をする。これまた呼吸をして生きている。墨を吸い、水をかいくぐるたびに潤って美しくなる。

ここには、何のためにという功利的な気持は、いっさい働くことがない。何のために人は生きるか、という功利の次元では人生を問わぬと同じである。わたしは、かの伯父にはおよばないに違いないが、自分なりに書画骨董を楽しんで暮らしたいと思う。

メランコリーの妙薬

灯火親しむべし。

うれしい季節になった。西脇順三郎の詩と文章を、毎晩、すこしずつ楽しんでいる。岩波文庫に詩集がある。講談社文芸文庫に二冊、学術文庫に一冊、計三冊の随筆集がある。

わたしはそれだけでは、あきたりなくて、別巻をいれて十三冊の『定本西脇順三郎全集』筑摩書房版を持っている。ぶあつい本がやっかいなときには、文庫本を出して読むといった、きわめて気ままな読みかたをしている。

そのようなわけで全集も、かたはしから読むわけではない。あちらこちら、飛び飛び、ゆきあたりばったりである。

昨夜は第十一巻収録の随筆を読んでいると、次のような文章と出くわした。

「古さの錯覚は不思議なもので、たとえば土や石を見ても、太陽を見ても古いとは直接感じないが古いに相違ない。」

わたしは思わずひっくりかえって、笑ってしまった。それはそうであろう。あと五十億年もすると、太陽は燃え尽きてしまう、というのが天文学での定説である。宇宙の年数にあっては、たったの五十億年であるから、太陽はもはや、そうとう古いわけである。

西脇順三郎はこのように、真面目なのか冗談を言っているのか分からない文章を書く。ところが、そこにたくらみのあとがない。イヤミなようでイヤミでない。それが身上、それが持ち味である。詩論はおろか専門の英文学にふれた随筆エッセイにおいても、語り口は同じである。野の草、雑草に詳しくて、植物名列記の文章も同じ味わいである。

では、詩はどうか。比較的に分かりやすいものとして「秋の歌」の前半を引く。

ゴッホの
百姓のあの靴の祭礼が来た
空も紫水晶の透明なナスの
悲しみの女のかすかなひらめきに
沈んでいるこの貴い瞬間の
野原の果ての中に
栗林が絶望をさけんでいる
またあの黒土にまみれて
永遠を憧れたカタツムリが死んでいる

ここにあるのは、あくまできまじめなおかしみである。永遠という言葉を乱用してはならないと思うが、これを越えて西脇順三郎の詩はすべてメランコリーの妙薬である。柔らかで、丈夫な精神が求められる時代になった。

二人の母

われわれの「生」が生きるにあたいするならば、「死」もまた充分にあたいするであろう。それは、すこしでも丁寧に生きたならば、ごく自然に納得できることである。かりに死によって、いっさいが「無」になるとするならば、おかしなことになる。われわれの生命は、それがただの命にすぎないのであれば、せいぜい百年、ながくても百二十年である。あわれにもみじかく、むなしい。われわれの生命が死で終わりをとげるはずはない。

十月三十一日をハロウィーンとして迎える習慣が、いつのまにか定着したように感じられる。街角の風物詩として、なつかしく楽しいものになった。わたしの家では、万聖節、諸聖人の祝日イヴとしてハロウィーンを迎える。そして、続く十一月は死者の月である。そのかぎりにおいて、ハロウィーンをたいせつにしている。

ことし、わたしは二人の母をうしなった。わたしの実の母はちょうど満百歳と一か月だった。妻の母、義母は九十二歳で帰天した。なか一日をおいて、まるで申し合わせたように他界した。場所は大阪、徳島と離れていて、葬儀に身を処するについては忙しかった。

この明治と大正生まれの二人は勝気なところが共通していた。弱音を吐いたことは一度もない。病気は、ほとんど縁がなかった。わたしの母は老衰で死んだ。

義母は裏千家の茶人だった。一月、初釜のため京都のお家元へ行こうとして、着物の試着をしていて

倒れた。俳人三橋鷹女に、

白露や死んでゆく日も帯締めて

という名句がある。その一句のとおりになった。おりしも髪も結って、正装したところで亡くなった。いちばん幸福な、一生のしめくくりのようだった。

『臨済録』に「随処作主」という言葉がある。所にしたがいて、あるじとなる、と読む。人は、その身を置く、その時、その場所において、われがあるじである。

わたしの二人の母は、この簡略明快な禅語のとおり生きた。

形見分けとして、母からはヴェネツィアガラスの花瓶をもらった。義母からは抹茶茶碗を見定める基準尺のような呉器《ごき》をゆずってもらった。

三月十一日、東日本大震災の日、東京は震度五強で、わが家はよく揺れた。しかし、花瓶と茶碗は無事だった。二人の母が生きていたならば、この惨害をかなしんだであろう。それを知らないままで亡くなって、よかったと思う。二人は一九四六年の南海地震の経験者だからである。

関西のほうでは、親の生きた歳まで生きるものだ、という。ありがたいような、迷惑なような微妙な言葉であるが、生きようと決意しなければ、生きられないのも事実である。

心に溜める

わたしの三人の子どもたちはカトリックの信徒であるが、このまえ、孫の七五三のお祝いについては、この国の伝統にしたがった。

マキの木の巨木が植わっている神社の社頭の御手洗《みたらし》で、手や口を清めるのは、いまさらに新鮮な経験だった。これは流水が溢れこぼれているので、いかにもきよらか、清潔な感じがした。

拝殿の式がはじまるまえに、神主さんが心得として短い話をした。お祈りというのは、ながながとする必要はありません。できるだけ綺麗な言葉で、整理された思いと気持を心に溜め、それから手を合わせて、短くお祈りになってください、と言った。老年の、端正な神主さんらしい風貌の人が静かに話をするので、わたしは感心した。「心に溜めて」という表現が印象的だった。式次第、祝詞も荘重、清楚で気持が良かった。

これよりずっと前のことだが、子どもが家を建てるときの地鎮祭も神式で行われた。わたしはまったく不案内でいたから、三方《さんぽう》に祭られたあと折敷《おしき》に移され、青空を背景として、白い紙片が撒かれて、にわかの雪のように舞い散る風景はすがすがしいものだった。

そして、さらに昔、歌人の福田栄一の神式の葬儀に参列したことがある。会葬の人たちは五百人くらいだったが、重圧感は皆無で、風が吹きとおるように晴朗であった。仏式とは随分ことなっていた。仏式が油としたら神式は水の感があった。

わたしは、こんなことをいろいろ思い出して、いまさらながら反省をした。お祈りをするとき、ふだんは無愛想、無口なくせに、心のなかで雄弁になりすぎてはいないか。気持と思いさえひたすらであるならば、たくさんの言葉はいらないのではあるまいか。

いつも、机に向かっている。読書をするか原稿を書いているか、墨をすって手習いをするかに決まっている。そして、時あって、カテドラル聖マリア大聖堂へ行く。ここは広々としていて、人影はまばらである。お祈りをしたあと、わたしはただ座っている。祭壇のヤコブの梯子に目を向けているだけで、時間を過ごす。ところが容易に静かな心にはなれず、さわがしい気分が抜けないのは、いつものことである。発酵したばかりの酒が濁って泡立っているようなものだ。澄まなければ、アルコール度は高まらない。

それで、さわがしい心のままに家路に着くことのほうが多い。わたしはこれから「心に溜める」努力をしよう、と思う。整理された思いと気持を心に溜める、とはそれ自体がすでに祈りである。読書をするとき、言葉を追い、追われているようでは、まだ、読書の中心にはいたっていない。祈りも同じである。しかし、これはたいへんむつかしいことである。

神秘と生まれてくる芽

スイスの哲学者であるアミエルの日記がある。いま読みやすく、入手しやすいのは白水社刊『人生について――日記抄――』土居寛之訳である。

これは表題のとおり、アミエルが六十年の生涯にあって、三十四年間にわたり綴られた日記が、没後にまとめて刊行されたものである。抄訳された一冊を通読すると、不思議な気持になる。アミエルという哲学者は、スイスの太宰治のような人である。懐疑と逡巡、含羞と傲岸不遜、憧憬と絶望、明快な詩情と暗鬱、晦渋な精神がないまざった人である。

その複雑な心境のあれこれが、赤裸々に日記のかたちでまとめられていて、敬遠されるどころか、ひっそりと愛読されて久しい。まことに不思議な本である。心が元気いっぱいで、はしゃいでいるような時には向かない。ところが、打ちひしがれて、しおたれている時には、わが身に寄り添ってくる。理詰めで割りきれない、あまりの部分をもてあましている日には、ぴたりである。

きょうも、行き当たりばったりで、ページを開いてみた。アミエルが三十一歳の十二月二日の記録がある。読みたどってみて、このところ割り切れず、消化不良になった気分が晴れやかになった。短い文章なので、以下、全文を引用する。

「おまえの中に、神秘の部分を残しておけ。そんなにいつも内省の鍬《くわ》によっておまえの中をすっかり耕しつくすというようなことは、しないようにしろ。風が運んでくる種子のために、おまえの心の中にわずかの休閑地でもいいから残しておいて、空を渡ってゆく鳥のために、少しばかりの茂みをとっておけ。おまえの心の中に、思いがけない客のための場所と、見知らぬ神のための祭壇を設けておけ。鳥がおまえの葉かげで歌っても、それを飼いならそうとして急に近づくな。そして、思想なり感情なり、何か新しいものが、おまえの奥の方で目覚めたことを感じても、それを急に明るみに出したり、それをじっと見つめるようなことをするな。生まれてくる芽は忘れることによって守ってやり、平和でこれを囲んでやり、その夜を短くするようなことはするな。それが自分の力で形成されてゆき、成長するようにさせ、おまえの幸福を吹聴するな。自然の神聖な作業である懐胎ということはすべて、純潔、沈黙、影の三つのヴェールで包まれていなければならない。」

わたしはこの文章のなかで、「生まれてくる芽は忘れることによって守ってやり、平和でこれを囲んでやり、その夜を短くするようなことはするな」ということばに打たれる。「生まれてくる芽」というのは、「希望」のことである。そのように読み替えて見ると、この文章とその続きが、にわかに、いきいきと立ち上がってくる。また、ここでアミエルはみずからのことば、思想のもてなされようを、さりげなく語ってもいるように思える。

飛行船の夢

このごろ空がにぎやかになった。旅客機、軽飛行機、ヘリコプターの往来がさかんである。わたしは南に面した窓辺に机を置いて仕事をしているが、土曜日とか日曜日、あるいは祭日の午後に、爆音を聞くのはいいものである。はるかな気持になったり、のどかな気分にひたったって、いっとき手をやすめる。

飛行機雲もまた大好きである。青空に大きく弧を描いたチョークの白線が、日没のころであると、金色に輝いていたりする。飛行機雲が鮮やかであれば、天候は変化して翌日は雨になる。航跡は天気予報の代役をつとめる。

いつだったか、もはや日が暮れた時間だったが、爆音が響いてきた。飛行機でもなく、ヘリコプターでもない。と思って空を見上げると、輝く光のホオズキが浮かんでいた。飛行船である。幻想的で、夢を見ているような心地がした。

飛行船には乗ったことがない。さいきんは昼間の遊覧飛行があるようだが、運行が短時間なうえ、たいへん高価である。どうせなら、もはや伝説となっている昔のツェッペリン伯号のような、空の客船が就航すればいいのに、と考えて、あれこれ空想をしている。

飛行船に関する書物の数は、案外、すくない。映画はヒンデンブルク号の悲劇を描いたものはあるが、ドキュメントはみたことがない。写真とイラストがはいったものとして、KTC出版の『飛行船――空飛ぶ夢のカタチ』天沼春樹著一冊は、貴重なものと思える。わたしはこれでツェッペリン伯号の食堂ラウンジや客室、あるいは現代の「ツェッペリンNT」のハイテクコックピットを眺めて楽しんでいる。

それでは宇宙船はどうか、ということになるが、まだまだ過酷な条件がもとめられ、のどかな心の余地が望めないので、夢は未来の世代にゆずらなければならないし、そもそも話の次元がことなっている。それにこのわたしたちが暮らしている地球もまた、すでに宇宙のなかの惑星である。わたしには、わざわざ遠出する気持がわからない。

話をツェッペリン伯号にもどそう。この飛行船は一九二九年の世界巡航のおり、ドイツからシベリアを経由して日本へ来ている。そのときシベリア上空で、自然発生による雑木林の火事を観察している。わたしは、この話に接して、広漠たる永久凍土の平原と燃え上がる焔を想像して、幻燈を見るような遠い思いになり、しばし呆然となった。そして、このタイムトラベルを祝杯として、熱い熱いコーヒーを飲んだ。

つい、さいきんのこと、外出しようとして家を出て、ふと、爆音に気づいた。見上げると白鯨のような飛行船が、悠々と近づいてくる。わたしは慌てて家にとってかえして、カメラを持ち出し、撮影に成功した。その写真を壁に飾って、今、この文章を書いている。

バッハ讃美と感謝

レコードを買うことができる身分になって、いっとう最初に手にいれた至福のＬＰは、グレン・グールドの『平均律クラヴィーア曲集』だった。わたしは、すでに三十三歳になっていた。そして、いまだに思い出して懐かしくてならないのは、そのときカートリッジに使っていたサテンのことである。

このカートリッジは日本が開発したマグネット方式のもので、性能は大変すぐれていたが、機嫌を悪くすると、雑音がはいって始末におえなくなるのが難であった。調子のよいときは天国的な音を聴かせてくれるのだが、どうかすると針が微細なゴミを拾って、マグネットとシェルのあいだに付着する。となるや、グールドのかの有名な鼻唄高らかなピアノ演奏は、ひび割れて無残なものになる。そのたびに掃除をするのだが、おかげでレコード鑑賞は、なんだか薄氷を踏む思いだった。しかしながら、グールドのピアノの音色は夜光杯に玉こぼれ落ちるがごとき響きで、美しいことはこの上なかった。

グールドとサテンの相性はよかった。どちらも奔放気儘で、天才であった。そうしてまた『平均律クラヴィーア曲集』は、実にすばらしかった。アルベルト・シュヴァイツァーは次のように記している。

「この曲ほど、バッハが自己の芸術を宗教と感じていたことをよく理解させてくれる作品はない。」

それから四十年余も過ぎたいまは、カートリッジはオルトフォンを使っている。もはや昔の悩みは遠くなった。『ロ短調のミサ曲』冒頭のゴシックの尖塔が天空に突き抜けてゆくような高音域をも、やすやすと再現してくれるので安心している。

しかし、レコードに針を落とすときのスリルは遠く消えてしまった。どちらが幸福であったかな、と考える。

かつては、レコード盤を洗濯したりまでした。文字通り、洗剤液を薄めた水のなかにつけて、洗うのである。泡によってゴミを吸着させるためである。そのようなことをしたりすると、レーベルが剝げるのでは、と思われるかも知れないが、その心配はまったくなかった。問題は、乾かすことだけである。ゴミがまた付着しないように風呂場のなかで乾燥させる。あたかもウルシを塗り、乾かす作業のようなものだった。

たぶん、あのころのわたしは、そのようにしてわが心を洗っていたのだろう。バッハのカンタータをカール・リヒター指揮、ミュンヘン・バッハ管弦楽団&合唱団の演奏で聴くときなどは、いまでもあの洗濯をしてみようか、と考えたりする。

折りにふれて

信仰というのは、われが信じることではない。どこまでも信じられている、と信じ、確信する心のことである。これは矛盾撞着した言葉である。しかし、ほかに、言いようがない。詩人八木重吉は、次のような純粋無雑な心を記している。

　きりすと
われによみがえれば

よみがえりにあたいするもの
すべていのちをふきかえしゆくなり

さりながら、磁石が北を指してゆるがないとしたならば、それは狂っている。針は常に微妙に振れている。揺れこそが、真実の信じる心である。揺れているからこそ、生きた信仰の証である。そして、信じる心は、日々に育ち、ツタのように空へと伝い、のぼってゆく。わたしと伴侶は教会のミサにあずかることから、日常に追われ、あるいは、わたしの病身のせいで、遠ざかることが、すくなくない。

それで、わたしたちは隠れキリシタンです、と言うと、この意味はまったく通じず、かの人たちは命を賭けたのです、とたしなめられた。わたしたちは、沈黙した。しかしながら、わたしたちは、隠れキリシタンである。生きることが祈りであり、朝、昼、夜がミサであり、尊い捧げ物である。わたしたちは、これを疑わない。

教会をかしらとする、キリストの肢体につながっているからこそ、生きていられる。もちろん、信じる者同士の交わりは大切である。わたしたちは、これを疑わない。しかし、きょうだいは、いつでも、どこにでもいる。まずもって、彼ら彼女らを愛さなければならない。愛し合わなければならない。

教会生活は、ここから始まる。

平和の鳩が舞う教会の庭の外は、いつも嵐である。強い風にさからって、歩かねばならない。イエスが背負いたもうた十字架が、そこで背負われなければならない。だが、それゆえに、その嵐の世界は尊い。

わたしは、教会、修道院を見るとき、あるいは、思い起こすとき、それは魂の発電所と感じられる。見えない送電塔は高電圧に震え、唸り、信仰を送電している。そのように感じている。

教会のミサから足が遠くなる、やむを得ざる日々、わたしはその高電圧「信仰」を考える。おかしな比喩であろうか。これが、わたしには、恩寵である。

今年も、しんじつ、よろこばしい復活祭が近づいてきた。受難と栄光の恵みに、心からのあこがれをもって、ミサにあずかりたい。

桜が咲き、散って、サクランボが美しく実るころの、あのようにつぶらな、結実の心がどうか、与えられますように。わたしの不誠実が、誠実として実りますように。

癒しに触れる

どこかでアサガオが咲いている。

そのような思いが閃くような、青空が深く、輝かしい日曜日の朝。ミサにあずかるために、教会へ歩いて行く。神の食卓に招かれて、家を出てからの一歩、一歩が言葉に代えてのお祈りだと考え、踏み確かめている。教会まで歩いて十五分。町並みが次第に明るく新しくなっていく。その明るさ、この世の栄光はミサにおいて頂点にたっする。

聖体拝領があり、そして、閉祭となって、聖堂前の広場でのよろこばしい交わりの会話に触れたあと、いっそう高くのぼった太陽のもとを、家へ帰った。それから貰ってきたばかりのタブロイド版「東京教区ニュース」二〇一二年五月号を読んだ。

教区司祭紹介の第二十四回があって、心持ち左に首をかしげている笑顔が呼びかけてきた。それは、ほのぼのと暖かで、どのようにかたくなな気持も開かれてゆくほどの、なによりも雄弁な微笑の写真だった。使徒ヨハネ田中康晴神父、一九三五年生まれ、一九六六年司祭叙階とある。神父は七十六歳、司祭として、まさに壮年である。

ところがインタビュー記事を惹かれるままに、読んでいて、神父がこれまでに躁うつ病に悩んで、何度となく入退院をくり返している苦難の宣教、司牧《しぼく》を知った。わたしは不意をつかれた。

田中康晴神父はインタビューで、病気と共にある司祭生活をどのように受け止めてきたのですか？という質問に答えて「神さまのはからいのままに、神の意に従って働くことが大事。病気を経験したことで、自分はもとより他者に注がれる神さまの愛、恵みをたくさんいただいていることに気づかせてもらう。たくさんの人を通していただくお恵み、その元をたどせば、それは神さまです。出てくる言葉は『神に感謝！』」と述べている。

ここには、病気の正当化、意味づけは少しもない。ただ、すべてを受け止める聖ヨセフにならった率直な従順さがいっさいである。わたしは感動した。このような神父は、ただそこに在るだけでよい、という実感がある。わたしの心は、にわかに解き放たれた。神父の存在、ここに聖霊の賜物がある。わたしは自然で清明な感化、心の自由を覚えた。

それにしても「教区ニュース」で、使徒ヨハネ田中康晴神父を紹介した選びの配慮、与えられた恩恵を考えた。おかげで晴れやかな、赦された日曜日の午後の訪れとなった。

雨の図書館

朝、起きたときから、静かな雨が降っていた。六月も中旬、気温は低かった。雨は終日降り続く、という予報だった。土曜日である。朝刊を丹念に読みつくしてしまって、まだ読み足らない気がする。紅茶のおかわりをして、おとつい、木曜日七日の東京新聞朝刊を出してきた。

アメリカのSF幻想小説作家レイ・ブラッドベリ死去の報道を読み返してみた。九十一歳、五日夜、ロサンゼルスで死去とある。『火星年代記』『華氏451度』や『太陽の黄金の林檎』『よろこびの機械』など、抒情とアイデア、みずみずしいレトリックを駆使した作品を、わたしも愛読した。全作品を読むまでにはいたっていないが、ファンの一人である。『何かが道をやってくる』『刺青の男』には、読書をした昔の時代にからまる記憶もあって、こだわりがある。その作家が亡くなったとなると、まるで自分の大切な思い出が死んでしまったような気がする。新聞には晩年の写真が掲載されていて、その風貌は作家というより、大指揮者のようである。

オムニバス小説『刺青の男』については、これまであちらこちらに随筆を書いてきた。その中のひとつに、永遠の雨が降りしきる金星を彷徨する探検隊員の話がある。今朝、レイ・ブラッドベリ死去のニュースを読み返していて、また、これを思い出した。

お昼前、傘をさして近所の区立開架式図書館へ出かけてみた。かつて、レイ・ブラッドベリを発見したような偶然に、今一度めぐまれたい、という気持が働いていた。雨のせいか、図書館は閑散としていた。児童室では小学生らしい女の子が一人、夢中になって本を読んでいる。姿勢が正しいので感心して振り返って見た。特徴のある髪型から判断すると、バレエを習っている子のようだった。赤い上着が鮮やかだった。

たぶん、その姿が潜在意識にあったのだろう。バレエシューズのイメージがどこかにあって、それが飛躍した。書架に平凡社刊『纏足《てんそく》の靴　小さな足の文化史』ドロシー・コウ著、小野和子＋小野啓子訳を見つけた。

わたしは曹雪斤《そうせつきん》の『紅楼夢』の読者である。この大長編小説に出てくる清朝の風俗に関心を持ちながら、これまで参考文献を読んだことがない。中華書店で手に入れた北京の作家出版社版『紅楼夢中人紅楼小百科』で充分だったせいもあるが、勉強不足のそしりはまぬがれない。ページを繰ってみると、カラフルでたいへん美しい。この雨の午後、この大長編をかたわらにおいて、たまたま発見した一冊を読むのも、また読書のよろこびであろう。レイ・ブラッドベリが身を乗り出してくるように思えたので、借りだすことにした。

雨は夜遅くまで止まなかった。夕刻のニュースで東京が梅雨入りしたことを知った。

晩夏のころ

夜通し起きていて、朝、通勤の人たちが家を出る時刻に就寝する、といった生活をしていた時代がある。原稿を書いたり、読書をするには深夜から夜明けが向いているように感じられた。時間が昼間より濃密であるようにも思えた。レコード、ラジオを聴くにもふさわしかった。しかし、健康のことを考えるならば、あまり感心しないので、夜昼が転倒した生活は、まもなく切り替えてしまった。

それでも、いまになっては懐かしい気がする。もはや、体力、気力がないので同じ真似は出来ないから、いっそう懐かしい。机の上の仕事を処理しながら聴いていたラジオは、文化放送の「走れ!歌謡曲」だった。この民放のスポンサーは自動車の会社で、番組の合間に、夜の高速道路を走るトラックの運転手の声がはいる。そうすると、居ながらにして遥かな幹線道路が、目に浮かんできて、いい気持だった。

いっぽう、レコードは何を聴いていたかというと、ザ・ファイヴ・ブラインド・ボーイズやザ・ベルズ・オブ・ジョイのゴスペルソングだったり、マリー・ラフォレの唄だったり、キングズ・シンガーズの「エレミア哀歌」だったりした。リパッティのピアノもよく聴いた。もちろん、どれもこれもLP盤である。そして、アメリカンタイプのコーヒーを大量に飲んだ。タバコは紙巻き、パイプ、葉巻をたくさん吸った。

そのような生活をしていたころの、ある朝、眠るまえ、早朝の町へ散歩に出た。いまだ強い光が射してこない時間だった。公園の門外に自転車がたくさんならんでいる。不法駐輪は夜露に濡れていた。その一台のサドルにセミの脱け殻がついていた。そのあたり、地面はコンクリートで固められていた。土は見あたらない。いったい、セミはどのようにして辿り着き、羽化脱皮したのだろうか。公園には、消え残った街灯が、美しい朝空を背景にともっていた。

わたしはそれで「古今和歌集」に出てくる一首を思い出した。

空蟬の　からは木ごとに　とどむれど　魂のゆくへを見ぬぞ　かなしき

むかしの人は感情を隠さなかった。かなしい、と正直に思いを吐露している。現代の日刊新聞の短歌欄の選者なら、この歌を感傷過多としてボツにするか、あるいは添削したかも知れない。セミは、めでたく脱皮して今日一日、公園の樹にあって、夏を鳴き暮らせるだろうか。ガンバレ、ガンバレと言いたいところであるが、古今和歌集の歌人は感覚が違うようである。

そのシュティフターのような晩夏の朝から、もはや、四十年が過ぎた。十年ひとむかしと言うからには、四十年は長い。わたしもわたしなりに脱皮を重ねたと思いたいが、あにはからんや、魂のゆくへを見ぬぞかなしき、かも知れない。

見えるものと見えないもの

わたしが住んでいる町は文教地区になっている。したがって、駅を中心として地図の上で、コンパスの円形を描くと少なくとも半径一キロ以内に歓楽的な施設はない。そして、珍しく駅舎も平屋で、コンコースの入り口には美しいステンドグラスがある。

駅のすぐ近くには、女子学園付属の幼稚園があって、下校時、制服姿の子どもたちがカルガモのように行列して歩いてくる。それを見ると、つい、微笑が浮かんでくる。それは小さな女の子たちの可愛らしさと、町の平和への感謝の微笑である。

この町で気がつくのは、目の不自由な人の姿である。それはやはりこの町には、そのような人たちのための学校があるからである。たいてい、一人で歩いているが、ゆっくりと慎重に、しかし確信に満ちて歩いている様子には感心する。わたしは晴眼者であるが、わたしもまたあのように、しっかりと歩かなければ、と、いつも反省させられる。

福音書を読むと、しばしば、目の不自由な人の話が出てくる。それは閉ざされて、かたくなな心が明らかに開かれてゆくシンボルとして語られているように思われる。つまり、見ようとしない、あるいは、偏見で見えなくなっている、目へのたしなめとして読める。

何かを見る、という行為には不思議がある。それはこの世界、あるいは宇宙といってもよいけれど、これを見きわめる目というものは、その目自体を見ることができない、という事実である。目はみずからの目を見ることができない。これはたとえば、火そのものは、みずからを焼くことができない、といった虚しいリクツのようではあるけれど、真実である。目は自分を見ることができない仕組みになっていればこそ、この世界すべてを見ることができる。わたしたちは、見えないものを通して、見えるものを見させてもらっている、ということになる。よくよく考えなければならない。

この夏、左の目の具合いが悪くなった。遠くの景色を見ているときには意識しないが、読書をしているときには気になって仕方がない。物の例え方としてコッケイではあるが、紙面に透明なボウフラが泳いでいる。しかも、それればかりではなく、やはり半透明の藻屑が一つ浮き漂っていて、その両方が重なると文字が見えなくなる。おや、と思って目を凝らすと、その濁りは移動して視野は、いっとき、はっきりとする。

眼科の先生に診察してもらって、眼底検査をした。結果としては、年齢、老化の現象だそうで、このまま暫く様子を見ましょう、ということになった。外科的な処置や、薬を服用して改善をはかる、といったような症状ではないらしい。

それ自体は見えないものが、見るという働きをしている「目」のおかげによって仕事をしているわたしには、このごろ福音書の目の奇跡の挿話が身に沁みる。

われ隣人たるべし

ことしは例年になく長く続いた白熱の火のような夏も去って、秋にはいった日曜日だった。日差しは相変わらず激しかったが、空の色は深みを増していた。

わたしの家の裏手に、大きなマンションがある。敷地は千坪ばかりあろうか。もとは、ある銀行の独身寮だった。テニスコートが二面あって、休日はボールのはずむ音が聞こえてきた。建物の中で、管理人がアナウンスする声が響いてきたりもした。

それが明るい茶色、絵具の色でいうとバーント・シェンナの瀟洒な三階建てのマンションに建て変わった。まだ、十年とはならないが、テニスボールの音のかわりに幼児や少年少女の声が聞こえてくるようになった。

南面していて、北方向に庭が開いて、駐車場になっている。生垣、歩道に囲まれた、このマンションが出来たおかげで、その周囲の眠ったような町が目覚め、若返った。建築工事の期間、騒音と振動に悩まされ、苦情を申し立てた人たちも、いまでは町の若返りをよろこんでいる。マンションはどうやら、町の風景のなかに自然と溶け込んだようである。

しかし、マンションに住む人たちが、もとからの町にまったく同化したかどうかは、まだ分からなかった。ここだけ町のなかの町のように、独立しているのかも知れない。町のなかの孤島かも知れなかった。ただし、通学の子どもたちは、わたしたちの言葉に答えるようになり、すすんで挨拶をするようになった。

このマンションには若い世代ばかりが住んでいるのではなかった。老齢の夫婦、あるいは若い世代と同居の老年も生活しているようだった。そして、子ども夫婦の世話になっている老年というのは、なんとなく分かるものである。

このマンションの先に開架式の区立図書館がある。

その日、貸し出しをしてもらう本のことを考えながら、わたしがマンションを通りかかると、一人の老年の男性が出てきて、視野の一角を、白いシャツ、ズボン姿で横切って行った。わたしは何気なく見過ごしてしまったが、不意に気になってくるりと振り返った。

それからが、おかしなあんばいだった。わたしが振り向くと、相手も先のほうで立ち止まり、こちらを振り返って、わたしをしげしげと眺めていた。こういう咄嗟の場合には、双方で反射的に会釈くらいはするものだが、それも互いにかわされることはなかった。微笑もかわされなかった。責任は、もののはずみとはいえ、すべてわたしにある。わたしは図書館の方向へ歩きつづけながら、困った、と考えていた。わたしには悪意はなかったものの、いまさら、引き返して挨拶すると、ますますヘンなことになる。

わたしは考えた。今後、彼とよき隣人たる機会はあるだろうか。日の光が激しかった。

漢字のよろこび

手刷りの年賀状をつくるようになって、十五年になる。最初は、一年のみ、と決めたのが、二年、三年とつづいて、七、八年にもなると、やめられなくなった。心待ちにしてくださる人たちがいて、うれしいので続けてきた。

デザインは決まっていて、漢字一文字手彫り、手刷りの賀状である。彫る技術のこともあって、楷書もしくは隷書《れいしょ》を原則にしてきた。たまに行書のこともあるが、草書は一度も試みたことがない。草書の味わいは、連綿《れんめん》、つまり続き書きの流れであるから、一字書きには向かないし、実は得意ではない領域である。

わたしは五十代の半ばになって、町の書道塾に通い、小学生たちと一緒に習字の勉強をはじめた。山川草木からはじまって、師匠が朱書したお手本をならっていたのが、はじめて隋時代楷書の影印本『蘇《そ》慈墓誌銘《じぼしめい》』のコピーを課題にした。目が覚めるような気がした。拓本であるから、筆意を読むという想像力の感動がある。それ以来、伏見冲敬《ふしみちゆうけい》の『書道字典』が身辺を離れない愛読書になった。

もっとも賀状の文字探しは、この字典にのみ限られていなくて、さまざまな影印本を参考にしている。去年は北魏楷書を探していて「花」に決めた。北魏楷書というのは、楷書が成立する直前の、手斧で打ち切ったような雄渾な書体である。

版木は朴《ほお》に決めているが、色彩には苦労する。この「花」には、色合いが文字自体にふくまれていて、身動きがならなかった。いったい何色の花にするか、ほんとうに困ってしまった。で、赤、黄色、青の三原色を全部、はなばなしく水彩絵の具で混ぜ合わせることにした。リクツからすると黒になるはずである。黒といっても漆黒ではない。どこか青灰色をふくんだ爽快な黒になる。

ところが、試し刷りの段階では、絵の具の混ぜ合わせがいい加減だったので紫陽花《あじさい》のような変化模様になって、予想外の味わいになった。それで気が楽になって、どんどん刷った。怪我の功名から、花が花となった。一枚として同色のものがなくなって、すべてオリジナルである。

ところで、賀状に決めた一字が、一年を占い、一年をさだめるようである。わたしにとっては、わたしの「花」の一年になった。花は散るものだが、散ってこそ、みのる。結果として「花」でよかった。そして、いま、新しい年のために、一字を探している。空漠としているが、肥沃な文字の広野に立っている思いがする。

思いをこめ、心をかたむけて、贈り物としての漢字一文字を探している。たった一つの漢字探しだが手がかりが必要で、いま、晩唐の詩人、杜牧《とぼく》の作品を読み、眺めている。

日の移ろい

日記帖がずいぶん溜まった。はじめは大学ノートを使っていたが、いつのまにか小学生用のノートに変わった。罫線が一ページ十五行で、紙の白色は視覚の健康を考慮して、感触が柔らかであった。書きやすいので使っていると、冊数がどんどん増えた。毎日、たくさん書くからではなく、一冊が薄いので、自然と増える。しかも、整理をするには背の部分に書き込みができない。それで書き終わったノートを積み上げて置くと、どうかした拍子に、崩れてくる。

それで、だんだんと面倒になって、一冊の値段が高価であるけれど、布クロスの縦罫、日記専用のノートに替えた。はじめは、なにやら、ものものしくて慣れなかったが、このところ、ようやく平気になった。これが年あらたまって、はや三冊目になった。

日記というのは、毎日、記すとはかぎらない。といっても、気が向いたとき、といった風流人になっているわけでもない。水をむすんでも、指のあいだからこぼれるように、歳月は、素早く流れる。山道の斜面で、滑りおちかけるところを踏みとどまる、といった感じで日記帖をひらく。

そんな次第で、日記は一日が終わって、夜になってから書くとはきまっていない。午後になって、突然、おとずれてきた空白の時間や、なにやら、うっとうしいときに、ひとり咳払いをする感覚で、なにごとか記す。

時には思い立って、三日四日と記し忘れた分をまとめて書いたりする。そんなときには『徒然草』、兼好法師のように「もの狂わしく、あやしき」感じになって、いったい、自分は何をしているのだろう、と考え込んでしまったりする。自分は日記に、日々の証言、弁護を求めているのだろうか。

何年かまえ、ふと、日記の一冊を読み返してみた。空模様、気温、気圧、樹木、夜空の記録があって、コンサートのチケットの貼り込みまでがあるが、日記を記した当人は姿をくらませて、どこにもいない。個人的な感慨は、まるで忘れられている。しかし、ぼんやりページを眺めていると、ページは次第に雄弁になってきた。ちょっとした言葉が手がかりになって、水中花のように記憶が甦ってくる。

それで、はっきりとしたことがある。自分にとって重大なことは、たぶん、その重荷が整理されぬままに、空白のままになっているようだった。大事なことは、すべて、用心深く避けられていて、手つかずのままになっている。それがかえって記憶を守っていた。

わたしは自分の日記を読み返していて、ふと、わたしの肩ごしに手もとを覗き込んでいる目を意識した。むかし、ヨゼフ・ピーパー編著によるトマス・アクイナス『言葉の鎖』を読んでいたときにも、その目はわたしを覗きにきた。それで、わたしはなぜ日記を記しているのか、はっきりした。そして、今、また、新しい一冊を記しはじめるときがきた。

懐かしみについて

五十余年もの昔のことで、わたしは早稲田のロシア文学科の学生で、季節は冬だった。期末試験が迫っていたが、放浪癖があって、部屋に居すわっていられなかった。目白のわたしの下宿から歩いて近い雑司ヶ谷墓地そばの鬼子母神に、同級生が部屋を借りて暮らしていた。

思い立つと、試験の準備でお互い忙しいはずだったが、かまわず出かけていった。ところが、その相手もどこやらに出ていて、留守だった。しかし、同級生のよしみで、かまわず部屋にあがりこんで、帰りを待つことにした。四畳半である。

ふと、机の上を見ると、トリスのポケット瓶がある。どうやら、友人のナイトキャップの一瓶らしい。部屋に火の気はなく寒いので、わたしは遠慮なく手を出して飲んだ。こういうとき、安価なウイスキーも実にうまいものである。

人心地がついて、何気なく机の上を見た。コンサイスの露和辞典がある。ロシア語を勉強しはじめたばかりの学生なら、誰でも持っているもので、あやしむに足りない。しかしながら、わたしは友人の辞書を見て、非常なショックを受けた。

そのコンサイス一冊は、さながらブロッコリーのように、花咲いて膨れ上がっていた。辞書というものは、丈夫堅牢につくられていて、なみたいていのことでは、そんなにはならない。わたしは、友人が勉強家であることは知っていたが、辞書をここまで使いこんでいることに、衝撃を受け、目が覚める思いだった。

これは、うかうか、していられないぞ。

わたしは行きがかり上、トリス一瓶を飲み干すと、そうそうに下宿へとってかえした。わたしは、負けた、と思った。もっと勉強しなくては、と腹を据える決心をした。

そのわたしの友人は、二年生を修了すると、早稲田から東京外国語大学のロシア語科へ移籍をした。彼はロシア語の修得に目標を置いていて、わたしは十九世紀ロシア文学が関心事であった。というわけで、彼とはそこで別れることになった。

そして、次に彼と出会ったところが不思議だった。大学を卒業して三十有余年だった。わたしは銀座から地下鉄有楽町線で、池袋駅下車のつもりでいて、うっかり間違え一駅手前の東池袋駅で降りた。妻と一緒だった。間違いに気づいて、失笑していると、プラットホームで、わたしの名前を呼ぶ人がいる。それが彼だった。商社マンになって、長くモスクワに滞在していることは仄聞していたが、意外なところで再会した。

それからまた十数年が過ぎ、定年退職して語学の勉強が趣味になっている彼と昨年の秋に、新宿中村屋のレストランで一緒に食事をした。高村光太郎の自画像が飾られた個室にいて、わたしは無断で空にしたトリス一瓶が、いまさらに懐かしくてならなかった。

生きているあいだ

人というものは、生きているあいだは、生きているものだ、という書き出しで始まった短い文章を読んだことがある。読書のメモをとっていないから、出所不明で確かめようがないものの、吉田健一の随筆ではないか、と思う。たぶん、まちがってはいないだろう。

あたりまえのことを、あたりまえに書いているから、それがどうした、といぶかる人がいるかも知れない。わたしは、それも、まちがってはいない、と思う。その言葉は、事実そのとおりであって、むしろ、あたりまえすぎるところに、どこやら嘲笑的なものがふくまれていて、不愉快に感じる人のほうが多い、と考えられもする。

しかし、そうは言うものの、人は生きているあいだは、生きているものである、というほかに、どのような言い方があるだろうか。つまり、そのように思い定めて生きるにいたるまでには、ずいぶんと、考え思いわずらって、あれこれ迷った結果、ようやくたどり着いたところの、ぎりぎりの決着、断念がここに含まれてはいないだろうか。

たぶん、若い世代、二十代の人たちには、ムリであろう。単なるレトリックとして読み過ごしてしまうだろう。壮年期の人たちならば、ヘタな禅問答とあしらうかも知れない。

ところが重篤の病気から生き延びたり、あるいは変転の体験を重ねた老年期になると、話はことなってくる。われわれは、ただ、生きていること、生きていられることを、感謝とともに、謙虚にうけいれるようになる。ただひたすらに、生きるがまま、在るがままである。まさに、生きているあいだは、生きているものである。そして、このじつに素っ気ないような、弁解、注釈をゆるさない実感こそが、生きること自体の神秘、畏敬につながる。

人は、昔から夢とは思いながらも不老長寿、不老不死を願ってきた。しかし、決して死なないということは、その反対、決して生きないことと同じである。たとえば人形は死なないから生きていない。人は死ぬから、生きている。したがって、人は生きているあいだは「死」に証しされて生きている。われわれは、それ以上に何が要求できるだろうか。

高濱虚子に、次のような一句がある。朝日文庫の「現代俳句の世界」シリーズに収録されていて、編年体になっているので比較的晩年の作品と推測ができる。

蝸牛の移り行く間の一仕事

この俳句には、どうやらとぼけた感じとともに、抜き差しのならない日常の切実さがこめられている。宇宙百三十七億年の歴史のなかで、カタツムリが懸命に這う努力、生きる営みが、そのまま、宇宙の気の遠くなるような長さと同等、等質の時間、歴史となっている。そして、われわれもまた、宇宙の中で何事か一役をはたしていて、百三十七億年と一体だと思える。実際、人というものは、生きているあいだは、生きているものである。

ゴロッキの首

いつであったか、二十年は過ぎているが、岡山の倉敷、大原美術館へ行った。この美術館の名が出ると、たちどころにエル・グレコの「受胎告知」が連想されるが、わたしたち夫婦が館を訪れた日、この名画のために特設された一部屋に足をとどめたのは、その日、その時、わたしたち二人だけであった。非常に稀な幸運に感謝しながら、しばらく、この上もなく恵まれた時間を思うがままに過ごした。

その日、わたしはまたロダンを発見した。館内を見回ったあとで、注意力がおとろえたころだった。展示のガラスケースの中に、握り拳大のブロンズがある。それは、ふと、見たところ、踏みつぶされた果物のようであった。それでうかうかと行き過ぎようとすると、呼び止める声がする。そこで後戻りをすると、それはかの映画俳優チャールズ・ブロンソンの顔に似ていた。プレートを読むと、ロダンの「ゴロッキの首」とある。文鎮になりそうな小さな作品であるが、威圧感があった。わたしを呼ぶ声は、そのブロンズの首と目をあわせて以来、きょうまで付き従って、消えることがない。

そして、今年二〇一三年、三月になって、東京駅の八重洲通りにあるブリヂストン美術館へ出かけた。常設展示作品が入れ替わると聞いたので、出かける気になったのだが、館の入り口にある彫刻ギャラリーで、ロダンの「立てるフォーネス」を見た。大理石の彫刻像であるが、あたかも石のなかから踏み出してくる刹那の少女像で、うつむいた顔の表情は、いまだ夢を見ているように模糊《もこ》として未刻のまま、羞恥を見せていた。気にしはじめると立ち去りがたい作品で、わたしは日をおいて、もう一度、見に行った。二度目に、足指が正確、忠実に刻まれていることを発見して、どうかした拍子に、脚は軽々とあがり、石の桎梏《しっこく》から解き放たれて歩み出る感じがした。可憐な少女の姿だった。作品に手を触れるのは、もってのほかであるが、大理石の触感を知るものには、その皮膚感覚が充分につたわってくる。わたしはそのとき記憶のなかの「ゴロツキの首」が叫ぶような気がした。

東京・上野にある国立西洋美術館は、パリのロダン美術館、フィラデルフィア美術館についでロダンの作品が多く収蔵されている。それで、わたしはとうとう三月上旬の日曜日に、出かけて行った。ここには五十点以上の作品がある。この館の前広場には、「地獄の門」と「カレーの市民」の大作が空に聳《そび》えているが、館を訪ねた午後一時半、強風と砂塵が舞って、空が暗くなった。「地獄の門」の両脇には、アダムとイヴが立っている。「説教する洗礼者ヨハネ」の像は館内にあるが、何か符合するようで、風に吹き絞られ、身もだえする樹木が暗示的であった。ロダンは「彫刻に独創はいらない。生命がいる」と言っている。わたしはこの日にも、「ゴロツキの首」が呼びかける声を聞いた。

サハラに死す

山と溪谷社のヤマケイ文庫で、上温湯隆《かみおんゆたかし》著、長尾三郎構成による『サハラに死す　上温湯隆の一生』を読んだ。

国内外ともに、おだやかならないこのごろである。地球そのものが存亡の機にあって、ひとりの青年の冒険紀行に、なにほどの意味があろうか、という気がしないでもなかったが、われらすべて地上を旅する民、その一員として、一読してみる気になった。

サハラ砂漠の東西七千キロを、ラクダとともに単独横断を試みて、惜しくも四千キロの地点で、渇死した二十二歳の青年の記録である。生死を賭けた酷薄、苛烈、暑熱の旅にあって、携行した川端康成の『雪国』や、古典の『平家物語』を読んでいる記述が、印象的だった。湿潤な風土にあってこそ成立し得た本を、きびしく限られた水、糧食とともに、砂漠へ持ち運んだ気持が謎であり、問いである。それは青年の〈水〉だったのだろうか。

そして、青年が冒険を企てたのは、一九七〇年代初頭である。七〇年代は、日本万国博覧会開催ではじまっている。青年の企ては高度経済成長の末期にあって、安寧の日常を突破するのが夢であった、と読み取れる。二〇一一年三月十一日、東日本大震災と福島第一原発事故を、青年上温湯隆は知るよしもない。彼の未来は、サハラ砂漠となって広漠と拡がり、直接に宇宙とつながっていた。

彼は自分のために、サハラ砂漠横断企画書をつくる。その目的とするところを、ラクダによる単独横断とその調査記録においている。しかし、二十世紀最大の探検家スヴェン・ヘディンのひそみにならって学術調査を念頭においていたわけではない。ただ、サハラ砂漠に憧れ、前人未踏の記録をつくろう、と願い、挑戦するのみである。手記には、母親は出てくるが、父ときょうだいの存在感は希薄、と言うよりも皆無である。冒険記録には、その記述は不要かも知れないが、背景が空白の肖像画を見る心地がする。上温湯隆の人格像が欠損しているようである。そして、それは、あとがき、解説からも欠落しているのは、なぜだろうか。砂漠に殉死した青年の内実を、静かに伏せておきたい人たちの気持は分かる。

それは、ひそやかな神格化、謙虚な英雄化の願いであるのかも知れない。

青年は高校を中退すると、アジア、中近東、ヨーロッパ、アフリカ、五十余か国をヒッチハイクをし、その旅の果てがサハラ砂漠であった。二十二歳で死去するまで、人生の大半を放浪して過ごした。一冊の文庫本を読みおわって、さすらうばかり、ほかに安らぐことのなかった魂が痛ましくてならなかった。だが、ここにこそ、手記の真実の浄化作用がある。伊東静雄の詩「曠野の歌」、

　木の実照り　泉はわらひ……
　わが痛き夢よこの時ぞ遂に
　休らはむもの！

この一節はまさに、青年、上温湯隆のための挽歌である。

本の話

池袋駅東口へ通じている明治通りに、「往来座」という古書店がある。店名から、地方巡業をもっぱらにしている劇団を連想したりするが、ネット検索で古書籍が入手できる時代にあって、楽しく心丈夫な正真正銘の古本屋さんである。

ネット万能のように思っている人がいるが、じっさいに店頭でなければ、けっして発見できない本がある。たとえば、この往来座で、香港が中国に返還される直前に発行された有限公司、三聯書店、張順光著の『香港電車』を見つけた。電車の歴史と変遷、そして街路の懐かしい風景写真集である。返還前

の香港に関する資料を集めているわたしには、まことに嬉しい発見だった。

もとの定価は香港ドルで一二八ドルとなっている。そのころ一ドルは四十円だったと思うが、わたしは保存状態良好の一冊を、ただの百円で入手した。カラー写真とモノクロームを合わせての編集であるが、ページを繰っているとタイムスリップして、別世界に遊ぶような心地がする。

またこの往来座で、かつて侍従長であった入江相政《すけまさ》氏の文庫版随筆集をも一括して見つけている。中公文庫で九冊、朝日文庫、講談社文庫が加わって計十一冊、いずれも絶版のものばかりである。入江相政氏は、半世紀、昭和天皇の側近にあった。冷泉《れいぜい》家の血脈の人で国文学者にして、歌人でもある。その随筆は作品として味わい深く、かつ、昭和史の第一級資料といった一面がある。

そのほか吉田健一の絶版本、「ニューヨーカー」のコラムニストの埋もれた文庫本を買っている。この手のものではJ・スティヴンスンの『大雪のニューヨークを歩くには』やヘレーン・ハンフの『ニューヨーク、ニューヨーク』が、貴重な掘り出し物だった。

ところで、この古書店で、さいきん、新刊本を買ったばかりである。いまは夏であるがタイトルは『冬の本』で、出版元は夏葉社となっている。そして、イキなことに栞は店長自作の梅の花枝の版画である。帯には「冬に読んだ本。冬になると思い出す本。『冬』と『一冊の本』をめぐる、新しいエッセイ集」とある。本文を開いてみると八十四人の執筆者が、見開きページで文章を書いている。知っている人知らない人もいる。

なんとなく誘われる気になるのは、冬の一日にあって部屋にこもり、読書をする楽しみが、格別なものであることが分かるからである。あたかもチャールズ・ラムの随筆から伝わってくるような温もりがあるようで、わたしはいそいそと購入した。深刻な積雪、厳寒に悩まされる北国の人の発想ではないように思えるが、このような本があってても悪くはない。わたしは『雨の本』があってもいいと思うが、これはまだ、見たことがない。

句読点をうつ

家から駅まで、といったほどの近さではないが、そんなに遠くないところに漢方薬店がある。たいていはバスに乗って通り過ぎることが多いのだが、なにかの拍子で店のまえを歩いて過ぎる日がある。そのような時に、目をとらえる大きな張り紙を、かならず読んでから歩いていく。筆書きのスタイルになっているが、文字は水色で雄渾な筆跡である。クスリの宣伝ではない。「笑ってポックリ死ぬためには健康であらねば」と書いている。「ポックリ」というところと「健康」の部分は朱色である。健康で、の「で」は字配りを考えられて、小さく書かれている。

老若男女、健康のほどは問わず、誰もが思わず、その言葉に、つい、目を奪われてしまう。名言というか至言とでもいうべきか、心にひびく言葉であって、つくづく身にこたえる訓戒である。とても文句のつけようがない。批判の域を越えてしまっている。

この店を知ってから、かなりの年数が過ぎているが、漢方薬店とは承知しながら、屋号を確かめたことがない。こんど、覚えておこうと思うのだが、じっさい通りかかるときには、この名文句にあらためて注目して、しみじみ納得しながら、店名を記憶にとどめるにはいたらないままである。句読点をうつ心地がして、ほかのことは忘れてしまう。

この看板というかポスターというか、なんとも言いようがない言葉書きは有名で、相手が知らないだろうと思って口にすると、たいていの人が先刻承知である。いったい、どの範囲までかは分からない。知る人ぞ知るである。

健康であることの大切さ、人として生涯をまっとうするについて、あるべく望ましい姿を指摘して、簡にして要を得ている。

わたし自身は、漢方薬に縁がない、というような気持でいるが、実はある。内科のほうで顆粒状になった薬を処方してもらって、服用している。ただ、漢方医、漢方薬店を知らないだけである。

二十代の終わりごろ、編集者をしていたころだったが、栗原愛塔というお名前の漢方医にお会いしたことがある。談話取材のあと、邦訳されていない漢籍の話になった。いまからにしてそれは『陶庵夢憶』のような、不思議な魅力をたたえた本ではなかったか、と悔やまれる。メモがなくなってしまったので思い出しようがない。

私は「笑ってポックリ死ぬためには健康であらねば」を見かけると、蒼古と端座した老年の漢方医、栗原愛塔を思い出す。ロウソクの灯が風のそよぎで、ふと、消えるように亡くなったと仄聞している。笑わなくともよいが、ポックリは実に望ましい。

不思議の使者

ドイツの哲学者、ゲオルク・ジンメルは次のような言葉を記している。よくよく考えたい、と、いつも読み返している。簡素だが、深い言葉である。

「こちらに自然の世界があり、あちらに超越の世界があり、われわれはそれら二つの世界のどちらかに所属していると、われわれはふつうそう考えている。実はそうではないのだ。われわれは言い表しがたい第三のものに所属しているのであって、われわれに自然と映るものも、超越と映るものも、その第三のものを抽出し、ゆがめ、解釈したものである。」(土肥美夫訳『断想』日記遺稿より)

では、その第三の世界とは、どのようなものであろうか。抽象、観念的な表現を避けたいので、具体的な説明として、俳人高濱虚子の作品を通して、うかがってみたい。この俳人は正岡子規をついで、花鳥諷詠の客観写生を説いた、とされている。そうかも知れない。しかし、虚子が垣間見た世界は、まさに「言い表しがたい第三のもの」である。

年を以《も》て巨人としたり歩み去る

大いなるものが過ぎ行く野分《のわき》かな

地球凍《い》てぬ月光之《これ》を照らしけり

魂の一ゆらぎして秋の風

去年今年貫《つらぬ》く棒の如きもの

夕焼けのさめて使ひの帰らざる

大いなる蟻這ふといふわれは見えず

よき家や銀河の下に寝静まり

高濱虚子の作品は、八十五年の生涯に、二十万句以上もあるそうである。読み通すとなると容易なことではないので、わたしはもっぱら朝日文庫の「現代俳句の世界」（一）の『高浜虚子集』を反復読書している。収録句数は三〇五八句である。探索の結果、蝶の句が多い。比率にすればとるにたらないようであるが、五十七句ある。美しい十七字の言葉の林を、蝶がひらひら飛んで、ジンメルの「第三の世界」への道案内をつとめているようである。

凍《いて》蝶《ちょう》の己が魂追うて飛ぶ

蝶々のもの食ふ音の静かさよ

皿洗ふ絵模様抜けて飛ぶ蝶

水打てば夏蝶そこに生れけり

見失ひ又見失ふ秋の蝶

そして、この蝶はついには「銀河西へ人は東へ流れ星」の宇宙へと飛翔をとげている。高濱虚子は、神秘に触れ得た稀有《けう》の俳人である。

歯医者の治療椅子

むかし、いつ、どこで、なんの本であったか、まるで思いだせないが「人生とは、歯医者の治療椅子のようなものだ。いまはじまるぞ、さあ、これからだ、と身がまえているうちに、あっというまに済んでしまう」という言葉を見つけたことがある。

歯の治療にもいろいろあって、どれも、あっというまに、とはならないけれど、この皮肉で、おそろしいセリフは真実をついている。人生百年の時代になって、たかだか七十七歳であるから、まだ「あっというま」だとは感じていないが、言葉のトゲが痛い。

たぶんフランスのモラリスト、モンテーニュの『随想録』にありそうな言葉である。この人は「人生はブランコのようなものだ。私はいつでも、もう一回、漕いでみせることができる」あるいは「世界は永遠のブランコにすぎない」とも言っている。パスカルはモンテーニュを嫌った。パスカルは敬虔な人だから、もっともだ、と思う。

しかしながら、モンテーニュは、いっぽうで、「私が一生をかけて得たいと思う栄誉とは、一生を静かに生きとげるということである」と述べている。こちらが、この人の本音であろう。ところが、『幸福論』で有名なヒルティは、静かに言い返している。「人生において、もっとも耐えがたいものは、悪天候の日の連続ではなく、むしろ雲ひとつない日の連続である」と。そして「時とともに生きようと思う者は、時とともに走らなければならない」と記している。

こんなふうに人の名言、至言を読んでいると、我が国の国会予算委員会テレビ中継の、質疑応答、あでもない、こうでもない、を聞いているような気がする。それは、人の叡知の言葉というものには、かならず表裏、矛盾があるからである。言葉、表現の宿命である。バベルの塔のエピソードのようなものだ。人の知恵の思い上がりは、崩れる。「歯医者の治療椅子」にある、人間の一生を総括しよう、とする言葉のどこかに絶望がある。上手に言ってのけたつもりであろうが、じつは、悲しいブラックユーモアではなかろうか。

この連続エッセイのはじめのほうで、星新一のことを書いた。アンデルセンの童話が読めなくなったら、そのとき、このわたしの感性もお終いだと思うが、星新一のショート・ショートがつまらない日がきたら、それは、残念ながらわが認知症のはじまりであろう。この作家に、父と祖父についての伝記がある。

そのなかに「不平や依頼心は、精神的な自殺のようなものだ」という一行があって、これは、なんでもなく、さらりと書かれていた。しかし、わたしは自分のことを言われているようで、つくづく反省した。その言葉は、淡白率直な文章のなかで、宝石のように光っていた。しっかりと、忘れないでいたい言葉である。

あまったネジ一つ

山間僻地は別として、都会で暮らしていて腕時計は本当に必要なものであろうか。街なかでいると、車や駅、電光掲示板、ウィンドウで正確な現在時間を知ることができる。場所によっては日本時間ばかりでなく、世界の主要な都市の時間も知ることができる。

会合や待ち合わせの場所へ、約束の時間を確認しながら、向かって行くような場合であっても、秒単位で正確さを求められるとなれば話は別だが、おおよその時間の見計らいは可能で、どうしても腕時計が必要であるとは思えない。

わたしは特別緊急な場合を除いてはケイタイ、iPhoneを使うことはないから、時刻確認のために、このような器械にたよることはない。家でいるかぎりは、どの部屋にも置時計、壁時計があるので、腕時計はもとよりネットを覗いて見る必要もない。

また他家を訪問して、約束の時間をはかりながらの対話の場合にかぎっても、事情は同じである。そのようなわけで、しばらく腕時計なしの生活をしてみた。わたしの場合は特殊なのかもしれないが、そうしてみても大した不便を感じないままで、歳月が過ぎた。

ところがある日、腕時計をアクセサリーの見地から眺めることになった。きっかけになったのは伴侶の時計からだった。ベルトは交換してはいるが、クラシックタイプの腕時計が服装とチグハグで、見ていて落ち着かない。それで売場にでかけて、あれこれ見直すことになった。すると実におびただしい種類、デザインの時計があることに気づいた。

いつのまにかソーラー時計や電波時計が合体した腕時計が出回っていることにも気づいた。価格もさまざまであるが、実用を主として考えると、この新製品も手頃な価格で購入できることもわかった。

時計売場というのは妙なもので、人をして童心に返し、メカニカルなものへの志向をあおるようである。腕時計無用論を唱えていたのが急変して、ついでにわたしも買ってしまった。十年間の保証がついている。はてな、それまで生きているかな、と、なにやら鋭い刃物のような想念が閃いたがとにかく買ってしまった。

それから一年が過ぎた。ソーラー時計の部分は微光にでも反応するらしいが、月に一回は直射日光に四分間晒すこと、と但し書きがあるものの、それを励行したことはない。

それでも一秒の狂いもなく動いている。いいような、わるいような妙な気持でいる。

むかし、中学生になって初めて腕時計を買ってもらった。その夏休みに、割り箸に両刃の剃刀の破片を挟んで特性のネジ回しを作り、時計を分解して、再度組み立てる試みに挑戦した。非常な苦心が成功して時計は再現できたが、微細なネジが一つあまってしまって、どうにも始末がつかない。もちろん、時計は動かなくなった。いま、複雑化していく一方の世にあって、たった一つのあまったネジのことが非常に尊い物として思い出される。

ブルックナーの不思議

わたしはいわゆるクラシックファンの一人である。もはや、六十年にもなる鑑賞者であるが、戦時下に不十分な教育をうけたおかげで、楽譜がまったく読めない。では、ミサ、典礼のときにはどうしているのか、と問われることになるが、譜面の楽譜の上下を目で追いながら、ともにミサにあずかっている人たちの発声にならって歌っている。

聖堂では、わたしの横には常に伴侶がいる。わたしはもっぱら彼女の声をたよりにしている。しかしあるとき、わたしは決心をして、楽譜が読めるようになろうとした。ちょうどそのころ、三人の子どものうちのいちばん年下の娘が音楽教室に通っていて、ピアノの新約聖書ベートーヴェンのピアノ・ソナタにまでたどりつき、「テンペスト」と取り組んでいるさいちゅうだった。そこで、私は娘の先生に指導していただこうと考えた。

ここまではよかった。無事、教えていただけることになったのだが、それには過酷な条件がついた。つまり、三、四歳児といっしょになって、リトミックから始めるという、あたりまえのようでいて、その真似はとても恥ずかしくてできない、という自尊心と戦うことになった。

わたしは見栄をはったばかりに、ついに、機会を失ってしまった。そのときわたしは四十そこそこだったから、素直になって頑張っていたら、それから三十有余年の現在、娘と連弾ができただろうし、譜面も読めたであろう、と思う。

人間の聴力も成長するもので、CDを聴いたり、N響の定期演奏会へ出かけても、聴き方、聴こえ方がことなってきているのが、よく分かる。おそらく母方の遺伝子がはたらいているのだろう、日常、聴力の衰えを感じるときがある。ところが不思議なことに、音楽鑑賞のときに、不便を感じたことはない。天の配剤というべきであろうか。

わたしはこのところ、もっぱら後期ロマン派のアントン・ブルックナーの交響曲を聴いている。五番、七番、八番が嬉しい。この三曲を三日にわたっての連続演奏会に出かけたこともある。ブルックナーを聴いていると、自分が宇宙と一体であることが感じられる。この作曲家は敬虔なカトリック信徒である。

バッハは、しばしば「音楽の神学者」と呼ばれるが、それではブルックナーは、どのようにたとえるべきだろうか。

いま、新共同訳の聖書が用いられているが、個人的な感想を述べるとなると、ここでの日本語が金属的、メタリックな感じがしてならない。いろいろなことが配慮された上に、正確無比な訳文だと思いはする。しかしながら、どこか冷たい感じがする。それでわたしは、ふだんはエルサレム版英文訳を読んでいる。こちらのほうの訳文は、読んでいると、このごろ行間からブルックナーが響いてきたりする。

忘れることと覚えていること

ある年齢になると、いろいろ忘れやすくなるもののようである。その年齢というのは微妙なもので、人それぞれによっていて、これといった決まりがない。そして、物忘れの自覚のありようも、それぞれである。

どうも自分に都合の悪いことは、すばやく忘れ、楽しいことや都合のよいことは、しっかり覚えているというのも、じつはいいかげんで、忘れることはけろりと忘れるし、覚えていることは、どこまでも、しっかりと覚えている。

したがって、あるがまま、なるようにまかせておくしかないと、見きわめをつけておけばいいが、実生活ではそう簡単に片づけることはできない問題がある。

なぜならば、忘れるというひとつことにかぎってみよう。忘れるというが、その忘れたということ自体は、皮肉にもしっかり覚えているものである。いっさいを忘れはてているならば、それはもはや無心の境地で、むしろ幸いである。しかし、人は忘れてしまったという事実は、皮肉なことに忘れられないことになっている。

そうすると、記憶というのは、いったい、どのような仕組みになっているのだろうか。忘れた、ということが分かっている記憶というのは、論理矛盾ではなかろうか。わたしは過去のある期間を思い出そうとして、まったく思い出せないことに気づいて、驚き、だんだんと心配になってきた。ページを繰っていて、白紙がある。眺め暮らしても無駄である。日記はないし、そのころを証明してくれる知人、友人も他界した。

つまり、その空白のページに相当するところでは、わたしは生きてはいないのである。忘れたことを思い出す努力をしていると、しだいに恐ろしくなった。記憶の向こうとこちら側は、どのようにしてつながっているのだろうか。

記憶、なにごとかを覚えているということと、生きることとは同じことである。したがって、忘れたということも覚えていなければならないし、事実、よく覚えているものである。たぶん、目には見えない記憶の糸は、生涯つながっているにちがいない。

このまえ、郷里の中学時代からの友人に電話をした。彼は話をはじめる前に同級生の姓名を告げて、彼は死んだよ、と言った。ところがわたしには、その彼の記憶がない。分かったようなふりをして、話をしながら、もどかしく心細い気持になった。問いただしさえしたならば、たちまち疑問は氷解しただろうが、わたしは問いかえさないまま話を続けた。

ながいあいだ、郷里とご無沙汰している。わたしは、いろいろ忘れている。しかし、逆の誰かの立場に身を置くならば、このわたしは、おそらく消滅していなくて、忘れられたというかたちで生きつづけている妙な存在であることになるかも知れない。

春きたる

四旬節と聖週間の月がめぐってきた。三月というのは、もっとも春めいた一か月だと思う。それは日本列島のほぼ中央に位置する東京に暮らす人たちの季節感である。四月になって上旬が過ぎると、青葉の色は濃くなって、気温も上がり初夏の気配になる。だから春らしい春というのは三月である。

しかし、俳句の季題によれば、春というのは立春（二月四日）から立夏の前日（五月五日）までということになっている。東京では立春二月は、いまだ厳寒のまっただなかである。一年のうちで、もっとも寒い。とは言うものの古人の感覚は鋭敏だったのだろう。実際、このころ青空の色と陽光は明るくなってくる。

去年のことだが、立春の日、大阪に住む中学生時代からの友人へおくったハガキに添えて、

猫笑ふ　アリスの国に　春きたる

と、したためた。これはルイス・キャロルの『不思議の国のアリス』に登場する笑い猫のエピソードを知らなければ通じない。そして立春のころ、猫は繁殖期になってさわぎ、しずかな夜を破る。それをふまえたつもりだが、これはまあ駄句のお手本というものであろう。

とにかく春はよろこばしい。仕事部屋のかたづけをしていると、書棚の隅からずしりと重い大判の封筒が出てきた。うかうかと放置してきたのは、ずさんなわたしの手落ちだった。その中にはいっているのは大学ノートで、悪夢の数々が丹念に記されている。

ずいぶん昔のことであるが、統合失調症の青年とお付き合いをした。ノートはその青年から送られてきたものである。預かってもらいたい、という希望だったので受け取ることにしたのである。彼の気持が理解できたので、そうした。夢をたくするにも、いろいろであって、病気による悪夢の記録が預けられたわけである。

わたしは記録を預かったものの、内容を点検することはしなかった。病気が原因となっている夢は、おおむねパターンが決まっていて、専門医ならともかく、素人が読んでも理解の手がかりはつかめない。そして、預けた彼のほうは、預けるだけで気がすんだのか、こんにちにいたるまで、そのままになった。

青年は中年になってから、入信した。相談を受けたので洗礼名について、ふさわしい聖人の名を何人か候補にあげた。代父は教会の神父と相談して決めるようにした。それから年月が過ぎた。彼とわたしは離れたところに住んでいる。春が何回かめぐってきた今、夢の記録を送り返したものかどうか。あれこれ考えている。彼にも春きたる、だろうか。

ストリート・オルガン

東京カテドラル聖マリア大聖堂へ出かけた。晴れた日曜日の午後で、鐘楼のタワー、聖堂の白鳥の翼のような、あるいは巨きな蝶の翅のような屋根の上の空は澄んでいて、風はなかった。構内入り口のところで恒例のバザーが開かれていた。

わたしは妻と一緒だった。目をそちらに向けると、わたしたちの教区、豊島教会（聖パトリック教会）のおなじみの甘木《あまき》（某《ぼう》さんの意味）さんが、お手伝いとして来ているのが分かった。ご挨拶をしておいて、わたしはCDがならんでいるところを点検してみた。数は少なく、しかも、ならんでいるのは、望みの範囲外である。

そこでその場を離れかけたが、お知り合いのよしみで、甘木さんがちょうどわたしたちの所へ寄って来られたので尋ねることにした。そして、こうなった。CDはこれだけですか？　ちょっと待って、ね。

それから十枚ほどが持ち出されてきた。それでも、やはり、わたしの関心外ばかりで、少々、落胆していると、「ストリート・オルガン」という表題の一枚が目についた。レコードジャケットを読んでみると、ストリート・オルガン曲の集大成で、種類の異なったオルガンによって、全部で三十八曲が収録されていることが解った。これはいい。日曜日に似合った見つけものである。喜んで分けてもらった。微々たるご奉仕ながら、なにほどかの買い物ができて、うれしかった。ついで、妻は被災地福島産の野菜をお分けしてもらった。

ストリート・オルガンというのは、その名のとおり、かつて街角やメリーゴーランド、サーカステントのバックグラウンド・ミュージック、あるいは家庭用としても親しまれた自動演奏用のオルガンのことである。手回しハンドルで風を送る仕掛けとなっている。

CDの惹句を記したほうがいいかも知れない。「石だたみの街角で奏でるストリート・オルガンの響き……云々」つまり、音楽、楽器によるタイムスリップ、時をへだてた音の風景アルバムというわけである。発売元は「オルゴールの小さな博物館」とある。

家へ帰ってから、遅くなった昼食をとりながらレコードを聴いてみた。「美しく青きドナウ」や「故郷」「リリー・マルレーン」「黒い瞳」が流れてきた。

鄙《ひな》びた郷愁を誘う音の響きである。それで、わたしたちは思い出した。もはや何年前だろうか。最寄の駅前広場で、ヨーロッパのどこかの国の青年が、自転車の荷台にこのオルガンを載せて演奏していたことがある。物珍しげに立ち止まったわたしたちにむかって、ちょっとハンドルをまわしてみないか、と言った。オルガンは飛行機の席ひとつをとって、運んできた。あまり上手ではない英語だった。やってみると、ハンドルは非常に重く、演奏は簡単ではなかった。

手について

詩や彫刻、そしてすぐれた書作品で著名な高村光太郎の芸術論集として岩波文庫『緑色の太陽』という一冊がある。題名、サブタイトルを一見すると近寄りがたい印象を受けるが、手にとって読んでみると、気むずかしいことはなくて親しみやすい本である。テーマを詩、彫刻、書と分けた評論、随筆集である。

この人の詩については、高校一年生時代に「国語」の授業で親しみ、のちに旺文社文庫『高村光太郎詩集』で、よりいっそう多くの詩を読んでいた。男らしい、向かい風にさからって歩くような清新な詩風に共感した。女々しいところがない。その読書記憶が手伝って、『緑色の太陽』を読んだ。

その文章のひとつに「触覚の世界」と題された文章を読んで驚いた。冒頭に、いきなり一行、私は彫刻家である、と断りがあって、次のような文章がつづく。

「私の薬指の腹は、磨いた鏡面の凹凸を触知する。」

なみの人には、この真似はできない。生まれついて目の不自由な人ならどうだろうか。触覚が鋭敏であろうから、あるいは可能かも知れない。しかし、身近に確かめる人がいないので、たまたまの機会に彫刻家の橋本省氏におたずねをしてみた。ところが、わたしの話は、あっさり一蹴されてしまった。ことの真偽は別として、氏は高村光太郎がお好きではなかったようだった。

とはいうものの、高村光太郎が書いた一行は、確信に満ちていて、「手」がそなえている能力の証言になっているようである。この『緑色の太陽』には「手」という題名の短文が収録されていて、モノクロームの小さな写真であるが高村光太郎作の塑像「手」が収録されている。たぶん、自身の左手を作品としたのではないだろうか。

わたしはこれを見て、千代田区北の丸公園にある東京国立近代美術館を思い出した。ここが創立されて間もなくのころと、改装後もこまめに足をはこんでいる。いずれのときも入館してのわたしの目を打ったのはこの「手」だった。忠実な模写ではなくデフォルメされていて、宙にからみあい、なにものかを摑みとろうとしている長い指が印象的だった。虚空に花が咲いているようだった。祈る手もあれば模索と憧憬に空をさぐりもとめる手もある、とわたしは考えた。それは、もだえ求める手だった。

もはや三十年が過ぎると思うが、真冬の二月に十和田湖へ出かけたことがある。奥入瀬渓谷から湖畔へ出たのは、夕刻だった。鉛色の空に高村光太郎最晩年の作品、裸婦像がそびえていた。人影絶えて、荒涼としたところに、それは巨大ないまひとつの「手」の塑像のように、天に向かってさしのべられていた。

墨の匂い

「墨の匂い」と書くと、匂いは「にほひ」と旧仮名遣いで表記するのがふさわしい気がするのは、わたしひとりだけのことだろうか。固形墨に仕込まれた龍脳《りゅうのう》の香りは、アロマセラピー、芳香療法である。気持ばかりではなく軀も落ち着く。

五十代のなかばになって一念発起で、近所の書道塾へ通いはじめた。小学生の諸君と膝をならべての勉強だった。戦後まもなくの中学、高校の授業には、剣道、柔道、書道はなかった。「道」と名がつくものは意図的に避けられていた。小学生時代は戦災にあって、転校につぐ転校で筆をもったことがない。

そのような次第で、大学を卒業して、就職のための履歴書を小筆書きのときは、大いに困った。しかし、そのあとは書のことに関して、考えもしなかったが、哲学者西田幾多郎《にしだきたろう》の一燈園《いっとうえん》から刊行された『遺墨集』を見て、突然、目覚めた。書の向こうに異次元の世界がある。別世界の発見だった。遅きに失するが、なに、かまうものか、と決心した。

書道塾へ通っているうちに、夜遅くに現れる中年に会った。商社勤務はきびしい毎日であるが、この人はひたすら隷書を書いていた。隷書というのは、いかめしく口髭を立てたような書体とは限らない。

いろいろあって、わたしは魅力のとりこ、となった。

それから二十年ばかり過ぎて、いまは書家稲村雲洞《いなむらうんとう》氏からいただいた『何子貞臨張遷碑《かしていりんのちょうせんひ》』の和綴じ本がお手本である。幽遠、神変を現じた一冊は謎をはらんで、興味は尽きない。たぶん、これを書くだけで一生は過ぎるだろう。

もっとも、それは要するに道楽、趣味の次元である、と、あっさり片づけられるに違いない。いったい、まじめなところは、どうなっているのか、問われもする、と思わないわけでもない。筆、紙、墨、硯はけっして安いものではない。しかしながら、筆を持ち正座をすると、そこに一切が映し出されて、わたしは尊いものと向き合っている。そのような時間の訪れを、仮にも普段に待つとしたならば、期待の実現はきわめて遠くおぼつかない。

聖書を読む、あるいは祈りには、手習いのあとが最も適している。わたしは文章を書いたり、考えたり、読書を仕事としているものの、澄明な、光風霽月《こうふうせいげつ》の境地にいられたためしがない。それが筆を持つことで、はじめて可能になった。机に向かっているだけでは、発酵途中の果汁のように濁って、沸騰してくる何物とも知れぬ雑念に悩まされて、純粋なアルコールになるのはいつのことやらである。書を試みるのが、一番である。

書作の試みの結果は、ことごとく処分してきた。今後も同じようにするつもりでいる。表装、保存のつもりはない。ただ、墨の匂いのなかの清々《すがすが》しい心を、これからも失いたくない。その思いがあるかぎり、わたしはほろびず、若く、仕事が続けられるはずである。

おそれ・おののき・よろこび

おそれとおののきと、みずからもゆえ知らぬ生きるよろこびがある。この三つを忘れ、感受しないときが訪れたならば、文章を書くことは、あきらめなければならない。いや、それどころではない。生きるべく与えられた命を神の御手にお返ししなければならない。

毎日、その日その日、『論語』にもあるとおり、いくたびとなく反省「三省」をする。

若いころ、理解するにはやっかい、むつかしい本を読みながら、いっぽうでは国内外のミステリー、SF、ホラー小説を、ざっと、小型トラック三台分は読んだ。併行読書で一日に三、四種類の本を読みながら、また、本来の仕事の文章を書きながらである。目や精神の衛生、ひいてはからだに良くない生活だった。

娯楽の読書は、もっぱら就寝直前だった。つまり、ベッドのなかで腹這いになって読む。読んでいるうちに、そのまま眠ってしまって、やあ、と目をしばたたくと朝であったりする。それは読書人のみが知る至福の境地である。

ところが、この姿勢での読書三昧には、手痛い制裁がある。背骨に負担がかかって、第五腰椎のやっかいな症状をもたらす。そればかりでなく頸骨もまた故障する。いま、わたしは、それらの痛みとたたかっているさなかである。

イギリスの作家ロレンスは『チャタレー夫人』でよく知られているが、『アポカリプス論』という著作がある。福田恆存訳があって、そのなかに人の至福経験には、ふだんブラインドが下ろされていて、めったに開かれることはない、とある。それは生存のためである、と書かれている。

ようするに、わたしは禁断をおかしていたわけだから、その罰を受けているらしい。痛みはこらえて暮らすしかない。覚悟をして、こんどは枕しながら、両手で本を支えながら上向きで読む方法に切り替えた。重い書物はきびしいので、軽量小型の文庫本にかぎられている。

天井にむかって腕立てをしている案配で、いまは有吉佐和子著『日本の島々、昔と今。』岩波文庫を読書中だが、目次では竹島、尖閣列島の問題が昭和五十五年の時点で取材され、詳説されている。寝て読んではならない論評である。慎重にゆっくり読み進んでいる。

この読書法もいずれ、なんらかの報いがあるかも知れない。しかし、いまさらあらためることはできない。

現在、新訳がこのごろ刊行されて、旧版となってしまった『紅楼夢』が読みたい。最近は、どのような本であっても、強い印象に迫られて、うっかり安眠できなくなった。

それは一日のどの一瞬とて、ゆるがせにできなくなった事態とおなじである。せっぱ詰まったようだが、いっさいが尊く豊かになってきた。老年の輝き、と思える。ロレンスの言うブラインドが上がりはしないか。その予感におそれ、おののき、よろこんでいる。

神いましたまう

仏教をおよばずながら勉強しようと考え、すこしばかり読書をした。そのなかで道元は別格で、これからも読んで、教わりたいと願っている。禅宗諸派のうちでも、この人ばかりは読書の甲斐《かい》がある。難解な文章ではあるが、論理的で、修辞的な魅力に富み、文学の立場からしても学ぶべきことが沢山ある。最初に道元の『正法眼蔵《しょうぼうげんぞう》』に接したのは岩波の旧「日本古典文学大系」に収録のもので、解説は西尾実だった。この人が、道元の文体、論理構造を説いて、あますところがなかった。

いまや解説書はたくさん出まわっているが、入門書は、と問われたならば、わたしは同書をあげるに躊躇《ちゅうちょ》しないだろう。

大乗仏教に関しては、中央公論社の現代語訳の選集を読んだ。経典は膨大で、これをすべて読むのは難しいから、般若心経《はんにゃしんぎょう》と金剛般若経《こんごうはんにゃきょう》を読んだ。中村元《はじめ》の著作も、わずかながら勉強した。

こうして学んだことで、もう一度たしかめたいものがある。それをはっきりさせておいてから書くのが本来であるが、あたらずといえども遠からず、強い印象を受けたことを記してみようと思う。

インドの大乗仏教を確立し、のちの仏教、中国仏教、日本仏教にも強い影響を残した人に龍樹《りゅうじゅ》がいる。この人の理論構築の方法が、非常に面白い。仏教には「神」という観念はないが、尊く言い表わしがたい何ものかを定義するにあたって、なになには、なになに、にあらず、と否定に否定を重ねて表現する。直接の肯定、断定を避ける。

この話はいちおう脇において、「神」とは、と問われてどのように答えられるだろうか。わたしはここで先回りをして答える。超越の神にはいかようにしても触れ得ず、思惟《しい》することもあたわず、ゆえに人となられたイエス・キリストがおいでになる、と。

しかし、この答えに納得してくれる人は、残念ながら少ない。どうも相手は紅海を裂いて、イスラエルの民を救いたもうた神を想像しているらしい。全知全能、万軍の神なる主、真善美なる神をあかしてもらいたい、ということである。

このような率直な人々には、めったなことが言えない。そこで答える。碁であれ将棋であれトランプ、チェス、なんだっていい。勝負ごとで、手のうちが全部わかっていたならば、勝負は成立しない。定石《じょうせき》の先に未知がある。それは一瞬一瞬、考え創りだしていくものである。人間の未来も同じである。その未知の創出は、実は神の創造の影を映したものである。神は創造である。ゆえにわれらは産みの苦しみを味わい、同時に神の創造にあずかっている。ここに神いましたまう。一日の苦労は、一日で充分である。明日《あす》は、明日みずから思い悩まん。

聖書巡歴

人は心のまどろみから生まれ、またふたたび、まどろみへ帰って行く。心の誕生以前の世界を考える。老年になり、さらに後期高齢者と呼ばれる者の一人となって、そのことが一層意識されてきた。それとともに聖書を新たな心構えで読むようになった。

わたしはこの国の終戦直後、小学校五年生のときから聖書に親しみ始めた。それは日本の敗戦を見こして米国で印刷発行された文語訳新約聖書だった。四つ違いの兄が、戦後の大阪の闇市で宣教師から五円で、買い求めてきたものである。そのころの五円は大福一つの値段だった。鯛焼きも同じ値段だった。文語文の新約聖書が、年少の子どもに理解できたかどうか。聖書は総ルビであったし、日本語の特性として、視覚からも伝わるものがあった。そして、読書に餓えていたこともあって、読み通した。それは聖書にそなわった力が働いたのだ、と思う。

次に入手したのは口語訳新約聖書六ポイント二段組みの掌中本だった。大学一年生のとき、ドイツのプロテスタント神学者ブルトマンによる聖書解釈、「非神話化」が持ち込まれて話題になった時代であった。その小さな聖書は赤、青の傍線に染められて文語訳とともに今に残っている。

ついでバルバロ神父によるラテン語訳からの聖書となった。人間味にあふれた、暖かな訳文がありがたかった。これと併読したのはフランシスコ会聖書研究所訳だった。静かで平明な文章に訳注がついていて、親しみやすい聖書である。それから現在の新共同訳にたどりついた。

いま、わたしは岩波書店から刊行された文語訳新約聖書を読み始めている。毎日、一章か二章の音読である。自分の声のこだまに耳を澄ませる心地でいる。

そうしていると、これまでおおよそ六十年にわたって読んできた、そのときどきが意識下からよみがえってきて、思わずまばたきをして、しばらく沈思黙考する。

このようにしてこれまで聖書を読んできて、自分は世界一深いガリラヤの湖を心にひめて生きてきた。しかしながら、実際に存在している湖へは一度も訪れたことがない。思いめぐらせることたびたびでありながら、わたしはその湖を写真の映像でしか見たことがない。

それでいて悔やんだりすることは、一度もなかったし、今後もそうであるだろう。福音書のなかで、なぜ盲目の話がくりかえされるのか、よく分かるようになってきた。それは見えないからこそ、なおよく見える目の不思議を教えるためである。訪れたこともない、見たこともないガリラヤ湖がよく見える。

聖書の音読に合わせて、筆写をしてみようと思う。写経用の傍線の引かれた紙があるので、小筆で書いてみたい。朗読とはことなった境地が開けるにちがいない。書道の世界で魏《ぎ》晋唐《しんとう》時代の小楷《しょうかい》の拓本臨書がおこなわれている。それにならって、やってみようと思う。筆が読み取る聖書の世界もあるであろう。

電子書籍のこと

電子書籍の端末を購入した。ちょうど新機種が発売される直前だったので、量販店の店頭では安い値段になっていた。

その機種の宣伝をするつもりはないが、話の都合上、アマゾンのキンドル・ペーパーホワイトと記しておかねばならない。書籍をダウンロードする以外に、維持費は不要であったことが、選ぶにあたっての理由の一つだった。器械の大きさはハガキ、もしくは文庫本ほどだった。

近年、寝転がって読書することが多くなった。たぶん、老化現象のせいである。そのような読書のためには、適当な大きさの器械である。

製本、紙代、宣伝費ならびに人件費不要で本代は安くなっている。それに加えて無料本の青空文庫が設けられている。著作権、版権がなくなったものが、無料になっている。

これが探索の仕方ひとつで、結構おもしろい本が手にはいる。たとえば英語版カントの『純粋理性批判』やチャールズ・ラム『シェイクスピア物語』などである。

もちろん有料であっても入手が不可能なものもある。この機種では平凡社の東洋文庫は手にはいらない。いぶかしいのは詩集、短歌、俳句のジャンルがとぼしい。

ともあれもっともありがたいのは、文字拡大の機能である。ページの拡大された文字がレイアウトされて読めるしかけは便利である。くわえて辞書機能は、ページの該当箇所に指をあてるだけで、働くしかけになっている。それは英文の場合でも同じである。ことに英文の場合は、直訳、悪文ながら一文節の翻訳が読める。ご親切さまである。

そうそう仏文訳の『ハムレット』があった。これは先のカントの場合と同じように扱うわけにはいかない。語学びんぼうは、典雅ながら、むずむずする。

『法句教《ほっくきょう》』が見つかったのはありがたかった。お経ではあるが処世、人生訓の一冊であり、仏教入門書で、ちょうど今書きかけの登場人物に持たせたいところであったので、思わぬ協力を感謝した。

注文をつけるとキリはないが、こんご内容は充実していくだろうし、機能はますます改良されるだろう。目の不自由な人のための電子点字版ができるかも知れない。

ただ、読み捨てにするたぐいの本は電子書籍として買わないほうがいい、と思う。購入本は手許で消去できるが、記録は消えることなく蔵書として残る。いい気持ではいられない。

それからもうひとつ、本がたまって場所ふさぎが避けられる、という便利があるかわりに、必要とするページを手早く探し出すには紙の本に劣るようである。

電子書籍を購入するとき、注意しなければならないのは、予算超過、買いすぎである。器械を片手にして、請求書を見て驚く。電子書籍の罠かも知れない。

後悔を悔いる

後悔をする、というのは、二度失敗をすることだ、と言ったのはスピノザである。これは実のところフランスのモラリスト、アランの文章からの孫引きである。スピノザの著作を調べてみたが、該当の言葉はついに見つけられなかった。あるいはアランのオリジナルかもしれない。

しかし、いずれにしても後悔することたびたびのわたしには、痛いセリフである。どうやら、この失敗はあらたまることはなさそうである。後悔ができるのも、生きていればこそ、のことであろう。

ただ、我が身にふりかかる失敗、後悔ならゆるせもしようが、他人への迷惑になることは避けたい。

たったいまヘンな、オカシナことを思い出したので、書き留めておこう。日曜日午前、教会のミサのあと聖堂前で談笑していると、ある中年女性が無邪気な感想をもらした。

「あなたさまを見ていると、本当に神さまがおいでになることが信じられます」

その瞬間、わたしは逆上したが、とにかく素知らぬふりで話題を変えた。発言した本人には、他意がないと分かっていて、その他意のなさが更に侮辱となっている。いわば善意の無神経さである。

このひとがのちに気付いて後悔したかどうか。

教会の信者で、敬虔、謙虚、労わりをこめた調子で、しかし、どこやらかるがると、

「いや、あなたほど苦労なさっている人はいませんよ」

と言った人がいた。これには多少、前後の事情を説明しておかないと通じないかもしれないが、このような言葉は滅多に言うものではない。わたしは終生忘れない。おそらく、発言の本人はコロリと忘れているだろうが。

わたしは思う。信仰の名のゆえに無礼を、無礼と思えなくなった人は少なくないのではなかろうか。

以上は言葉にかかわる例だが、同じ表現でまったくことなった意味合いがこめられた場合を経験したことがある。カトリックでは、近年、祈禱文、聖句、聖歌などで昔の表現が変わることが多くなった。極力、やさしくということであろうが、いらざるお世話だと思う。それを口にすると、あるシスターがたしなめの釘をさした。

「でも、それは、あちらさんとは関係のないことですよ」

この「あちらさん」という表現に、説明が必要だろうか。汝みだりに我が名を呼ぶべからず、で、しかも、たしなめと敬虔なユーモアがこめられている。わたしは口をつぐんだ。

さて、とにかく、後悔を後悔するようなことは、しないでいたいものである。それでなくとも悔い多き人生である。一度きりの、たった一度きりの人生である。そこで、ぬけぬけと一句。

風光る　かしこ指さす　岬かな。

もしかすると

喘息の治療などに使われる副腎皮質ホルモンは、プレドニンという商品名で知られている。直径四ミリくらいの円形淡紅色の錠剤で、一錠が五ミリという単位になっている。

淡紅色などと記すと、美しいようにひびくが、これを使わざるを得ない身にとっては、特効薬とはいえ、どこやら不吉なおもむきがあって、決して心楽しくはない。

わたしの場合は発作が酷いとき、一日五ミリ四錠、二十ミリを服用する。五日間、服用が基本になっている。五日間使用して、発作が治まっていれば、そこで服用を中止する。

以前は服用のミリ数を少しずつ減らしてから切る、といったふうであったが、ここ七年ほど前から二十ミリで、ぷつんと切るようになった。段階を追って、徐々に減らす方針が変更になった。

新しい服用方法になって、かなり心配したが、なんら問題なく過ぎた。ところが、服用期間が長引いていたこともあって、減量の方法をとっている途中で、ショックが起きた。それで五ミリ一錠を常用することになった。

五ミリというのは、副腎が一日に分泌する量で、そのかぎりでは副作用はなく、他臓器に影響はない、ということだった。しかし、二か月経過して血液検査をすると、糖尿病予備軍の反応が出た。顔もむくみはじめた。

それから服用量をゼロにする治療がはじまった。治療といっても薬があるわけではない。ただただ、細心の注意をはらって減量をするだけである。五ミリ服用からゼロへもっていくために、まるまる六か月かかった。

その最終の時期のことだった。昨年の夏は長く、かつ暑く、秋は訪れず夏からいきなり冬になった。午前、近所の内科医院へ血液検査をしてもらいに行った。薄雲って、氷雨が降りそうな寒い朝だった。

結果は夕刻には分かる、ということだったので、時間を見計らって家を出た。とうとう降り出していたので、傘をさして出た。天候のせいか、住宅街のあたりには人影が絶えていた。医院の近くまできて、何気なく目をあげると、前方から制服姿の小柄な少女が歩いてくるところだった。傘もささないで、たいへんな勢いで歩いてくる。たぶん登校のときに降っていなかったから、傘を持たずに家を出たのだろう。利発そうで、いかにも気が強そうな顔立ちの子が、雨を弾き飛ばす勢いで歩いてくる。わたしは自分がさしている傘を渡そうか、と思った。傘は病院で借りられるだろう、と思って振り返ると、もはや少女の姿は見えなかった。

暮れかかった路の先に、冷たい霧雨が煙っていた。はてな、曲がり角など、無いはずだがと、いぶかったまま病院へ行った。検査の結果、六か月もの気長な根気のいる減量が幸いして、副作用としての症状は消えていた。

表へ出て、路をはるかまで見通してみた。雨の中、誰もいない。もしかすると、あの少女は、その姿を借りたマリアさまではなかっただろうか。

アミエル再読

季節のめぐりあわせ、あるいは天気模様によって心のありよう、気分、精神が左右される人間を軽んじる傾向がある。

それはもっともで、その日のお天気しだいで、気分が左右されるような存在は、付き合うには心もとないに違いない。

とは言うものの、人も鳥や獣や昆虫、草木と同じで、気圧の変化一つにしても影響を受けるのは、ごく自然なことである。もっぱら、お天気屋と言われる人が存在していても、すこしも不思議ではない。わたしは、そのお天気屋の一人である。

すこし前に、スイスの哲学者アミエルの驚嘆に値する長大な著作『アミエルの日記』のことを書いたが、再度、これに触れてみたい気になった。たぶん、お天気模様のせいであり、アミエルその人がお天気屋の典型であることによっているのかもしれない。

いま手もとには白水社刊、土居寛之訳『アミエル　人生について　日記抄』と、この訳者があとがきのなかで紹介している岩波文庫版、河野与一訳『アミエルの日記』がある。ただし、八分冊のほうではなく改訳になった四分冊である。

河野訳は旧字旧かなで、紙面は言葉の熱帯雨林のようで、現代の新聞雑誌、新書本文庫本に慣れた目には、いささか煩瑣である。

もっともその煩瑣と言う表現がふさわしいようなところが、アミエルがアミエルであるゆえんであるから、何をかいわんや、かもしれない。

そのほかに電子書籍版でメアリー・A・ワードというひとの英訳版があって、ちょっと覗いてみると完本とされている河野訳より詳細であるように思われるが、まさか天地がひっくりかえるような変動はないだろう。

わたしは前に、アミエルはスイスの太宰治であると記したが、今回読み直してみても、その考えは変わらない。非常に美しいところと矛盾撞着、泣き言のたらたらがあるかと思えば、論理整然、寸鉄人を刺す警句警語がちりばめられた文章がある。

しかし、太宰と截然と異なっているのは、ゆるがないキリスト者としての、すがすがしい姿勢である。河野訳の大著を読み辿っていると、大海原を巡り織りなす潮流のような信仰に触れる思いがする。

たとえば次に引用するのは河野訳である。

「イエスはいつまでもキリスト教への批判に力をあたえるであろう。キリスト教が滅びてしまっても、イエスの宗教は生き残るであろう。神としてのイエスのあとに、イエスの神にたいする信仰が現れるであろう。」

右は、読みやすいように若干、手を加えさせていただいた。やがての復活祭を待ち望む日々に、わたしは大変うれしい気持で読み返した。あたかも不意打ちのように現れてきた言葉である。前述の河野訳版第二冊二三四ページ冒頭に出てくる。この季節、アミエルを、もう一度しっかりと読み返したい。

覚えている

もの忘れをする。わたしの場合なら、たちまち年齢のせいにされる。とぼけてすませられるので、安楽でいられるから、いいようなものであるが、内心はおだやかではない。

中学生のころ、たしか「心の旅路」という題名で、記憶喪失者を描いた映画を観た。かなしく、さびしい、というより恐怖感をともなっていたが、ストーリーは忘れてしまった。

それから年月が過ぎて、同じようなテーマの映画を観た。「シベールの日曜日」という題名だったと思う。こちらのほうは主題音楽として、モーツァルトの曲が使われていた。身の置き所もないような哀切なメロディは、忘れがたく、打ちひしがれてしまって、困ってしまった。今でもその曲が頭の中で鳴っている。

小説では山本周五郎「その木戸を通って」が心に残る名作である。その気になって探すとなれば、記憶喪失をテーマにした作品は沢山あるのだろう。

もの忘れと記憶喪失とは同じではない。しかし、両方ともに、恐れがともなっている。もの忘れなどは、笑ってすまされる場合のほうが多いが、それでも当人の心の奥底をさぐってみると、かならず恐怖がかくれている。それはいずれともに生存の本能とかかわっている。

忘れてしまいたいことが、忘れられないで苦しむ。わたしの場合、その実例があまりにも沢山あって、ほとほと困り果てる。日頃、言葉と行いをつつしむのは、覚えていて忘れられない地獄のとりことなりたくないからである、と言っても過言ではない。

ベルクソンに言わせれば、良心、記憶にかかわる内心のやましさは、個人の行動を規制するひそやかな社会、世間の声とされている。

それはそれとして、先日、わたしは痛い目にあった。十数年ぶりで大学時代の友人と会って、食事をともにした。懐旧談に終始していて楽しかったが、突然、相手が向き直った。「覚えているよ」と言って、わたしがすっかり忘れてしまっていることを話し出した。わたしは本人も忘れてしまっていることを、厳然とした感じで言ってのけられて、がくぜんとした。

友人に悪意はなかった。もしかしたら、多少、からかう気持があったかもしれない。しかし、こちらのほうは、かなりこたえた。思い出したにしても、言っていいことと悪いことがある。記憶の扱いはやっかいである。

どうせなら、黙っていて、あちらの世界へ持っていけばいいが、それはきわめて困難というのが、ほんとうのところだろう。

庄野潤三という作家は名品「静物」をはじめとして、何気ないことを何気なく描いて作品化した。書き手ならば避けがたい、記憶にまつわる両刃の剣に触れることがなかった人である。すくなくとも作品の上では、それができた人だった。わたしはこの作家を心から尊敬し、またうらやんでいる。

雨のことば

日本語には、雨を表現する言葉が多い。講談社から刊行された倉嶋厚監修『雨のことば辞典』によれば一一九〇語ある。一年のうちに雨期をひかえる国は他にもあるが、雨を表現する言葉の豊かさに恵まれているのは、日本のみであろう。

それもおそらく本州にかぎられているはずである。しかし、言葉としては日本全土で通用する。このような書物が出版されるゆえんである。日本の基幹産業、農業、漁業がつちかってきた言語感覚によっているのであろうが、短歌俳句、とりわけ俳句が定着させたのではないだろうか。

索引を見ると、夏の雨の表現がいちばん多い。珍しい言葉をあげてみる。「山賊雨《さんぞくあめ》」というのは、雷雨のことで、田んぼで作業をしていて、雨の気配がしてから、稲を三束も束ねないうちに降り出す西からくる雷雨、とある。美しい語感がある「栗花落《ついり》」は、梅雨の始まり、栗の花の落ちる時期とかさなるところからの雨である、といったふうに、いろいろある。

わたしはこの『雨のことば辞典』を座右にしているが、自分の文章の中ではこれまで引用したことがない。自分の感性が、従来ある言葉のうちに取り込まれてしまうからである。

わたし自身は、四季を問わず、雨が好きである。室内の机に向かう職業で、雨の難儀に悩まされることがないから、このような太平楽を言っていられるのだろう。そのそしりには甘んじなければならないが、かならずしもあたってはいない。

会社勤務をしていたころ、山手線から地下鉄に乗り換える駅のあたり、雨の日は独特の情緒があった。また市ケ谷駅から水道橋駅へ向かう左側に、釣り堀がならんでいた。雨の日でも装具に身を固めた人が竿をのべている。それはまさに雨笠煙簑《うりゅうえんさ》、漢詩の境地で、わたしは随分とうらやんだものである。座禅の境地は知らないでいて、恐らく似たような心地だろう、と考えたことがある。雨の日だからこそ、風景になっていた。

やはり会社勤めをしていた独身のころ、父母と兄が上京してきた。夏の一夜、関口町の椿山荘での蛍狩りを楽しんで、いざ帰ろうとすると、すさまじい雨になった。まさに山賊雨だった。親子四人、タクシーを待つしばらく、なぜか感動した。厳しい雨が一体感を生み出していた。蛍の明るみのような命の刹那を経験した。

いまはその父母と兄も他界している。しかし、似たような夕立の日には、かならず思い出す。

ところで、この『雨のことば辞典』のなかで、もっとも好きな言葉は「樹雨《きさめ》」である。森林に霧がかかったとき、霧粒が木の葉、枝や幹に集まって、大粒の水滴となって流れ落ちる現象と解説されていて、中村憲吉の歌が引用されている。

朝くらき林に行きて聞きにけり　繁《しげ》く木つたふ霧の雫《しづく》を

すぐれた一首である。

本を読む

五十年以上にわたって、住みついてきたところは文教地区なので、近所には幼稚園から大学まである。バスに乗って出かけようとすると、それが下校時間であったりすると、子どもたちにうずまって運ばれている感じがする。賑やかで楽しい。

そのようなときに、わずかな時間をも惜しむかのように、本を読む子どもたちに行き会うことがある。そのようなときには、つくづく楽しく、また彼ら彼女たちをうらやみもする。傍若無人という言葉は、通常、悪い意味で使われるものだが、文字通り、かたわらに人なしの心持で読書に没頭している様子を見かけると、本当にうれしくなる。

わたしにとって読書は、生活の大半を占めているが、それはいつも何かをあてにしたものであって、ひたすら全身全霊をかたむけ、我を忘れてのものではない。バスに乗って下校時間、本に夢中になっている子どもたちを見かけるたびに、反省させられる。

つい、最近、どころか今も継続中の本で、夢中になって、孔子さまの言うところの、思い邪なし、の本が一冊ある。

岩波文庫版で『ツアンポー峡谷の謎』F・キングドン＝ウォード著、金子民雄訳は、五四〇ページもの大著である。どのような本かといえば、植物採集の探検紀行である。毒にも薬にもならない。同じような話が繰り返し繰り返し、述べられている。ところが面白いことは請け合いである。百花繚乱、さまざまな花々の香り、植物の匂いに溢れて、ときとして噎《む》せ返る心地がする。

いま全体の三分の一ほどを、ゆっくりゆっくり読んでいる。そして、予感としてこの先に天変地異、地球規模での苦難の現出は、まずはあり得ない。安心して、もっぱら不思議の峡谷をさまようだけである。園芸に趣味があろうがなかろうが、それは関係がない。アダムとイヴが、いまだエデンの東を知らなかった時代の話であるような気がする。

ちなみに、この文庫は二〇〇〇年に刊行されて、わたしが手にしているのは第二刷二〇一二年のものである。この本は書店の棚を探索していて、衝動買いである。この本についての書評、読書感想の文章は見たことがない。

若いころ、ヘイエルダールの『コン・ティキ号探検記』を読んで夢中になった。これは冒険、人間の探求に懸ける雄飛の一冊だったが、そのなかにリリシズムと勇気が溢れていた。それを思い出した。人間というのは宇宙のはてまで飛んで行こうとするが、地球の谷底をも這い回ってよしとする。飽くなき精神のかたまりのようである。

わたしの個人的考えでは、この地球もまた銀河系宇宙の極北である。その地球の谷底を這い回るのも、実は人間の心の壮大な営みではなかろうか。読書をしているわたしの目の前に、下校のバスの中で読書に夢中になっている子どもたちがいる。

過去について

キルケゴールを読んでいると、次のような言葉と再会した。このデンマークの哲学者の著作には学生のころ接して、以来、六十年にわたって読み続けてきた。

「絶望は人々が絶望的なものを見出すための真の出発点である。」

この言葉に続いて、この憂愁の思索家は述べている。

「ゆえに、絶望せよ。心を尽くして、思いを尽くして。」

この言葉に、いったいいくたび、勇気づけられてきただろうか。そして、繰り返し反省してきた。ほんとうに絶望しているのかどうか。あるときは、うなずき、あるときは、ためらった。そうして二十歳は八十歳となった。

むかしから考えるのは、人は何事かを学んで、卒業するというのは、あるのだろうか、という素朴な疑問である。おそらく学びおえることはなくて、学びつづけるのではないだろうか。それは残念なことではなく、むしろ感謝をし、喜ぶべきことのように思える。信仰の完成、到達するところは、いつも回心の当初である。

磁石の針は北を指す。しかし、それはつねに揺れている。揺れながら北を指している。その針が揺れなくなったならば、その磁石には異常が起きている。それは、信仰においても、また同じではないか、と考える。

いま、わたしは回顧録のようなものを書き始めている。

むかしのことをあれこれ思案してどうなるのか、という考えがある。常に前途、未来志向でなければ、と、だれしも主張する。しかし、わたしには、もはや若い人たちのような未来はない。わたしに遠大な未来を望むのは、ただ夢まぼろしで、希望のありかをそこへ向けるのはムリである。

日本の異色の哲学者大森荘蔵はコペルニクス的発想の転換を述べている。

「過去というものは、思い出すかぎりにおいて、現在である。」

この現在こそが大事である。では、その現在とは、いったい何か、どの範囲をさして言うのか、議論を始めると、やっかいなことになる。

キルケゴールに言わせると、現在、それは永遠である。永遠を望み得るのは、たったの「今」でしかない。

人には現在という時間はない。未来から過去へのたえざる移行が現在である。そして、その過去を呼び覚ますことによってのみ、現在がある。

わたしは、その意味において、過去にこだわる。現在を現在として生きられるのは、回想においてのみである。それ以外に、現在、という時間は、われわれには無い。

わたしは先に引用したキルケゴールの言葉を、言い改めてみたい。

「過去は人々が絶対的なものを見出すための真の出発点である」と。

早過ぎた遺書

おおよそ三十年まえ、遺書を書いた。家族あてに一通、数少ない友人に二通書いた。そのうちの一人は、胃ガンで先に死去してしまった。わたしは左副腎近くに拳大の腫瘍が発見されて、四時間余の手術だった。腫瘍が発見される端緒となった胆石除去と一緒の手術だったから長引いたのだが、こんにちなら、もっと短時間で済んだであろうし、したがって遺書を書かないですんだ、と思う。

部屋の片付けをしていて遺書が出てきて、書いた本人が驚いた。それから苦笑した。文字通り、苦い笑いだった。ヘタクソの上書きを見ただけで恥ずかしくてならず、開封もせずにしまいこんで、それからまた、行方不明になった。困ったことだ、と思いながら、探索するとなると、おおごとである。ままよ、と腹をくくって捨て置いてある。しかし、時折に思い出すと、あまりいい気持ではない。

愛読する講談社版挿絵入り『聖書』訳者のバルバロ神父に『三分間の瞑想』という名著がある。そこに「靴のなかの小石、こうして私たちは天国へ行く」という名句がある。気にはしているものの、たいしたことではないので、つい見過ごす、あるいはやり過ごしていることがあって、収拾をつけないまま終末を迎える、日常の些末な出来事の放置がたしなめられている。いい加減にあつかっている遺書は、さしずめ、靴のなかの小石である。

辞世の歌など、さらさらと書き流してはいない、きわめて散文的、幼稚な文章という記憶があるので、なんとかしなくてはならない。いっぽう、最近では、ずうずうしくなって、あとになればなるほど、興趣が増して、おもしろいではないか、と開き直っているところがないでもない。

死は厳粛な事実である。おそろしいとか、かなしいという気持は、まったくない。こうして生きてきて、そのあと死後が空無に終わる、とは、どうしても考えられないだけである。生きて生きて、生きとおしたあとに「無」が来るとは、とても信じられない。その信じられないという確信が、ひるがえって生きる力、勇気のみなもとになっている。

人は泣きながら生まれてきて、泣きながら死んでいく、とは東西古今で言われる常套句だが、わたしは決して信じない。もしも死に直面して意識が確かなら、期待と希望に満ちて死を迎える。願わくは、病苦、老衰にまぎれてしまわないでいたい。死が、このわれわれの生より恐ろしいものであるはずがない。八月、九月の晴れ渡った天空のような世界を夢想する。そのはるかな世界の、まだはるかなる彼方、そこへ溶け込んでゆくことに、なんの恐れがあろうか。葬礼のとき、人は泣く。それは別れを惜しんでのことであって、死を不幸としてのことではあるまい。わたしは父母、兄、つまり肉親のすべてと別れた。しかし、いずれのときにおいても、心静かであった。蒼穹に凛《りん》たる向日葵《ひまわり》のようでいたい。

それにしても、あの遺書はどこへ行ったのか。

希望について

これを書いているのは、八月八日土曜日の午後である。昨日七日は一週間続きの猛暑日の仕上げをするかのように、東京都心で午後最高気温三十七度七分になった。読書とメモの必要があって、あえて部屋にこもった。室温二十八度、湿度五〇パーセントに保つため、エアコンに大活躍してもらったが、額の汗はとまらなかった。小さな部屋なので、室温はコントロールできるが、窓外の気温はそのまま迫ってくる。これも試練と考えたいが、その思考力が働かなくなった。それでもガンバルぞ、とやってみたが、二時間もたなかった。地球最後の日のような気がした。

机の上に七月五日、東京新聞の五段ヌキ記事の切り抜きを、これで一か月間、ザグレブ土産《みやげ》のペーパーナイフを文鎮にして、置いたままにしてある。ジャーナリスト木村太郎のコラム「国際通信」である。大見出しは「ローマ法王の大絶滅予言」となっている。それは教皇フランシスコの異例の「回勅《かいちょく》」を中心に据えた人間の自然破壊、生態系破壊への警告である。

豪州の細菌学者フランク・フェナー教授の意見、「もはや大絶滅を回避するすべはなく、地球は今後百年で生物の生存には適さなくなる」も添えられている。

教皇の警告、学者の意見を紹介した木村太郎の論説の主旨である危機感は、すでに一般大衆が、大なり小なり自覚、予感していることであろう。しかし、今回のこの論説は特異で、危機感は切迫している。記事中のフェナー教授の予言「今日誕生するこどもは人類の終焉を目撃するかもしれない」には、まったく震駭《しんがい》させられた。

一九八〇年代あたりまでは、これは少々古びたSF小説のテーマであったりした。だが、いまや冗談ではおさまらない現実のものになっている。パスカルの『パンセ』の中に、おおよそ次のような一節がある。曰く。われわれは、カード遊びの賭けに夢中になっているが、自分たちは囚人服を着ていて、やがて看守が死刑執行の呼び出しに来るのを忘れている、と。

誰もが死ぬ。投げたボールは放物線を描いて、かならず落下する。そのボールが、このわれわれの「地球」である。自然、環境、生態系破壊を待たずとも、このボールはかならずや消失する。フェナー教授の「百年」は、たちまちのことである。非常に短い。地球が破滅し、人類生物一切が滅びるならば、いっさいは「無」である。この場合、惑星間移住は意味をなさない。地球が滅びるということは、人間が空無に帰することである。宇宙のかなたのどこかで、という希望も空無である。

わたしには子どもがいて、孫たちもいる。自分自身は無に帰してもよい。いっそ安楽である。しかしながら、今日のいま、表の美しい青空を見ていると、ただ、それだけのためにも生きていたい気持になる。地球は滅びるだろう。宇宙でさえ消え失せるだろう。ゆえに、だからこそ、滅びない希望があるのではなかったか……。

一

ライプニッツという哲学者がいる。カトリックとプロテスタントの統合を試みたことでも知られている。新書版スタイルの『モナドロジー　形而上学叙説』清水富雄他訳、中公クラシックスがある。入手簡単な一冊である。

面白いので、秋の夜の読書にふさわしい。どのようなことを主張しているか、であるが、前後、委細かまわずまとめると、こうなる。〈なぜ何も存在しないのではなく、何かが存在するのか？〉〈森羅万象、宇宙は一である〉。試みに九十節をもって構成されている『モナドロジー』の第五十六節を引用してみよう。

「ところでこのように、すべての被造物が、おのおのの被造物と、またおのおのの被造物が他のすべての被造物と、結びあい、対応しあっている結果、どの単一実体も、さまざまな関係をもっていて、そこに他のすべての実体が表出されている。だから単一実体とは、宇宙を映しだしている、永遠の生きた鏡なのである。」

こんなふうに全九十節は、叙事詩のようである。詩篇のように読める。わたしが学生時代に、岩波文庫で愛読した、正字、歴史的かなづかいの河野与一訳では『単子論』となっている。近年、再版されたものをみると、紙面は漢字の華麗な花畑である。この文庫本では、ライプニッツは「ライプニッ」と表記されている。個人的な好みからすると河野訳が好きである。訳者の解説および付録が非常に興味深い。一大論文である。

モナド、単子の説明を試みてみる。モナドとは、世界を構成する思考上の最小単位のことである。いっさいは「一」から成り立っている。そして「一即多」である。この世界には、同じものは決して存在しない。たとえば、われわれは独立して、唯一無比である。見渡す世界も唯一で成り立っている。樹木を例にとれば、それぞれ一枚の葉も、まったく同じではない。たったひとつのモナドが世界におこるすべての出来事をあらわしている。「一」にして「多」である。ここで、先に引用した第五十六節を再読してみる。ライプニッツの心が、しっかりと伝わってくる。

いっさいは「一」である。

これでもどうかすると抽象的に過ぎて、理解するには飛躍が感じられそうである。それでは、モナド論をさらに言い換えてみると、こういうことになる。

世界は悪があるものの善である。ゆえに好きなものを探すのではなく、目の前にあるものを好きになって、自分ができることから、淡々として実現してゆく。そうすれば、この世で不可能はない。

ライプニッツが生涯に成し遂げたことは驚異的である。天才であればこそであるが、その発想のみなもとは、以上である。自己を受け入れる、まわりを愛し受け入れて、すべてを良き方向へとすすめる。

わたしのとりまとめかたは、不十分をきわめている。幸福の哲学『モナドロジー』の読書がいちばんと思う。

心と魂

この夏、左脚の親指の爪を剝がしてしまった。それから二か月と十五日ばかり過ぎたが、完治にはいたっていない。しかし、へたばっていると、怪我は全身の脱力状態におよびそうなので、多少、ムリかなと思いはしたが、思い切って、ここ二年ばかり続けてきた水泳教室へ出かけた。

プールの帰り、同じ教室で顔なじみのご近所の女性とバスで一緒になった。肌寒く雨模様の日だった。バス停までの路、待ち時間のあいだ、そして混み合ったバスの中で、話題は突然ながら微妙なことになった。仮名にラテン文字を使うのは好まないので、田辺さんにしておく。田辺さんが不意に尋ねた。

「心と霊魂は同じではありませんね」

「もちろんです。混用されることはありますけれど」

田辺さんはわたしより年長で、ミッション系の大学を卒業していた。しかし、信仰者ではなかった。平均的な日本人の感覚、心情の持ち主である。

ところが、話はそこで途切れてしまった。というより、なにごとにも謙虚で控えめの女性だったから、それきりで口を閉ざし、なにやら考えているふうだった。田辺さんは、つい最近、長男を亡くされていた。そのことが思い合わされたので、話の接ぎ穂に困って、わたしはたちまち思い出される自分のエピソードを話した。わたしの母親が健在で、大阪の郊外で余生をすごしていたころ、阪神淡路大震災があった。当日、早朝、わたしはすでに他界していた父の夢を見た。父は故郷の家の応接間にいて、濃茶のスーツ姿、ステッキをついていた。わたしは胸をつかれて目を覚まし、枕元のテレビに手を伸ばした。なぜそうしたのか、自分でも説明がつかなかった。するとテレビは地震の速報を放映していた。ただちに起き出して電話をかけた。兄嫁が出て、灯籠、生垣の崩壊をつたえたが、まずは無事を確かめることができた。もっとも電話はその直後、不通になった。

夢の父の出現、テレビへ迅速に手を伸ばしたのは、偶然の符合に過ぎないのだろうか。

この話を田辺さんにした。それでも田辺さんは黙っていた。それから、ぽつりと漏らしてくれたのは、九十五歳の縁者の死だった。それも多臓器不全などではないようだった。長く臥せっていて、ある日亡くなった。言外に察せられたのは、生命維持装置の操作のことのようであった。

おそらく田辺さんは、人事不省、器機のみで生かされているひとにも心があり、魂があるのではないか、とくにこの場合は霊魂を意味していて、それでわたしへの質問になったのだろう、と思えた。田辺さんはやがてバス停が来て、先に降りた。わたしはその次の駅で下車することになっていたが、うっかりしていて一駅乗り過ごしてしまった。雨はひどくなっていた。忘れていた足の指が痛みはじめた。乗り過ごした駅が、遠いものとなった。

願うところのこと

大都会のただなかで暮らしてきた。天変地異がなければ、多分、このままで生涯を閉じるだろう。しかし、一寸先は闇である。これは満百歳と一か月を生きた、わが母の口癖だった。母は、その闇を手毬のように扱って、気丈に生きた。戦時中、二度にわたる空襲の業火の中、わたしと四つ違いの兄を引き連れて、たくみに逃げた。一家が貧窮の時代にあっても、いささかもへこたれなかった。

関西、大阪あたり、人は親の生きた歳まで生きられる、また、生きるべきだ、と教えられてきた。となれば、わたしには、あと二十年の人生がある。もっとも、父はもう少しで八十一歳になるところで他界している。小さな、だが、頑丈な躯を使って、商人としてよく働き、立派な往生ぶりだった。ただ、兄は七十年生きたのみで、残念だった。父祖譲りの酒好きは、兄をアルコールで燃やし尽くしてしまった。その生き方も、また選択の一つである。しかし、一家で最後に残ったわたしは、百歳まで生きようと思う。

わたしは空が好きである。街なかに暮らしていて、大自然、無窮の宇宙に触れ、わがものとしていられるのは、空見るがゆえである。とりわけ、大空を航行するジェット旅客機の仰望を好む。こんにち、子どもですら気にかけぬ、その景色が好きで好きでたまらない。その航跡は、高空に垂れかかる壮大な白銀のロザリオである。超音速であるからして、爆音は一呼吸、二呼吸をおいて、天空のシンフォニーの重低音部を響かせてくる。

それを聴いていると、何のために生まれてきて、いずこへ行こうとしているのか、解き明かされる気がする。また、ほんとうにすぐれた文章、名文と呼ばれるものも、かの超音速機が蒼穹に響かせる爆音のようなものであるはずだ、と思う。たとえば島崎藤村の大長編『夜明け前』のような文章を思い起こせばよい。パイプオルガンの巨大な氷柱が奏で、響かせる重低音が聞こえてくる。

このごろ、ようやく分かってきた。祈りの翼は重ければ重いほど飛翔の力が強い、ということが。そして、祈りは、言葉である。あらゆる思い、願いが結実するのは言葉においてである。ほんとうの祈りというのもまた、あの超音速機の爆音のようなもののはずである。それは少し遅れて轟き、返ってくる。祈りというのは、ともかくいっさいを振り捨てて、思うところ願うところを言葉にする力そのものであろう。思いの卑小、偉大の如何《いかん》は問われない。

祈る心の姿勢のとき、わたしはこれまでの生の最先端にいる。もはや、生と死を分けて考えることもない。

生と死は一枚の紙の表と裏である。分けては考えられない。生死は迷妄の世界に流転する輪廻ではない。生死は一体のままで、いずれもが完成している。願わくは、あの遠雷のような爆音が聞こえてくる世界で、わが生と仕事をまっとうしたい。

無限の読書

毎年のように、この季節になると新型のインフルエンザの流行がささやかれて、予防ワクチンの注射を受けることになる。わたしには気管支喘息の持病があって、医師から副作用を心配されてきたが、あえてみずから望んで注射を受けてきた。ところが四年前、注射がもとで、風邪から気管支喘息になって、さらに肺炎になった。

それからはインフルエンザの予防注射を受けないまま、こんにちにいたっている。風邪は万病のもとで誰しも用心が必要であるが、わたしの場合、下手をすると生命にかかわる。それで、風邪の気配があると、いち早く服薬して家にとじこもってしまうことにしている。たったいまも薬をのんで、重ね着で膨れ上がっているところである。医師から処方してもらったのは、ＰＬという散薬と鎮痛消炎剤のロキソニンという錠剤である。

この二種類のどれが作用しているのか、眠気がある。それでは眠ればよいようなものだが、代償として夜の不眠がくる。それでがんばって、読書をしている。いま読んでいるのはオーギュスト・ブランキの『天体による永遠』岩波文庫である。解説、年譜などをはぶいた本文は、わずか一三六ページで、一生懸命になって読むと、二時間半くらいで読める。いま一読が終わって考えこみ、再読をしようと決めたところである。ブランキは十九世紀フランスの革命的社会主義者であるが、七十五年と十一か月の生涯のうち、約四十年近くを獄中で過ごした革命家である。したがって、わたしが一読した一冊も獄中で書かれたものである。

しかし、内容は革命的社会主義とは、まったくかかわりのない、形而上学、哲学論文である。説いていることは「無限」についてのユニークな考察である。たとえば、次のような一文がある。

「世界の永遠という観念は、その無限の広さという観念以上に、強烈に、我々の知性を呪縛する。宇宙に果てのあることを承認できない人間が、どうして宇宙の消滅という観念に耐えられるだろうか？　物質は無から生じたのではない。したがって、それが無に帰することは絶対にない。物質は永遠で不滅なのだ。たとえ永劫の生成流転を繰り返すとしても、それは一つの原子以上に、増えもしなければ減りもしないのである。」

この一冊の論旨は明快なようでいながら、難解をきわめている。おそらく、わたしの頭脳が劣っているせいであろう。それでいてこの著書は面白くて、魅力的である。風邪薬の影響も手伝っているのであろうが、つまらないミステリーよりミステリーである。西田幾多郎の〈絶対矛盾的自己同一〉を理解しようとして、悪戦苦闘をした若いころが思い出される。うんと濃い紅茶か緑茶を飲んで頭をさわやかにさせて、さて、今一度、熟読してみよう。この人の論法からすると、わたしはすでに無限であることになるのだから。

目で見るほどのこと

人の感覚器官というのは、どれ一つとして欠くことのできない大事なものであるが、永年、いろいろ苦労してきたのは目である。

中学三年生のときには、近視用メガネをかけていた。成長期ということもあって、レンズの度数の変化が激しかった。悪化一途をたどり、たびたびレンズ交換をした。

それでも黒板の数式、化学式を読み取るのに苦労した。当時、コンタクトレンズなどはなかった。理数系の学科が苦手になった理由をメガネ調節の煩雑さのせいにするわけではないが、いくらかは関係がある。漢字まじりの国語表記は、あてずっぽうですんで、厳密さはもとめられない。

高校以後は、調節不十分なメガネで、頑固に過ごしてきた。大学時代にも不便はかんじなかった。就職試験のときも出版社の編集部を選んでいたので、無事にパスした。

とはいえメガネをかけてさえ視力〇・六か八というのは曖昧朦朧《あいまいもうろう》の境で、迂闊《うかつ》な失敗が稀ではなかった。見落とし、というのは大事にいたらなくても、長い人生のなかでは損をすることが多い。

あるいは、もしかしたら見損なったおかげで得をしてきたことがあるかもしれない。目で見て記憶にとどめる必要があるとき、慎重になる習慣が身についたのではないか、と思うことがある。見たくないこと、目をそらしていたいことの場合、もともと見えないのだから、さいわいだったこともすくなくない。

満六十歳のとき、白内障で両眼の手術をした。現在のように技術が発達していなくて、大学病院に入院した。ここで医師から、なぜもっと早く処置をしなかったか、と咎《とが》められた。わたしは返答に困った。近所の眼科医は、見えなくなるまで、このままでいましょう、などと言っていたからである。

この手術で裸眼視力を〇・六、メガネ矯正で一・二にしてもらった。机上の仕事が生活の中心だったからである。それから二十年になる。定期検査を受けているが、さしたる問題はない。近視とともに老眼を悩むはずのところだが、いまその不便はない。昔の文庫本で極端に小さいルビの場合、稀に拡大鏡を使う。電子書籍の端末の場合、その不便はまったくない。

ただし液晶表示に長時間、目をさらすのは要注意だそうで、それはそれなりの用心はしている。というようなわけで、もはや何年になるだろうか、屋内ではメガネのお世話になったことはない。

裸眼とメガネ矯正の差があって、視野の広がり、視界の焦点深度が異なるようである。天然自然の健康な目がいちばんであるに決まっている。しかし、なにもかも贅沢を言ってはならない。目の不自由な人のことを考えなくてはならない。人の感覚器官は個人差とともに、天の配慮、全体として、能力的に辻褄が合っているのではないだろうか。

待っている

わたしたちの一生、生涯は「待つ」ことで終始し、まっとうされる、と言ってもよいだろう。いつも何かを待って、暮らしている。それぞれの一日を考えて見ても、日は待たれることではじまり、来たる日を待つことで終わる。いったい待つことでない時間が、一日のうちであるものだろうか。

喜怒哀楽さまざまにしても、とにかく、わたしたちは待つことで生きている。待つことを放棄して、いかなる日々があるだろうか。

駅前通りに出て、十五分間隔で来るバスを待ちながら考えた。実にさまざまな思いで待つ時間がある。

おそらく、待つことのなかには、わたしたちの生きる意味の一切がふくまれているのではないだろうか。むつかしい話はよすことにしよう。わたしが待ったことで、おかしな経験がある。ちょっと恥ずかしいのだが、思い出すたびに奇妙な幸福な感覚のズレが訪れてくる。

わたしたち夫婦に、三人の孫がいる。そのいちばん年上は十一歳の男の子である。初孫の誕生の日、わたしたちは産院へ出かけた。娘の初産の日だった。夕刻になっていて、待合室は閑散としていた。わたしたちは期待と不安のうちに、ソファにかしこまって待っていた。やがて父親となる娘婿は立ったまま、廊下の奥の産室を見ていた。冷静な青年だったが、不安は隠せなかった。予定日のおおよそ予定の時間だった。

ふと、時間を気にして壁面の大きな柱時計を見た。のどかな振り子時計である。大人の背丈を越える柱時計は、二つ並んでいた。そもそも古風な時計が印象的であったし、それが二つも並んでいるのは、一種壮観であった。

父たるべき彼のほうが、その時計と並んで立っていて、壁面に腕を伸ばして躰を支えていた。彼は緊張していた。出産予定時間は迫っていた。そのとき、わたしたち夫婦は初めて気づいた。二つの柱時計は午後の五時を告げていた。ところが、いっぽうの時計と五分の違いがある。旧式などこかユーモラスな振り子時計の進み遅れを、わたしたちは真剣に見つめ、ひそひそ囁き交わした。あたかもその五分のズレに、なにごとか秘められた告知があるかのように……。そのとき産室のほうから合図があった。彼は素早く行動した。

あとになって、わたしたちはしばしば、この五分を話題にした。期待と緊張があって、その心の谷間、五分のズレは不思議とわたしたちに印象が深かった。

時計がとぼけて狂っていたのは、誰かがこころしてのイタズラだったのだろうか。待っている緊張はこの小さな謎でほぐれた。その日その時間に生まれてきた男の子は、少年サッカーのメンバーになって、日々、疾駆している。おたがい離れたところに住んでいて、電話交換の声が、少年の声から微妙に変化の境にかかっている。それに気づいて、また、あの産院の待合室の柱時計を思い出した。待っている五分の時差とでも言うべきか。

道の向こうの道

七十台もなかば過ぎて、回顧録風の作品を書き始めている。連作というかたちで、これまで四作を書いた。枚数はすでに三百枚になる。書き終わるのは八十五歳になるだろうと推定されるので、担当編集者の了解を得た。相手は三十歳余若く、これまでコンビを組んで十年、一緒に仕事をしてきた。

連載なので一作ごとに区切りをつけて、あまり遠くを望み見ないようにしている。それでも気にならないわけではない。生きていられるかどうかはもちろん、頭脳は明快、冷静でなければならない。年齢が重なって、いわゆる枯淡の境地なることは極力避けたい。作品は大学一年生時代から書き始めて、現在は、二年生になるところである。わたしは早稲田大学の露西亜文学科の学生で、十九世紀ロシア文学の勉強をはじめていた。開講そうそう主任教授から、露西亜文学科に入学したからには、就職はいっさいあきらめて、勉強に励むべし、と言いわたされていた。一九五六年、昭和三十一年のことである。退路を断たれて、ショックだった。

戦後は終わった、と言われ、朝鮮動乱を境として日本の経済は上昇期にはいっていた。いっぽう、砂川基地闘争をはさんで全学連は活動をはじめていた。四十人ばかりのクラスで、学生運動に挺身する人たちがあった。クラス全体として左翼のシンパサイザーの傾向があった。わたしは中立をモットーとした。

聖書の勉強をはじめたのは、このころである。プロテスタントの教会を訪ね歩いていた。この時代をはじめとして、わたしは道を求めた。学生時代四年間、学業より熱心だった。しかしながら、入信したのは実に三十五歳になってからだった。そのおおよそ十五年間を跡付けて書こうというのが、連作の目的である。

いま一つ、望みがある。受洗の決意を固めるに大きな力となった聖コロンバン会ジェラルド・グリフィン神父との出会いを記したいと願っている。神父とは受洗後、家族ぐるみで三十年のお付き合いになった。司祭としての、短かからぬ歳月、裏表無く清廉潔白、曲直のない姿がわたしを支えた。謹厳で、どうかすると近寄りがたい風貌であったから、その奥に隠された滋味あふれる人柄が見えない人たちもあったか、と思われる。その神父は八十歳で健康を損ね、帰天となった。

わたしは昭和四十四年、一九六九年に文學界新人賞を受賞して以来、こんにちまで四十七年間原稿を書いてきた。この期間を支えたのは多くの人の力によっているが、ジェラルド・グリフィン神父からの勇気づけが大きい。そして、これからも同じくである。神父はある時、聖堂で一人、静座が好きです、と言った。それからしばらくして、たまたま、端座する神父の後ろ姿に接した。その身じろぎもしない姿は、忘れがたいものだった。わたしは仕事を続けるについて、その姿を忘れないでいよう、と願っている。

桜の森の満開の下で

ありありと思い出していて、その当人はもはや故人であることを、あらためて追認するのは、胸打たれるものである。いくたび経験を繰り返してみても、慣れることがない。そして、そのうち、自分もまた何かの拍子で、思い出される存在になる、と考えるのも、慣れぬことのない想像である。

二〇〇〇年に六十三歳で逝去した画家の佐々木壮六は、中学校の二年生以来の友人だった。その童顔は晩年になって半白のヒゲに埋もれるようになっても、失われることがなかった。フィレンツェを中心にした抒情の風景画、ファンタジーの女性像、静物画にすぐれていた。

死者は歳をとらない。もはや老いることがない。その佐々木壮六と京都山科の大石神社へ行ったことがある。高校三年生になった春だった。全山、桜が満開で、散るとも見えず、人影はまったく無かった。静まりかえって、花枝を通して見える空は、曇って何やら恐ろしかった。わたしたちは、そうそうに立ち去った。

二人して相談をして、出かけたのではなかった。たまたま、まぎれて、というか、迷いこんだとでも言うべきか、気がつくと桜満開の山中にいた。

佐々木壮六とわたしは、若干、閉鎖的な校風の私立学園で育ってきた。その学園に、国語教諭をしていた巖本元彦先生がおられた。無味乾燥の国文法を受け持って、かつ、当時の教育方針で廃止となっていた漢文の担当だった。わたしがこんにち白文を読みこなせるのは、この巖本先生のおかげである。

先生は貧乏だった。粗衣にして風采あがらず、陋巷《ろうこう》に在る孔子といったおもむきだった。薄給に加えて、子沢山だったせいもある。その巖本先生が学園を追われた。どこやら貧窮がにじむのを嫌われて、という説があった。

その先生を慕って、二人して大阪から京都まで訪ねる決心をした。行ってみると、先生は魚屋をしていた。店につとめているのではなくて、天秤をかついでの行商人をしていた。

佐々木壮六は正直な男だったから、気持を抑えきれず、真っ赤な顔になった。わたしは、魚の行商も立派な仕事であると、思いはしたが、先生本来の国漢の素養がもったいない、学校の遣り方はあんまりだ、と思った。

世慣れない高校生の分際で、その日その時、どのような挨拶をしただろうか。三十分か四十分お邪魔しただけで辞去した。そして、うろうろ迷いこんだのが桜の満開の下だった。たぶん、妖怪変化のたぐいが、わたしたちをたぶらかしたのだろう。

生活をする、生きる、ということを多少知らされた今、この日の思い出は、かなりこたえる。先生から『論語』『孟子』を謄写版のテキストで教わり、課外にわたしは簡野道明の『唐詩選』を読んだ。西洋の「無」とは異なった東洋の創造する「無」を説く諸橋轍次著『老子の講義』大修館書店刊掌中版を読んだ。その恩師の風貌が懐かしく浮かんでくる。

眠られぬ夜のために

ヒルティのよく知られた著作の題名を借用することにした。

不眠症はつらいものである。とかくあなどられる症状であるが、理解されず社会権を獲得するにいたらないでいる。眠れなければ、眠くなるまで起きていればよい、というのがおおかたの忠告、もてなしの挨拶である。

しかし、不眠症は心因性であれ器質性であれ、れっきとした病気である。趣味、嗜好で悩んでいるわけではない。

わたしは五十代のなかばから、悩むようになった。文筆の仕事は自由業であるから、翌日の心配をしないで済むようだが、一日を棒に振ると生活にさしさわる。そもそも短い人生を、不眠のせいで鬱々と暮らすのは、もったいない話である。

はじめのころは内科医から薬を処方してもらっていたが、服用量が増えて、病院の梯子《はしご》をするようになった。そして、さらに効果を強くするために鎮痛剤、風邪薬を追加、併用するような愚かしい真似をやるようになった。そのうち、このままではとても、という状態になって混乱はきわまり、とうとう心療内科へ駆け込んで、ようやく収拾がついた。内臓、もしくは脳神経の故障にいたらなかったのは、天の配剤であった。

不眠症は精神科の専門医がたずさわる領域の病気である。歯痛には歯科医のもとへおもむくように、不眠には精神科、心療内科にかかるべきである。根強い偏見は残っていて、躊躇される傾向がなきにしもあらずであるが、それは改めたほうがいい。

その専門医であるが、他の病気の場合以上に、医師との相性が大事である。出会いの運不運は言っていられないので、遠慮なく検索するべきである。わたしの場合を言うと、四人目の医師で落ち着いて、いまは安心して薬を服用している。診療の長い待ち時間には、詰将棋の問題集と取り組んでいるので、すこしも苦にならない。初心のヘボであるから長考一番である。詰将棋の問題集には、江戸時代からの古典、名著がある。東洋文庫の中に収録されていて、上達して、これを手にする日の到来まで、心療内科の待合室での修行中である。

眠りは第二の人生である、と言ったのは十九世紀フランスの詩人・小説家のネルヴァルである。無事おだやかで、時しばしば、様々な夢で彩られる、深く甘美な眠りが今一つの人生でなくて、なんであろうか。眠れる人の面差しには、天使が侍《はべ》っている。

心療内科の医師のお世話になっていても、薬がうまく働かない時期があった。そのとき麻酔の補助薬として使われるバルビタールとイソミタールの混合薬を頓服にした経験がある。これは確実に眠れる。しかし、眠りというものではない。白紙、あるいは無の訪れである。連用はありがたいものではない。危険で、非常用である。

睡眠というのは、覚醒の裏面にありながら、日々の創造の源泉であるにちがいない。

聖書の翻訳文章について

もはや故人となった作家丸谷才一の自選書評集ちくま文庫の『快楽としての読書』［日本篇］［海外篇］を読んでいると、海外篇で岩波書店刊、佐藤研訳『新約聖書Ⅰ　マルコによる福音書　マタイによる福音書』の書評が、「言葉のエネルギー」と題されて出ていた。

海外篇は二〇一二年刊行で、収録の書評は毎日新聞の一九九五年八月七日の掲載分である。読者のなかには、すでにお読みになった人もおいでになるかも知れない。この書評文には、佐藤研訳と対比するために、現今、出回っている口語訳、明治訳と表記されている文語訳、新共同訳の批評が記されている。バルバロ訳、フランシスコ会聖書研究所訳注版は、批評の対象外である。ホテルに宿泊すると、デスクの引き出しの中に常備されている聖書もおなじくである。

この書評集の総タイトル『快楽としての読書』に聖書が組み込まれているのは、表題にワサビの味を効かせるためで、慰安とか慰籍というふうに読んでおけばいいが、とにかく冒頭の文章を引用する。歴史的仮名遣いは、本文どおりである。

「一九五五年（昭和三十年）、日本聖書協会の口語訳が出たときの気持は忘れられない。明治訳とくらべてあまりに手づつな言葉づかひで、眼を覆ひたくなる思ひだつた。その後いろいろ試みはなされたが、口語訳の聖書を読む気にはならなかつた」

わたしは現行の口語訳が悪訳であるという批評を仄聞していたが、文章で明言される例を読むのは初めてだった。ここで少々、気になることがある。一九五五年に出たのは旧約聖書改訳で、新約聖書は一九五四年改訳である。現在、口語訳聖書として刊行されているのは、この両方を合本したものである。

丸谷才一氏はこの改訳の年度の違いには、注意を払わなかったようである。通常なら、注記されるはずである。

ささいなことのようだが、すくなくとも批評文、テキスト批判を書くとなれば、ささいではない。批判は専ら新約聖書訳文である。

わたしは一九五五年、昭和三十年、大学受験浪人時代に、初めて口語訳新約聖書を手にした。改訳一九五四年版の口語訳新約聖書を手にした。改訳一九五四年版の口語訳新約聖書の掌中版を、熟読した。受験勉強はそっちのけであった。赤鉛筆、青鉛筆で線引きし、あるいはページを塗りつぶした一冊は、くたくたになっているが、記念に現在も健在である。別途購入した旧約聖書は行方不明である。仰望と焦慮の念をもって、反復読書した。悪文であるかどうか、批評の資格はなかったが、読むにあたって文章自体に躓《つまず》いた記憶はない。

それからはるかな歳月を経た現在、旧約新約を改めて読み返してみても、すなおに読める。「眼を覆ひたくなる」ような気にはならない。平明、透明な文体が好ましい。丸谷才一氏の批判する「でれでれ」とした新共同訳も、敬語の使い方の問題で、読み手に畏敬謙譲の心がなければ、その感想も仕方がない。

心の底へ

意識をする、という。その意識の意識の意識。これをくり返して、どんどん行きつくはてに無意識がある。その無意識を意識するというのは、論理矛盾であるが、これを考えているからには、まだその先に無意識が考えられて、ついには心の底にある岩盤に達するはずである。無意識を支えている岩のような地盤がある。

その地盤というか岩盤のようなものは、もはや個人を越えて、人類に共通、普遍である。これはスイスの心理学者ユングの考えである。心の井戸を深くきわめていくと、そこには、もはや個人を超越した人類共通の何ものかがある。これは仏教のほうで言う唯識論の境地と同じ思考法である。

三十代のなかばに、わたしは聖コロンバン会司祭、G・グリフィン神父に出会った。そして、アイルランドに帰国されるまでの三十年間にわたって、いろいろお世話になった。あるとき、文章を書いていく上で行き詰まってしまった。あたかも迷路に入り込んで、いずこへ抜けて行くべきか、分からなくなった。

デカルトという近代哲学の祖は、「われ思う、ゆえにわれ在り」の言葉で知られているが、この人の教えに、次のような言葉がある。もしも、森の中で迷ったならば、ただひたすら一方向へ、まっすぐ歩くならば、迷いの森から抜けられる。

この言葉はもっともらしいが、正しくはない。過っている。なぜなら一方向を失って迷っているのであるから、これは意味をなさない忠告であろう。おそらくデカルトは、迷いの森を知らなかったのだろう。われ思うゆえにわれ在りも、われ在ってこそ、われ思うのであって、これはひっくりかえった考えである。

迷いのさなか、グリフィン神父は忠告をした。

「自分の庭の井戸の水が、いちばんおいしい」

わたしは、これで目が覚めた。それから歳月が過ぎて、こんにち、わたしはこうして暮らしている。その日本国では、いまや人生九十年、百年の時代になった。老年とは、何歳から言うのだろうか、と考えたときがあって、現在からさかのぼること四十年まえに、コンサイス英和辞典を覗いたことがある。そこでは老年とは、およそ六十五歳ごろから、とあった。もっともだ、と今でもうなずく。とするならば、現在の老年は、わたしをも含めて、平均して一世代の長きにわたって生きる。

老年をいかに生きるか、といった書物はたくさんある。それはそれとして、児童文学のジャンルがあるように、老人文学の世界が必要ではあるまいか。それは新世界である。

老いを慰め、勇気づけ、なにものかを創造してゆく老人文学が考えられるべきである。笑止ながら。

言うにたらず言う

十九年ぶりに、メガネを新調した。

フレームは、まだしっかりしていた。ただ、レンズのコーティングが風化で荒れていた。はじめ、レンズが汚れて曇るのだと思って、クリーニングするものの、綺麗にはならない。

よくよく見ると、レンズの表面に細かな斜線が走っている。それは洗浄しても取れず、結局、レンズの寿命であった。メガネを新調するにあたっては、レンズの度数を、わずかながら強くした。視野が広く明るくなって、気持がいい。かくて、世界が開けた。

いっぽう、老眼がはじまっている。近距離のものを見るときには裸眼でいる。読書は、裸眼でいたほうがよい。もちろん、老眼用のメガネもこしらえてあるのだが、ほとんど使わない。漢字のルビに往生すると、手もとの小型のルーペで間に合わせている。老眼というのは、ある一定の年齢になると進行はしないそうである。

ただいまのところ、メガネの一件は落着した。

そこで読書の話を再度。長寿社会となっている。以前より一世代長生きが珍しくなくなった。九十歳、百歳の時代になった。ところが、児童文学というジャンルはあっても老人文学の領域は、未開拓である。足腰弱り、体力いちじるしく衰え、回顧しては恥、悔い多き人生があって、前途、長くなったとはいえ死を待つばかりである。老人を慰める文学の世界が必要ではないだろうか。もちろん年齢を問わず、これを越えた名著が多数あることは、先刻、承知である。また、既存の児童文学の分野においても、年齢不問の名著がある。

とはいえ、老人文学と設定してみても、この枠組みを作るとなると、困難であろう。とにかく介護関係の書物、人生論、老いの迎え方の本は汗牛充棟《かんぎゅうじゅうとう》であるが、「老年」のための慰安、啓蒙の書物は皆無に等しい。書店で、コーナーが特設された例を知らない。一考されるべし、と思われるのだが。

別件。

先日、話し言葉の本を探してみた。地階がコミックで占められ、地上九階の大型書店へ行ってみた。日常会話を円滑にするためのヴォイス・トレーニング用参考書を探してみた。残念ながら皆無である。語学、演劇、医学分野に常備されていたものは、どれもこれも不向きだった。年齢を重ねると、日常会話の「ラジオ体操」が必要である。

仕方がないので、児童コーナーで見付けた。はやくち言葉の絵本を買ってみた。聖書の音読、朗読は毎日の日課にしているが、口辺の組織立った訓練にはあまり役立たない。

高齢社会は、ひとつ忘れ物をしている。

更地の風景

左脚の親指を、事典に躓いて剝がして、一年が過ぎた。医師の指示を実行した。痛くもあるので、そっとしていると、左脚が衰弱してきた。それが右脚にもおよんで、ついには躰全体がおとろえてきた。ようするに根気よく丁寧に、運動すると回復が早い。それが分かっていて、後遺症に悩んでいるのは、怠慢の証拠である。

蔵書が、生活の場である階下にもおよんでいる。事故の再発は再来するかも知れない。分かっていて、整理をしないでいる。たぶん怠慢というより認知症初期であろう。

六十余年の昔、正確に記すると十七歳の春だったが、仲良しの友人と二人して、国語科教諭のお宅を訪問した。当方二人は一週間、自転車による無銭旅行の成果を聞いてもらいたかった。

食い違いはそこにあった。先生のほうは、終始して、勉強についてのアドバイスの話に限られていた。われわれは当惑したが、しかたがなかった。

耳をかたむけるふうでいながら、先生の書斎を見まわした。実によく片付いていて、清潔であった。われわれは不意の訪問客だったから、ふだんの先生が推測できて感嘆した。

それからはるかな後年、内臓外科の医師宅を訪問した。そのとき、ありありと十七歳の春がよみがえってきた。あの先生の書斎。

みだれたならば、即刻、修正、整理する。それが呼吸とおなじように実現している。簡単なようでいて、これは修練と天性の両方がかかっているにちがいない。

一日、半日、一刻、半刻、一呼吸として二度とない、それぞれが、それぞれの、のっぴきならない、それぞれである。一瞬とてふたたび帰らない。

しかも、時は連続連携しあっていて、巨大な漁網に丸ごと、からみとられている。どのいっときがやぶれても、そのやぶれは、いっさいにおよんでいる。何一つおろそかにはできない。一刻一刻、新訳聖書「テサロニケ」第二十五の十六が教える「いつも喜んでいなさい」の言葉が必要である。さまざまな意味で、掃除片付けが自然とできるとき、その人は完成しているのであろう。

この夏、ざっと五年は留守にしてきた郷里へ帰って、周囲の変貌のはげしさに驚嘆した。町の一区画が、ひろびろ展望が可能な更地になっている。用地が何にあてられているのか、確かめもせずに帰京した。

東京と地方都市の変貌は、意味が異なっている。美しい風景、とひそかになじんでいたところにマンションが林立していた。それでいて、空地の広々と拡がって、当てのない一方の荒廃を考えると、どうも落ち着かない。

仕事場兼蔵書部屋を整理しなくてはならない。時と同じく変化は変化とつながり、何一つ同じであるものはない。それにまかせていると、「我」もまた更地になるかも知れない。心しなければならない。

まぼちぼち

久しぶりに銀座へ出て、あたりを見まわすと、ずいぶん様子が変わって、海外旅行をしている気になった。しかし、曇った午後の空模様が心配だったので、散歩はよして、まっすぐ教文館へ行った。新共同訳聖書の分割版を買った。A４版五分冊が一セットである。率直に本心を打ち明けると、分冊で軽くしてもらって、ひろやか明快な紙面で、「創世記」から「ヨハネの黙示録」までの通し読みのためである。時として横臥して読むにもラクである。聖典と向き直るには失礼ではあるが、この夏からのからだの不調に免じてもらうつもりである。

くわえて中公文庫版山田晶訳アウグスティヌス『告白』三分冊も買った。二種類の書物の総重量は三キロを越えた。帰途の疲労困憊を恐れて、宅急便をお願いした。都内の住人で良かった。翌日、午前中には届いて、読書が可能だった。

貧乏性というのだろうが、本を入手したとなると、ただちに読み始めなくてはいられない性分が、いくらかおおらかになった。しかも今回の書物は、生涯、読み終わらないはずである。あわてることはなかった。

「真理を求めるなら、真理への道を進め。その道が既に真理であるから。」

これは岩波文庫版 ハルナック編 服部英次郎訳 アウグスティヌス『省察と箴言』からの引用である。加えて、この言葉のとなりには「何を求めるべきかを知るなら、それは既に発見の一部である」とある。

そもそもわたしの願いは『省察と箴言』を全編精密に読みつくすことだった。このハルナック編の一冊は、アウグスティヌスの全著作の抄訳版である。『告白』からの部分訳も、もちろん入っている。

わたしは聖書精読と同時に『省察と箴言』と、別途『告白』を読書しようと考えている。聖書通読といっしょであるから、かなりの力をつくさねばならない。よろこばしいような、いっぽうでは、いささかの不安がある。

『省察と箴言』の初版は一九三七年で、それがそのまま改版ならないで一九九三年に重版になったものが手もとにある。書き込み、傍線でいっぱいの文庫は手放せないものになっている。

長期外出のときにはカバンに必ず入れてきた。岳父、義母の通夜をつとめたとき、終夜にわたって、棺のそばで読んだ。読書するには体力充分で、頭脳は冴えて、緊張は氷点下に耐えていなくてはならない。と、記すとおおげさになるより、他の読書家の道ふさぎになるだろう。何よりも、読み返すたびに新しい発見がある。つい、いましがた何気なく開いたページに次のような文章があった。

「何人も、あるものを知らないといふことを知るなら、あやまることはないやうに思はれる。しかし、知らないものを知ると信じるなら、おそらくあやまるであらう。」

それでは、そろそろ勉強をはじめよう。

斜陽

窓を開け放した部屋にいる。柱にかけた気温計を見ると二十三度、湿度は六二パーセントを示している。机に向かって座業をする身には、快適な状況である。ベランダには洗濯の干し物があって、静かな風には、洗剤の残り香が甘い。寒くも暑くもない。

しかし、黄道は傾いていて、日の移ろいは早い。何であるのか、分からないが、捉えようのない何かが惜しまれる一刻である。

今日、またアウグスティヌス『省察と箴言』（ハルナック編　服部英次郎訳　岩波文庫版）を開くと、次のような言葉に出会った。

「私の体験に於て、神は私に私自らを示そうとし給うた。」

わたしはこのたった一度しかない人生で、ほかに変えがたい瞬間を、ありありと感受している。唯一の尊い経験を味わっている実感がある。意識を意識している。自乗されたその意識はプラチナのように光っている。示そうとされている示しである。

このような自省の時には、墨を磨って手習いがふさわしい。安東聖空『梅雪かな帖』と松本芳翠『真書千字文』を習う。半紙に六字ずつ書く。仮名のいろは歌は、万物流転を述べている。千字文は一字として重複のない文字配りで、宇宙森羅万象をとらえている詩文である。楷書に限って書く。

五十代の半ば、階段から転落して左の手首が複雑骨折をした。迂闊《うかつ》を反省して、近所の習字塾で小学生諸君と膝を並べて基本から勉強をした。楷書行書草書隷書まで学んで、そのあとは独学と決めた。以来、三十年になる。

いま書写は先送りにして、ひたすら鑑賞に専心しているのは趙孟頫《ちょうもうふ》の書いた『小楷書道徳経』である。吉林文史出版社の影印本で、原色である。墨色紙色が罫線と調和がとれて、たいそう美しい。道徳経というのは『老子』のことである。解読のためには、多くの参考書がある。全文五千字である。一字は一センチほどで、楷書ではあるが、ところどころ行書体になっている。

かりに筆写するとなると小筆は無理であるし、面相筆では字が痩せてしまう。写巻と呼ばれている筆に頼ることになるだろう。墨も粘らない良墨が必要である。しかも、乾燥が気がかりでエア・コンのない自然の室内の作業が望まれる。道徳経すなわち老子はこんなふうにはじまる。訓読文になおして引用してみる。

「道の道とす可《べ》きは、常に道に非《あら》ず。名の名とす可《べ》きは、常に名に非《あら》ず。無名は天地の始《はじめ》なり。有名は萬物の母なり。……」

ここからはじまって、先のほうには「天下の物は有より生じ、有は無より生ず」という言葉に遭遇する。無から有が生ずるなどという考えは、一笑に付されそうだが、推論を重ねてみると、不思議ではない。むしろ、原因と結果の論法は循環矛盾論である。

量子論、パラレルワールド理論の時代に、一度きりの生涯の午後が傾きはじめている。

記憶と忘却

アウグスティヌスが人間の記憶の不思議について記している。膨大な記憶の倉庫から、必要とする事項が、自由自在に引き出せるのは、偉大なる神秘である。また、記憶と忘却の働きが併存するのも、奇跡である、と。

忘却、記憶にない記憶というのは、同義語反復のようであるが、そのような事態が現実にある。たとえば、例をあげてみよう。

いまわたしは、ある文芸誌に、自分の学生時代の記録を書いていて、一枚の写真を発見した。はとバス観光の記念写真である。背景は皇居の二重橋である。

バス会社のサービスで、写真には一九五八年四月九日と印刷がはいっている。ほぼ全員がコートを着ているところを見ると、曇った寒い日である。わたしは両親とともに記念写真におさまっているが、この日の記憶はよみがえらない。

両親は大阪から上京したわけだから、どこかに宿をとったはずである。わたしの下宿部屋はせまいから、泊まったなどとは考えられなかった。では、どこか。まるで思い出せない。

年月日から推し量られるのは、大学三年生の第一期がはじまったばかりである。当日が水曜日であることも分かる。とすると講義には出席しなかったことになる。父母が揃って上京したので、案内役を引き受けて、もっとも便利、都合のよい、はとバス観光をした、と推測できる。わたしにしては上出来である。

しかし、当日のことは、何一つ思い出されない。記念写真という大きな手がかりがありながら、これはまたどうしたことだろうか。

楽しい一日であったはずだから、この一日に照明を当ててみたかった。写真は一枚きりで、前後の記録写真はない。途切れた記憶の糸をたぐる気になって気象庁へ電話をした。一日の最低気温は十二・九度、最高気温十三・二度、終日、曇、がはっきりした。桜の開花宣言はこの年、三月三十日だった。となると観光バスの車窓から桜を鑑賞している。千鳥ヶ淵、上野公園の桜を観たはずである。これだけの手がかりで、ほかに記憶の花は、まったく咲かなかった。

プルーストの『失われた時を求めて』には日本の水中花が出てくる。その水中花のように、記憶の水底で、花は開かなかった。

これではその日のその時が記録されただけで、記念写真としてはあまり役にはたたなかった。しかし、写真に写されている両親が現在のわたしより遥かに若いことに思い至ってみると、不思議な気がした。父は壮健そうで端然としていた。母は着物姿で、寒かったのかショールに顔を埋めていた。わたしは当時の学生の恰好をしている。制服にレインコート姿である。

きわめて真面目な表情をしている。しかしながら、つくづくと写真を見ていると、その目は、記憶のない記憶として振り返られる日を予測してか、懐疑にみちた目の色をしていて、記憶と忘却を一身に表現している。

飢渇のこころ

伝い歩きができるころのようだった。わたしは窓ガラスにとまっているハエを叩いて、これを食べたらしい。よほどトンマなハエだったのだろうが、ただ、そしってばかりはいられない。汚くて、口中がムズムズする。

いま一度は、昔のことだから着物の衿首の汚れとか、しみ抜きに使うベンジンを飲んだらしい。これは激しい反応を引き起こすものだから、嚥下《えんげ》したとは信じられないのだが、実際に飲んだらしい。たぶん、泣き叫んだに違いない。母はわたしを横がかえして、病院へ走ったらしい。この顚末《てんまつ》も先のハエと同じく、まったく記憶がない。

いま一つ、同じころわたしは火傷《やけど》をした。昔、アイロンは、直接、炭火で加熱したものを使っていた。濡れタオルなどをあてて、のちのスチームアイロンのようにして使っていた。そのアイロンを右脚の甲に落とした。これも覚えがない。しかし、足の甲には火傷の痕が残った。八十年が過ぎた現在もなお、かすかな痕跡がある。どのような顚末であったか、これにも記憶がない。

そのくせ、いまこうして書きとめることができるのは、わたしの母親は、のちにいたずら放題のわたしをとっちめ、からかう材料として、再三、逸話として繰り返したからである。

火傷のことでは、あまりへこたれないが、ハエとベンジンには当惑困惑する。火傷や怪我については子どもの当時、日常茶飯事で、神経にこたえるところがない。ところが口にするものとなると別件である。

学生のころ、浅草に「田原屋」という大食い大呑みの店があった。北海道出身の同級生が話を聞きつけてきて、わたしに教えた。宴席で酒盃を洗う器に清酒十杯、または特製の稲荷寿司一個をたいらげられるならば、食事代は無料だそうだ、という。

ちょうど朝顔市のたつ日頃だった。わたしと友人は出かける気になった。稲荷寿司は、ひとつ、座布団の大きさがあった。わたしたちは二人とも、挑戦を遠慮した。酒は三升である。これも目測しただけで遠慮することにした。しかし、せっかく来たからには、お酒を飲むことにした。盃洗一杯が三合だった。肴は持参した身欠き鰊《にしん》にした。松坂屋地下の食品売り場で買った。酒の肴の持ち込みは歓迎されないところであったが、学生服によって免じられた。大呑挑戦は最初から遠慮して、しかし、盃洗で酒を飲む経験をした。友人は一杯、わたしは三杯飲んだ。豪快ではあったが、酒、ことに日本酒に向かない飲み方だった。味わう心地はなくて、緊張していた。わたしは三杯を飲んだが、少しも酔わない。

店を出てから射的場へ行った。友人を立会人にして、コルク玉百発百中、賞品は断って料金を無料にしてもらった。正気を保証してもらえて、ありがたかった。ささやかな放棄をして、すこしは心が安らいだか、と思えた。

折も折、母の幻影が出てきて、わたしを笑い、たしなめる気がしたので、閉口立ち往生をした。

読書のよろこび

電子書籍を利用するようになって、三年になる。画面がハガキの大きさの器械で読書を楽しんでいる。

携帯に向いていて、好みの時と場所へ、かなりの蔵書を持ち運びができる。ただし、うっかりもののわたしには、被害甚大になる冒険なので、門外不出に決めている。

現在、分野も広範囲の書物が入手できるようになってありがたい。洋書が安価な値段で入手できる。また、稀《き》覯本《こうぼん》のたぐいが見つかったり、検索していて思わぬ発見の未知なる本との出会いがあって、うれしい。

なんだ、いまごろになって世間知らずが、と、侮られるかも知れない。加えて、愛書家のうちには、いまだ紙本にこだわる人がいて、きびしくたしなめられる可能性も、なきにしもあらず、である。

フランスのおそるべきモラリスト、ラ・ロシュフコーは、次のように述べている。

「われわれは生涯のさまざまな年齢にまったくの新参者としてたどり着く。だから、多くの場合、いくら年をとっていても、その年齢においては経験不足なのである」

胸をぐさりと指すような言葉である。顔をつるりと撫でて、この人生の大先輩に頭を下げるばかりである。

その「新参者」は、このところ本を買いまくり、書籍代が膨大になって、顔色を少し変えている。現金のやり取りがないから、うっかりしてしまう。そして、買い込んだ本は、古書として売りさばくことはできない。まこと、用心をしなければならない。

とはいえ、定価がゼロ円というものがあって、まばたきするような例がたくさんある。上手に使えば、読書家冥利に尽きる。

ただ、書架を一望するようなことは出来ないので、別途、ノート、索引を作成する必要がある。収集に丁寧に付き合って、自分に分かるだけでもよいから、手帖の用意が必要である、と気付かされるにいたった。面倒のようだが、この作業はやってみると、それ自体が面白い。新たに書庫を持って、整理をするような作業である。

では、紙の本は無用になったか、となると話は別次元である。電子書籍で入手して、読了の原本を、いま一度、紙本で買って読み直すことがある。その反対に、現行の手もとにある一冊を、電子書籍版で読むこともある。

ただ、目下のところ、その必要を感じないでいるが、万が一、論文、批評文を書く場合には、原テキストからの引用に、電子書籍版は使わないだろう。誤記、誤植、脱落がある。

聖書に関しては、口語訳聖書のみを入手した。新共同訳は近年のうちに改訂がある、と仄聞している。そのこととは別に、道を求めるとき、往年、口語訳を反復読書した。愛着おきがたいので、これを求めた。口語訳については、翻訳の文章について疑問の声があるようだが、わたしはこれでいい、と考えている。掌のなかで、息づき輝く電子書籍版の聖書は、格別な味わいである。

プールサイド小景

プールへ週一回通うようになって、三年と四か月になる。腰痛になやまされて、医師のすすめにしたがった。おかげで今は不自由を感じないですんでいる。

ユニークなプールで、更衣室入口に、〝気がすすまないときには「勇気」をもって、休みましょう〟

と表示がある。寛容と知恵に満ちた掲示が気に入った。おかげでこれからも春夏秋冬、気温、晴雨にかかわらず通いたい、と思っている。

　一回のレッスンは四十五分である。五分のハンパな時間は、水中においても汗をかく。給水と休憩にあてられている。

　プールの天井はサーカス小屋のテント張りのようで、横断幕は紅白の三角旗である。おかげでどこかの国のカーニバルに加わっているような、のどかで郷愁的な気分になる。この水中運動教室はプール五コースのうちの二コースを使って行われる。

　定員十五名で、現在は十三名。女性が十名で男性は三名である。男女合わせて五名のときもあって、それでも二コースがあてられていて、実に贅沢をしている、と思う。

　インストラクターは三十代の女性で、健康というのは「わたし」ですといった感じのひとである。受講生の最高齢は、女性では八十五歳、男性も同じくである。

　認知症予防の脳トレーニングが加わった水中運動は、晴れ晴れと子どもに帰った気分である。十二、三人のグループだが、集まり散じて、おたがい、慣れ合うことがない。水中で冗談をかわしたりはするが、だいたいそんなもので、あっさりとしている。それでいながら、決してよそよそしくはない。わたしはまたとなく得難いグループだと思っている。

　三か月が講習の単位になっていて、顔ぶれが入れ代わる時がある。プールに通い始めたころ、ご夫婦の姿があった。六か月ほど続いて、そのあと姿が消えた。ほほえましい風景が消えて、残念である。

　一年最後の講習日は、申し合わせたようにより集まって肩を組み、歓声を上げる。ふと、振り仰ぐと紅白の三角旗とカーニバルのテントのような天井がある。歓声をあげるのは、一年、よくがんばりました、という挨拶で、なんとなく感動の風景である。

このプールには、個人が自由に水中運動をするコースが一コース設けられている。動作をしなくても水中にあるだけで、水圧の関係でおのずとトレーニングになる。ここでときどき見受けられるのは、コース中央で世間話に夢中の女性一組がある。なにもわざわざと思うのだが、つい、笑い出したくなる風景である。それとは反対に、老衰のきわみにある男性を見かける。付き添いもいない。ここ三年のうちで初めての光景で、痛ましくてならなかった。自分を棚上げにしたようなことを言うが、水中では躰が軽くなる。その人は、安楽に水中歩行を楽しんでいるのだろうが、ちょっと未来を考えさせられた風景だった。

電子書籍異聞

原稿を書くためにパソコンを使うようになって、三年になった。もともとワープロを十五年使っていたので、キーボードについては抵抗がない。ところがパソコンにはしばしば異変が起きる。たとえば原稿を書いていると文字列がメダカの学校よろしく、一斉に斜めに泳ぎ出したりする。修正するために苦心惨憺で、修復してからは、さて、これから何を書くのだろうか、と思考が停止したりする。

まだまだ苦しむことになるだろうな、と思案しながら暮らしている。

それでいて電子書籍の機器を購入した。購入した書籍類は五千六百点になる。アイテム表示なのでイコール冊数ではないが、ほぼ、その冊数になる。この機器の操作法がメーカーのほうで変わって、非常に困っている。相談窓口へ電話相談をすると、たいへん丁寧に教えてくださる。ゆっくりと、静かにあわてず、騒がずである。

ところがその言葉にしたがって、器械を操作しても、言われたようにはならず、こちらは次第にパニックになる。で、当方は当年八十で、少し聴覚が衰えているので、もう一度などと言うと、え？　八十、それはそれはご立派です、などと言われる始末である。根気が尽きて、他日を期することにして、電話を切った。

現在機器は、半身不随で動いている。仕事を放りだして、器械相手に悪戦苦闘をしている。もともと、きわめて単純明快な操作法であったから、不快、遺憾でならない。

わが伴侶の意見は、新製品と買い換えたらいかが、である。カラー版が普及しているとは、わたしも承知である。大久保明という写真家のヨーロッパ写真集を二十冊購入しているので、これがカラーで楽しめる。モノクロはそれなりの情緒があるので、このままでも鑑賞できる。いらざるキャプションが付いていないので、あれこれ想像が楽しい。中には足を運んだ土地が出てくる。広角レンズの機能を一杯に使っている。しかも芸術写真ぶらないところが立派である。

最新版は、いま移転が話題になっている築地市場が出た。この写真家としては異例であるが、記念版としては貴重なものになるだろう。

わたしの電子書籍は、ほぼ、葉書大で枕もとへ持ち込みが出来る。就眠儀式に文庫本を山と積まなくとも済むようになった。ありがたい、と思っている。さて。機器半身不随を修理しなくてはならない。

どうにもこうにもならなくなったら、メーカーの相談口まで出向いて行こう、と考えている。なにやら呑気な話をしているようだが、現在、わが家は紙の書籍で溢れかえっている。ボロ家が倒壊するのではないか、と気になっている。それを考えると、これは遊び事ではない。

しかも、洋書が安く仕入れることができるので、うれしい。英仏独ばかりではなく、ロシア語書籍もある。なにはともあれ、器械を復元し、老いて、なお、学ばざらんや。

病気に道を開ける

行儀が悪い、と承知で横になったまま、読書している。からだをラクにしようと思っているのだが、かえって疲れて不具合である。

それで起きなおって、机にむかった。そして、続きを読むと、こんなことが書いてあった。

「病気には、きちんと通り道を開けてやらないといけない。わたしなどは、むしろ病気に好き勝手させているから、病気のほうでも長居は無用ということにしてくれるのだと思う。おまけに、もっともしつこくて、頑固だと考えられている病気の数々も、病気自身の衰退によって退散させてきた――医学の助けを借りず、その処方にさからって。すこしばかりは、自然のなすがままにさせておこうではないか。自然は、その仕事を、われわれよりわかっているのだから」

これはフランスのモラリスト、モンテーニュ『エセー』からの引用である。第三巻「経験について」のなかにこの文章がある。

わたしは、つい、笑ってしまった。しばらくまえから、からだの四肢の筋肉が痛んで、いらいらもし、心配をしていたところだったので、天からの声のように思えた。痛風じゃあるまいか？　リウマチかしら、と怪しんでみた。そこで歯科医師の処方でもらった鎮痛剤の余りを服用してみたが、一向に効き目がない。あれこれ悩んで、近所の内科医院へ出かけるつもりでいた。痛み、というものには、人の思考を鈍らせ、気を弱くさせる働きがある。そこへモンテーニュの言葉は救いの声だった。と言っても医師の診察を受けないで済ませるつもりはなかったが、すくなくとも余裕ができた。

そこで、続きを読む。

「わたしは、それらの病気が体内で年をとって、自然に死ぬがままに放っておいた。そうした病気を養ってやるのに半分くらい慣れたころに、退散させたことになる。こうしたものは、挑みかかっていくよりも、やさしくもてなしてやるほうが、うまく追い払うことができる。われわれは、人間存在の定めに静かにたえていかなくてはならない。いくら医学があるといっても、人間は、老いて、衰弱して、病気になるようにできているのである」

つっぱねながらモンテーニュの言葉は、自然とこちらの心にはいりこんでくる。なまじっかな慰めより、身には快いのが不思議である。引用の文章は、みすず書房刊『モンテーニュ　エセー抄』宮下志朗編訳からである。近年、宮下志朗訳全七巻が完成した。

わたしはこちらのほうは電子書籍にダウンロードした。軽便でありがたいが、引用、再読のために、好みのページを探し出すのはむつかしい。これまで定本となっていた関根秀雄による全訳縮刷版『随想録』白水社版も捨てがたいが、宮下氏訳は紙面が明るくひらけて読みやすい。同じ白水社から『エセー』

入門ということで、アントワーヌ・コンパニョン著 山下浩嗣・宮下志朗訳『寝るまえ5分のモンテーニュ』がある。いずれも道を開いてくれる本である。単なる入門書ではない。

日一日

吉田茂の御曹司で、吉田健一という作家がいる。故人になって久しいが、その著作は愛されて、ベストセラーにはならないものの、読者が絶えない。いちばん新しいところでは随筆を再編集した中公文庫『酒談義』が刊行されている。集英社の三十巻におよぶ全集と新潮社から刊行された八巻本の著作集がある。

小説、評論、随筆、翻訳がある。大抵のものは読んでいるが、刊行されたばかりの『酒談義』を入手して読んでみた。すでに読んだものばかりだが、ついつい読まされてしまうのは独特の文体の魅力である。

『酒談義』を読み始めると、次のような文章に再会した。

「本当に美しいものを前にした時、我々は先ず眼を伏せるものである。」

このようなことは凡庸の徒、われといえども気付いてはいるものの、なかなか言葉にはできないでいる心の真実である。

なおも先をたどっていると、既に読んでいながら、初めてのような言葉に接した。

「自分は今生きていると感じるのが自分にとって一番いい時である。」

わたしはこの一行に触れて、にわかに目がさめる思いがした。幸福や充実の日を遠出して探しにでる必要はない。ただ、いまのこのいっときが、ありありと実感できさえするならば、わたしは自分の人生の最高の時にいる。

じっさい、わたしには明日はいまだ無いものである。過ぎ去った昨日は、もはや無いものである。ただ、今日現在だけである。

たとえ病気や不幸に呻吟していても、そのいっときがつくづく実感されていれば、掛け替えのない真実の一日である。われわれに与えられている唯一最高の一日である。

吉田健一の晩年に『時間』という評論がある。むしろ四百字詰め原稿用紙三百五十枚の散文詩、長編叙事詩とでもいうべき一作である。かの聖アウグスティヌスがその思索においてさえ悩まされた時間がテーマである。その美しく織り紡ぐような文章をひいてみる。

「冬の朝が晴れていれば起きて木の枝の枯れ葉が朝日という水のように流れるものに洗われているのを見ているうちに時間がたって行く。どの位の時間がたつかというのでなくてただ確実にたって行くので長いのでも短いのでもなくてそれが時間というものなのである。それをのどかと見るならばのどかなのは春に限らなくて春は寧《むし》ろ樹液の匂いのように騒々しい……」

黙読していてもいいのだが、音読ではなく筆写してみると、書き手の想念が直接つたわってくる。「時間」とは何か、について、いまだ論理的に答える哲学はない。捕えるすべがないところを言葉の網で掬いとろうとする試みである。息が続く文章の長さが見事である。時間とは何か、と問うているかぎりにおいて、時間がとらえられている。吉田健一の結論は、時間即ち〈自分は今生きていると感じるのが自分にとって一番いい時〉であるのだろう。

見えない誰か

大学へ進学して最初の下宿は、杉並区上井草の矢頭町だった。一九五六年、昭和三十一年のことである。そのころ界隈は昔日の武蔵野の面影があった。防風林に囲まれた大きな農家のそばの平屋の一軒家が、わが下宿先であった。

三十代末ごろの未亡人のおばさんと十歳になる坊やがいた。わたしは受験のため大阪から上京して宿泊した旅館の厨房のひとから紹介されるままに下宿を決めた。キジバト、コジュケイ、フクロウが啼き、牛の声が聞こえた。

家は回廊式になっていて、庭もきちんと整えられていた。わたしには一番広くて、日当たりのよい部屋があてがわれていた。贅沢すぎるとは思ったが、なにしろ東京の案内が分かっていなかった。賄付《まかないつ》きというのもありがたかった。ためらわずに決めた。

下宿人は書生部屋に一人、家奥の小部屋に一人、わたしをいれて三人が下宿していた。襖《ふすま》をへだてたばかりの間《ま》には、病臥している老婆がいた。欄間があるので、気配はただちに伝わってきた。喘息《ぜんそく》を患っているように思えたが、下宿のおばさんは黙っていた。かつての主人の母なのか、みずからの母親かどうかも、わからなかった。

入学したばかりのわたしは忙しかった。専攻にロシア文学を選んだので、語学の修得がなによりもの苦労だった。それでも隣人である老婆が気になった。紹介されていないから挨拶もかわしたことがない。ただ、気配はありありと伝わってくる。

　咳というのは、湿っていたり、乾いて切り裂くような鋭いものもある。苦しいだろうと想像してみる。ご不浄にたつとき、重いゆっくりとした、からだを引きずる様子が伝わってくる。長く深い溜息も聞こえる。

　ところが人間というものは慣れるもので、ほとんど感じなくなる。しかし、机に向かって一心でいるときや、眠れない深夜には、実際、身にこたえてならないときもある。そのころわたしはまだ二十歳にもなっていなかったが、遠い未来に待ち構えている老年を考えた。あやしく胸ふたぐ思いがした。

　四月に下宿して、二か月の夏期休暇をおいて、九月、十月、十一月の上旬になって引っ越しを決心した。勉強机一つと本棚、寝具があるだけで、決心すると、事は簡単だった。大学の生活協同組合の紹介にたよった。

　それからかなりの年月が流れた。社会人になって忙しいある日、ふと、上京最初の下宿の老婆のことを考えた。顔を見たこともない話をしたこともない、まるで見えないひとを思い出してみた。しんしんとした感じがして暫く考えこんだ。それからまた歳月が過ぎて、いつのまにか現在となった。わたしはかつての下宿の老婆より、おそらくもっと歳を取って、いま毎日を過ごしている。お互い無視し合った老年が老年を考えている。案外に長生きをして、明日、明後日を思案している。おかしなものだなあ、と見えない誰かを考えている。

鏡花のこと

朝、起きてきて今日一日、読むにあたいする本が一冊もない、また、透明純粋無比のウォッカが手もとに一滴もないことを発見したとき、まったく途方にくれて、どうすればいいのか呆然とする、と言ったのは、作家開高健である。

作家が読書にこだわるのは当然である。飲酒もまずまず必要不可欠ではないにしても、かなりこたえる問題だろう。

飲酒のことは別として、わたしもまた読書にこだわるので開高健氏の気持がわかる。

ひところ、三十代半ばから四十代はじめのころ、廊下の一隅に天井へ届く書架を特設したことがある。そのころたびたび襲ってくる鬱症状にそなえて、本を集めたのである。

原則として文庫本の娯楽小説、ミステリー、SFであるが、ときにはヘディンの『さまよえる湖』やイブン・バットゥータ著『三大陸周遊記抄』なども収集のうちだった。

それらの書物は、ようするにトランキライザーだった。ふだんから準備用意をしておく「読む薬品」であった。

現在は、相変わらず鬱症状に見舞われているが、体力がないことと、もはや時間がないので、読むべき本を一路辿っている。であるから、開高健氏のような朝の不幸はない。それでも威張ったことは言えなくて、気分がさだまらず、本探しに古書店や大型書店へとさまよい出る日が少なくない。

読書探索には、書評紙や新聞広告のお世話になることもあるが、直接、書店へ出かけるのが、いちばんいい。

なるべくなら大型書店がふさわしい。思いがけない書物の発見がある。読書分野が拡がって、書店訪問自体が勉強である。児童文学の世界も見落とせない。これについては、なぜ老人文学というジャンルが無いのだろうか、と考える。介護小説ではない。老年期が主題の文学があってしかるべきである。

もっとも年齢になって、初めて読書がかなう書物がある。たとえば幸田露伴の随筆、ボズウェルの『サミュエル・ジョンソン伝』などである。

いずれも人世知の宝庫であるから、若い時代、中年に読むべきだろうが、年を取ってから一層、味わい深くなる。

たったいま思い出した。わたしは泉鏡花の『婦系図《おんなけいず》』を小学校五年生で読んだ。四つちがいの兄が貸本屋で借りてきて、放り出してあるのを拾い読んだ。総ルビだったので、読書に難渋はしなかったが、理解したかどうかはおぼつかない。しかし、子どもながら友禅染の着物を見るような文章世界は感知したと思う。成人してからこの作家の全集を入手して読み、案外、読み違いをしていないことに気がついた。

読書運というものがある。本に出会うについて、運不運が確かにある。必要なときに、本のほうでこちらにやってきた、としか思えないような読書体験もあるものである。

透明人間

H・G・ウェルズはイギリスの作家で、SF小説の世界を拓いた一人である。『宇宙戦争』『タイム・マシン』などであまねく知られている。『透明人間』もその代表作の一つである。このようなことわりを言わなくとも読者が先刻承知のことだろう。

わたしは、児童向けにダイジェスト、リライトしたもので大半を呼んで楽しんだ一人であるが、成人してから翻訳原作を読んだ。それでも面白かったのは、原作のディテールの持つ力である。決して子供だましの空想科学小説ではなかった。

『宇宙戦争』の火星人による侵略の場面で、避難する市民の一家族が、家に置き忘れてきた荷物を取りに帰るところがある。火が燃えさかって、暗い家のなかを赤々と照らし出している。なぜかあたりはしずかである。そのあたりの描写は、非常に巧みである。阿鼻叫喚の世界は、忘れられたようで、かえって静寂である。わたしはこの日本国が空襲にあった夜を、身をもって知っているので、ウェルズの描写が実にリアルなのが、よくわかった。

そのような再読をしていて『透明人間』も興味深かった。ただ、この作品もまたよくできたものだ、と感心はしながら、設定がどうも苦しいな、と思えた。ある人間が透明である、ということは、透明であることで光の屈折率が異なっているしるしだろう。そうすると透明であることで、逆に存在が探知されてしまうのではないか。それを考えていて、寺田寅彦の随筆に遭遇した。寺田寅彦は地球物理学が専門の科学者である。夏目漱石『吾輩は猫である』に、蛙の目玉を研究する学者寒月さんとして登場する。その寺田寅彦が随筆の中で、『透明人間』に対して疑問を呈している。透明人間は、盲目、何も見ることができないのではないか。目も透明であるとすると、光度を受容分析する器官も透明で、したがってこの人間は世界を見ることができない。

どうも透明人間にしても、この世は生きづらいもののようである。そしてまた再読をして翻訳の『透明人間』に問題があることに気付かされた。タイトルのもとの英語は、「見えない人間」である。

もっとも、それをあげつらってみても、寺田説の苦情はくつがえされない。

それでもこの小説の魅力は、ディテールのこまやかさにあって、魅力は失せない。雪に包まれた寒村の旅籠に燃える暖炉の火、季節が巡って春の村の広場のカーニバルなど、つい夢想をさそわれる。ここには科学的な論理を越えた何かがある。

「見えない人間」というタイトルでは、黒人作家が差別をテーマにした長編小説がある。整理が悪いので本が出てこないので著者名が分からない。差別はどの時代どの国にもある。ウェルズの『透明人間』は、原題に大きな問題を言外に提出している。あれやこれや、ウェルズを総ざらいに読んでみたくなった。

迷いに迷う

都会の晩秋には、どこやら草炭、ピートの匂いがするような気がする。この小文を書いている午後、わたしは校正刷りが出るのを待っている。十二月に新潮社から刊行予定の作品『道の向こうの道』は、雑誌発表六回の連作である。四百字詰め三百七十枚で、さほど長くはない作品だが、三年かかっている。大学一年生から卒業時代までを書いた。

実際にはこれは途中で、続編を予定している。何を書こうとしているか、といえば、カトリック信徒になるまでの紆余曲折である。わたしは大阪のカトリックのミッションスクールで中学高校時代を過ごしていながら、洗礼を受けないで卒業した。新約聖書を学び、旧約は創世記と出エジプト記を読んだ程度だった。大学では十九世紀ロシア文学を専攻して、もっぱらドストエフスキーを読んだ。

あわせて聖書熟読と神学関係の多くの読書をした。教会へも通ったが、なぜか自分でもわからぬまま、プロテスタント系の教会ばかりを選んでいた。そのころ、どのような心地でいたかというと、一つの真理、それさえ納得されるならば、万事、信じて揺るがない信念を求めていた。それはおそらく炎のようなものだ、と考えていた。

専攻のロシア文学を学ぶためには、当然、ロシア語に堪能でなければならない。しかもトルストイの『戦争と平和』などを原書で読破するとなればフランス語も勉強しておかねばならない。

若いということは特権で、夢中になった。その夢中ということであるが、ここにも燃えている炎が必要であった。わたしは磁石の針のように尖り、真北を指すべく震えていた。そして、それは既に信仰の領域に踏み込んでいたわけだが、当時は思いまどうばかりだった。しかし、そのころのわたしに判断はつかなかった。渇仰という美しい言葉は、わたしに、いたずらに血をながさせるものであった。

現在ならば、あるがままを受け入れよ、と言うであろうけれど、当時、わたしは謙虚ではなかった。モンテーニュは、世界はぶらんこのようなものだ、と言ってのけたが、そのころのわたしには胆力が欠けていた。迷えること自体が、そもそも信仰の賜物である、とはわかっていなかった。

そのようなわけで右往左往している自分を書いて、そこに既に救済があることを描いてみよう、と考え、筆をすすめた。かくのごとき自分が作品のなかで生きていることをねがっている。

ほぼ六十年もの過去の再現は、困難な仕事であった。いま、待ち受けている作品の校正について、きびしい反省がある。今回の校正には異例が設けられて、雑誌原稿に手を入れてから入稿している。

それでも、というより、初校校正のまえに反省が先だっている。待っていることの不安と恐れに加えて、さらに勇気を出して、よき十二月への期待が重く、大きい。

ノートのノート

わたしは親子四人暮らし、二人兄弟の弟として成人した。父は八十一歳、わたしの現在の歳で、嚥下困難による肺炎で死亡した。母は満百歳と一か月生きて、腸内穿孔で亡くなった。四つ違いの兄は肝硬変で七十一歳に一か月届かずにして死んだ。

父の立場になって考えると、一家はわたし一人残しただけで、直接の血筋は消えたことになる。文章を書いて暮らすようになって、まだ父の伝記を記したことがない。母のことも書いたことがない。

兄のことは、少し書いた。戦災のとき、焼夷弾空襲で火のなかを逃げるさい、兄を踏み倒して逃亡したことを書いた。必死の一瞬のことであったが、罪の意識は命永らえてから育ちはじめた。わたしは八歳、兄は十二歳であったから、いくら危急の刹那とはいえ、事の是非の判断はついていた。わたしは、罪の意識にせめさいなまれていながら、ついぞ詫びる機会を得なかったし、兄もまたわたしを追及することがなかった。

兄は大阪の父の会社経営に尽力した。飲酒癖は父ゆずりであったが、酒に飲みつくされたことになる。晩年は病院を出たり入ったりで過ぎた。最後に入院したとき、見舞いに大阪まで帰った。兄は個室にはいっていた。義姉が席をはずして二人きりにしてくれたとき我々兄弟は奇妙な時間を過ごした。個室から電車が走っているのが展望された。その私鉄の社名について、わたしたちは気のない問答をした。五分くらいであっただろうか。お互い、すでに語りつくした気になって、部屋を出た。廊下にいた義姉が納得したかといった表情でわたしを見たような気がした。

兄はそれから十日後に死んだ。葬儀が終わって一か月後、母を訪ねて帰阪した。あれこれ話をしていて、胸打たれる思いがした。兄は最後の入院に先立って、母の鏡台の引き出しに遺言を忍び込ませていた。便箋に走り書きで「すまないけれど、先に行く」が兄の遺言だった。簡潔といえば簡潔、ほかに言いようがなかったに違いない。

鏡台の引き出しへ、遺言を忍び込ませるのは、よくよく考えてのことだっただろうか、あるいは照れ隠しであったのだろうか。入退院を繰り返していて、今度が最後と見きわめがついたのだろう。そうだとすると最後の見舞いに訪ねたときが、最後の機会であった。

わたしはその機会を逸していた。兄が満七十一に届かずして死んだとき、六十六歳のわたしは、是非生き延びなくてはならない、と決心した。当時、まだ存命であった母のためにも死ねなかった。

いまとなっては一家四人のさいごの末裔として、父、母、兄のことを書こうと思う。近づいてくるものは必至である。ささやかながら証言を記すのも無益ではあるまい、と考えている。そういえば、兄はいつも微笑をたやさなかった。その意味が今になって気になる。

受洗の前後

私の父方、母方の縁者を過去現在に見渡しても、一人も信者はいない。両親は徳島の出身で、真言宗の門徒である。徳島は十軒のうち、八軒までが真言宗を家の宗旨としている。土地柄である。もっとも、母の実家は臨済宗である。

見渡して、心細いが、一家あげてクリスチャンであることへの縁者からの詰問は一度もない。家の宗旨は兄夫婦がついだので、問題はなかった。

わたしは大阪の市立の小学校を卒業後、カトリックのミッションスクール明星《めいせい》学園に入学した。両親が宗旨替えをしたのではなかった。明星学園はもともと商業学校だった。簿記が正課として組み込まれていた。父は戦争中、衣類の統制を受けて繊維業の商売ができず、軍需工場の会計課に勤務していたが、敗戦になって、もとの商売への復帰を心がけていた。父は兄とともにわたしを商人にさせるつもりでいた。

しかし、わたしの入学のときは普通の中高校になっていたが、卒業後、就職には有利な学校とみなされていた。

中学校へはいったわたしは、「国語」の時間の一部をさいて、紙芝居形式の聖書の荒筋を勉強した。先生は老年の神父だった。好奇心に満ちた年頃もあって、抵抗はなかった。授業中、ときとして聖堂へ連れられて、話を聞くこともあった。これにも素直にしたがった。わたしは本校舎の三階にあった聖堂を、いまだに生き生きと思い出すことができる。聖堂の赤い聖体ランプの色と廊下にならべてあったゼラニュームの真っ赤な花が印象的だった。道徳教育が復活していなかった戦後にあって「道徳」の課目があって、二年生か三年生のとき「公教要理」を一年勉強した。しかし、洗礼を受ける気にはならなかった。かわりに文学書を読むようになった。室生犀星を読むようになって、この詩人にして作家がドストエフスキーの『カラマーゾフの兄弟』に感動しているので、この巨大で難解な作品を読んだ。キリスト教について、非常な関心を持つきっかけになった。

しかし、実際に洗礼を受けたのは、そののち遥か、中年になってからであった。イエスの十字架上の罪の贖《あがな》いが理解できずにいた。ある日、戦災にあったころを思い出して、一挙に目が開けた。大阪で空襲にあって、火の中を逃れ、疎開をした徳島でも火のなかを命からがら生き延びた。

その徳島でのとき、火の中を走って逃れるわたしたちを、非国民呼ばわりをして押しとどめた人たちがいた。わたしたち親子は大阪での経験で、消火活動が無意味であることを知っていた。押し問答をしていると、焼夷弾の直撃を受けた人が担架で運ばれてきた。その死に瀕《ひん》している人を通すために道がひらかれた。わたしたちは、そのすきに逃れて山へはいり、生き延びることができた。無辜《むこ》の人の死によって生き延びられた。その死とイエスの十字架上の死と甦りが重なった。これが回心のきっかけとなった。

ペット・ロス

何気なく電子辞書で『広辞苑』を見ていると、ペット・ロスという言葉を発見した。ペットを失うこと。また、ペットの死がもたらす深い喪失感、とある。

わたしはペットを愛する人たちに親愛感を覚える。作家開高健は猫を愛した。生活に窮迫している時代にあっても、身辺に猫がいて、六匹と暮らした時期もあると記している。そして、そのうちの一匹は剝製になって残ったとある。その開高氏が書いている。ペットを愛する人には、心に傷がある、と。

合っているような気がする。あるいは、そうかな、と首をかしげたくもなる。ことに開高氏の若年の鋭い風貌、晩年になっての豪放な横顔からすると、意外な感じがある。しかも、内田百閒のように猫を書いた作品は見当たらない。意外な組み合わせ、と思われる。

わたしの住む界隈では、犬を飼う人が増えた。決まって小型犬である。住宅事情があるのかもしれない。散歩に連れ出している甲斐甲斐しい姿には、感心する。

わたしは高校一年生の時代に、もらい犬を育てて、病気で死なせてしまってから飼うことをやめた。死の間際、家の外へ出たがった。早朝、母に呼ばれて目が覚めて階下に降りていくと、忙しい往復をするので戸を開けると、往来へ飛び出し、駆け戻ってそれから死んだ。何かを訴えているような目が忘れられなかった。

結婚して中年になったころ、セキセイインコを飼った。ターチと名付けた。言葉を覚えるのが早かった。いつも放し飼いにしていたが、ターチは寒がりだった。食卓の上に置いたペットボトルがお気に入りで、身をすり寄せては暖まって、ジュクジュク呟いていた。

わたしの襟首とガウンの間も居心地がいいようだった。朝、新聞を読みながら、襟首のターチと一緒にいると、今日はよい一日になる気がした。

ある小春日和の日、庭のほうの窓をあけておいた。ターチはそこのカーテンを上り下りするのが好きだった。くちばしとかぼそい脚を使っての伝い歩きが得意であるような風情だった。わたしたち夫婦は好きなようにさせていた。そうしていると、その朝、突然、ターチの姿が見えなくなった。呼んでも姿を見せない。不意に心配になって探しにかかったが、ターチは二度と姿を現さなかった。喪失感が襲ってきた。犯人は猫だろう、とかんがえるのだが、その気配もなかった。

いまわたしたちの家には、われわれ夫婦がいるだけである。ペットはいない。わたしはわたしという存在を飼い馴らすのに精一杯である。あるいは夫婦という絆をまもるのに、一生懸命である。もはやペットを飼う余力がない。

子どもがいて孫もいる。彼ら彼女たちとの応対があって、時として狭い家がひっくりかえり、壊れそうになるときがある。それでもペット・ロスのことを、ちら、と考える。

本屋さんが消えた

文教地区の駅前通りから本屋が消えた。売場面積八十坪ほどで、以前は地下にもフロアーがあって、こちらのほうは教科書、地図を扱っていたが、ここは早くから閉ざされていた。この店とのお付き合いは一九五六年、大学一年生の十一月からだった。杉並区の上井草の下宿から引っ越してきて、最初の買い物は冬休みの旅行のための時刻表だった。一冊百円だった。目白駅のすぐそばにあったから衝動買いには都合のいい本屋だった。たとえば風邪をひいて学校を休む日、「エラリー・クイーンズ・ミステリ・マガジン」を買ってきた。布団を頭からかぶるようにして、あちらこちら拾い読みをして一夜を過ごすと風邪は快癒した。

目白二丁目の下宿は快適で、とうとう結婚してからも目白で暮らすことになった。その本屋さんは野上書店といった。わたしは乱読の悪癖があって、図書購入に一軒としぼることはなかったが、記憶に残って記念すべき買い物をしている。付き合い酒の二日酔いが残る日曜日の午前、妻と散歩の足を野上書店へ向けた。棚を見ていると早川書房の『世界異色短篇全集』全十五巻がならんでいた。宿酔のたたりで、情緒不安定のわたしをもちこたえさせてくれるには、またとない本だと思えた。買うことにして妻と手分けして持って帰った。箱入、月報付だから結構かさばり重かった。しかし、この衝動買いは「あたり」だった。全集のうちに、ロアルド・ダールの「キス・キス」が開高健訳ではいっていた。レイ・ブラッドベリの「メランコリイの妙薬」は吉田誠一の訳であった。栞を読んでみると星新一がブラッドベリの「火星年代記」を読んで作家になる決心をした、と書いていた。

この十五巻を二十日間で読んだ。わたしの二日酔いからくる鬱症状を慰めてくれてあまりがあった。日本、あるいは世界文学全集ではなくて、選りすぐりのエンタテイナーの全集がさいわいした。世界を見まわす発想法の転換になったと思う。わたしが文章を書き始める直前であった。その意味で野上書店は、記念すべき大事な本屋さんだった。その書店が忽然と消え、残念でならない。

記憶に残り、印象的な本屋さんがもう一軒ある。隣町池袋、西武百貨店まえのロータリーに新栄堂書店があった。この書店は商店街にまたがって、二方向に出入口があった。

ある日曜日の正午ごろ、わたしは妻と長男の三人でロータリー、都電駅がわから店にはいった。長男はようやく三歳ごろだった。デパートの屋上庭園の帰りぎわだった。わたしは常習二日酔い状態で、どうにかしてたちなおりたいと考えていた。そのために少しむつかしい思想書を読む気になっていた。ふと目を向けた書棚に『現象としての人間』が目についた。ページを開くと、なにやら手強い本のようである。これがテイヤール・ド・シャルダンとの最初の出会いだった。

わたしは本との出会いに恵まれていた。しかし、その新栄堂書店も今はない。

遠き声淡き匂い

これを記しているのは満で八十一歳だが、聴覚が衰え、嗅覚が鈍くなっていると自覚しての感想である。その他の諸機能もおそらく鈍麻しているにちがいないが、日常欠くべからざる機能で、意識し意識をせざる得ない感覚なので、これは自己確認である。

聴覚に関しては、聞こえたり聞こえなかったりでムラがある。勝手ツンボとそしられても仕方がないが、自分では器官の能力おとろえの状態が先にあって、それが嵩じてきた、と考えている。

五十代半ばの夏、今年は蟬が鳴くのが遅いね、と言うと妻が、あら、いっぱい鳴いていますよ、と答えた。なるほど努力をして耳を傾けると、確かに鳴いている気配である。それで耳鼻咽喉科で検査すると、高音域の聴力が落ちていることが分かった。わたしには左耳が高校生のころ中耳炎になった前歴がある。海水浴場の沖合に櫓《やぐら》が組まれていて、飛び込みをさかんにやっている。それならば、と試みて耳を打った。医師のお世話になってひと夏で治ったが、おそらくそれが遠因になっているのだろう。

八十歳になってから聴力の確認のため、耳鼻咽喉科へでかけた。測定のグラフを見ると歴然たるものである。補聴器について尋ねてみると、医師は勧めなかった。医師と対話ができるほどなら、使わないほうが良い、雑音も一緒に拾ってしまうので、現状では勧めない、とのことだった。

それで、このごろ分かってきたのは、音は全身で聴いているということだった。いまの状態が、この先どこまでつづくやら、あなたまかせである。レコードは充分に楽しめるのだから、それだけでも感謝である。

嗅覚に関しては、随分、いい加減になってしまった。身近な例をあげると、ジンとウイスキーのちがいは分かる。ところがジンならジン、ウイスキーならウイスキーの優劣判別がつかない。これは一つの例だが、総体として感覚が鈍くなった。

では、味覚はどうかというと、反対に鋭くなっている。味覚も嗅覚も連動している、と思えるのだが、かならずしも一致していないようである。感覚の反応の総点検のような健康診断はあるのだろうか。

わたしは毎日、いちばん体調のすぐれたときに、聖書音読をする。いま岩波文庫のワイド版で文語訳『新約聖書』の「コリント後書」第八章を読んでいる。黙読ではないから、文語の音読、朗誦は体力がいる。三十分を区切りにしているが、ときに一時間をついやしたりする。自分の声を確かめながら、あらゆる感官能力を動員している。音読には慣れたつもりでいても、発声すると理解能力が落ちる経験をする。そこは後がえりをして再読する。

遠き声淡き匂い。全感覚を動員する。聴力が落ちた聴力をふるいたたせる。ふるいたってくる。見開きにしたページから遥かなる香気が昇ってくる。

孤独について

人の心のなかで、〈孤独〉はもっとも尊く痛切な感情、感覚ではなかろうか。おのずと神へ向かう純《じゅん》一《いっ》、敬虔な心の働きが孤独である。もちろん、心療内科の処置が必要とする病的、緊急な孤独もある。しかし、これとて尊さにおいて、その本質は例外ではない。人が人である由縁は、孤独の感覚そのものである。

振り返って考えてみると、それは遥かな幼児からある。天性として、備わっている、と思われる。三好達治に「乳母車」という詩があって、個人の本然として芽生える孤独の在《あ》り処《か》を唱っている

母よ――
淡くかなしきもののふるなり
紫陽花《あぢさゐ》いろのもののふるなり
はてしなき並樹のかげを
そうそうと風のふくなり

孤独というものは芽生え、育つもののようである。それは個人、一人きりのもののようであるが、二人、二人きり、老夫婦のあいだにもある。子どもたちは巣だって、離れた屋根の下で暮らしている。夫婦は夫婦だけである。いや、それは孤独ではない、というのは当事者ではないからである。夫婦でいるだけの何気ないところに、孤独が透き通ってうずくまっている。それはのどか、平和の様子でいて、しんとしている。いまおひとり、見えない神が静かに茶を味わっておいでになる。

人生の長距離走者に寄り添っている伴走者の呼吸が聴こえる。吸い込まれるような静かな孤独感がある。しかし。決して不毛なものではない。豊かで満ち足りたものである。

老年期を初めて迎えて、現在の在りよう、さして長くはないはずの未来を考える。そうしてみると、かえって孤独感は尊いもののように感じられる。認知症などとお付き合いしていられない気持である。

文章を書いて暮らして五十年になった。そして、これからもずっと仕事は続けるつもりである。いま希望、心を研ぐものは、孤独感である。半自叙伝のかたちをとって、大学生の時代のことを書いて一冊にした。新潮社から『道の向こうの道』と題して出版した。ちょうど信仰のことについて煩悶した時期であったから、そのことを書いてみようと考えた。

ところが筆はそれて、信仰のなやみはついぞ書けずに終わった。なぜだか、よく分からない。また、孤独の年齢であったから、その思いが書けるものと思っていたが、アテがはずれた。

停泊している船は揺れることがない。安全の岸辺で沖合を遠望しているようなものだ。続編を書くことを約束しているので、そこで改めて試みてみよう、と思う。原稿用紙に向かうとき、望まずといえども孤独が訪れる。

この前の一冊には六篇収録して、四年が経過した。今度も連作小説のかたちをとる。そこで、またもや四年が必要となるかも知れない。八十五歳の孤独は健在だろうか。

ブルックナー

レコードを買えるようになったのは、三十代も半ばだった。勤務をしながら原稿を書く生活にはいっていて、稿料とボーナスをあわせて、ささやかなオーディオ機器を揃えた。グレン・グールドが聴かれはじめていて、最初に買ったLPはバッハの「平均律クラヴィーア曲集第一集、第二集」だった。ありきたりの表現になるが、グールドの有名な鼻歌交じりの平均律には衝撃を受けた。

使っていたプレーヤーの針は国産ながらユニークなマグネット方式のサテンだった。難点はマグネットがシェルの間にゴミを吸着してノイズがはいりやすいことだった。その雑音をレコード盤の責任にして、盤を薄い洗剤液で洗ったりしてまで聴いたことがある。この当時、雑音におびえながらのレコード鑑賞だった。

その後、しばらくして文学賞の賞金をつぎ込んで、トーレンスのプレーヤーを人手した。カートリッジはマークⅡになった。それでクォードのアンプで、ロジャースのスピーカーを鳴らして、今日にいたっている。

聴く音楽の範囲も定まって、リヒター盤でバッハのカンタータ集二十七巻とブルックナーの交響曲〇番から九番を聴いている。知人のオーディオ・マニアにブルックナーの話をするたびに「あなたはカトリックだから」とあっさり片付けられている。

ブルックナーで忘れられない演奏会がある。二〇〇三年の十一月はじめ、ブルックナー交響曲三夜連続演奏会があった。八十歳を迎えるスタニスラフ・スクロヴァチェフスキー指揮、ザールブリュッケン放送交響楽団による演奏会だった。演奏曲目は五番、七番、八番で、会場は代々木初台にある東京オペラシティコンサートホールだった。わたしたち夫婦はいちばん安いD席券で、三夜、通った。この連続演奏会のチラシに「聳《そび》え立つ、音響の伽藍《がらん》」とあった。適評であって、宇宙的という表現がくわえられれば、ほかに言う言葉はなかった。三夜、荘厳なミサにあずかっている心地がした。とりわけ最終夜の八番が素晴らしかった。

以来、八番に凝ることになった。

八番の交響曲には何種類かのCD盤があるが、わたしは朝比奈隆N響盤を愛聴している。これは一九九七年三月六日NHKホールのライヴ盤である。伝説の名演奏盤のジャケットは二つ折りになっていて、CD二枚になっている。見開きの左には、きわめて印象的な写真がある。空っぽの舞台には楽団員の椅子が照明を浴びていて、白髪の朝比奈隆が暗闇に沈んだ客席に向かって白髪の頭を下げている。おそらく万雷の拍手がなっているのだろうが、照明に照らされた舞台ばかりが、明々としている。あたかも四楽章のうちで最も長く美しい第三楽章のアダージョが鳴っているような気がする。指揮者朝比奈隆の姿が神々しい。

わたしはこの八番を愛していて、心が渇いた日には、必ず聴く。

Iさんのこと

教会でお付き合いをして、亡くなったIさんのことが思い出される。洗礼志願者の集いから一緒だった。わたしは三十代のなかば、Iさんはいまだ薬学部の女学生だった。明朗で屈託のないお嬢さんで、無銭の徒歩旅行で東海道を往復して人をおどろかせたりした。受洗してからは、聖歌隊のメンバーになった。ソプラノで声量があった。見かけは鷹揚で、大柄、包容力に恵まれていた。薬学を勉強したはずなのに公務員になって、ある大きな組織の秘書室に勤務した。

いったい、なにごとが信仰へのきっかけになったのか、あきらかでなかったし、わたしたちも詮索はしないままで過ごした。Iさんのおもむくところ、明るい談笑の花が咲いたようになる。そのIさんに数学が苦手な長男の家庭教師になってもらったことがある。息子はIさんを好いたようだった。おかげで、息子は工学部へ進学した。

Iさんは年々、はなやかになって、あたりを照らし出すようになった。しかし、結婚の気配はなかった。つい、野暮な話をちらつかせると、笑って相手にならなかった。いつもミサの日には着飾って、化粧も濃いめになった。ところがそんなふうでいて、信者会館の昼食の後片付けをかってでた。マニキュアの綺麗な手で食器洗いをいとわなかった。

混迷のひとばかりでなく、明晰なひとの哀しみがあるような気がする。

Iさんの様子を見ていて、かりにまったくひとりきりのとき、どのような表情であるのか、ふと、考えさせられたことがある。それは失礼な妄想であったが、つい、想像したことがある。にこやかな表情が、一瞬、凍りつくとしたならば、と考えて、わたしは自分自身が不快になった。

歳月が過ぎた。

これといった理由もなく、教会から遠ざかった半年、一年であった。伴侶の代母になるひとからIさんの癌発病を仄聞した。それでというわけでもなかったが、ミサにあずかりに行くと、Iさんはかならず聖歌隊にいた。疲労の影がうかがえた。さりとて、言葉はかけづらかった。週間に激務があって、日曜日朝のミサである。Iさんとて不死身ではないわけである。わたしたちは、そっとしておくことにした。

それから半年もたたない日曜日だった。ミサにあずかりながら典礼聖歌にあわせてIさんの姿を探すと、いつもより小さくなった様子でいた。半ば安心し、なかば気がかりだった。閉祭になって、ふと、顔をあげるとIさんが目ざとくわたしたちを見つけた。そして歩いてくる。わたしは一瞬目を閉じて、黙想をしていた。すると思いがけないことに、わたしの両肩に、そっと手がおかれ、名を呼ばれた。驚いて振り仰ぐとIさんは会釈をして聖堂から出て行った。それから間もなくIさんは亡くなった。肩に手を置いて、何事をつたえようとしたのだろうか、いまだに考える。

記夢記

夢を見た。

前後左右、見渡すかぎり、踝《くるぶし》のほどの深さの水が流れている。空をおいて、視界全野にわたって流れているのは、水ばかりである。休みたいと思っても、腰をおろすわけにはいかない。まして、躰を横たえることはできない。陸地の岸辺のような、なにか寄る辺になるものを探し求めているのだが、そのようなものは、どこにもない。立っていられるかぎり溺死の心配はないが、いつまでこうしていられるだろうか。足もとを洗う水の流れが速くなってきた。それでいて水は、どの方向から流れているのかわからない。空は全体に薄曇って、太陽の位置が分からない。

声をかぎりに呼んでみたのだが、四方八方に遮蔽物がないから木霊がかえってこない。ただ、水のさらさらと流れる音ばかりが、耳をふさいでいる。

風もない。足もとをいま一度確かめてみるが、タイルのようなものが敷き詰められていて、泥も砂もない。どれくらいの時間を歩いただろうか。どちらを向いても目にとまるものがないから、あてどがない。そうなってみれば、何をしてみても意味がない。

とうとう座り込むと、水は腰のあたりを包んで流れていく。渇きを覚えていなかったが、こころみに掬《すく》って口に含むと、無味無臭で、水温は周囲の温度と同じである。その経験はないのだが、羊水を飲むような心地である。こころもち、塩っぱい。無音の世界ではあるが、何か聞こえる。神経を尖らせてみると、それは自分の鼓動、脈拍の音である。

天空は相変わらず曇って、日の位置が分からない。しかし、自分がいる場所が中心だとしても意味がない。

万策、尽きた思いがして、とうとう目を閉じた。すると水の流れが停まった。タイル張りの大地が畳張りの床の感触になっている。用心をしながら目を開く。目を開くと、そこは夜である。重く深い闇が、身を包んでいる。用心をしながら、目をこらす。藍色の光沢がある筒が前方上方に伸びている。筒は襞を光らせながら、長く伸びている。それをたどってゆく。筒は視力の及ぶかぎり伸びている。次第にほそまってゆく。やがてのこと、筒、管状のものは縫い針の細さになって、ちかっと輝く状態になった。

と、目が覚めた。目が覚めてから、このあとのほうの夢に記憶がある。二度目だと思っている。藍色の管の先、焦点が結ばれるところに白金の十字架がかがやいている。それもこのまえと同じである。

今年の春、一葉のハガキが届いた。亡友の夫人が亡くなった。密葬した、とあった。受洗していたから、教会葬がふつうである。どのような事情であったのか、不明のままで月日が過ぎている。日々に思い出して、お祈りをしているが、心は一向に晴れやかではない。

たぶん、それがあって夢見たのだろう。

（「聖母の騎士」聖フランシスコ修道会　二〇〇八年七月―二〇一八年九月）

Ⅳ　時の岸辺にて

樹冠の聖母子像

ヨハネによる黙示録には、われはアルファにしてオメガなり、とある。たったの「今」は、時の終わりであるとともに、また「時」のはじまりである。そして、刻々、創出される「今」は、永遠に新しい。わたしたちは、まさに、その「今」を常に生きている。考えても、見よ。このわたしは、大宇宙の中で、ただ一人の存在である。その思いには戦慄せざるを得ない。

アルプスの山景で知られているセガンティーニに、「樹冠の聖母子像」という絵がある。十字架の枠取りの中に、不思議な景色が描かれている。裸木が梢を伸ばし、枝が空に拡がっている。そして、巨きな鳥の巣がある。

そこに聖母子が座っておいでになる。天からの光が降っている。それは時間である。時間というのは、絶対の不可逆である。遡行は有り得ない。ところが光の時の矢は、ふたたび天空へと飛翔する。恩寵の矢は、この絵を観るものへ射ぬいて来る。貫かれたる者は、ひとたび己に死して、他者において蘇る。真実の愛がここにある。それが絵の主題となっている。

帰らざる時への郷愁。しかしながら、しこうして、それは人をして未来へと向かわしめる。かくして、わたしたちは、いざ、生きめやも。さあ、生きよう。生きられる時間。

ベルクソンは、「哲学的直観」で、次のように述べている。時間とは、区切られた一定の空間にむらがる、ありとあらゆる事物と事象を整理して、その空間に納まるだけの事物を小出しに、その空間へ流してゆく力に、ほかならない、と。また、時間は生成する持続である、と主張する。

『創造的進化』において、ベルクソンは言う。「宇宙は持続する。時間の性質を掘り下げるほど、いよいよ明らかになって来ることは、持続とは発明であり、形態の創造であり、絶対的に新しいものの絶え間ない生成だ、ということだろう……。」

わたしたちは「今」という瞬間の持続を生きる。

そうして、瞬間とは、本来、時間の原子ではなく、永遠の原子である、というのは、キルケゴールの言葉である。つまり、わたしたちは永遠を「今」既に、ここで生きている。

神の恵みにおいて。

春になった。すべての事象事物は、復活を讃美している。言葉なき讃歌を捧げている。いや、無言ではあるが、すべての事象事物は、雄弁である。グロリアとクレドを唱えている。

ドミネ・イエズ、主イエズス・キリストよ。
ルクス・エテルナ、永遠の光。
時の光よ。

樹冠の聖母子像が眼裏に浮かんできた。セガンティーニには、もう一点、きわめて印象的な絵がある。

それには石の階段のみが、画面をしめている。それは宙空へと、昇りつめてゆく階段であろうか。あるいは、「時」の階段であろうか。謎である。

四つの四重奏曲

詩篇第一〇八篇第二節。ダビデの歌として、次のような一行がある。

「箏《そう》よ琴《こと》よさむべし　われ黎明《しののめ》をよびさまさん。」

わたしは、この言葉がたいそう好きで、これまで何度も思い返して、口ずさんできた。若いときには、勇気を奮い立たせるために、壮年期には、挫折して失意の谷間にあるときに、曙光を見いだそうとして、この言葉の力にすがった。

老年期にはいった現在においても、黎明、夜明けに憧れる気持に変わりはなく、かえって強くなった。そして、このダビデの歌とともに、かならず思い出す言葉がある。

ドン・ボスコ社から昭和三十一年八月に刊行された百四十ページ足らずの新書判『声なき讃美』の再版、昭和三十五年三月版に収録された短い文章がある。この小冊子の編者はペトロ・ハイドリッヒ、邦訳は山村直資となっている。

「祝されし晩年よ。私は今すぐでも汝を歓迎する。人々は汝が生涯の結末である故に汝を最も幸なる時として愛すべきであるのに、反《かえ》って汝を恐れる。私は、汝が永遠の日の夜明けである故に汝を愛する。私は汝の前兆としてこめかみが白くなるのを見る。すると私の顔には微笑が浮ぶ。」

老年を永遠の日の夜明けとし、その前兆として、こめかみが夜空同様に白みそめる比喩は実に美しい。これはルシー・クリスティヌという人の言葉として、紹介されている。この人となりについては、巻末に、あるフランス婦人の仮名で、その神秘主義的日記はイエズス会士A・F・プーランにより公刊され、各国語に訳されている、とあるほかは詳しいことは分からない。
この『声なき讃美』には、同じく神秘思想家、十字架の聖ヨハネの言葉がおさめられていて、わたしはT・S・エリオットの『四つの四重奏曲』の詩句を連想した。エリオットは、十字架の聖ヨハネの思想に共鳴し、よく学んだ詩人のように思える。対比するための直接の詩句引用は、煩瑣《はんさ》なので避け、かわりに愛誦の箇所を掲げたい。

私は、わが魂に言った。静かに、希望なくして待て。
希望は誤ったものへの希望であるかも知れない。
愛なくして待て。愛は誤ったものへの愛であるかも知れない。
それでも、なお、信仰というものがある。
しかしながら、信仰、希望、愛はみなすべて待機中である。
思いなくして、待て。思うには、いまだ至らぬ故に。
そうすれば闇は光となり、静止は舞踏となるであろう。

これは、永遠の日の夜明けを待つ人の翹望《ぎょうぼう》の言葉である。ここには「箏よ琴よさむべし　われ黎明をよびさまさん。」というダビデの歌の谺《こだま》がある。

いまや、夜明けとなって、五月の晴れた午前十時。緑の風が吹いている。木の葉がわずかに動く。風速二メートル。

あたかも、わたしたちが幼かったころの揺り籠か、乳母車に乗せられての記憶が回帰したかのようである。かつて、無心の瞳は、そこから青空の深淵を見たのだ。おのれがよってきたったところの、いつかふたたび帰り着く、かの遠い空、命の夜明けの門を。

有時

東京の混雑する日比谷交差点の中央で、車を不法停車させた青年がいた。ドアを閉じ、窓をおろし、サイドブレーキを引いて、外界を遮断し、孤立して一切を拒絶した青年がいた。そして、その青年は周囲の混乱、狼狽《ろうばい》を無視したまま運転席で読書をしていた。

これはある日の新聞に報道された、小さなニュースだった。なお、すこしばかり異例に思えたのは、青年が読書していたのは道元の弟子懐奘《えじょう》が筆録した『正法眼蔵随聞記《しょうぼうげんぞうずいもんき》』だった、と添え書きがしてあったことだった。これは道元の口述の法話筆記である。あとになって、記事の切り抜きをするか、日記にとどめればよかった、と思ったが、さほど気にもとめないまま、日を過ごしてしまった。

そして、かなりの歳月が過ぎて、報道の新聞、および年月日を調べようと、あれこれ調べにかかったが、ついに見つけられないまま今日にいたっている。該当の新聞は、朝日新聞、毎日新聞、読売新聞、東京新聞の四紙である。他の新聞に目を通すことはあっても、定期購読はしなかったから、そればかりは明らかである。しかし、朝刊、夕刊があって地方版をいれると、探索範囲は広範である。ネット検索も試みたが、いまだ不成功である。

ただ、わずかながら手がかりはある。わたしはこの報道に接して興味をそそられ、この日からまもなくに、『正法眼蔵随聞記』を読書した。それはたまたま、同じく定期購読をしていた岩波書店の『日本古典文学体系』全百巻のうちの八十一で、昭和四十年十二月六日第一刷だった。交差点の珍事は、この日ごろのことだ、と推定したものの、これはアテにならない。この巻には『随聞記』のほかに道元の大著『正法眼蔵』抜粋十二編が収録されていた。

わたしは『随聞記』もさることながら、『正法眼蔵』を読んで驚いた。抜粋十二編のなかには「有時《うじ》」という文章がおさめてあった。これは鎌倉時代に一僧侶が説いた時間論であった。もとの和文は、すこしばかり厄介なので注解を参考にして、要約をほどこしながら現代文にする。

「一切世界のすべてが経験としてわれのうちにあり、一切世界の展開そのものが、すべて時であると経験されるのは、時ありてと納得するべきである。すべてのものごとがお互いに邪魔をしないのは、時が時をお互いにさまたげないのと、同じである。すなわち、一切世界のすべてが自己のうちにあり、それを自己が体験するのである。自己が時である、とは、すなわちこのようなことである。」

分かったような、分からぬような文章だが、要するに時というものは、我々が周囲に目をとめる存在とひとしい、と述べている。つまり、時は存在であり、存在とは時である。風も時なら、庭木も時であり、空も太陽、月、星、そして、我々が相手とし、相手とされる我もまた時である。

夏目漱石門下生で物理学者、随筆家の寺田寅彦が、「随筆春六題」の四で書いている。「われわれがもっている生理的の「時」の尺度はその実は物の変化の「速度」の尺度である。万象が停止すれば時の経過は無意味である。「時」が問題になるところにはそこに変化が問題になる。四次元の一つの軸としてのみ時間は存在する。」
　では、かの車に籠城した青年は、時を存在ととらえ、変化を存在そのものとし、これを時間と見ていたのだろうか。鎌倉時代と現代、遥かな歳月をへだて、多分、彼と共に老いた「我」は、あれこれ考えてみる。

生涯在鏡中

大いなる蟻這ふといふわれは見えず

これは俳句史の巨人ともいうべき高濱虚子の一句である。ここで這う大いなる蟻とは、「時」である。虚子は、永遠をとらえる希有の俳人である。神の庭があって、季語は蟻、世はまさに盛夏を迎えている。繰り返し読んでいるうちに、生きている我は、しんと静まりかえった真昼の静寂、ある日ある時の夢のうちにある心地がする。

『レ・ミゼラブル』のなかで、ユーゴーは人の心の不可思議を書きとめている。睡眠中の正しき人びとの魂は、ある神秘な天をながめているものである、と。また、人はパンによってよりも、なお、多くの肯定によって生きている、とも記している。

　人が肯定するべきは、求めるならば、すでに、それ自体が求めるそのものである、という信仰である。

「神への信頼は神ご自身である」とは、現代のユダヤ宗教思想家A・J・ヘッシェルの至言であって、人はこの愛の信頼によってのみ、真理に生きる。

愛は「時」を内包しながら、みずから愛のみによって、愛を救ってゆく大いなる完成である。ファウストは、この世を、もっとも奥の奥で動かしているものは何か、それが知りたい、と望んだが、その答えは愛である。愛は、祈りが天にむかって突き進むように、いっさいにおいて創造のエネルギーとなる。愛にあっては遠くにあるもの知られざるものが、すぐ手近なものよりも、いっそう、われわれによく知られ得る奇跡を成就する。

去年《こぞ》今年《ことし》貫く棒の如きもの

これも高濱虚子の句である。棒の如きもの、とは「時」である。不可解が、いっぽん、この世を貫いている。この棒は、われわれには見えないものの物質化である。可視物質しか見えないというのは、人間にとって、ほとんどが見えない世界である限界を告げていて、その苦い認識を、ここでは貫く棒として表現している。われわれは、この句の告げるところの棒を、もっぱら愛によって初めて正しく知り、触れ得るのである。

シモーヌ・ヴェイユが同じく告げている。「夢から抜け出すためには、不可能に触れることが必要である。」

不可能とは、ほかでもない。この貫く棒のごとき「時」である。

そして、ヘーゲルは『精神現象学』において「精神が力を発揮するのは、まさしく否定的なものを直視し、そのもとにとどまるからなのだ。そこにとどまるなかから、否定的なものを存在へと逆転させる魔力が生まれるのである」と述べている。

では、時の不可能、逆転の魔力へ向き直ってみよう。

詩歌のことばが「時」をとらえ得て、この逆転を見せている例に中国の詩人の作品がある。高濱虚子が十七字ならば、こちらは漢字を数えてわずか二十字である。薛稷《せつしょく》の詩。

客心驚落木　客心落木ニ驚キ
夜座聴秋風　夜ニ座シテ秋風ヲ聴ク
朝日看容鬢　朝日ニ容鬢《ようひん》ヲ看ル
生涯在鏡中　生涯ハ鏡中ニ在リ

ここでは、旅の朝にあって覗く鏡のうちに一人の全生涯が、あたかも水中花のようにひろがっている。時は氷結して鏡となった。鏡面は時間を透かせている。われわれもまた詩人とともに鏡によって彼方を見る。ここにおいて現在とは、もっとも確実に開花した過去そのものである。「時」は、決してただ流れ去ってしまうものではない。それは常に過去によって回復しながら、たったの今に花咲いている。生涯在鏡中である。

大いなる眠り

マタイ、マルコ、ルカによる福音書には、それぞれ共通に、明るい倍音をともなって現れる一つの愛らしい奇跡の物語がある。ガリラヤ湖を背景とした、会堂長ヤイロの娘のよみがえりの挿話である。イエスは、その子は死んだのではない、眠っているのだ、娘よ、起きなさい、と手を取って呼びかける。「マルコによる福音書」新共同訳では、その呼びかけは、「タリタ、クム」と、わずか五音で記されている。簡単で古色を帯びた言葉の響きが実に明晰、確固としていて、いつまでも印象に残る。

死んだ少女をさして、(いまだ確かめられていないにもかかわらず)死んでいるのではない、眠っているのだ、というイエスの言葉は三福音書ともに同じである。つまり、死んでいるのではなく、眠っているのだ、が、わざわざ反復、強調されている。

では、その眠りは何を意味するのだろうか。ここでは、死はキリストの栄光をあらわすべく、すでに克服されて、ただの眠りにひとしくされていた、ということなのだろうか。もしも、そのように理解するならば、三福音書記者の意図を安易に解釈するようで、このエピソードがはらむ非合理の神秘、その力が失われはしないだろうか。

いったい、少女は死んでいたのか、眠っていたのか、どちらなのだろうか。まるで死んだように眠っていたのか、眠って死んだようであったのか。いや、それはどちらでもないであろう。それでは、少女は死んでいたのか、眠っていたのか、どちらなのだろうか。ここでは、三福音書記者の「死んでいるのではなく、眠っているのだ」という繰り返しに、意味がこめられている。

眠りの奇跡については、エドワード・ギボンの大著『ローマ帝国衰亡史』に、ひときわ生彩を添える記事がある。『ローマ帝国衰亡史』のテーマは、なぜ、ローマが滅びたかの壮大な人間ドラマである。そして、この物語を蔭で支えているのはキリスト教の生成発展の次第である。ローマを滅ぼしたのはキリスト教である。ギボンは暗にそのように主張している。新約聖書の使徒書簡、パウロの「ローマ人への手紙」が行き着いた先から『ローマ帝国衰亡史』が始まり、帝国千三百年の歴史は第七十一章で終わっている。眠りの奇跡の話は、ちょうどそのなかごろ、第三十三章にある。おおよその話は次のとおりである。

デキウス帝がキリスト教徒を迫害していたころ、エペソスの青年貴族が七人、難を逃れて山中の洞窟に隠れひそんだ。しかし、暴君は入り口に巨石を積んで青年たちを閉じ込めてしまった。死を免れない運命だったが、彼らはやがて深い眠りにはいり百八十七年の歳月が過ぎた。そして、その山の所有権利を相続した人が、巨石を建築材料にするため入り口から取りのけると、洞窟に日光が射しこんで、青年たちは長い眠りから目覚めた。彼らはわずか数日を眠ったとしか考えなかった。空腹をおぼえ、一人がエペソスの町へパンを買うべく下りて行った。そうするとエペソスの町の正門の上には、十字架が誇らかに建っていた。パン屋は今は使われていないデキウス帝の顔を刻んだ貨幣や、奇妙な服装と話し言葉などを怪しんだ。騒ぎがもちあがり、その結果、子細がおおやけになった。洞窟に閉じこもってから、ほぼ二世紀が過ぎて、テオドシウス帝の時代になっている。七人の青年貴族たちは、訪れたエペソスの司教や聖職者たち、役人、市民、さらにテオドシウス帝その人のまえで感謝の祈りを捧げ、顛末《てんまつ》を語り終えると同時に息絶えた。……

この七人の青年貴族の眠りと、かのヤイロの娘の眠りは同質である。時は経過しながらも、宙空におけるハチドリのホバリングのように、現在に静止しつつ、創成の生命を羽ばたき続けた。三福音書の記者たちが揃って証言を望んだのは、その時間の尊さである。

明日の道　昨日の道

もはや二十年にもなろうか。

神奈川県の大磯に、陶芸家の川瀬忍氏を訪ねたことがある。この人の青磁、白磁の香炉や香合《こうごう》、花器類は、詩人萩原朔太郎の詩を高温の窯で焼成、浄化したような感じがする。それがあってか、若い人たちの間でも、評価は高い。わたしの手もとには、銀杏《いちょう》の青葉に似た清楚な感触の青磁の酒杯が一つある。

お訪ねしたのは、コートが必要な季節だったが、窯場と自邸がある大磯は、温暖な日だった。連作小説の取材が目的だった。通された応接間のソファに落ちついてしばし、あるじを待つあいだに、気がついた。壁面の龕《がん》には、中国隋唐時代をしのばせる官女俑《かんじょよう》が一体ある。それがいちばん最初に関心をそそったので、ついで、それとなく応接間を見回してみた。しかし、探してみたが、調度品としてあるはずの時計はどこにもない。そこへはいってきたあるじは、腕時計をはずしていた。それは川瀬忍という陶芸家が、客を迎えるにあたっての気配りだった。

時とともに生きようと思う者は、時とともに走らなければならない、とヒルティは『幸福論』のなかで述べている。わたしは走るのが得意ではないから、ヒルティの言葉に不安である。人は時とともに歩くべきで、走ってはならない。どんなに速く走ったとしても、けっして時を追い越すことはできない。川瀬忍という陶芸家は、時とともに歩きながら作品を作る人である。しかし、思うに、その作品は時を超えて生きるであろう。

わたしは酒をたしなむ習慣がない。したがって、川瀬忍の作品である青磁の酒杯は、書棚を飾るのみで、いつも空である。とは言うものの、酒杯はいつでも満ちているように思える。そこには何かが満ちている。飲み干すべき、一杯に満ちた尊い何か。

『論語』巻の五、子罕《しかん》第一九には、次のような言葉がある。金谷治口語訳岩波文庫を記す。

「先生がいわれた、「たとえば山を作るようなもの、もう一《ひと》もっこというところを完成しないのも、そのやめたのは自分がやめたのである。たとえば土地をならすようなもの、一もっこをあけただけでも、その進んだのは自分が歩いたのである」

この言葉の意味は、このもう一杯が、功の分かれ目で、それをやるかやらないかは自分の決断ひとつ、ということである。ただの一杯、しかし山をつくり、道を開く一杯。

明日の道は、昨日の道からおのずと続いて現れるものではない。明日の道は、自分で新しく見きわめ、開かれなければならない。その方向は、わたしたちの昨日の道の遠く深いところに隠されている。それは、「もう一杯のスコップ」で掘って、努力して探さなければならない。そこに埋められているのは、生への「愛」である。愛は、苦しくとも、みずからが愛するものをますます愛することによって、たえずおのれを救ってゆく。

本来、苦痛は、激しければ短く、長ければ軽いのだ、という。この恐ろしい真実の言葉はモンテーニュである。続けて、言う。君にそれが背負いきれなければ、それが君を背負ってゆくだろう。良薬、口に苦し。これも一匙一杯の毒である。われわれに勇気を与えてくれないような智慧は、なんの役にもたたない。酒杯は飲み干さなければならない。

小さな星をつくる仕事

文芸家協会ニュースという会報があって、二〇一二年の四月号を読んでいると、協会員から寄せられたエッセイのなかに、この表題の文章があった。執筆者は林寧彦《やすひこ》という人で、文末の肩書には陶芸家・ライターとある。一読して楽しくなったので切り抜き、手帖に貼っておくことにしたが、今日になって別件のメモを読み返す必要に迫られて、ついでのこと、切り抜きを再読することになった。

そこで、この陶芸家のエッセイの冒頭を、ここに、引用する。とにかく、小さい星をつくる、というふうな見出しを掲げられると、誰しも身を乗り出しはしないだろうか。

「工房で作業しながら不思議な気持ちに襲われることがある。地球のあちこちに散らばっていた鉱物たちが、粘土として、あるいは釉薬の原料として私のところに運ばれてくる。私がいなかったら出会うことはなかったはず。誕生と爆発をくり返してきた星のかけらが、旅の途中で集まってひとつになる。陶芸とは、窯の中で小さな小さな星をつくることかもしれません。」

これが書き出しで、小さな星をつくる仕事という、タイトルのゆえんである。

文章はこのあと、釉薬の話になる。陶芸で釉薬の発色は、作家の苦心するところであるが、その釉薬は純粋であるよりも、化学的に分析不可能なくらいの不純物の混入が必要だと言う。含まれた微量の不純物が、重層的で複雑な色を奏でるのだそうだ。そして、筆者は「近年、不純物が取り除かれて、いささか純度の高すぎる世の中になっていないだろうか」と結んでいる。このエッセイを読むと、このような考え方をする陶芸家の作品に親しく接してみたい、という気になる。実際に展示されたところは天体のようであるだろう。

われわれは、普段、無限の宇宙空間にうかんでいる星、地球という惑星に暮らしている冷厳な事実を忘れてはいないだろうか。また、このわれわれの身体も星屑からできている神秘をも、うっかりと忘れているのではないだろうか。人は土からつくられた、と、聖書に明記されてはいるのだが。

夜空に星が明らかに見える季節となった。

夜は宇宙の深淵に接する機会である。われわれは、そこに故郷を仰ぎ見る。宇宙の歴史は百三十七億年と教えられて、その遥か遠くの彼方をたどってみる。そして、しばしば、われわれは錯覚におちいる。宇宙というのは、遠い遠い彼方である、と。しかし、われわれがいま立っている、この「いま、ここ」がすでに宇宙である。それはまぎれもなく遥かで眩暈《めまい》がともなう宇宙であり、かつ、かけがえのない居場所である。われわれは今日のいまを無限のただなかで、無限に接し、無限を呼吸しつつ、無限から無限の明日へと生きている。祈りというのは、その無限との一致を言うのであろう。

随筆の古典『徒然草』の第二十段には「なにがしとかやいひし世捨人の〝この世のほだし持たらぬ身に、ただ空の名残のみぞ惜しき〟と言ひしこそ、まことにさも覚えぬべけれ」とある。この「空の名残」は、ドナルド・キーン訳によると「空の美しさ」となっている。一切を捨てても惜しくはないが、「ただ空の名残のみぞ惜しき」という心が、ほんとうに痛切である。その空の名残のもと、われわれは不思議の真っ只中で暮らしている。

時の砂上に足跡を

英語の引用句辞典というものがある。名言、名句、警句、警語があつめられていて、おおむねアルファベット順、もしくはテーマ別になっている。出典は広範囲で、あらゆる分野を網羅している。挨拶、スピーチなどのときに利用されたり、まったく、行き当たりばったりの読書の楽しみに使われたりする。ときには座右銘を探し出すにも、向いているかも知れない。

おおきいのは電話帳くらいの版から、手帖よりまだ小さいものまであって、年々、編集が新たになっている。はじめは面白がって買い集めかけたが、きりがないので、収集は放棄した。また、これまで集めたものも、あらかた友人にプレゼントして、いま手もとにあるのは四冊である。

現在、書棚に残っている引用句辞典で「時」もしくは「時間」の項目をあらためてみた。すかさず〈時は金なり〉が出てきた。この言葉はもはや常識、常套句になって、言葉のかどがとれてしまっている。的を射た言葉であるが、真実ながらいまさらに、耳をそばだてる人はいないかも知れない。しかし、それを言ったのはだれか、となって、ベンジャミン・フランクリンの名をあげると、多少は聞き耳を立てるだろう。

同じページに〈時は偉大な教師であるが、あいにくながら、教え子をぜんぶ殺してしまう〉とある。寸鉄人を刺す、とはこのことだろう。けだし名言である。〈人は時間のつぶしかたを云々し、いっぽう、時はそっと人を殺す〉という言葉もある。かと思えば〈時はおおいなる救済者なり〉とあったりする。

いま、わたしが参照しているのは、マーガレット・マイナーとヒュー・ローソン編著の第三版であるが、T・S・エリオットの『四つの四重奏曲』の第一部「バーント・ノートン」の冒頭三行が引用されている。その目配りのほどには感嘆する。英文学者であり詩人である西脇順三郎の翻訳をお借りして、ここに載せてみる。

現在と過去の時が
おそらく、ともに未来にも存在するなら
未来は過去の時の中に含まれる

これは〈過去というものは、思い出すかぎりにおいて現在である〉と言った日本の哲学者、大森荘蔵の発想に、どこやら照応するようである。

こんどは『ロングマン英語引用句辞典』をのぞいてみよう。編著はG・F・ラム、翻訳編集は横山徳爾、北星堂書店版である。「時」については八項目記載されている。すべて引用するわけにもいかないので、印象あざやかな例を一つ、あげてみる。ロングフェローの詩からの引用で、〈時の砂上に足跡を〉とまことに短い一句である。

これもまた寸鉄人を刺す、強い言葉である。翻訳編集の横山徳爾氏の解説によれば、もとの詩句は、偉人の業績が後世の人たちへ残す励ましの言葉として書かれているが、詩人の隠喩《いんゆ》は適切を欠き、砂上の足跡ほど短命なものはない、と指摘している。まさに、そのとおりであるが、それでも〈時の砂上に足跡〉を残して、われわれは生きねばならない。

やめる時はじめる時

人生百歳の時代になった。老年というのは六十五歳からで、年金が満額支給されるのも、この年齢以降である。三省堂の『コンサイス英和辞典』は、いま第十三版が出まわっているが、これによると、オールド・エイジの訳語としては、「老年、晩年（大体六十五歳以降）」とある。この版は二〇〇二年の発行である。老年はけっこうであるが、晩年という訳語には、つい、首をかしげる。日本語としては、老年と晩年では意味、使い方が異なってくる。同じく三省堂の『新明解国語辞典』によると、晩年とは「相応の人生経験を積んだ人が亡くなる前の数年間」とある。英語圏では、老年、晩年の使い分けはしないのだろうか。

その詮索は、さておいて、老年の話にかぎることにしよう。人生百歳であるならば、老年になってから三十五年間、変化する状況にしたがって、常に自己と向き合っていなくてはならない。赤ん坊が壮年にたっするまでの期間である。長生き、おそるべし、襟をたださなくてはならない。なに、おそかれ、はやかれ、ボケの救いがくるから大丈夫、というのは楽観的に過ぎる。たえず自己を耕し、養うことを怠っていると、老衰より恐ろしい空虚と対面して暮らすことになる。二〇〇二年、国連の経済社会局人口課は、寿命百十四歳の時代が到来することを予測した。百十四歳というのは、計算すると百万時間である。人はやがて「時間の百万長者」になるそうである。これを数字のトリックとして、あしらっていると、人間は時間の貧窮者として暮らすことになるだろう。生きる時間と生きていられる時間は、決して同じではない。

何年生きているかどうか、という人の一生は、たった二つの時に限られている。何かをやめるか、はじめるか、そのどちらかを交互に選択しながら生き、かつ、生をまっとうする。わたしたちの人生は、はじめるか、やめるか、いずれかを決断することで成り立っている。一年、一か月、一日、一時間、一分、一秒とて例外ではない。

たとえば、人間のからだは細胞からできているが、ひとつの細胞が生きるか死ぬか、その判断をあやまる時、その細胞がイタズラをしてガンになる、といわれている。生きるのか、生きるのをやめるかが、はっきりしない時、肉体の維持、健康はおぼつかない。新陳代謝が大事なゆえんである。人のからだは、寸時も休まず、やめる時はじまる時である。

ちょっと、振り返ってみよう。こんにち今があるために、どれだけのことを放り出し、やめてきたか。また、いざ、生きめやも、さあ、はじめるぞ、と、いくたび新しいことをはじめてきたことだろうか。はじめては、やめ、やめては、はじめている。

その繰り返しは、うれしいような、かなしいような、一生つづいて、セ・ラ・ヴィ、これが人生である。人は死ぬのではない。生きるのを、やめるのである。病気、事故ということがある。その場合でも断固として、死ぬ、のではない。生きるのを、やめるのである。命はあたえられたものであるから、謙虚にお返しするのである。死ぬは、受け身であって受動、やめるは積極性、能動である。死ぬのは、生まれると同じく積極性がなければならない。死がいま一つの誕生でなくて、いったい、百歳、百十四歳とはなんの寝言だろうか。酔生夢死はごめんこうむりたい。やめる時はじめる時が、いっさいである。

その日その時

たぶん、それは初夏の日曜日の午後だった、と思う。銀座の街路は歩行者天国の時間となっていた。白いテーブルが出て、日除けのテントの色があざやかであった。人々は銀座通りを、なごやかに行き交っていた。鎖から放れたプードルが走り回っていた。空では、ヘリコプターの爆音が、のどかに響いていた。

丸の内のオフィスに長年勤務して、退職したあと定期券を自費で購入してまで銀座に通った人と、ひところ、親しく付き合ったことがある。その人にはパイプ・スモーキングの趣味、習慣があって、銀座に通うのもパイプのウィンドーショッピングが主たる目的であった。界隈には、そういった老舗が二軒ある。「菊水」というのは、そのうちの一軒である。スイスのアンドレー・バウアー社の海泡石《かいほうせき》のパイプを扱っていたので、わたしもしばしば足を運んだ店である。銀座通りの店舗の変転は激しいが、この店は昔ながらに変わらない。

その日、わたしは「菊水」の近く、銀座四丁目の鳩居堂のならびにある田崎真珠店前に立って、歩行者天国の街路を眺めていると、初老の紳士が歩いて来た。その年配にしてはかなりの長身で、風貌もまた昔知り合いであった人とそっくりだった。当人が、とっくに故人となっていることを知っていただけに、かえって懐かしく不思議な気持になった。たったいま「菊水」にでも立ち寄った帰りであるような気がした。しかし、かの時と、その日その時をへだてているのは、ただ歳月のみではなかった。なにものからも、おかしがたい冷厳な事実が、われわれをへだてている。それは透明で硬質な硝子に似ていた。あちらとこちらの行き交いが自由なようでいるが、それはただの幻想に過ぎない。わたしは、その人が静かに、過ぎ越してゆく姿を見守った。

おりしも、田崎真珠店の入り口天井から下がっているシャンデリアのオルゴールが、時を告げて、ゆっくりとまわりはじめた。わたしが本当に畏怖の念に打たれたのは、そのメロディを聞き確かめてからだった。それはヘルムート・ヴァルヒャのオルガン演奏で親しまれているバッハのカンタータ『目覚めよ、と呼ばわる物見らの声』だった。CDでは、わずか四分二十秒の曲であるが、輝きながら静かに回転するシャンデリアのオルゴール曲としては、悠久、永遠の長さである。しかも、そのメロディは近くの服部時計店の朗々殷々《いんいん》のチャイムと呼応していた。そのあいだに、誰知られることなく太陽は悠然と軌道を移動し、地球軸は確実に傾いた。

「その日その時」のことは、『新約聖書』「マタイによる福音書」第二十四章三十六節から四十四節、そして、『旧約聖書』「イザヤ書」第二章一節から五節に明記されているものの、わたしは不意打ちの「目覚めよ」と呼ばわる声に、頭を垂れた。「だから、あなたがたも用意しなさい。人の子は思いがけない時に来るからである」とマタイは告げている。イザヤは終末の平和を説いて「ヤコブの家よ、主の光の中を歩もう」と呼びかけている。

わたしは銀座で経験したバッハのカンタータによるシャンデリアのオルゴールが、その日その時から十年も過ぎていながら、たった今もわが頭上で輝きながら回転しているような気がする。そして、わが窓のそとを過ぎ越してゆく人の影がある。

生きる意識

新共同訳『新約聖書』「使徒言行録」第二章十七節に、預言者ヨエルの言葉として「若者は幻を見、老人は夢を見る」とある。わたしは若いころから、この一行が念頭から離れなかったが、老年となった今では、いっそう真実である。老年期、人はこれまでになく夢を見る。もはや、幻ではなく「夢」を見る。それは摂理のしからしめるところである。

これは奇跡である。奇跡というものの一番信じがたい点は、それが現に起こるということだ、とG・K・チェスタトンは述べている。奇跡としての「夢」を、おおいなる生きるあかしとするべきは、まさに老年である。現在とは、最も豊かに開花した過去そのものでなくて、いったい、なんであろうか。天国とは「時」の実現である。そして、時が実現するためには、現在が過去とならなければならない。すなわち天国とは、未来をはらんで実現し、夢として熟していく過去である。時熟とは、ハイデッガーが好んで使うところの概念であることを思い出す。

ところで、ヴィクトル・ユーゴーの『レ・ミゼラブル』は、カトリックの精神に裏打ちされた深い味わいをもった知恵の一節を、しばしば見いだすことのできる大長編である。たとえば、次のような美しい文章がある。

「太陽が傾いて没せんとするとき、小石さえその影を地上に長く引くころ……」
「旅をすることは、各瞬間ごとに生まれ、また死ぬことである。」

「人はパンによってよりも、多くの肯定によって生きている。」

「睡眠中の正しき人々の魂は、ある神秘なる天をながめているものである。」

ここでの、ある神秘なる天とは「夢」のことである。ユーゴーはまた、「すべてが新しく、すべてが美しい」とも記している。これが言えるのは、偉大な作家のみである。

わたしは、このごろ、ようやく分かってきた。時間、時の意識というものは、すでに時と時間を越えた意識である。以前、このエッセイのなかで、人間の脳の働きは、時の内にあって点検することができないゆえ、時とは何か、を知ることができない、と書いた。しかし、問いを問いとして問うている以上、時をすでに把握していることになる。時の意識は、時を越えた意識から省みられている。なぜなら人は永遠に触れているからである。人は永遠に触れているからこそ、「時」を問い得るのである。ここからよってきたって「主の祈り」が、いかに真実であり真理にいたりえているかが、ほんとうに身にしみてきた。

「……み名が聖とされますように。み国が来ますように。みこころが天に行われるとおり地にも行われますように。」

わたしはこれからも「夢」によって働こうと、つくづく思い、かつ、願う。フランス二十世紀のモラリスト、アランが言っている。

「麦を刈るひとは、畑の向こう端に、気をくばったりはしない。」

「愛は、おのれが愛するものをますます愛することによって、たえず己を救ってゆく。」

生きる時間、生きられる時間

人には未来に関する記憶がない。いまだ経験していないので、記憶に残るはずはないからである。推測、予見はあるが、未来には、記憶はない。記憶はすべて過去の世界のものである。また、それは現在、只今のものでもない。いかように僅少《きんしょう》の時間といえども、過去とならないかぎり記憶は生まれず、推測、予見すら過去に支えられている。

よって死は常に未来のものである。それはまさに来たらんとするか、いまだ来たらざるものである。したがって記憶に、死はあり得ない。あれば、記憶は解消されて、すべては存在しない。それゆえ、死は常に未来のものである。

さて、そうなると記憶は、記憶であるかぎり生きて死ぬことがない。忘却、あるいは時間の風化によって変形はあり得るだろうが、記憶は決して死なない。一度、経験、体験されたことは、無意識の奥底深くに沈んで、いわば超記憶の世界で生きつづけ、死ぬことがない。意識下は膨大な記憶であって、人は記憶、過去が実体化したものである。

また、記憶は人の心の働き、意志の及ばないものと化して、ふと、よみがえり、また、消えるものである。この意図しない記憶の復帰、回帰のおとずれは、しばしば衝撃的で、人はいま、この生きて存在し、直面している現在がゆらぎ、崩れ去ってしまうほどの驚異に打たれる。しかしながら、それは創造と発見の動機に、深く結びついた謎である。

そして、いかなる人も、人は生きているかぎり、この不意の記憶に遭遇し、驚かざるをえないのであろう。それは時として、価値判断や善悪の評価が不可能なもので、人為をこえたもののようである。こうして、やがて、これまで一切の記憶がすっぽり人間を包みに来る。人は自己の全記憶に包まれて死ぬのである。

人は生死のあわいをさまようとき、生涯の記憶を一瞬にして回顧展望すると言われている。これには沢山の例証があって、それは真実であるに違いない。ふだんは、生存の必要から機能がはたらいて、生に不必要なことは忘れ去られている仕掛けになっている。いわば、タガをはめられている。ところが、肉体が生きる状況から外されようとするとき、そのタガがゆるんで、一生のフィルムが全回転してしまう。それは、交響曲の総楽譜を一望するような風景であろうか。あるいは楽譜が散乱して、譜面から舞い散っているような夢の刹那であろうか。そして、その夢もまた記憶、過去の一つの現実化である。

こうして、夢に見た経験が現実において、時差をもうけながら実現することが、ないでもない。そして、それは日常の夢に関するかぎり、たいていは不快な夢である。はんたいに非常に喜ばしく、天国的な夢を見て、目を覚ましてから話をしようとすると、掌の淡雪のように記憶が溶けてしまったりする。それが夢の論理である。

というのも、ここでも生きる機能がはたらいて、夾雑物《きょうざつぶつ》をぬぐい去ろうとしているからであるにちがいない。楽しい夢を、単純に楽しいと見ているようでは、生存にさしつかえることへの警告である。こうしてみると、夢もまた記憶の産物、過去がもたらすものであって、ここに、現在、未来はない。人にあるのは記憶が全てで、時間は、生成してやまない記憶、過去そのものである。われわれは時間を生きているのではなくて、時間がわれわれにおいて生きていて、渇望、呻吟、営為にたずさわっているもののようである。

逃れの町

なにかを思い出す。たとえば、それはだれかの風貌で、写真版になったものにたよるのではなく、あくまで記憶力にのみにかぎる、とする。そのとき、どこまで正確に思い出すことができるだろうか。わたし個人の場合を例にすると、記憶力はゼロに近い。ただし、ここでの記憶力というのは、それぞれの人たちを弁別する力のことではない。たとえば、ある人の顔を思い出していて、ホクロはあったのかどうか、唇のかたち、皮膚の色、目、鼻梁、頬骨の詳細といったふうな能力のことである。わたしには、肖像画家のような細部にわたる再構築が不可能である。しかし、それでいて、もう一度その人に会っても、識別ができない、ということは決してない。さいわいなことに、いまだ認知症にはなっていないことは確かである。

とは言うものの、回想においてのディテール再現に関しては、まったく自信がない。これは現実においての話であるが、夢の話にいたっては、もはや論外である。まさに、痴人夢を説く、の成句どおりになってしまう。夢の世界というのは、人の知恵、理性がおよばぬ奇妙な次元である。つづまるところ、人の理性、推理力の及ばない点では、回想と夢は似ているのではないだろうか。

わたしは、自分の幼時の記憶で確かめたいことがある。はっきりさせたいのだが、これまで、ずっと実現しなくて、これからもそれは不可能なままで過ぎてしまいそうである。

わたしたちは四人家族だった。父母のほかに、四つちがいの兄がいた。大阪の船場というところで暮らしていた。それはたぶん幼稚園にはいる前後のころで、家族そろって比叡山に登った。そして、そこから琵琶湖側に下山して、波止場から遊覧船に乗った。波止場や船の風景が絵となって思い出される。ついで、湖畔に沿った街道の町並みが幻燈機から投射されるように、湾曲していた。わたしが珍しくてならなかったのは、そこらあたりの大きな木造料理屋の屋根が三層になっていることだった。どの店屋にも、はやばやと灯がついていて、おもてから裏窓の湖面が透けて見えた。たそがれが湖の町に、なつかしいもののように、光の粒子がしんしんと降りはじめていた。

わたしたち四人家族は、しずしずと町筋を歩いて行った。どこまでも、どこまでも歩いて行った。そして、その行き着く先が知れなかった。あの古めかしく魂のふるえるような町筋は、いったい、どこにあるのだろうか。

わたしたち四人家族は、いま、父がいっとう先に死に、兄がそのあとを追った。母がよく持ちこたえて最後まで生きたが、いまは最早いない。わたしは、いつかの町にこだわっていたが、家族の生前に、とうとう問いたださないままになってしまった。長い時間が町を隠してしまったようだった。高校生時代の夏休みに彦根、余呉の湖、長浜あたりを歩いてみたが、かつての町は見いだせなかった。

それは回想のなかの聖域のようなもので、決して、たどり着くすべはないのかもしれない。そして、思い出の町は、わたしが思い出すのではなく、時の不思議として、思い出のほうで到来してわたしを安らがせて、夢の家族と再会させる一方通行の町なのであろう。

いのちの海

二月の十日ごろ、一夜、雪が降った翌朝いちばんに、北海道小樽の駅からタクシーに乗せてもらって、高島岬の突端まで行ったことがある。いまだ踏み荒らされていない処女雪の道を走るのは、爽快のきわみだった。天が地に降りてきたか、と思えた。

岬の見晴らし台に立って展望すると、晴天の朝の日本海は百八十度にひろがっていた。見えるものは、かすかな孤を描く水平線のみである。色丹半島の裾にいるので、色丹岬を探したが見えない。石狩湾をかえりみても、ただ、日本海につらなって一体だった。岬の突端に、そうして立っていると、地軸の回転が感受されるようだった。

その帰り道、隧道《ずいどう》へはいる手前の海岸で車をとめ、海辺に降りた。裸足になって静かな入り江の海にはいると、海水はあたたかだった。岸辺に沿って歩いていると、海中に小さな立て札があった。見ると「ここはわたしたちの畑です　荒らさないでください」と記されていた。わたしは、自分の不明を恥じて、そうそうにひきあげた。それにしても、なんと美しい畑であろうか。真冬、水に脚をひたしていることを忘れるほど豊穣な海だった。

それから歳月が過ぎた。二〇一一年三月十一日に三陸沖震源の東日本大震災が起き、海は相貌を変えて、大津波となった。地震当日、同時間、わたしは東京駅前の新丸の内ビルに避難し、コンコースに設置されたテレビの画面を人だかりごしに見た。ビルはまだ揺れていて、頭上のシャンデリアが不安であった。

日本列島を地図で俯瞰《ふかん》すると、太平洋の青が本州沖で一段と濃くなって、日本海溝が千島・カムチャツカ海溝へと続いている。わたしはテレビで津波の奔騰を見て、海溝の深淵の咆哮《ほうこう》を聞いたような気がした。

後日、地震、大津波の被害を報道するテレビで、インタビューに答える壮年の漁師の横顔を見た。彼は荒れた港や海の沖に目を向けながら「なにしろ、あれは、わたしらの銀行だったのだから」と言った。海について「畑」と言い、また「銀行」と表現する心には大きな相違がある。天災を呪って、腹立たしげな口調だった。気持は分かるが、わたしはこの人の言葉に、驚きを覚えて困惑した。

それは、海を自分の生活の場としていない人間の浅見だろうか。海は天然自然のものでありながら、こんにちでは、海洋法といった国際法規のもとにある。領海法もあれば、漁業権もかかわっている。素朴な目で海原を見渡してばかりではいられないことは、分かってはいるが、漁業権や領海権を超えたところにある「海」本来を忘れたとしたならば、かなしいことである。

哲学者G・ジンメルの『社会学の根本問題――個人と社会』岩波文庫、清水幾太郎訳から引用する。

「海を眺めていると心が静まるものであるが、それは、波がたえず寄せては返すにもかかわらずではなく、むしろ、寄せては返すからで、波の往復運動のうちに、生命全体のダイナミックスが様式化されて、このうえなく単純に表現されているからで、この場合、あらゆる体験的リアリティや、個人の運命の重みから解放されながら、しかも、その究極の意味が、単なる海の姿に流れこんでいるように思われる。」

晦渋《かいじゅう》、うねるような文脈は、われわれの生命の根幹が海である、と述べているのである。

『渚にて』を読む

ことしの大型連休はどこへも行かず、閑暇をもっぱら娯楽小説の読書で過ごすことにした。この連休は第一日目からして晴天にめぐまれたので、さすがに郊外へ出かけたい気持になったが、片目に青空をうかがいながら横臥し、紅茶を飲みながらの読書は王侯貴族のような贅沢、至福の気分であった。

創元SF文庫、ネヴィル・シュートの『渚にて　人類最後の日』佐藤龍雄訳を読んだ。四百五十ページもの大著であったが、飽きもせず、一日とプラス半日をついやして読了した。以前なら徹夜をしただろうと思える、いわゆる徹夜小説である。

第三次世界大戦が勃発して、北半球は核爆発によって死滅した。かろうじて無事であったオーストラリアのメルボルンと、そこへ退避してきた合衆国の原潜〈スコーピオン〉、オーストラリア海軍少佐一家、そして次第に迫り来る濃密な死の放射能の暗雲が、この物語の主人公と背景である。

人類最後の日が近づき、そこに生きる人たちが描かれているが、物語全体は静かで、パニックの状況はほとんど描かれていない。それでかえって、緊張と悲劇があざやかに伝わってくる。登場人物のいずれもが個性豊かで、冷静であるが、そのなかのひとり、牧場主の娘は朝からブランデーに溺れているものの、性格の目鼻だちが明朗、潔白、ユーモラスでもあって、切迫した物語のなかの救いになっている。そこらあたりの描写の手腕はナミではない。

死が必至の、襲ってくる放射能被曝症に対する最後の手段は、薬品服用、あるいは注射による死である。それらは町の薬局で無料配布されている。錠剤がはいった赤い小箱、そして、ペットや幼児用には注射が用意されている。

この長編最後の数行で、その赤いピル・ケースが登場してくる。それは非常に印象的な場面である。人類最後の日にあっては、安楽死（オイタナジー）、あるいは尊厳死は、刑法上、宗教上においても問題にならない、と作者は想定している。判断、評価は読者のがわである。

この物語を読み終わって考えさせられるのは、地球上からことごとく人間が消え失せてしまった風景である。そして、それが論理矛盾であることに気づくまで、わたしの場合、数十秒かかったのは恥ずかしいことだった。人類最後ということは、このわたしもまた存在しないわけであるから、空想は手詰まりになってしまう。

この物語の冒頭にはT・S・エリオットの詩が掲げられていて、題名のよってきたるところになっているようだが、実際のところは、そうでないように感じられる。人類を失ってしまった地球は、まったく不毛の惑星となって無限の宇宙、パスカルが恐怖した無限の深淵、その渚にさすらうものとなる。たぶん、それが作者のメッセージであろう。

この作品は映画化されて、日本でも上映され、わたしは観ていながらテーマミュージックとなった「ワルツィング・マチルダ」が記憶の底で谺《こだま》しているだけで、ほかは忘れてしまっている。感銘を受けたはずだが、多分、そのわたしも物語とともに滅びたのだろう。

読み終わった二日目の空も青く澄んでいた。わたしは長いこと空を眺めて過ごした。

誰もいない公園で

ムクロジとコナラの大樹が、その梢を空に伸ばしている。そして、風にそよいで梢と梢が触れ合っている。よく晴れた日で、樹間の向こうに深い青空がある。そこを二匹のクロアゲハが、縄張りを争って飛び交っている。アゲハは互いに素早く飛翔し、交差しあって寸秒のあいだに、鋭角を描いている。アゲハは点滅する黒い影のように見えている。

いっぽう地上には、ウンカが透明な円筒をかたちづくりながら、上下し、何かが沸騰しているように見える。何かというのは、しいて名付けるならば「時」とでもいうしかない何かである。朝に生まれて夕べに死す、というが、実際はもっと短く、おそらく半日あるいは数時間であるのかもしれない命が、懸命に飛んでいる。

そのウンカの群れのそとに、ホバリングをしているアブが数匹いる。そして、まばたきするまに、空間の静止状態を破ってウンカの群れへの突入を繰り返している。命を捕獲する命。かれらの姿は、樹のそよぎで太陽光線が変化する加減から、見えたり見えなくなったりする。『昆虫記』のファーブルの熱心さにならってみようとするが、次の瞬間には、そこらあたりにあるのは、公園の正午の光線ばかりである。

わたしは公園のベンチで座っている。ほかに人影はない。広場を囲む林のなかには小鳥たちのサンクチュアリ（自然保護区）があって、耳を澄ますと囀《さえず》りが聞こえてくる。コゲラがすぐそばにいるはずだが、樹幹を丹念にたどってみても、姿をとらえることはできない。あたかも空に川のせせらぎがあるような気配である。風が吹き抜けていく。そこで、ふと、考える。いや、考えるなどといったものではない。それは、いまひとつの風のようなものである。

小さな池が静まっている。水は濁っているが、晴天のもと、緑色をひそめた白瑪瑙《めのう》に似た感じがする。これまで、何度となく、その考えは訪れていて、たったいま、またよみがえってきたところの池を見守っているわたしがわたしを省みている。もつれた思いである。

自分に与えられた、生きられる時間。それは数十億光年の宇宙にまるごと包まれて、一体であり、時間においては、生死、彼我の区別はなく、わたしは、いま、この公園にいるのだが、それはこの世界を無限とつなぐ宇宙とひとつながりで、そこにおいては、つながりはつながりであって、ここにおいて、きわまりはなく、すべてはひとつである……。

公園の入り口には、山小屋風の管理事務所がある。開園と閉園時に係の人が姿を見せるが、おおむね無人で、受付の窓ガラスは締め切られたままで、広報かなにかの紙片に文鎮がわりの石ころをのせている。屋根棟のところに帽章のように時計がついていて、それは今、正午も十五分を過ぎたことを示している。

ムクロジとコナラの梢では、あいかわらず、アゲハ同士が縄張り争いをしている。目で追っていると、ジグザグの飛跡が残像となって、はるかな昔、幾何の勉強をしていた教室の黒板がよみがえってくる。梢は飽きもせず根気よく、アゲハが記したチョークの跡を消しにかかっている。

ウンカの柱は消えた。アブも消えた。しかし、実は位置を変えただけである。すこしばかり視線を移動すると、林のそば、透明な筒型の宇宙が「世界史」を展開している最中である。公園事務所の壁時計の針がコトリと動いて、永遠の宇宙に六十秒を進ませている。

大隧道の彼方

昨年、二〇一二年の一月、正月そうそうに、まるまる二十日間、大学病院のベッドで過ごした。喘息発作と気管支肺炎を併発したからである。いまどき、喘息が大発作であったとしても、それで入院させてくれるような病院はない。肺炎が重篤であったから、緊急入院となった。非常に危険に満ちたさいわいであった。

退院してから、わたしは数日にわたって、不思議な経験をした。入院中に、抗生物質とステロイドによる治療をうけたが、向精神薬を注射したり、服用したことはなかった。また、これまでに実生活の中で幻視、幻聴は体験したことがない。それでは、夢を見たのかというと、それはちがう。わたしは醒めていた。

その夕刻、わたしは躰をよこたえていた。部屋の祭壇で、小さなロウソクが灯り、お香をたいていた。わたしは目を閉じないで、半眼でいた。天井を見るともなく、見ていた。妻は隣の部屋でテレビを観ていたが、音量をしぼっているので静かだった。

呼吸が静まるにつれて、だんだんと視界に透明な暗紫色が拡がってきた。まるで、眼帯をあてられた心地がしたが、さからわずに、じっとしていた。わたしは大隧道《ずいどう》のうちにいる。隧道の壁面は青白く冴えていた。目を凝らしてみると、視力の及ぶかぎりに隧道は奥の奥へと伸びてゆく。なおも目を凝らしていると、隧道は針のように細くなって、おそろしい速さで、彼方へと届いて行く。そこは宇宙の果て、いや、中心である。そこを、なおも見つめていると、わたしの躰はすでに隧道となっていて、はるかはるか彼方とつながっていて、隧道の最奥に、白金の光点を見た。わたしは、ああ、これだ、と胸の内で叫んだ瞬間、もはや耐えられなくなった。我に返ると祭壇のロウソクは灯り、妻は隣室でテレビを観つづけていた。何も変わったことはなかった。しかし、わたしは「見た」という確信と同時に、恐るべきものに触れた、という畏怖の念に打たれた。在るもの、在ることと、彼方とわたしは一体であった。おそれとともに、直観し得た静かな静かな悦びがある。

　宇宙に届き得て、ふたたび地上に立ち戻ってはいたが、ここもまた宇宙の最果てであって、彼方と此《こな》方《た》も同じである、と感じられた。それでいて、何かが原因して幻惑されたという感覚は、まったくなかった。

　いま、かの日々に直視した白金の光点の残影がある。わたしは「見た」のだし、体験への確信がある。一年あまり経って、ようやくこれを記す勇気がでた。

　病院の救急治療室からベッドへ運ばれて行く間に、わたしは呼吸困難と高熱から気を失ったはずである。きわめて短い時間、二、三秒のあいだではなかろうか。神秘な大隧道を実見したのは、実はそのときで、それを追体験したのだろうか、と考えたりもする。しかし、そうではない。知覚の扉は、たしかに、おのずと開かれたのである。

　二十日間の入院生活で、わたしを悩ませたことがある。点滴注射と酸素吸入のチューブとナースコールのコードがもつれて、しばしば身動きならなくなる。なぜもつれるのか、さっぱり、わけが分からない。たびたび看護師さんの世話になった。下手に動くと注射針が痛くてならない。あれは、どうして、このわたしだけにもつれたのだろうか。そのもつれの感覚もまた鮮やかで、あのとき、もつれたからこそ緊急から救われた気がする。

夕刊の捧げ物

ひとまわりの週のはじめ、日曜日に参院選挙があった。その週の火曜日、二〇一三年七月二十三日「東京新聞」夕刊に、名刺を横にしたほどのカラー写真があった。一見、洒落たデザインで、何かの化粧函のようだった。たぶん、薄荷《はつか》の匂いのするお菓子などの。

ところが、白抜きの見出しには「土星の輪越しの地球」とあった。写真の濃紺は、宇宙の深淵の色であって、右下隅に、針先ほどの微細な光点として、地球がかすかに捕らえられていた。矢印がなければ、見落としそうなピンホールである。

もうひとつの見出しには「NASA探査機　十五億キロ、撮影成功」とある。記事によれば、土星の軌道から見ると、地球は太陽に近いため、通常はカメラを向けてもまぶしすぎて、撮影は困難なところ、とあった。

十五億キロかなたの地球では、写真が発表された二十日、日本時間の夕刻五時、わたしは家から三百メートルほどのところにある小学校の投票所へ、出かけていた。晴れていたが、湿度の高い、暑い日だった。それは、この輝くピンホールでの出来事である。

そして、この夕刊を見ている二十三日には、驟雨《しゅうう》が訪れていた。夕刊第一面には、英王室のウィリアム王子とキャサリン妃に、「将来の国王誕生」と報道されていた。おとぎ話のような明るい話題で、誕生を祝う宮殿前の市民が、なんとも微笑ましかった。

土星から撮影された地球を見ていると、それはケシ粒よりまだ小さいところで、いろいろ持ち上がっているさまざまの事柄が、まるで無意味に思われる。十五億キロのかなたを写し取った映像を見ていると、果たして、その視点の土星においても、神さまはおいでなのだろうか、と考える。この問いかけは愚かしいことではあるが、しぜんと湧いてくる思いである。ところが、その「無」の思いが反転するところに、神さまがおられる。まぶしすぎて撮影が困難なところ、夕刊のアブストラクトな宇宙の映像は、その証言だった。

昨年の五月に、教皇ベネディクト十六世の自発教令「信仰の門」を読んだ。そして、その勧めにしたがって『カトリック教会のカテキズム』とあわせて『カトリック教会のカテキズム要約（コンペンディウム）』をも精読した。あらためて堅信礼をさずかっている気持になった。わたしは、この夕刊において、宇宙の深淵に接するまでに、心を整理しておいて、よかった、と思った。

この夜、わたしはキルケゴールの『哲学的断片』第二章にある一節を読み返した。大谷愛人《ひでひと》訳である。

「オークの木の実を植木鉢に植えるなら、その鉢は割れるだろう。新しい酒を古い皮袋にいれるなら、袋は破れるだろう。そこで、もし、神がみずからをもろくて弱い人間のなかに植えつけ、しかも、この人間が新しい人間、そして、新しい器となるのでないなら、いったい、どういうことになるだろうか！

しかし、この生成ということは、なんと苦労のたくさんかかることか、それは難産のようなものだ！」

むかしの小さな一冊『カトリック要理』、それは神学二千年の純粋蒸留であるが、そのなかでの「ご託身」という言葉が生き生きと甦ってきた。

ノープランで行く

今年の四月末、腰部に激痛をおぼえた。それが最初で、痛みは背中におよんだ。ついで両足が痛みはじめた。それで、まっすぐ大学病院の整形外科へ行き、しかるべき治療を受ければよかったのだが、鎮痛剤を服用して、ぐずぐずしているうちに事態は困ったことになった。

横臥《おうが》していると、なんとなくしのげるので、五月と六月は切り抜けた。ところが横着のむくいは、筋力の弱りになって、歩行が困難になった。それから慌てて専門医の世話になって二か月ばかりたった。いまは、どうやら回復とまではいかないが、快方に向かいつつある。なにやらむつかしい病名がついているが、忘れてしまった。

しかし、痛みは完全に消えず、歩くのが困難であることに変わりはない。階段は登ることはできるものの、降りるのがむつかしい。ようするに、脚力が落ちてしまっている。それで大学時代の友人に、片っ端から電話をかけてまわってみると、同じような症状に悩まされているのがいる。つまり、普遍的な老化現象であるらしい。

ところが妙なもので、がっかりしてヘタリこんでいると、それとさからうかのように、読書と原稿の仕事への意欲が、意地となってあらわれてきた。今年の夏は健康な人でもやり過ごすに大変だったが、からだの故障が意識されるたびに、仕事への没頭で我を忘れようとして、それで案外に切り抜けることができた。不思議なくらい意気軒昂《いきけんこう》となった。

人というのはわがままなもので、自分のこととなると、夢中でいられる。わたしは年齢的にも区切りが来ているので、プルーストのひそみにならって自分なりの『失われた時を求めて』を書きはじめたのである。非常に遠大な計画で、完成するのは六年先の計算になる。この計画は担当の編集者に話をしたが、相手は別に動じなかった。

しかし、あるとき電話の話の成り行きでこの計画、目論見を別人に話すと、相手はつつましいながらも笑いだした。それはきわめて自然なことで、六年先は八十三歳だからである。まことに、結構。笑っても、いいともである。

そうして極楽トンボとして書きはじめてみて、わたしは目下、おそろしいことに遭遇している。時間のエアーポケットとでも言うべきか。事実関係を確認するために、友人、知人に連絡をとっていると、お互いに記憶がくいちがっている。また、まったく、なにも覚えていない人もいる。意図的にではなく、しんじつ、記憶に刻まれていない場合がある。となると、自分自身の記憶もまた、ここでアリバイが崩壊する。

とつおいつして、時代をともにしたある人間に電話して相談してみると、彼いわく「ノープランで行くさ」と恬淡《てんたん》たるものだった。

この和製英語というか、即席のアドバイスは、この人間にしてこの言葉あり、だった。過去の事実を書くから、それは固定されて動くべからざるものと決めてかかるのは、一種の盲点であり得る。思い出され方には個性があって、齟齬《そご》をきたしたところで、それはそれでいいではないか、という意見である。わたしは、昔の彼の人となりを思い出すとともに、厄介なこの世の時間と対処する彼の処世訓をこんにちになって学んだような気になった。

きのふ　いらつしつてください

詩人で作家の室生犀星が好きで、もはや六十年あまり、読んできた。いっとう最初は昭和十一年、自分の生まれ歳、一九三六年に、非凡閣というところから出版された全集を古書で手にいれて愛読した。ウコン色の布クロスの美しい本だった。高校一年生のころで、一往復ぐらい読んでから、手放した。次の本代のために売却したのだが、その後、いろいろ探してみたが、この全集は姿を消してしまって、お目にかかったことがない。一度だけ見かけたが、十五万円もするのでためらっているうちに、消えてしまった。

作家にとって若い時代の全集であるから、内容はとぼしい。詩集の一部と、随筆、小品でなりたっていた。わたしは随筆を、ことさらに愛読した。室生犀星は、いまだ石庭に凝ってはいなくて、古九谷の美しさとか染付の絵柄の呉須《ごす》の色について愛情を傾けていた。

それで自然と陶磁器に興味を持つようになった。そして、室生犀星はパイプ喫煙にも関心があって、パイプ煙草はミクスチュアに限る、などと書いていた。当時、ミクスチュアとは商品の名前だろうか、などと想像していたが、これはなんのことはない、煙草葉のブレンドのことで、通常、パイプ煙草はブレンドしたものを楽しむことに決まっている。時代のこともあって、作家は勘違いをしたようである。

しかし、後年、パイプを好んでコレクションをするようになった淵源《えんげん》は、この作家の好みによっている。古い机や障子の渋みへの愛着も、もとはこの作家の趣味によっている。先日、本を整理していると、春陽堂文庫から昭和七年に刊行された『犀星随筆』が出てきた。前記の非凡閣全集以前の本なので、内容が重複するかと思っていると、未読のものばかりで、結構楽しい思いをした。

人を自分の趣味へとさそいこんでいく手口が、いまでは読み取れるようになっている。いまさら、またもや、その手には乗らないよ、と考え考えしながら読んでいながらも、上手だな、と感心した。熱意とか好みだけではできないもので、まこと「芸」としか言いようがない。どの時代にあっても、人を夢中にさせる、というのは並大抵のことではない。

つい最近、室生犀星の『現代語訳　蜻蛉日記』が復刻になった。ほんらいの文章は源氏物語を読むより難解で、苦労して読んだものが流麗で明解な作品になっている。冬の夜の物語として、ありがたい本である。美しい作品になっているのだが、室生犀星ならではの反俗の強い精神のありように感心して、わたしはこの人の詩を、不意に思い出した。詩の一部を引用する。時の流れを逆手にとった「生」の哀切さがしみじみ伝わってくる。

きのふ　いらつしつてください。
きのふの今ごろいらつしつてください。
そして昨日の顔にお逢ひくださいい、

わたくしは何時《いつ》も昨日の中にゐますから。（中略）
昨日へのみちはご存じの筈です。
昨日の中でどうどう廻りなさいませ。（「昨日いらっして下さい」）
これが室生犀星の本領で、その居直ったところが一切という不思議な作家である。

わが師わが先生

わたしの中学、高校の校舎は大坂市内のほぼ中央にあって、丘の上に建っていた。そのころは校庭から真正面に、大坂城の全貌を見ることができた。

戦後もまもない時代であったから、一面、焼け跡だった。

この学校時代、体育の授業のひとつとして、学校がある丘のまわりを一周競走するのが義務というか、習慣になっていた。

丘の周辺は、おおよそ二キロほどであった。走り方や本人の体力次第で疲労度は異なってくるが、決してラクな走行ではない。わたしの当時の体格は、中学、高校をとおして、列の真ん中ほどだった。したがって体力も、ほどほどであった。

しかし、この長距離はどうも苦手であって、いつ、いかなるときに走っても、終わりから二、三番目を、へとへとになって出発点へ帰ってくる。

中学、高校の六年間をとおして体育指導の先生は、三人変わった。そのいちばん最後の先生は、年齢的にもっとも若い人で、教職につくのは初めて、という人だった。

学校専属の写真館の息子さんで、わたしたち生徒とは大変親しい存在だった。それはいい意味にもなったし、悪い意味にもなった。つまり、親しみと同時にあなどりにもつながった。

教師経験が初めてであることを生徒であるわたしたちは、見てとってしまっていた。

男子校で少々荒っぽい生徒がいて、何かの拍子に先生と口論になった。思慮に欠ける年齢だったから、ある日、その生徒が先生に暴力をふるったことがあった。もちろん、まわりの人間が黙視することなどはなくて、たちまち生徒のほうが苦もなく取り押さえられてしまって、大事にはいたらなかった。

このとき、思うに先生は二十四、五歳であったはずである。打たれたアゴをなでながら苦笑していて、そのあとの処置に困った表情に、だれもが申し訳ない気持になって、このときは無事平穏におさまった。先生の人徳であったのだろう。

学校恒例のランニングはその日のあともつづいた。あるとき、いちばんドンジリで丘一周から校庭へ走りこむとき、（わたしはもはや歩いていたのだが）ふと顔をあげると、気づかわしげな、心遣いにみちた笑顔の先生が、わたしを待ちかまえていた。

それは今までに見たことのない朗らかなねぎらいといたわりの笑顔だった。その笑顔は、六十年も過ぎた現在にも生きていて、わたしを励ましつづけている。

あの笑顔の心を、生きたいものだ、と考え考えしている。

白い手紙

一年のうちで、一月はみじかい。正月の行事や気分を持ちこすわけではないが、二月も実際にみじかく、あわただしい。しかも、一年でもっとも寒い。

その二月の最後の週日に、一通の封書が届いた。二重封筒のいかにも礼儀正しい宛て名書きで、いそぐのか速達である。

なにごとであろうか、と封筒の裏をかえすと無記名だった。消印をみると、この国の北のはてから配達されたと分かった。

封を切ると、罫線の細い便箋が三枚出てきた。一字とて記されていないし、同封されたものもなかった。

その日ごろ、わたしは会社を退職して、文章を書くことに専念しはじめたばかりだった。いわば、あてどなく、追い立てられる日々をすごしていた。

せわしない毎日であったが、それでいて不安、焦燥感につきまとわれて、いっときとして落ちつかなかった。しかも、いわれのない悲哀感にさいなまれていた。

わたしはその無署名、差出人不明で、白紙の手紙をつぶさに点検した。むかし、幼年期に日光写真や炙《あぶ》り出しの絵文字で遊んだことがあるが、その手紙にそのような細工はなさそうであった。

ただ、だれかがわたしの心理的な不安を目的としているならば、その効果はあって、役目をはたしていた。妻も気味悪がった。

白紙の手紙は、それから二日か三日おきに送られてきた。無意味な通信であるし、返事を書くすべもない。もっとも、それは無意味な手紙であろうか。なんとでも読み取りようがあるのではないか。それが悩ましい。

三月も終わりごろ、あらためて消印を注意してみると、そのどこかのだれかは、だんだんと、わたしの家に近づきつつあると気づいた。

サクラの開花前線は北上しつつあった。東京での開花宣言もまもないことであろう。すでに四旬節となり、聖週間になった。

差出人不明の白い手紙の、投函場所は、都内にまで近づいていた。

そして、それは聖木曜日の午後だった。玄関の郵便函の気配から出ていってみると、配達時間外に手紙が落としこまれていた。いつもの白い手紙である。封筒には消印がなかった。速達のスタンプもない。無名の差出人は、とうとう、わたしの家を直接に過ぎ越していった。

これは小説を書きはじめたばかりのころの書き下ろし作品のあらすじである。いまだに未完成だが、あの手紙の差出人は一体、だれか、心配のままである。

囁く声

これまで七十七年の生涯で六回、死にかけたことがある。あまり自慢できたことではない。このうちの二回は戦災のときで、次の二回は不注意による事故で、あぶなかった。そのつぎは腹部内の腫瘍手術で、もう一度は喘息発作のときだった。

いま振り返ってみて、切実な思いがないのは、歳月のおかげと、生命の本能によっているのだろう。命をつなぐに、あまり役立たないことは、たぶん、忘れてしまうからだろう。

命はつねに明日を考えているにちがいない。

いつか新聞夕刊の随筆欄で、八十代半ばの高名なひとが、自分は死なないような気がする、と書いているのを読んで、つくづく感心した。その年齢で現役の活躍をしての言葉である。

わたしは今、「死」については楽観的でいる。人というのは、生まれたときから新陳代謝で細胞は生き死にしている。生と死は同居しているので、いまさらのことではない。

生きているあいだは生きているものだとだれかが言っている。けだし名言である。

ところが、最近、あたりまえのようで、あたりまえでない経験をした。

日課の朝の散歩で近所の公園へ行った。晴れた朗らかな日であった。ベンチに座っていてまるで思いがけない気持になった。耳もとで、もう死んでもいいな、と囁く声がある。

生まれて初めて、実に素直な気分で、それに耳をかたむけている自分に驚いた。

わたしは後期高齢者という妙な言葉の世代にいるので、このような体験も珍しくないかもしれないが、なさけなくもあり、かつ、おそろしい気がした。もちろん、正気になった。まだ生きて、やりたいことがある。

『徒然草』第二十段で、吉田兼好が書いている。

〝某《なにがし》とかやいひし世捨人《よすてびと》の、「この世《よ》のほだし持《も》たらぬ身《み》に、ただ、空の名残《なごり》のみぞ惜《を》しき」と言ひしこそ、まことに、さも覚《おぼ》えぬべけれ〟

その公園の朝も青空が美しかった。空の名残のみぞ惜しきである。

わたしはやがてかならず訪れてくる死を恐れてはいない。しかし、何かを見るにつけ、人と話などをしているときなど、どうかした拍子に、なんとも言いようのない、なつかしさのような、あるいは郷愁のような思いにとらえられるようになった。

これは、いったい、どういうことなのだろうか。チェーホフのドラマの女主人公が言う、ああ生きていたいわね、だろうか。

たまさかに

アララギ派の歌人、島木赤彦に、次のような一首がある。

たまさかに人のかたちにあらはれて　二人睦びぬ涙ながるる

万葉人の心とその声が響いて来るような、素朴、率直な歌である。飾りなく、まっすぐに届いてくるのは、時を超えた人間の心情である。

ここにある目の世界、われと人とのかかわりよう、あるいは自然は、あるがままである。

われと、われをかこむ一切には、対立がない。一人立ち上がって、周囲とあい向かいあう姿勢は、うかがえない。人は自然と一体である。

たまさかに人のかたちにあらわれて、である。かりにこの歌を、英、仏、独の言葉に翻訳したとなると、その国の人たちは一首の歌の古雅な調べはもとより、意味内容が不明であろう。人は神によって創造された存在であって、たまさかに人のかたちにあらわれたものではないという思考が、当然のこととして前提となっているからだ。

西洋ばかりでなく、信仰の問題は別として、現代の日本人も同じように考えるようになっている。明治以降の欧化した教育思想の影響である。

それでもなお島木赤彦のこの歌を理解できるのは、わが国の文化伝統の命脈が生き、つながっているからである。

現実とその諸現象から超越した創造神の思想は、東洋には無い。あらゆる変転する諸現象がすべてで、人間もまたその一部である。そして宇宙には初めも終りもない。つまり、ここには時間がない。これが東洋思想の本来とするところである。

この西洋と東洋の考え方の違いは文化、宗教のかたちで、こんにちまで継続されている。

しかし、どちらが正しいかどうか、という比較評価は、いまのところ、むしろ二つの考え方をお互いに尊重して共生への方向にあるようである。

東洋での「無」というのは、『老子』『荘子』においてのように、何も無いことを意味しないで、何かを生み出す「無」である。ある意味では旧約聖書冒頭にある「混沌」と共通するところがある。

混沌はあらゆるものを生み出す根源である。人もまたその混沌から誕生した。となれば、神の意思の働きを認めるとしても宇宙万物と人は繋がっている。人間のからだは、この宇宙世界にある諸元素と同じである。

とすれば、そこからたまさかに、人は人のかたちにあらわれた、としても自然なわけで、島木赤彦の心も生きはしないだろうか。

老年のゆくえ

朝の散歩に出ると、向こうから老年の夫婦が道いっぱいに並んで駆けてくる。どちらもジョギングらしい格好をしている。

不本意ではあったが、わたしと、ほぼ同年らしい二人に道をゆずることにして、ようやく片側へからだを寄せた。

そこは天下の公道であるから文句のつけようがないようであるが、彼と彼女には思慮が欠けていた。だんだんと、衰えてゆく一方の老年の体力温存のために道が占有されてもよい、というリクツはどこにもない。

近年、健康長寿の幻想がのさばり過ぎている、と思えてならない。新聞、テレビの報道が元凶である。たしかに、長寿の時代になった。たぶん、これからますます老人はことほぎ華やいで、おさかんですなあ、ということになるだろう。そして、老人医療の負担は若い世代にかかっていく。社会構成の年齢バランスが崩れて、とどめようがなくなってきた。

いったい、長寿はその社会が正常に維持継続、繁栄してゆくために必要欠くべからざることだろうか。

長寿は美徳だろうか。

このようなことを書くと、生命への尊厳の念のほどが疑われることであろう。あるいは、正気かどうかが、あやぶまれることであろう。

何と思われようが、かまわない。わたしは自分の寿命の年限と終りのありかたについての希望を述べるだけのことだ。

学び、働くことができるあいだは、思いを尽くし、心をかたむけてがんばる。しかし、何事にも限りがある。そして、その時が来れば、いっさいから手をひいて、自分なりに許された休息を楽しむ。

やさしいようで、実はもっともむつかしく、ぜいたくきわまりなく、遠く遥かな望みである。

思うに現代にあって、人はその人生において、休息するべき時の見きわめを忘れたのではないだろうか。あるいは、その見きわめが許されなくなったのではないだろうか。

以上の感想は、ある日の午前を費やして、大学付属病院の待合室で持病の定期診察の順番を待ちながら、頭に浮かんできたことだった。

そして、その感慨は切実なものだった。ついで、若いときに読んだ詩人、田村隆一の「立棺」という詩の一節が浮かんできた。〝わたしの屍体は／立棺のなかにおさめて／直立させよ〟

このようなすさまじい精神もある。一連の詩篇を思い出した場所が場所であるだけに、わたしは、戦慄をおぼえて、待合室の人々が直視できなくなった。

本の話

電子書籍の時代になっているが、紙の本が消えてしまうような気配は感じたことがない。なにやら安心で嬉しいのは、時の浦島太郎になっているせいかもしれない。

年齢になって細字、ルビや、辞書の発音記号などが読み取りにくいので、拡大自在な器械画面は安楽に思えるが、紙の本の心地よい手触りを忘れる気にはなれない。また、本でなければ間に合わない場合が多い。

そうは言いながら、限られた部屋の空間を考えると、整理の限界で、もはや、あらたに購入保存が困難になっている。読書して不要になった本は処分すればいいが、もったいないし、一度読んだ本というのは、かならず再読点検の必要に迫られるので手放すのは無謀である。

それを承知で処分しては買い戻しを繰り返している。ネットを利用すると、大抵は手にはいる。しかし、無理なときもある。

わたしは大学で十九世紀ロシア文学を勉強した。旧ソ連時代に刊行された本を原本の状態での再購入は、不可能である。学生時代に教科書として使ったものなども、もちろんである。その時代のことを書く必要に迫られて、同級生を尋ねて回っていると、一人、保存している奇特な友人を発見して、ほっとしたところである。ありがたいやら反省やらで、複雑な気分でいる。

町の古書店が引き取るはずもないから、あれらはいったい、どうしたのだろうか。覚えていないのは、卒業後のわたしを待ちかまえていた多忙の会社勤務のせいである。雑誌の編集取材記者だったので、適者生存、生き残れるかどうか、競争の毎日だった。正社員になるために、一年かかった。

そのあいだ、仕事とかかわりのない読書からは、ほとんど遠ざかった。その三年間、プーシキンの長編叙事詩『ジプシー』のみを繰り返し読んだ。一九五七年モスクワ版で、布クロスの手帖のような小型本である。挿絵がはいっていて、社会主義国にしては、粋な装幀である。

これは大学二年生のときに使った教材の一つだが、ポケットに入れて歩いていた割には綺麗なままで、いまでも無事に保たれて、大切な蔵書になっている。

同級生でこれを暗記した人がいる。モスクワを初めて訪ねた夜、路に迷った。そこでつかまえた相手にプーシキンを朗読すると、無事、ホテルまで送ってくれたそうである。ソ連のころのロシアの話であるが、実話である。国民詩人の力であろう。

本の力というものがある。それが確信できるのは幸福である。

夏野

季題の「夏野」というのは、草の生い茂ってさかんな野原と日光が容赦なく照りつけて、目もくらむ風景が浮かんでくる言葉である。暑さで息切れがしそうになる。

それでいて、人や生きものの気配がまったく感じられない。たぶん、それは夏野という季語が呼びさますものではなくて、蕪村《ぶそん》の一句がはらんでいる何ものかである。

強引な解釈を押しつけるつもりはない。

行《ゆき》ゝ《ゆき》てここに行《ゆき》ゝ《ゆく》夏野かな

ここに、真昼の孤独、とでも言うべき寂寥を感じはしないだろうか。ここまで、一生懸命に歩いてきた。そしてまた歩いていく。しかし、いったい自分の行き着くはてというのは、この今なのだろうか。あるいは、もっと先のほうなのか、それが解らなくなってきた。それでも、ただ、歩いてゆく。これまでとこれからの、その一地点は、ただ、ぼうぼうとしている。自分は「時」が、過去、現在、未来とつらぬいている、ただそのなかを、ひたすら歩いている。どこへ、ともなく。

わたしはこの一句を講談社版の『蕪村全集』を読んでいて見つけた。いや、遭遇した、と言ったほうがいいだろう。そしてしぜんと思い合わせられた芭蕉の次の句は、よく知られた作品である。

此道《このみち》や行人《ゆくひと》なしに秋の暮

しんしんとした生涯の回顧として身にしみる一句である。名句であろう。

蕪村は芭蕉を崇敬していたから、比較するのは遠慮したいが、相通じるものがない、とは言えない。まるでことなった世界のようでいて、夜昼を同じくしている。

これは個人が置かれている境遇や年齢から、よって来たった好悪の念の問題である。わたしは蕪村の「夏野」が好きである。

ちなみに、この季語を現代の俳人に手渡してみよう。

狂喚を後に後にと夏野ゆく

平畑静塔の作品である。精神科医、洗礼名はルカ。蕪村の句を脳裏にとどめて、あわせて読むと、興趣がつきない。

人は誰しも、それぞれに「夏野」のうちにいる、と思える。

その夏は、生涯のうちでも、ただ一度しかない。一度きりの人生、二度とはない。

シスレーの夕刻

旧暦では秋にはいっているものの、夏はこれからという季節七月上旬に、観測史上初とかあるいは五十年ぶり、と報道される台風八号が、沖縄奄美から九州四国まで包んで、関東地方に影響が届く、と報じられた。

そこでそのつもりでいると、その当日午前は晴れた。ただ湿度は八〇パーセントになった。

その束の間の晴れ間に、心身ともに休息したいものだ、と思った。ちょうど難儀した八十枚の連作第二篇が終ったところだった。一度は校正刷りが出たものの、加筆訂正ではすまないと判断して、新たに書いて差し換えということにしてもらった。

原稿はレターパックで送ったので、そろそろ担当の編集者から、返事がかえってくる。そのころあいである。もはや四十余年も文章を書いてきながら、なにやら不安でいる。しかし、それでも全力をつくしたので、あとはお任せ、手にてなす何事もなし、といった気分でいる。

エアコンで除湿をした部屋でフランスの印象派画家、シスレーの画集を見ている。随分、著名で、わが国でもよく知られているはずだと思うが、単独の画集は二〇一二年に西村書店からの一冊があるのみである。

そのほかには品切れ絶版の作品社刊行『シスレー』レイモン・コニア著、作田清訳・解説があるばかりである。サブタイトルは「イール＝ド＝フランスの抒情詩人」となっている。帯には「印象派のなかの印象派、水と空の画家、アルフレッド・シスレーの知られざる生涯と作品」とあって、主要絵画百点収録とある。表紙絵に使われているのは、この画家が好んだ洪水あとの風景画である。

それはあえて旧約聖書のエピソードと結びつける必要はなくて、人間にとって災害のあとの風景にみなぎる独特の清浄感を現そうとしたもので、シスレーという画家の感性である。彼は自分が描く絵に、寓意をこめる試みをすることはない。

自然から意味を読み取り、それをいま一度自然に返したものを、われわれは自然と見なしている。おそらく直接、無垢の自然は存在しないし、またそれを見る能力は失われている。この画家はその境界で描いている。

シスレーの作品の一つに、路を騎馬で行く人の後ろ姿を描いたものがある。そして、その路は画面のはるかかなた、空に溶けこむところで、再び現れている。彼は我々をそこまでいざなって、我々を解き放すだけだ。

表では風がつよくなって、薄曇ってきた。シスレーの洪水が胸に迫る夕刻となってきた。

沈黙

この地上に、まったくの静寂沈黙の時代があった。それは人類誕生以前のことである。聞く人がなければ、音は一切ない。

猛暑と土砂災害と国内外の騒乱の年、東京・岩波ホールで「大いなる沈黙へ――グランド・シャルトルーズ修道院」が公開上映されて非常な評判になった。アルプス山中の男子修道院の生活を記録した三時間近い映像世界には、鐘の音、ミサと聖歌および自然音のほか、テロップのみである。もちろんBGMもない。

上映時間と同じほどの時間を待たされて、席に座った目に画面いっぱいの映像が拡がってきた。それは祈禱する修道士の横顔だった。照明がなく、また、被写体の男性の肌色のせいもあって、わたしはいっとき判断停止状態になってしまった。

画面左に何か花のようなかたちが見分けられ、やがてそれが「耳」だと分かった。それで横顔が見てとれた。それはこの記録映画の意図的な象徴だった。

音なき音を聴く。声なき声を聴く。この主題が共感を呼んだのだろう。それで思い出した。

一九六四年の六月に、みすず書房からマックス・ピカートの『沈黙の世界』佐野利勝訳が刊行された。これはその年のベストセラーになった。カンドウ神父が表紙帯に推薦の言葉を寄せて、この著作にはノーベル賞を与えてしかるべきとの評があるほど、と述べている。賛辞を惜しまない神父の言葉がほほえましかった。

しかし、その評価は正当だと思う。いま読み返してみても、追従し得る類書がない。われわれ日本人は、沈黙に対して繊細な感覚を古代から研いできた民族である。

『沈黙の世界』は論文というより、全編、散文詩とでも言うべき文体で書かれていて、「のような」という見事な比喩でみちている。あたかも言葉の花飾りである。沈黙の修道院の記録映画のテーマと深くかかわりがある、と思えるので、以下、文章を引用してみる。一冊の要約ともなっているので、まえがきから。

「沈黙は、単に人間が語るのを止めることによって成り立つのではない。沈黙とは、単なる『言葉への断念』以上のものである。つまり、沈黙とは、人間が都合次第でおのが身をそこへ移し置くことの出来るような単なる一つの状態ではなく、それ以上のものなのだ。（中略）

沈黙は言葉とおなじく産出力を有し、言葉とおなじく人間を形成する。沈黙は人間の根本構造をなすものの一つなのだ。」

沈黙について、あらためて学ぶべき時代になった。

二度生きる

夢は今ひとつの人生である、と言ったのは誰であったか調べにかかったが、とうとう分からない。本の題名は『夢と人生』で、薄い文庫本であったが、どこかにまぎれてしまった。（『オーレリア、あるいは

夢と人生』ネルヴァル著　筑摩選書　一九五〇年）
痴人夢を説く、と言う。辞書によれば、愚かな人が自分の見た夢の話をするように、話のつじつまが合わないことのたとえとある。しかし、このうろおぼえの言葉は真実である、と思う。与えられた生涯を、長い、とするか、短い、とするかは、それぞれの人の運と判断にかかっているが、どちらにしても、この言葉は生きている。

聖書には、夢が大事な役目をはたしているのは、いまさら言うまでもない。
フロイトやユングの夢分析の話はいくたびも取りついて、耳を傾けてみたが、いまひとつ理解がおよばない。

ロシア出身のアメリカのSF作家で、科学評論、啓発に活躍したアイザック・アシモフは、快刀乱麻を断つ、で面白いことを言っている。
「夢というのは、精神のゴミ処理場であって、人は夢のかたちをかりて、心の掃除、浄化をはかっている。」

このアシモフ説が正しいとすると、さっぱりしてはいるが、味気ない話になって、いささか困惑する。以前、一度はアシモフと同じく考えたが、夢を見て、一喜一憂するほうが人間らしくて良い。
わたしは青年期から中年にかけて、しばしば夢を見た。パターンはおおむね、限られていて同じだった。

大きなドームの天井から時計の下がった鉄道の発着駅にいて自分は家に帰ろうとしているのだが、どの列車に乗ればよいのか、分からないまま、時刻に迫られて、途方に暮れている。

整理をして記すと、このようになる。実際には混乱していてこれほど明瞭簡単ではない。時間に追われていて、もう間に合わない、という恐怖感は切ないものだった。

この夢の解釈はやさしい。仕事に追われて、収拾がつかなくなった心が安心を渇望しているシンボルと見ることは容易なことだろう。そして、実際それは当たっている。

しかし夢を見ているあいだの切迫して、迷子になった幼児のような深刻な悲しさの気分は言葉では尽くしがたい。

打ちひしがれて、絶望のうちにいる。ここには、助け人はついぞ現れない。

その私も老年期にはいって、そもそも夢を見なくなった。安楽でいいけれど、それで安心していてはならない気がする。

到着と出発

地球が太陽のまわりを一周して出発点へ到着すると一年が完結する。そして、同時に新たな、決して繰り返しではない一年が始まる。到着と出発、それが十二月である。

十二月は一年の終わりではあるが、宇宙の目からすると、新たな地球の旅の開始である。

古今和歌集の巻頭第一の歌は、

　年の内に春は来にけり　ひとゝせを去年《こぞ》とや言はむ　今年とや言はむ　在原元方

であるが、この一首を借りて言うなれば、十二月は新年のはじめである一月を先取りしている。十二月はどうかすると慌ただしく追い立てられるような心地がするので、つい、このようなリクツを言いたくなる。

どの一年も自分にとっては最後の、ただ一度きりの一年十二か月である。一日一日がかけがえもなく尊い。とりわけ一年の終わりにくる十二月の日々をいとおしむ。

静かな時間をもちたい、と思って整理の行き届かない蔵書の山を崩して一冊の文庫本を見つけ出した。講談社文芸文庫、三好達治著『諷詠十二月』は忘れられて暫く眠っていた。本邦の詩歌今昔の諷詠を十二の月に分けて解説した一冊である。著者の博捜ぶりには驚嘆させられる。

順を追って読書してもよいが時に合わせて、ぼつぼつ読むのが興趣あって楽しい。

ちょうど十二月なので、そのページを開いてみた。そうすると、次のような俳句作品に出会った。ふしぎな一句である。

たらちねの生まれぬ前《さ》きの月あかり

作者の名前は中川宗淵《そうえん》とある。

ここでの「たらちね」は父母のことである。

父母誕生以前の遥か遠い先の時を超えた時を月が照らしている。それは仏教で言うところの寂光浄土であろうか。

あえて仏教の世界にこだわることはないが、無限の過去から未来へとつらぬく「時」の一点に位置する命の神秘に触れる心地がする。

著者の三好達治は「月明かり」という季語を冬として捉えている。悽愴《せいそう》の感じがつたわってくる。いささか疑問が湧いてきたので、俳人の遠藤若狭男氏に尋ねてみると「月明かり」は、秋の季語だそうである。

静寂の時の淵を照らすのは秋の月明がふさわしい気がする。

ちなみに二玄社刊『筆墨俳句歳時記秋』をみると、中川宗淵は山口生。円通山龍沢寺十世住職。俳句は飯田蛇笏《だこつ》に師事する。短冊は立派な墨跡で、

日月のうつろに一葉舞ひにけり

と記されていた。

冬のアサガオ

わたしには三人の孫がいる。十歳になる男の子が最年長で、あとの二人は、わずかな月かずを無視すると、六歳の女の子である。三人三様で、顔だち性格は、まったく異なっている。

二人の女の子のうちで、そのわずかな月かずの違いで、いちばん小さい子は「マー」という愛称である。

マーはいとこになる「ニコ」と真反対で、内気で、はにかみやだった。それぞれ住んでいるところが遠いので、なかなか会うことができなくて残念だった。ケイタイのメール交換で、おたがいのことはよくわかっているはずだったが、いざ、声で話すとなると、マーのはにかみようは大変で、気の毒でならず、つい、あきらめてその母親に代わるしまつだった。

そのマーが何を考えたのやら絵といっしょにアサガオの種をプレゼントとして贈ってきた。それはよく育って、淡紫紅色と青の花を咲かせ、毎朝を楽しませてくれた。

そのアサガオの二年目も花はよく咲いて、毎朝が楽しかった。

わたしの妻は「ほら、マーちゃんが咲いたよ、見てちょうだい」と報告するのが、常だった。

昨年の夏はわたしの持病、ぜんそくの治療に使ったステロイドの減量に精一杯だった。四六時中、鉛の服を着こんでいるような気分でいた。

「マーちゃんが咲いているよ」

そう言われると、眺めに出ては、マーに慰められる気がした。

昨年の夏は例年にない暑さでほんとうに困った。四国の徳島へ行こうか、と思った。暑さにおいては徳島のほうが暑い。しかし、岳父義母が他界したあとの家は無人で、広い。わたしたちが一時の避暑にでかけ、子どもたち夫婦と孫たちを夏休みに迎えるという手があった。

とはいうものの緊急のことを考えると、かかりつけの医師のもとを離れるのは考えものだった。それでやむを得ずとどまった。それに加えて、マーのアサガオを炎天下、放っておくわけにはいかなかった。

苦しい夏だった。

十月になって、台風が二度も通り過ぎた。月なかば、十五日をさかいに、冬となった。

それでもマーのアサガオは毎朝、咲きつづけた。花は小さくなり、数は減ったものの、けなげに咲いた。

そしてとうとう十一月となった朝、妻が大きな声で、わたしを呼んだ。

マーが咲いていた。その朝、青い小さな花は凛と咲いてみせて、わたしを待ち受けていた。

欠勤届

なぜ今ごろになって、思い出したりするのだろうか。記憶はしばしばいたずらをする。不可逆のはずの時間を相手にいたずらをする。

もはや四十余年もの昔のことだが、小説を書き始めたばかりのころ、わたしは勤務と執筆を両立させていた。原稿の仕事には締切の約束がある。しばしば間に合わなくて徹夜は珍しくはなかった。しかも、それでも仕事は終わらず、会社へ欠勤の届けを出すはめになるのが、きまりとなった。

電話をかけて欠勤の許可をもらうのだが、口実として締切を理由とするわけにはいかない。そこで苦しい言い訳をする。その言い訳は、家族が居合わせるところでは、やりにくいものである。自室には電話がない。携帯電話という便利なものは、まだ、存在していなかった。しかたがないので、家から一ブロック離れた道筋にタバコ屋があって、その店頭に赤電話があった。雨、風、雪の日であろうと言い訳の電話をかけに行く。

このタバコ屋さんはアパートの路に面した一室だった。その部屋には病身の男とその母親が店番をしていた。親子はタバコ屋をしながら、オモチャの部品らしいプラスチックの小物を詰め合わせる内職をしていた。

電話をかけながら、それとなく見て取れるのだが、要するにズル休みの口実を申し立てる自分が恥ずかしく、ゆるしがたい傲慢であると思えた。

病身の男は、おそらく三十代前半に見えた。ということは、そのころのわたしと同年齢と思われた。いつも黒っぽい着物を着ていた。

当時、喫煙の悪癖があったから彼とは顔なじみだった。しかし、会釈をかわすだけで、話をしたことはなかった。わたしは缶ピースを好んでいて入荷するたびに取り置きを頼んでいたから、会話といえばその程度にしか過ぎなかった。

さて、いまになって考える。彼とわたしの二人は、いずれが日々の暮らしにおいて幸福であっただろうか。そもそも、この設問は愚かしい。比較のしようがないことを、いったい、なんのために較べようとしているのだろうか。

ある日、休暇の日中、散歩に出て、駅前通りへ来ると、彼は一人きりで杖によりかかって、車の往来を黙然と眺めていた。それはわびしさのきわみの姿だった。彼の店の公衆電話から欠勤の口実を言いよどんでいる自分自身がそこに立っているように思えた。彼とその母親は、その後、姿を消した。

リラの花咲くころ

路地の南角は画家のアトリエ兼住居になっていた。大谷石のブロック塀に囲まれて、南に面した庭には、温室のようにガラス張りのアトリエが張り出していた。

植え込みが豊かで、時たまの通行人から、無遠慮な目をさえぎっていた。木造二階家で、一階が仕事場だった。

二階家の板壁は、淡いグリーンのペンキ塗りだった。どこやら洋菓子の函のようだった。季節になれば、庭のリラの木に花が咲き、そこらあたりを楽しい香りで包んだ。

その絵描きさんのお名前は、竹谷《たけや》富士雄、と言う。著名な人であったから、どこかの美術館に、作品が収蔵されているはずである。確実に大小の作品を観ることができるのは、都内の順天堂大学付属病院である。

抽象と写実のないまざった半具象とでも言うべきか、明るい茶色が基調色の作風である。以前、銀座の日動画廊に一点展示されていて、予期していなかったから、出会いの不意打ちにあって驚いたことがある。

わたしは大学を卒業して主婦と生活社の編集部に勤務した。月刊誌の編集取材記者と言うと、もっともらしいが、最初はお使いさんがもっぱらである。挿絵や漫画原稿は、いつも締切りぎりぎりの、深夜から早朝になって入稿してくる。それを受け取りに行く。毎月の担当の仕事を果たしたあとでのお使いさん役である。

一九六〇年半ばから翌年にかけて、連載小説は井上靖氏の「揺れる耳飾り」だった。その挿絵を、竹谷富士雄さんが描いていた。絵を頂戴できるのは、だいたい、午前二時前後だった。春夏秋冬、どの季節にあっても厳しい時刻だった。もとより招じ入れられての談話の余地は、双方ともにない。玄関先で失礼して、駅前通りへ引き返し、深夜タクシーを拾って帰社する。

竹谷富士雄さんは、柔和な風貌の人で、徹夜仕事の疲労の影を見せたことがなかった。

わたしは就職三年目に結婚をした。住居を探す面倒を引き受けてくれたのは、下宿先のおばさんだった。偶然がいたずらをして、わたしは、竹谷富士雄さんのアトリエがある路地のならびの一軒家で生活をはじめた。長男が生まれた年、竹谷さんにならって、庭にリラの木を植えた。

一筋の路地で、ふたところにリラが花咲いた。しかし、竹谷さんとは、ついに言葉を交える機会がないままに亡くなった。画家にしては早逝だった。季節になって、いま記憶の花が懐かしく香っている。

その橋を渡って

何年か前から、ときおり我を忘れて、あらぬ想像をめぐらせるようになった。

こちらがわと向こうのほうを橋がつないでいる。これまで一度も渡ったことのない橋で、ただ、ときたまに目にするのみである。

その向こう岸には、町があって、それはわたしがもはや半世紀以上も暮らしてきた町とそっくりの町がある。家並やそこに生活する人たちすべて、なにもかもまったく同じである。

ところが、ひとたび橋を渡って、その町へ踏み込むと、二度と、こちらへは帰ってこれない。

なに、なにもかもそっくりなら、それはそれで、よいではないか、そもそも橋を渡ることが無意味になってしまう。おかしな話じゃないか。

それはそうであるが、それはただの理屈である。問題は、橋を渡るか渡らないか、にかかっている。いまにそれが分かるだろう。いまに、誰にでも……。

紀元二〇〇〇年の二月十三日。中学二年生のときからの友人であった佐々木壮六は、六十三年の生涯を閉じた。画家として一家をなしていて、今後が楽しみなところで、あっけなく橋を渡って、逝ってしまった。

その三日前、わたしは彼の枕許で、窓を指さして、ほら、見ろよ、光はもはや春だよ、と言った。彼は遠近を測るように目を細めて、光度を確かめた。たぶん、そうだった、と思う。末期癌に使う麻酔薬が働いていていたから、ほんとうのところは分からない。わたしがわたしであることが分かっていたかどうか、それも分からなかった。

その日からさかのぼって四か月前、彼もその周囲の人たちすべて、まだ何も知らないでいた。光が溢れた湘南の丘陵地帯にあるアトリエで、わたしと彼は談笑の楽しいひとときを過ごしていた。イーゼルには、描きあげたばかりの油彩があった。

草原が拡がっている。地平線のあたりに、ゴシック風の教会の尖塔がある。風景の中には人影がなかった。緑一色の草原がただ茫々と拡がっている。その手前には赤い花が一面に咲いている。草原が緑に凍結した永遠の王国のように見えた。

話が途切れて束の間の沈黙が訪れた。わたしは尋ねた。あの絵には、タイトルがあるのかどうか。すると彼は答えた。あれはね「アマポーラの草原」だ、こうして見直してみると、ボクは、あの草原に帰って行くような気がするよ、ヘンな話だが。

いまにして思うのは、その予言は実現した。佐々木壮六が死んで、今年、はや十五年になる。

（「あけぼの」聖パウロ女子修道会　二〇一二年四月―二〇一六年三月）

森内俊雄年譜

一九三六（昭和十一）年　〈二・二六事件〉
十二月十二日誕生。大阪市東区（現、中央区）本町二丁目。
一九四五（昭和二十）年　九歳　〈終戦〉
三月十三日、大阪空襲に遭遇。七月四日、父母の郷里、疎開先の徳島で空襲に遭遇。翌年一月、帰阪。
一九五四（昭和二十九）年　十八歳
八月、詩集『街・月光変奏曲』自費出版。大阪ＹＭＣＡ「詩のクラブ」にて、詩人港野喜代子氏の知遇を得る。
一九五五（昭和三十）年　十九歳
三月、カトリック・ミッションスクール大阪明星学園高等学校卒業。
一九六〇（昭和三十五）年　二十四歳　〈安保阻止運動〉
三月、早稲田大学文学部露文科卒業。宮原昭夫、李恢成は大学の同級生。麻布シナリオ研究所を経て、八月、主婦と生活社入社。月刊誌「主婦と生活」社会部編集取材記者。返還前の沖縄へ行く。
一九六二（昭和三十七）年　二十六歳
四月、徳島にて、井澤通子と結婚。以後、東京定住。
一九六三（昭和三十八）年　二十七歳
創業まもない冬樹社入社。『坂口安吾全集』などを編集。
一九六九（昭和四十四）年　三十三歳〈アポロ11号月面着陸〉
十二月、「幼き者は驢馬に乗って」で第二十九回文學界新人賞受賞（「文學界」掲載）。選考委員：野間宏、安

岡章太郎、平野謙、吉行淳之介、開高健。昭和四十四年度下半期芥川賞候補作。
一九七〇（昭和四十五）年　三十四歳　〈三島由紀夫自決〉
十二月、「〈傷〉」を「文學界」に発表、昭和四十五年度下半期芥川賞候補作。
一九七一（昭和四十六）年　三十五歳　〈沖縄返還協定調印〉
一月、「骨川に行く」を「季刊芸術」に発表、昭和四十六年度上半期芥川賞候補作。四月十日、豊島教会（聖パトリック教会）で受洗。七月、短編小説集『骨川に行く』（収録作：春の疾走、〈傷〉、影の海、骨川に行く）新潮社刊（のち集英社文庫、解説：太田正一）。九月、短編小説集『幼き者は驢馬に乗って』（収録作：幼き者は驢馬に乗って、火の道、彼のうちなる〈彼〉の時）文藝春秋刊（のち角川文庫、解説：上総英郎）。
一九七二（昭和四十七）年　三十六歳　〈浅間山荘事件〉
六月、冬樹社退職。七月、「春の往復」を「文學界」に発表、昭和四十七年度上半期芥川賞候補作。十月、短編小説集『翔ぶ影』（収録作：駅まで、春の往復、盲亀、暗い廊下、翔ぶ影、架空索道）角川書店刊（のち角川文庫、解説：奥野健男）。
一九七三（昭和四十八）年　三十七歳　〈ベトナム和平協定〉
一月、第七次「早稲田文学」編集委員（五十年一月号まで）。五月、「眉山」を「新潮」に発表、昭和四十八年度上半期芥川賞候補作。夏、ザルツブルク、バイロイト音楽祭へ。ウィーン、パリを旅行。十一月、「翔ぶ影」で第一回泉鏡花文学賞受賞。選考委員：五木寛之、井上靖、奥野健男、尾崎秀樹、瀬戸内晴美、三浦哲郎、森山啓、吉行淳之介。掌編小説集『ノアの忘れもの』（収録作：鳩（序にかえて）、夢のはじまり、門を出て、降誕祭、月下氷人、あり得ざる日、カーネーション、死者還る、洪水、冷蔵庫の中のバター、路地を左に曲って、見えない蛙、公園、蠅、夜の歩道橋、火焔樹、隣の家、沈丁花、パイプとナイフ、冬の旅、終わりのいそぎ）文藝春秋刊。
一九七四（昭和四十九）年　三十八歳　〈モナリザ展〉
八月、短編小説集『マラナ・タ終篇』（収録作：眉山、薄陽、マラナ・タ終篇）文藝春秋刊。十一月、長編小説『此処すぎて』（「文學界」四十八年四月号）文藝春秋刊。
一九七五（昭和五十）年　三十九歳

九月、短編小説集『石よみがえる日』（収録作：石よみがえる日、クロロフィタム・コモサム、使者）講談社刊（のち角川文庫『使者』、解説：上総英郎）。開高健、石原慎太郎、丸山健二、坂上弘とともに文學界新人賞選考委員（二年間）。八月、長野下伊那郡浪合村滞在。

一九七六（昭和五十一）年　四十歳
十一月、短編小説集『羊水花』（収録作：羊水花、螢、黒い蝶、猫、爪、丘の上、声の網、瓶の顔）集英社刊。

一九七七（昭和五十二）年　四十一歳　〈吉田健一没〉
二月、長崎、五島列島旅行。

一九七九（昭和五十四）年　四十三歳
二月、香港旅行。十二月、エッセイ集『灰色の鳥』潮出版社刊。

一九八〇（昭和五十五）年　四十四歳
五月、エッセイ集『掌の地図』潮出版社刊。八月、詩集『春の埋葬』書肆山田刊。十一月、短編小説集『微笑の町』（収録作：雨祭、朝の柩、谷端川、浮人形、水墨山水、道、庭、遁れの町、止堂利、花解け、灰色の鳥）集英社刊。

一九八二（昭和五十七）年　四十六歳　〈フォークランド紛争〉
一月、鎌倉十二所イエズス会鎌倉修道院黙想会。七〜八月、アイルランド旅行。十二月、胆石および左後腹部内腫瘍摘出手術。

一九八四（昭和五十九）年　四十八歳
一月、短編小説集『朝までに』（収録作：伴侶、足が濡れている、夫婦、灰の日、四旬節、I、風の墓、朝までに、遮断機がある道で）福武書店刊。

一九八六（昭和六十一）年　五十歳　〈チェルノブイリ原発事故〉
四月、長編小説『骨の火』（「文學界」六十年九月号）文藝春秋刊（のち講談社文芸文庫、解説：富岡幸一郎）。五月、長編小説『黄経八十度』（「文學界」五十九年九月号）福武書店刊。

一九八七（昭和六十二）年　五十一歳
一月、自選短編小説集『夢のはじまり』（収録作：夢のはじまり、門を出て、降誕祭、月下氷人、カーネーション、死者還る、路地を左に曲って、蝿、石よみがえる日、黒い蝶、爪、瓶の顔、雨祭、浮人形、薄陽、解説：富岡幸一郎）福武文庫。

一九八八（昭和六十三）年　五十二歳　〈リクルート疑惑事件〉
八月、短編小説集『風船ガムの少女』（収録作：口紅、笑う影、食後の客、風船ガムの少女、サラサ、反魂香、ハナミズキ、青九谷、トランク、花梨の夜、試みの夜、白い手紙、地を這うもののごとく、静かな影、光る繭、揺れる梢）福武書店刊。

一九九〇（平成二）年　五十四歳

九月、長編小説『氷河が来るまでに』（「文藝」連載、全五回）河出書房新社刊。十一月、短編小説集『天の声』（収録作：サンライズ・クラブ、隣人、眼、病み蛍、白い日々、ウツウツ、峠、天の声）福武書店刊。

一九九一（平成三）年　五十五歳　〈湾岸戦争始まる〉

二、三月、「氷河が来るまでに」で第四十二回読売文学賞、芸術選奨文部科学大臣賞受賞。

一九九四（平成六）年　五十八歳　〈青森三内丸山遺跡から最大級縄文遺跡出土〉

一月、短編小説集『桜桃』（収録作：狂言袴、ストリートオルガン、帰郷、モロヴァトへ、隣り近所、少年、七夕さん、不意の客、マタイ受難曲、蔦、坂路、落合茶舗、秋来たる、曇った午後、アミちゃん、寒冷前線、狐憑き、手、二人、雨、荒川、桜桃、十年）新潮社刊。七月、長編小説『谷川の水を求めて』（「文藝」連載、全七回）河出書房新社刊。七月、八月、北欧旅行。九月、北海道稚内民宿。

一九九五（平成七）年　五十九歳　〈阪神・淡路大震災〉

四月、短編小説集『午後の坂道』（収録作：影の声、食べる、煙草を吸う女、真珠婚式、極楽、冷たい夏、垂氷の翼、八四一三号室、遠景の家族）講談社刊。七月七日、長崎。

一九九七（平成九）年　六十一歳　〈臓器移植法成立〉

五月、短編連作集『晒し井』（収録作：晒し井、鵲の橋、いつもの花の、われから、松葉酒、石橋の舞い、方百里雨雲か行きかく行き、夕星の歌）講談社刊。

一九九九（平成十一）年　六十三歳　〈東海村臨界事故〉

十月、掌編小説集『短篇歳時記』（「東京新聞」「潮」「俳句」連載、全一〇〇編）講談社刊。

二〇〇一（平成十三）年　六十五歳　〈9・11同時多発テロ〉

五月、『福音書を読む―イエスの生涯』（「信徒の友」連載、全三十六回）日本基督教団出版局刊（のち聖母文庫）。六月、短編小説集『真名仮名の記』（収録作：真名仮名の記、石声の衒、いろは歌、矢野峠、走梅雨、大塔村叙景、時の盃、二億という名の町、天地玄黄）講談社刊。

二〇〇二(平成十四)年　六十六歳
六月、初めての長編ファンタジー『十一月の少女』(「新潮」二月号)執筆に専念。
二〇〇三(平成十五)年　六十七歳
三月、長編小説『十一月の少女』(「新潮」十四年十二月号)新潮社刊。七月、散文詩集『空にはメトロノーム』(「新潮」連載「午後のパレット」「時の魔法瓶」、全二十四回)書肆山田刊。第四回山本健吉文学賞(詩部門)を受けるが、辞退。
二〇一一(平成二十三)年　七十五歳　〈東日本大震災〉
十一月、短編小説集『梨の花咲く町で』(収録作：モーツァルト、クレアタ・エト・クレアンス、ジュニエ爺さんの馬車、ど・ど・ど・ど・ど、火星巡暦、橋上の駅、梨の花咲く町で)新潮社刊。
二〇一二(平成二十四)年　七十六歳
九月、エッセイ集『徒然草覚え書　明日の朝の光が射すまでに』(「福祉と社会」連載)フリープレス刊。
二〇一六(平成二十八)年　八十歳
八月、エッセイ集『みちしるべ』(「徳島新聞」連載、全一〇〇回)徳島県立文学書道館刊、ことのは文庫。徳島県立文学書道館文学特別展「日常の彼方へ　森内俊雄と徳島」開催(八・十一〜九・二十五)。
二〇一七(平成二十九)年　八十一歳
十二月、短編連作集『道の向こうの道』(収録作：飛行機は南へ飛んで行く、たまさかに人のかたちにあらはれて、赤い風船、今日は昨日の明日、二進も三進も、道の向こうの道)新潮社刊。

(編集部作成)

あとがき

文章を書いて、ちょうど五十年になる今年、あたかも記念碑のように、この一冊がまとまることになった。収集編成はおまかせにした。雲散霧消、埋没になるところを救われて、感謝きわまりがない。十月十四日に著者校初校が出て、十一月七日に再校、同月十二日に校正が終わった。実に三十日間、校正に明け暮れした。編集部のご苦労を考えると、なにほどの事でもないが、著者として、きびしい思いをした、と白状しなければならない。

自分が書いた文章を、可能な限り点検するのは、自分に直面、対面することと同じである。平常心でいるには、きわめてむつかしい。

しかし、この疲労感から抜け出すためには、もう一度、あらたに書かねばならない。そして、なによりも大事なのは、これを読んでくださる人の〈声〉である。

読みづらくはないか、とあやぶまれるので、著者としては表題の『一日の光 あるいは小石の影』第Ⅲ編から読んでいただければ、さいわいである。月刊誌に、毎月、四百字詰原稿用紙三枚を、十年と三か月書いた。いたらぬところがあるものの、続けられた歳月に祝福がある。ぬけぬけと、これを言ってのけられるのは、八十三年、生存してきたからで、右、お許し願いたい。

いま、机の上には2Bの鉛筆が、新品のまま二函ある。はるかな昔、「早稲田文学」の編集会議に出席すると、三浦哲郎氏がおいでになった。会議のあとで、鉛筆書きがいかに具合よいか、という話になった。その三日後に、プレゼントが届いた。わたしは感激してお礼状を書き、それでも足りない、と思ってショパンのノクターン全曲、ピリス盤をお贈りした。

鉛筆が風化変質することはない。これから先は、おそれおおいが、三浦哲郎氏からの鉛筆で書きたい。二十四本もあれば、ずいぶん書ける。この一冊は、おおよそ七百三十枚である。これから、もう一度、やっていけるのではあるまいか。

二〇一九年十一月

著者

装画——赤坂三好
装丁——坂田政則
編集協力——宮西忠正

森内俊雄（もりうち・としお）
1936年大阪生まれ、早稲田大学文学部露文科卒業。編集者として活動後、作家になる。69年『幼き者は驢馬に乗って』で文學界新人賞、73年に『翔ぶ影』で泉鏡花文学賞を、90年には『氷河が来るまでに』で読売文学賞、芸術選奨を受賞。主な作品に『骨の火』『短篇歳時記』『真名仮名の記』『十一月の少女』『梨の花咲く町で』『道の向こうの道』、エッセイ集に『灰色の鳥』『掌の地図』『福音書を読む―イエスの生涯』『徒然草覚え書』、詩集に『春の埋葬』『空にはメトロノーム』などがある。

一日《いちにち》の光《ひかり》 あるいは小石《こいし》の影《かげ》
2019年12月12日　第1版第1刷発行

著　者◆森内俊雄《もりうちとしお》
発行人◆小島　雄
発行所◆有限会社アーツアンドクラフツ
東京都千代田区神田神保町2-7-17
〒101-0051
TEL. 03-6272-5207　FAX. 03-6272-5208
http://www.webarts.co.jp/
印刷　シナノ書籍印刷株式会社

落丁・乱丁本はお取り替えいたします。
ISBN978-4-908028-45-8　C0095